Von Johanna Lindsey sind
als Heyne-Taschenbücher erschienen

JOHANNA LINDSEY

ZÄRTLICHER STURM

Roman

Deutsche Erstausgabe

WILHELM HEYNE VERLAG
MÜNCHEN

HEYNE ALLGEMEINE REIHE
Nr. 01/6883

Titel der amerikanischen Originalausgabe
TENDER IS THE STORM
Deutsche Übersetzung von Uschi Gnade

2. Auflage
Copyright © 1985 by Johanna Lindsey
Copyright © 1987 by Wilhelm Heyne Verlag GmbH & Co KG, München
Printed in Germany 1987
Umschlagzeichnung: Schlück/Avon Books
Umschlaggestaltung: Atelier Ingrid Schütz, München
Satz: IBV Satz- und Datentechnik GmbH, Berlin
Druck und Bindung: Elsnerdruck, Berlin

ISBN 3-453-00304-7

Prolog

San Carlos Reservat, Arizona, 1874

Die Wildkatze war riesig, mehr als zweihundert Pfund schwer und fast zweieinhalb Meter lang. Hoch oben in den Bergen lag sie auf einem Felsblock, und ihre Augen waren auf einen Fleck gerichtet, der zehn Meter tiefer lag, dort, wo der Hang abfiel und zu einem breiten Vorsprung auslief. Dort unter den hohen Kiefern stand eingezäunt eine kleine Herde von Wildpferden. Sie stapften nervös auf den Boden; denn sie nahmen die Gegenwart der Wildkatze wahr, obwohl kein Wind wehte, der ihren Geruch ihnen hinübergetragen hätte.

Plötzlich witterte die Katze Gefahr. Dann sah sie die beiden Männer, die mit sieben weiteren Pferden auf die Herde zukamen. Die beiden Männer waren recht jung und sahen einander fast zum Verwechseln ähnlich. Beide hatten dunkle, sonnengebräunte Haut und langes schwarzes Haar, das frei auf die Schultern fiel; sie trugen weiche Wildlederstiefel, die ihnen bis zu den Knien reichten, und lange weiße Reithosen, die sich um muskulöse Oberschenkel spannten. Doch einer der beiden war groß und trug nichts unter seiner kurzen schwarzen Weste; der andere war wesentlich kleiner und trug ein langärmeliges weißes Leinenhemd und einen Patronengürtel um die Hüften.

Als die neuen Pferde bei der Herde angelangt waren, erhob sich der Puma auf seinem Vorsprung, sprang von dem Felsblock und bewegte sich behutsam auf die beiden jungen Männer zu. Einer der beiden war ein halber Apache; der andere, der größere von beiden, hatte kein Indianerblut.

Die beiden Männer blieben erstarrt stehen und blickten zu dem riesigen Puma auf. Warum hatten sie seine Nähe nicht bemerkt? Bis auf das unruhige Stapfen der Pferde war nichts zu vernehmen.

Der große Mann streckte seine Hand aus, und der Puma sprang mit einem grollenden Schnurren auf ihn zu. Die Katze rieb sich den Kopf an der ausgestreckten Hand und rollte sich um die Beine des Mannes zusammen. Im nächsten Moment strich sie unter der ausgestreckten Handfläche hindurch, schlenderte dann weiter und ließ sich einen halben Meter entfernt auf ein ebenes Fleckchen Boden fallen.

Billy Wolf atmete ganz langsam aus, damit der andere junge Mann nicht hörte, daß er den Atem angehalten hatte. Seine Hände zitterten fast, und das bedrohte seine Männlichkeit.

»Himmel Donnerwetter!« sagte Billy in der Sprache, die sein Freund ihm so gründlich beigebracht hatte; und als er damit die Aufmerksamkeit des Größeren nicht auf sich lenken konnte, sagte er noch einmal lauter: »Himmel Donnerwetter! Du hast doch gehört, was er mit den Stuten anstellt, Slade?«

Der größere Mann wandte sein Gesicht ab und schenkte Billy ein Lächeln, was bei ihm eine Seltenheit war.

»Warst du denn kein bißchen nervös, solange du nicht wußtest, daß er es ist?«

»Ein bißchen schon«, war alles, was Slade Holt sagte, ehe er zu den Pferden hinüberging, um sie zu beruhigen.

Billy Wolf folgte ihm eilig. »Sieh dir doch bloß an, wie er daliegt – als wüßte er, daß er hier gern gesehen ist, als wäre er nicht einen Moment lang von deiner Seite gewichen!«

»Er weiß ja auch, daß er gern gesehen ist«, sagte Slade ausdruckslos.

Billy starrte den Puma an und schüttelte den Kopf. »Seit

acht Monaten hast du ihn nicht mehr gesehen und davor ein ganzes Jahr nicht. Wieso erinnert er sich an dich? Und wie kannst du ihn jetzt noch erkennen? Er sieht inzwischen wie jede andere Raubkatze aus.«

»Ich habe ihn nicht erkannt«, gab Slade zu, und sein Mund verzog sich zu einem Grinsen. »Ich wußte nur, daß er keine Bedrohung darstellt, genauso, wie du gewußt hast, daß ich keine Bedrohung für dich darstelle, als du mich zum erstenmal gesehen hast.«

Billy dachte einen Moment lang darüber nach und sah diese Erklärung dann als vernünftig und einleuchtend an. Und wechselte, wie es seine Art war, abrupt das Thema.

»Bist du wirklich fest entschlossen, morgen wieder zu gehen, Slade?« Als der andere anstelle einer Antwort nur nickte und sich neben die Riesenkatze setzte, runzelte Billy die Stirn. »Bist du denn auch sicher, daß du soweit bist?«

Slade warf einen Blick auf einen Spalt im Berg. Dort lagen eine Decke, die Kleidung eines Weißen, Stiefel, die Billy im letzten Winter gegen ein Pferd eingetauscht hatte, ein Sack mit Konservendosen, den Billy ihm mitgebracht hatte, und die Faustfeuerwaffe mit dem Halfter, die er vor zwei Jahren gestohlen hatte, als Cactus Reed ihm den Gebrauch von Waffen beigebracht hatte. Im Moment beschäftigte ihn die Waffe. Das einzige, was seines Erachtens gefehlt hatte, um sein Wissen abzurunden, war die Fertigkeit gewesen, Schußwaffen gekonnt zu handhaben. Es hatte der täglichen Übung zweier Jahre bedurft, ehe er sich zugestanden hatte, daß er gut war – zumindest besser als der Mann, den er mit dieser Waffe töten wollte.

»Was heißt soweit?« Slades hellgrüne Augen waren auf den Puma gerichtet; er streckte seine Hand aus, um die große Katze hinter den Ohren zu kraulen. »Mein Problem mußte schon zu viele Jahre warten. Ich war ein Kind, das sich danach sehnte, erwachsen zu werden, und das so schnell wie möglich, weil ich das Leid, das andere mir verursacht haben, nicht aus der Welt schaffen konnte, solange ich nicht erwachsen war. Ich war zwölf, als du endlich den Mut aufgebracht hast, dich mir zu nähern.«

»Mut!« fiel ihm Billy empört ins Wort.

»Gib es zu, Billy«, sagte Slade, und seine Stimme klang belustigt. »Dein Stamm hat mich für verrückt gehalten, und das nicht nur, weil ich allein hier draußen in den Bergen gelebt habe. Du warst nur ein Jahr älter als ich. Selbst eure Krieger haben einen weiten Bogen um den verrückten weißen Jungen gemacht.«

»Was hätten wir denn von dir halten sollen – einem schmutzigen, halbnackten Kind, dessen Gestank man eine Meile gegen den Wind riechen konnte? Auf jeden, der dir auch nur auf Rufweite nahegekommen ist, hast du deine imaginäre Waffe gerichtet und ihn damit erschossen. Wenn das nicht bekloppt ist ...«

Slade brach in Gelächter aus. »Dich habe ich auch erschossen, als du zum erstenmal aufgetaucht bist.«

»Mit deinem Finger«, brummte Billy, doch er lächelte. Es kam selten vor, daß Slade Holt nicht aus bitterem Zynismus lachte, sondern weil er etwas wirklich komisch fand.

»Ich habe dir doch erzählt, warum ich damals so schrecklich gestunken habe. Es hat ein halbes Jahr gedauert, bis der Geruch dieses Stinktiers nachgelassen hat.«

»Es hätte geholfen, wenn du dich bemüßigt gefühlt hättest, dich in einem Bach zu waschen.«

»Wozu denn? So ziemlich das einzige, was ich damals an meiner Freiheit genossen habe, war, daß ich nicht baden mußte.«

Billy rümpfte die Nase. »Ich bin froh, daß du das heute anders siehst.«

Slade zuckte die Achseln. »Manche Dinge ändern sich eben im Lauf der Jahre. Ich schieße nicht mehr mit eingebildeten Waffen. Das ist vorbei. Es war ein Spiel, das ich früher immer mit meinem Zwillingsbruder gespielt habe.«

Slades Züge verfinsterten sich. Ein Schmerz schoß durch seinen Kopf, wie immer, wenn er an seinen Bruder dachte. Er preßte sich die Finger auf die Schläfen. Der Puma merkte, daß etwas nicht stimmte. Er stellte die Ohren auf und hörte auf zu schnurren.

Billy wußte von den Kopfschmerzen, unter denen Slade litt, weil er sich kaum an das erinnern konnte, was sich abgespielt hatte, nachdem er und sein Bruder aus Tucson fortgelaufen waren, nachdem ihr Vater vor acht Jahren von einem Revolverhelden, Feral Sloan, getötet worden war. Slade hatte den Kampf miterlebt, mitangesehen, wie Sloan ganz bewußt Streit mit Jake Holt, Slades Vater, gesucht hatte.

Jake war als einer von tausend Goldsuchern in den Westen gekommen, um das große Geld zu machen. Er und ein Freund, Tom Wynhoff, waren zwei der Glücklichen. Zwanzig Meilen westlich von Tucson fanden sie Gold, und es war ein beträchtlicher Fund. Doch das Glück blieb ihnen nicht treu, weil auch andere dieses Gold haben wollten. Slade wußte sehr wenig darüber. Sein Vater hatte ihm nur gesagt, daß ein Mann an ihn herangetreten war und die Mine kaufen wollte. Slades Vater hatte den Verkauf abgelehnt.

Bald darauf wurde Tom Wynhoff in einer Gasse tot aufgefunden, mit einer Bleikugel in der Brust. Am selben Tag hatte Feral Sloan ohne ersichtlichen Grund Streit mit Jake gesucht und ihn auf der Straße erschossen. Slade hatte drei Meter daneben gestanden. Wenige Monate später war Sloan an Slade vorbeigekommen und hatte sich auf der Straße vor einem Freund gebrüstet: *Die leichtesten hundert Dollar, die ich je verdient habe.*

Slades zehnjähriger Verstand hatte erfaßt, daß der

Schütze dafür bezahlt worden war, seinen Vater zu erschießen. Die Gefahr, in der er war, wurde deutlich, als ein alter Mann, der neben Slade stand, seinen Arm packte und ihn warnte: »Erst der alte Tom, dann Jake. Dir und deinem Bruder gehört jetzt diese verfluchte Mine, Slade Holt, aber ihr könnt wetten, daß ihr es nicht erlebt, Gewinn daraus zu schlagen. Ich habe das schon hundertmal erlebt. Diese nichtsnutzigen, faulen Schurken, die wollen, daß sich ein Mann lahmarbeitet, um das Gold zu finden, und dann legen sie ihn um, damit sie es kriegen. Als nächstes kommen dann die Kleinen dran. Hol schnell deinen Bruder. Seht zu, daß ihr schleunigst aus der Gegend verschwindet. Habgierige Menschen schrecken nicht davor zurück, kleine Kinder umzubringen.«

Slade fand seinen Bruder, und zu zweit galoppierten sie nach Nordosten, fort von der Mine, fort von Tucson, und hin zu den Bergen, die sich nach Norden zogen. Sie wurden verfolgt. Slade konnte einen Blick auf Feral Sloan werfen, der eilig hinter ihnen herritt, ehe eine Kugel seine Schläfe streifte und er vom Pferd fiel und einen felsigen Hang hinunterrollte. Er erinnerte sich daran, daß er geschrien hatte, ehe er das Bewußtsein verlor, doch im übrigen erinnerte er sich an nichts.

Der Regen hatte ihn geweckt. Er war allein, und von seinem Bruder oder von dessen Pferd war keine Spur zu sehen, und es war auch keine Fährte da, die er hätte aufnehmen können. Später wurde ihm klar, daß er dort, wo er war, hätte bleiben sollen, falls sein Bruder sich aufgemacht hatte, um Hilfe zu holen, nachdem er Sloan von ihm abgelenkt und in die Irre geführt hatte. Aber er konnte nicht klar denken, und er machte sich auf die Suche nach seinem Zwillingsbruder. Monate später gab er die Suche schließlich auf. Es war von vornherein eine nutzlose Suche gewesen, da er sich nicht in die Nähe von Ortschaften gewagt hatte, weil ihn der gekaufte Mörder dort hätte finden können; oder der namenlose Mann, der seinen Tod wollte, hätte hören können, daß er noch am Leben war.

Er lernte es, sich allein durchzuschlagen und sich nach dem Mannesalter zu sehnen, um nicht mehr hilflos zu sein. Er überlebte durch seine Verzweiflung, lernte aus Fehlern und Ungeschick und durchstreifte die Gegend vom Gila aus soweit nach Süden, daß er auf ein Apachenlager in den Bergen stieß.

Seltsamerweise hatten die Indianer ihn nie erschreckt. Sie respektierten ihn, weil er sich nicht vor ihnen fürchtete, und sie ließen zu, daß er in ihrer Nähe lebte. Slade fürchtete und mied jede Spur der Weißen. Nachdem er zwei Jahre lang mit keinem einzigen Menschen gesprochen hatte, war Slade für eine Freundschaft offen, als Billy sich ihm vor sechs Jahren genähert hatte.

Anfangs konnten sie nicht miteinander sprechen, doch allmählich hatte jeder von beiden die Sprache des anderen erlernt. Billy lebte damals beim Stamm seiner Mutter, und da es ein Nomadenstamm war, konnte es vorkommen, daß längere Zeiträume vergingen, in denen Billy und Slade einander nicht sahen.

Billy war der einzige, den Slade je in seine Nähe ließ, mit Ausnahme von Cactus Reed. Slade hatte Reed vor etwas mehr als zwei Jahren in den Galiru Mountains gefunden. Der Mann war halbtot, hatte zwei Kugeln im Leib und behauptete, es sei zu einer kleinen Unstimmigkeit zwischen ihm und dem Kerl, mit dem er geritten war, gekommen und er hätte diesen Streit verloren. Slade flickte Cactus wieder zusammen, und als Gegenleistung brachte Cactus ihm alles bei, was er konnte und wußte. Er hatte ihm viel beibringen können. Der Mann war ein ehemaliger Kopfgeldjäger, ein Mensch von dem Schlag, der sich mit seinen Revolvern und seinem Mut durchschlägt und Killer zum Kampf fordert.

Es stellte sich heraus, daß Cactus auch eine Neigung zum Diebstahl hatte, denn eines Tages verschwand er, als Slade auf der Jagd war, und er nahm ein Dutzend Wildpferde aus Slades Herde mit. Er war entweder ein Mensch, der sich niemandem verpflichtet fühlte, auch dann nicht, wenn jemand ihm das Leben gerettet hatte, oder er hatte das Gefühl, er und Slade seien jetzt quitt, da er dem jungen Mann genug beigebracht hatte.

Slade verfolgte ihn nicht. Mustangs konnte man leicht fangen, und er benutzte sie nur dazu, das einzutauschen, was er selbst brauchte. Die übrigen Wildpferde überließ er Billy, der sie aus den Bergen brachte, um sie gegen Geld zu verkaufen. Im Lauf der Jahre hatte er einen Haufen Geld angesammelt, aber für dieses Geld hatte er keine Verwendung gehabt – bis jetzt.

Billy Wolf bemitleidete sich selbst. Er wußte, daß er Slade, sobald dieser seine Suche begann, wahrscheinlich nie wiedersehen würde. Er hatte immer gewußt, daß dieser Tag kommen würde. Er hatte sogar im letzten Jahr schon damit gerechnet, als Slade ausgewachsen war und seine endgültige Körpergröße von furchteinflößenden einsneunzig erreicht hatte. Sein rauhes Leben hatte ihn schlank und muskulös werden lassen, und die heiße Sonne von Arizona hatte ihn so dunkel wie einen Indianer werden lassen. Billy wußte verdammt genau, daß die argwöhnischen Städter Slade für ein Halbblut wie ihn halten würden, wenn er in die Zivilisation zurückkehrte. Slade hatte jedoch einen Vorteil, und das war seine Selbstbeherrschung. Selbst seine ruhige Art war einschüchternd, obwohl er erst achtzehn war. Und diese hellen, durchdringenden Augen und seine feingemeißelten Gesichtszüge garantierten für Aufsehen bei den Frauen.

Billy grinste. »Was wirst du als erstes tun? Dir die Haare schneiden lassen oder deine erste Frau nehmen?«

Slade sah auf, doch sein Gesichtsausdruck verriet

nichts. »Ich vermute, das Haar muß erst ab, wenn ich eine Frau finden will, die nicht schreiend vor mir davonläuft.«

»Wenn du dir die Haare schneidest und man dich nicht fälschlicherweise für ein Halbblut hält, dann werden sich die Frauen um dich balgen. Vielleicht solltest du dein Haar lieber lang lassen, um das zu vermeiden. Du wirst so schon genug Ärger haben. Du weißt doch, was man mit einer Frau macht, oder?«

»Ich denke mir, das ist nicht allzu schwierig«, sagte Slade gedehnt, »wenn es so ist, wie du es mir gezeigt hast, als du und Little...«

»Das darf doch nicht wahr sein!« rief Billy, dem eine heiße Röte über den Nacken stieg. »Unser Lager war Meilen entfernt, als ich... soll das heißen, daß du mir gefolgt bist?«

»Ich bin direkt hinter dir hergeritten«, sagte Slade. »Ich bin dir in deine Hütte gefolgt, und du hast meine Anwesenheit gar nicht wahrgenommen. Sie schon. Sie hat mir ins Gesicht gesehen und gegrinst. Sie hat es dir nie gesagt?«

»Nein, verdammt noch mal!«

Slade runzelte die Stirn. »Ist dir das wirklich so peinlich? Habe ich dich jetzt wütend auf mich gemacht?«

»Das war eine Privatsache.«

»Du hast recht«, räumte Slade ein. »Und doch bereue ich es nicht, mein Freund. Ich habe mehr dabei gelernt, als ich für möglich gehalten habe.« Er schwieg nachdenklich. »Es hat mir gezeigt, daß der Mann fast alle seine natürlichen Instinkte verliert, wenn er eine Frau nimmt. Er wird schwach. Aber sie läßt sich weniger darauf ein, und daher wird sie stärker.«

»Ha!« Billy war froh, daß er sich wieder ein wenig gefangen hatte. »So ist es nicht immer, Slade. Du hast mich mit meiner ersten Frau gesehen, und ich war ungeschickt und übereifrig. In der Zwischenzeit habe ich gelernt, wie man eine Frau vor Leidenschaft um den Verstand bringt. Heute ist sie es, die die Kontrolle über sich verliert, nicht ich. Aber dazu braucht es spezielle Techniken und Zeit, um sie zu erlernen.«

Slade wägte Billys Worte ab und versuchte dahinterzukommen, ob er log, um sein Gesicht zu wahren, oder ob er die Wahrheit sagte. Er entschied, es sei von beidem etwas, doch er wandte sich mit einer zweifelnden Frage an seinen Freund.

»Und du hast diese Technik gemeistert? Jede Frau, die du jetzt hast, unterliegt dieser Macht?«

»Ich beherrsche die Technik«, brüstete sich Billy mit extremer Zuversicht, doch dann räumte er eilig ein: »Aber, zum Teufel, es gibt jede Menge Frauen, die es nicht mögen, ganz gleich, was du tust.« Billy enthüllte ihm nicht, daß diese wenigen Frauen in der kurzen Zeit, in der er seine Erfahrungen gemacht hatte, die weißen Huren waren, die er in den Städten ausprobiert hatte.

»Bei dir könnte es allerdings anders liegen«, fuhr Billy fort. »Weiße Frauen erwärmen sich für ein Halbblut ebensowenig wie für einen Vollblutapatschen – nämlich gar nicht.«

»Aber wie kann ich deine Technik lernen?«

»Zum Teufel, wenn du glaubst, daß ich es dir beibringe... Bring eine Frau dazu, dir zu zeigen, was sie mag, so wie ich es auch gemacht habe.«

Slade reagierte auf jedes Thema, das ihm unbehaglich wurde, indem er einfach das Gespräch abbrach. Genau das tat er jetzt, indem er aufstand, zu den Pferden ging und seine liebste graue Stute rief, während Billy seinen breiten Rücken ansah.

Billy konnte sich eine letzte spöttische Bemerkung nicht verkneifen. »Zum Teufel, machst du dir etwa Sorgen wegen dem ersten Mal?«

»Nur, daß die Frau es merken könnte.«

Billy mußte sich anstrengen, um die Worte zu verstehen. Doch den Inhalt konnte er nur zu gut verstehen. Er konnte sich noch lebhaft daran erinnern, wie er sich beim ersten Mal gefühlt hatte.

»Du kannst immer noch ein paar Jahre warten. Schließlich weißt du ja noch nicht, was dir entgeht«, lenkte Billy ein. »Oder, was noch besser ist, mach die Frau betrunken; dann erinnert sie sich an nichts mehr.«

Slade drehte sich wieder um und sah in Billys dunkle Augen. Billy wurde unbehaglich zumute. Slade war manchmal besser als ein Apache, wenn es darum ging, keine Miene zu verziehen. Das hätte jeden anderen auch nervös gemacht. Sein Gesichtsausdruck sagte jetzt absolut nichts über seine eigentlichen Überlegungen aus, aber Billy wußte aus Erfahrung, daß er selbst rasende Wut oder absolute Langeweile gänzlich verbergen konnte. Man konnte beim besten Willen nicht wissen, was in ihm vorging. Und wenn sie auch Freunde waren, so stellten sich doch die Haare in Billys Nacken auf, wenn Slade ihn mit diesem einen, ganz bestimmten Blick ansah.

»Verdammt noch mal, ich weiß gar nicht, wie wir überhaupt auf dieses Thema gekommen sind«, sagte Billy mürrisch, und er wandte sich von diesen hellgrünen Augen ab. »Mir scheint, wir sollten lieber darüber reden, was du mit den Pferden vorhast. Wenn du morgen früh weggehst, ja, also...«

Slades Blick schweifte über die rund dreißig Stuten. Die meisten von ihnen hatte er in den letzten drei Jahren eingefangen. Es war ein langwieriger Prozeß, den Harem eines Hengstes aufzuspüren, Tag für Tag mit den Pferden zu leben, sich in die Landschaft einzufügen, bis man nahezu unsichtbar war, und schließlich eine ganz bestimmte Stute auszusuchen und sich an sie heranzupirschen. Er hatte schon vor langer Zeit gelernt, sich gar nicht erst an den Hengsten zu versuchen, und er hatte auch gelernt, daß er warten mußte, bis der Hengst anderweitig beschäftigt war, ehe er sich einer Stute näherte. Aber es war eine Aufgabe, die ihm Vergnügen bereitete, auch, wenn sie Geduld erforderte, eine Geduld, die Billy ihn zu lehren versucht hatte, eine Geduld, die sich nach drei Jahren ganz von selbst eingestellt hatte.

»Sie gehören jetzt dir, Billy«, sagte Slade.

Billy riß die Augen auf. »Verdammt noch mal! Verdammt noch mal! Ich wußte doch, daß du die letzte Woche nur losgezogen bist, um mir eine Freude zu machen! Wußte ich es doch!«

»Unsinn«, schalt Slade ihn. »Es hat mir Spaß gemacht, diesem Rancher die Tiere direkt unter der Nase wegzustehlen. Er hatte so viele, daß sie ihm nicht fehlen werden. Und ich war schon seit etlichen Jahren nicht mehr so weit im Osten. Für mich war es eine Gelegenheit, mir einmal anzusehen, was dort an neuen Städten aus dem Boden sprießt. Und es war ein Abenteuer, an das ich mich erinnern kann, wenn ich als... als zivilisierter Mensch lebe.«

»Aber wirklich alle, Slade?« wandte Billy ein. »Du kannst das Geld gebrauchen, das sie einbringen.«

»Für das, was ich tun muß, habe ich genug Geld.«

Billy drückte seinen Dank durch nichts anderes als durch ein Nicken aus, mit dem er sich Slades Entscheidung beugte. »Wo willst du mit deiner Suche beginnen?«

»Dort, wo alles angefangen hat.«

»Glaubst du wirklich, daß Sloan noch in Tucson ist? Zum Teufel, es ist die größte Stadt in der ganzen Umgebung. Kerle wie Sloan haben es in den großen Städten nicht mehr so leicht.«

»Das spielt keine Rolle«, sagte Slade abfällig. »Dort oder irgendwo anders werde ich ihn finden, falls er noch am Leben ist.«

»Und wenn du ihn getötet hast?«

»Dann kenne ich den Namen des Mannes, der ihn ange-
heuert hat.« Seine Stimme war jetzt schneidend kalt.

»Und wenn du den getötet hast?«

Slade wandte sich ab, ehe er antwortete. »Dann steht es
mir frei, meinen Bruder zu suchen.«

Bill wechselte eilig das Thema. »Was ist mit dem Gold
deines Vaters?«

»Was ist damit?«

»Das ist doch noch da, oder etwa nicht? Du hast gesagt,
daß dein Vater und sein Partner es versteckt und die Mine
so getarnt haben, daß sie auf jeden, der sie sich flüchtig
ansieht, wertlos wirkt, und daß die eigentliche Mine weiter oben am Hang verborgen ist, wo niemand sie finden
kann.«

Zorn machte sich auf Slades gutgeschnittenem Gesicht
breit. »Dieses Gold hat meinen Vater umgebracht, mich
von meinem Zwillingsbruder getrennt und mich gezwungen, wie ein wildes Tier zu leben. Ich will nichts davon haben.« Dann sagte er: »Wozu soll Reichtum überhaupt gut
sein? Das Land gibt einem Mann alles, was er sich nur
wünschen kann.«

Billy Wolf brummte vor sich hin und entschloß sich,
Slade nicht darauf hinzuweisen, daß er wie ein Indianer
dachte. Was war gut und was nicht?

Billy sah den jungen Mann, den er wie einen Bruder
liebte, fest an. »Also, wenn du je etwas brauchen solltest,
weißt du ja, wo du mich findest.« Dann grinste er, weil er
bemüht war, den Moment mit einer gewissen Leichtigkeit
zu überspielen. »Ich werde der reiche Späher mit der hübschen Frau sein – es sollte dir nicht allzu schwerfallen,
mich zu finden. Ich hoffe nur, daß ich deinem Freund,
dem Puma, nicht begegne, wenn du nicht da bist.«

Slade lachte.

Am frühen Abend war der Whiskers Saloon gesteckt voll.

Er sah auch nicht anders aus als alle anderen Saloons, die Slade im vergangenen Jahr betreten hatte. Inzwischen war er immun gegen die Reaktionen, die sein Aussehen hervorrief. Es wurde immer ganz still, bis er sich das erste Getränk bestellte. Manchmal rückten Männer von ihm ab. Früher war es seine ruhige Art gewesen, die auf andere beunruhigend gewirkt hatte. Jetzt war es die Wildheit, die er ausstrahlte.

Slade stillte nie die Neugier der anderen, und er nannte auch nicht grundlos seinen Namen. Sein Name war zu einem Fluch geworden, der Ängste hervorrief, die weit über die hinausgingen, die ein Fremder auslöste, wenn er eine Waffe trug und den Eindruck vermittelte, mit ihr umgehen zu können. Schon einen Monat, nachdem er sich auf die Suche gemacht hatte, war ihm der Name hinderlich geworden, und all das nur, weil irgendein dummer Cowboy in einer kleinen Goldgräbersiedlung ihn herausgefordert hatte. Viele Zeugen beobachteten, daß Slade seine Waffe gezogen hatte, ehe der andere Mann die Hand auch nur an seinem Halfter hatte. Mehr war nicht nötig gewesen. In der nächsten Stadt, in die er kam, wußte man bereits von ihm. Sein Ruf eilte ihm voraus, und zu spät erkannte er, was Gerüchte anrichten können. Von einem Mann, der seine Waffe nie gezogen hatte, konnte es heißen, er habe zehn bis fünfzehn Kerben darauf. Aber wenn er sich dabei beobachten ließ, wie schnell er ziehen konnte, dann galt er schnell als Bösewicht.

Slade stand es noch bevor, jemanden zu töten, und bereits jetzt war er als Killer bekannt! Erst vor einem Jahr war er wieder in der Zivilisation des weißen Mannes aufgetaucht, doch die Gerüchte besagten, er sei vor fünf Jahren aus Texas gekommen, nachdem er den ersten Mann getötet hatte. Er hatte ausnahmslos in fairen, offenen Kämpfen getötet, so hieß es, denn man ging davon aus, daß einer, der schnell ziehen konnte, keine schmutzigen Tricks anzuwenden brauchte. Und doch wurde er von manchem Marshal rasch aufgefordert, die Stadt wieder zu verlassen, und es war Slade unmöglich, aus irgend jemanden Informationen herauszuholen, wenn erst sein Name bekannt war.

Er hatte sich äußerlich verändert. Er hatte sich das Haar wieder wachsen lassen und trug anstelle von Stiefeln kniehohe Mokassins. Das half ihm beträchtlich weiter. Er brauchte nicht zu lügen und zu behaupten, er sei ein Halbblut, sondern seine äußere Erscheinung vermittelte diesen Eindruck, und daher hielten ihn die Leute auch dafür. Und nach einjähriger Suche hatte er schließlich Feral Sloan gefunden.

Er fand ihn in Newcomb, einer Stadt mit weniger als zweihundert Einwohnern, selbst dann, wenn man jede Ranch in der gesamten Umgebung samt allen Arbeitern mitzählte. Slade war teuflisch erbost, als er hörte, daß Sloan sich vor sieben Jahren in dieser Stadt niedergelassen hatte, kurz nach ihrer Gründung. Am meisten erboste es ihn, weil Sloan Vorarbeiter auf eben der Ranch außerhalb der Stadt war, die er und Billy Wolf bei diesem letzten Mal überfallen hatten. So nah war er dem Mörder seines Vaters schon gewesen, und er hatte es nicht gewußt. Und jetzt war er ihm noch näher, denn Feral Sloan saß im Saloon an einem der Kartentische. Er saß mit zwei anderen Männern da, und Sloan saß mit dem Rücken zur Wand.

Slade hatte ihn augenblicklich entdeckt. Keinen Moment lang hatte er das Bild vergessen, das ihm noch von damals vor den Augen stand. Der Revolverheld war jetzt etwa dreißig und hatte glatt zurückgekämmtes Haar und ein aggressives Kinn. Doch der hagere Körper hatte seine Festigkeit verloren, und der Haaransatz hatte sich zurückgezogen. Sein Gesicht war von Ausschweifungen gezeichnet. Doch wenn diese Jahre auch seinem Äußeren nicht hold gewesen waren, so waren es doch offensichtlich einträgliche Jahre gewesen. Er war mit prunkvollen Silbermuscheln und gefaßten Edelsteinen herausgeputzt und trug schicke Klamotten.

Slade schloß daraus, daß Feral Sloan entweder einer der größten Schützen der Stadt oder gar der einzige war. Letzteres war recht wahrscheinlich. Viele Cowboys, die in der Umgebung arbeiteten, hielten sich im Saloon auf; es war Samstagabend. Slade hatte es gelernt, einen Mann noch im selben Moment einzuschätzen, in dem der andere ihn ansah. Außer Sloan hielt sich im ganzen Saloon niemand auf, den er ernst nehmen mußte.

Jetzt war es nur noch eine Frage des längeren Atems, und Slade Holt war inzwischen gut im Warten. Er wußte, daß Sloan auf ihn zukommen würde, daß er auf ihn zugehen mußte, um seinen Ruf zu wahren. Sich einem bedrohlichen Fremden zu nähern, war eine Aufgabe, die immer dem besten Schützen der Stadt zukam. Die Leute erwarteten es von ihm, und sie forderten von ihm, daß er Fragen stellte, um ihre Neugier zu stillen. Wenn die harten Männer nicht die Antworten bekamen, die sie haben wollten, zogen sie entweder eine Schau ab, in der sie ihre Freundlichkeit demonstrierten, oder sie brummten laut vor sich hin, wenn sie gingen, und sie beteten, der Fremde möge sich nicht beleidigt fühlen und einen Streit vom Zaun brechen.

Slade brauchte nur zwanzig Minuten zu warten, bis Feral Sloan sich neben ihn an die Bar stellte. Dieselben Männer, die an der Bar auseinandergerückt waren, um Slade jede Menge Platz zu machen, setzten sich jetzt an die Tische. Falls es zu einer Schießerei zwischen diesen beiden gefährlichen Männern kommen sollte, boten die Tische Deckung.

»Wohin geht die Reise, Mister?«

Er erinnerte sich nur zu gut an diese Stimme. *Die leichtesten hundert Dollar, die ich je verdient habe.* Sein Kopf begann, bei dieser Erinnerung zu schmerzen, doch nichts spiegelte sich auf seinen Zügen wider, nicht einmal jetzt, da er diesem gehaßten Menschen gegenüberstand.

»Reden Sie mit mir, Sloan?«

Feral war verblüfft und argwöhnisch. »Sie kennen mich?«

»Gewiß. Ich habe vor langer Zeit von Ihnen gehört. Aber das ist schon Jahre her. Ich dachte, Sie seien tot.«

Slades Ansatz war perfekt. Männer wie Sloan liebten ihren Ruf, und Sloan war schnell bereit zu verteidigen, daß sich sein Dasein nicht mehr im Licht der Öffentlichkeit abspielte.

»Ich habe es hier so nett, daß ich nicht widerstehen konnte und mich dauerhaft niedergelassen habe«, prahlte Feral. »Aber Sie wissen ja, wie das ist. Manche Namen werden so bekannt, daß die Leute einen nicht in Ruhe lassen.«

»Ich weiß.« Slade nickte feierlich. »Ich habe gehört, daß Sie jetzt Vorarbeiter auf dem größten Anwesen in der ganzen Gegend sind. Das muß eine gute Arbeit sein.«

Feral kicherte in sich hinein. Endlich einmal ein Mann, der seine Klugheit zu würdigen wußte. »Die angenehmste Stellung überhaupt – wenn man bedenkt, daß ich nur arbeite, wenn mir danach ist.«

Slade zog eine dunkle Augenbraue hoch und heuchelte Interesse. »Wollen Sie damit sagen, daß Sie bezahlt werden, ohne etwas dafür zu tun? Wie kommt das?«

»Ich arbeite für Samuel Newcomb, und man könnte sagen, daß ich Dinge über ihn weiß, von denen er nicht will, daß sie allgemein bekannt werden.«

Slade stieß einen leisen Pfiff aus. »Dann muß er reich sein, dieser Newcomb?«

»Sagen wir so: Ihm gehört die halbe Stadt, und seine Bank hat die Hypotheken auf die andere Hälfte in der Hand.«

»Ich vermute, dann kann er es sich leisten, Sie auf seine Gehaltsliste zu setzen, statt...«

»...einen anderen dafür zu bezahlen, daß er mich aus dem Weg räumt?« beendete Feral, der diese Vorstellung amüsant fand, seinen Satz. »Das würde zu ihm passen, aber er wagt es nicht. Ich habe bei einem Freund ein Geständnis hinterlegt, verstehen Sie. Wenn mir etwas zustößt... aber ich sehe schon, daß Sie mir folgen können.«

Slade schlug die Augen nieder und musterte sein Getränk. »Ein Mann, der so reich ist, muß viele Feinde haben.«

»Er ist in dieser Gegend recht beliebt, aber mit seiner Vergangenheit kann er nichts riskieren. Er hat sich eine kleine Armee zusammengestellt, die nur zu seinem Schutz dient. Und stellen Sie sich das mal vor«, sagte Feral, der wieder in sich hineinkicherte und sich vorbeugte, als vertraue er ihm ein Geheimnis an. »Er hat sogar eine besondere Klausel in seinem Testament aufgenommen, die im Fall seines gewaltsamen Todes demjenigen hunderttausend vermacht, der seinen Mörder schnappt! Und das ist allgemein bekannt, verstehen Sie? Geschickt eingefädelt, wirklich sehr geschickt. Der Mann, der ihn tötet, würde den Tag nicht überleben, und das ist eine Tatsache. Zum Teufel, das einzige Mittel, diesem Lumpen etwas anzutun, besteht darin, ihn finanziell zu ruinieren. Aber dazu bräuchte es einen gewaltig reichen und klugen Mann.«

»Das klingt nicht gerade so, als würden Sie Ihren Wohltäter mögen.«

Feral zuckte die Achseln. »Das kommt davon, wenn man einen Mann zu gut und zu lange kennt. Wir sind derzeit nicht besonders gut aufeinander zu sprechen.«

»Sie waren lange Zeit mit Samuel Newton zusammen, nicht wahr? Er ist nicht zufällig der Mann, für den Sie '66 in Tucson gearbeitet haben, oder?«

Ferals Gesichtsausdruck veränderte sich abrupt. »Woher, zum Teufel, haben Sie...? Hier weiß niemand etwas davon. Wer sind Sie, Mister?«

»Ist er es, Sloan?« beharrte Slade mit ruhiger Stimme.

Feral fing an zu schwitzen. Dieser große Junge hatte ihn schockiert, und er wünschte sich an jeden anderen Platz auf Erden, nur nicht dahin, wo er war. Dennoch konnte er einer solchen Gelegenheit, groß aufzuschneiden, nicht widerstehen. »Ich habe ein paar Aufträge für Sam in Tucson erledigt, ein paar Kerle umgelegt, die ihm im Weg waren. Keine größere Sache, nur zwei unbedeutende, kleine Goldgräber.« Er zuckte bescheiden die Achseln. »Und jetzt erzählen Sie mir, woher Sie davon wissen.«

»Ich war zufällig dort«, erwiderte Slade mit gesenkter Stimme. »Ich habe Sie aus nächster Nähe bei der Arbeit beobachtet.«

»Wirklich?« Feral blühte sichtlich auf. »Aber, zum Teufel, Sie müssen noch ein Kind gewesen sein.«

»Das stimmt, aber das, was ich mit meinen eigenen Augen gesehen habe, werde ich niemals vergessen.«

Feral mißverstand, was Slade ihm damit sagen wollte. »Sie haben gesehen, wie ich Hoggs gekriegt habe? Ja, das war haarscharf. Der Lump hat bekommen, was er verdient hat, wenn er es wagt, mich herauszufordern.«

»Nein«, sagte Slade langsam und unheilverkündend. »Ich habe gesehen, wie Sie den unbekannten Goldgräber erschossen haben, den, für dessen Tod Newcomb Sie bezahlt hat.« Sein Gewissen forderte diese Bestätigung.

Feral war jetzt wieder auf der Hut. »Das war kein bemerkenswerter Kampf. Es war gefahrlos, kein echtes Gegenüber.«

»Ich weiß.«

Feral schluckte. »Sie haben mir immer noch nicht gesagt, wer Sie sind, Mister.«

»Ich heiße Holt, Slade Holt.«

Als er das sagte, war seine Stimme an einem Tisch in der Nähe der Bar zu hören. Innerhalb von Sekunden breitete sich die Nachricht aus, bis im ganzen Raum ein Raunen zu hören war.

»Sie wollen mich wohl auf den Arm nehmen, Mister.« Feral setzte soviel gespielte Tapferkeit auf, daß es fast kämpferisch klang. »Slade Holt ist kein Halbblut.«

»Das stimmt.«

Die Augen, die bisher hellgrün gewirkt hatten, loderten in einem gelben Feuer auf. Feral bekam feuchte Hände, und das war nicht gut. Mit Schweißhänden konnte man eine Waffe nicht besonders gut handhaben.

»Ich wollte Sie nicht beleidigen, Mr. Holt.«

»Sie haben mich nicht beleidigt.« Ein einziger Muskel zuckte auf Slades glattrasiertem Kinn, das einzige Anzeichen des Aufruhrs in seinem Innern. »Was Sie angerichtet haben, ist ein Verbrechen, das Sie vor neun Jahren begangen haben, als Sie diesen unbekannten, kleinen Goldgräber umgebracht haben. Und Ihr Fehler war es, daß Sie mich nicht getötet haben, als Sie Gelegenheit dazu hatten.«

Feral riß die Augen auf, als er plötzlich verstand, doch das Verstehen kam zu spät. Er roch den Tod, und zwar seinen eigenen. Automatisch griff er nach seiner Waffe, doch die Kugel schlug in dem Moment in seine Brust ein, als er gerade die Hand vom Halfter nahm. Die Wucht des Schusses ließ ihn rückwärts taumeln, und er landete Meter weiter hinten auf dem Rücken. Slades weiche Mokassins verursachten keinen Laut, als er auf ihn zuging und neben Sloans Kopf stehenblieb.

Sloan blickte in ein Gesicht auf, das keine Gefühlsregung erkennen ließ, nicht einmal Triumph. Er lag im Sterben, und der Mann, der ihn getötet hatte, nahm es spielend leicht.

»Du mieser Lump«, gelang es Feral zu flüstern. »Ich

hoffe, daß du ihm jetzt nachstellst.« Seine Worte kamen nicht so deutlich heraus, wie er sie in seinem Kopf hörte. »Dann bist du ein toter Mann. Verfluchter Junge. So tot, wie du hättest sein sollen... wie wir angenommen haben...«

Feral Sloans Augen wurden glasig. Slade starrte den Toten einen Moment lang an. Er hatte zwar die feste Absicht gehabt, ihn zu töten, und er bereute auch nicht, es getan zu haben, doch sein Magen drehte sich um. Galle stieg in seine Kehle. Doch sein Gesichtsausdruck blieb unbeteiligt, und die Zuschauer hielten ihn für einen kaltblütigen Killer, dem der Tod nicht naheging. Hier, in diesem Saloon, bestätigte sich die Legende, die sich um Slade Holt gebildet hatte.

Daran dachte Slade nicht. Er erinnerte sich an zwei zehnjährige Jungen, die verzweifelt aus Tucson flohen und von einem Mörder verfolgt wurden. Er sah alles wieder vor sich, und diesmal bekam er von der Erinnerung keine Kopfschmerzen. Feral Sloan hatte auf ihn geschossen und angenommen, daß er tot war. Er hatte sich nicht die Mühe gemacht, in die Felsenschlucht hinabzuklettern, um sich zu vergewissern, daß er tot war. Jetzt konnte sich Slade endlich wieder an alles erinnern. Er wußte jetzt, wie er sich auf die Suche nach seinem Bruder machen mußte.

Er verließ Newcomb, ohne auch nur einen Blick zurückzuwerfen.

1

New York City, 1882

Nicht allzuweit im Norden des hektischen Geschäftsviertels wurde die Fifth Avenue eine ruhige Wohngegend. Bäume wuchsen am Bordstein zwischen hübschen Straßenlaternen. Vornehme Villen säumten die Fifth Avenue. Sandsteinbauten standen neben Häusern mit Mansardendächern im altfranzösischen Stil. Eine neogotische Villa stand neben einer Villa im italienischen Stil mit Giebeln über den Fenstern und einer Balustrade über dem Gesims.

Die Fassade des Hammond-Hauses war eine Mischung aus Sandstein und weißem Marmor mit einer Veranda über dem Eingang und drei weiteren Stockwerken über dem Erdgeschoß. Dort lebte Marcus Hammond mit seinen beiden Töchtern. Schon vor der Geburt seiner ersten Tochter war er auf dem besten Weg zu großem Reichtum, den er sich selbst erworben hatte, und er duldete nicht, daß sich ihm etwas in den Weg stellte. Nur selten kam es vor, daß ihm jemand trotzte und sich mit ihm messen wollte, und daher war er im großen und ganzen ein gutmütiger und großzügiger Mann, vor allem seinen Töchtern gegenüber.

Eine dieser Töchter, die ältere, machte sich gerade zum Ausgehen fertig; ihr Verlobter würde sie ausführen, ein Mann, den ihr Vater für sie ausgesucht hatte. Sharisse Hammond hatte nichts gegen diese Wahl einzuwenden. An dem Tag, an dem Marcus ihr mitgeteilt hatte, daß sie im Lauf des Sommers Joel Parrington heiraten würde, hatte sie lediglich genickt. Noch ein Jahr eher hätte sie seine Wahl möglicherweise in Frage gestellt, vielleicht sogar Einwände dagegen erhoben, aber das war vor ihrer Rückkehr von einer Europareise und vor einer katastrophalen Liebesgeschichte, die so demütigend verlaufen war, daß ihr eine sichere Ehe ohne Liebe jetzt willkommen war.

Sie konnte nicht klagen. Sie und Joel Parrington waren schon seit ihrer Kindheit miteinander befreundet. Sie hatten dieselben Interessen, und sie fand, daß er unglaublich gut aussah. Sie würden eine gute Ehe führen, und wenn sie Glück hatten, würde sich im Lauf der Zeit vielleicht auch die Liebe einstellen. Es wäre scheinheilig gewesen, wenn einer von beiden heute von Liebe gesprochen hätte, denn auch Joel beugte sich den Vorschriften seines Vaters. Doch sie mochten einander recht gern, und Sharisse wußte, daß ihre Freundinnen sie beneideten. Das trug einen großen Teil zu ihrer Zufriedenheit bei, wenn auch nicht zu einer übermäßigen Begeisterung. Es konnte nie schaden, von einer Schar von Frauen beneidet zu werden, die ständig darauf aus waren, einander auszustechen. Da ihr Reichtum dem ihrer Freundinnen gleichkam und selten Äußerungen zu ihrem Aussehen fielen, war ihr Verlobter das einzige, worum Sharisse beneidet wurde.

Ihre Gedanken weilten jedoch im Moment nicht bei Joel. Sharisse fragte sich, wo sie Charley in einem Haus mit so vielen Zimmern wohl finden könnte. Sie hatte sich entschlossen, ihn zu ihrer heutigen Verabredung mitzunehmen. Er konnte ihr Gesellschaft leisten, wenn Joel wieder so geistesabwesend war, wie es in letzter Zeit häufig vorgekommen war.

Zuerst sah sie im Zimmer ihrer Schwester nach, um zu sehen, ob sie Charley dort fand.

Sharisse klopfte kurz an und wartete nicht auf eine Reaktion, ehe sie die Tür öffnete. Sie hatte ihre kleine Schwester überrascht; Stephanie zuckte zusammen und stopfte hastig Papiere in ihre Schreibtischschublade. Sie sah anklagend zu ihrer Schwester auf.

»Du hättest anklopfen können«, sagte Stephanie gereizt.

»Ich habe angeklopft«, erwiderte Sharisse ruhig, und in ihre Amethystaugen trat ein Glitzern. »Schreibst du Liebesbriefe, Steph? Du weißt doch, daß du sie nicht vor mir zu verstecken brauchst.«

Stephanies zartes, blasses Gesicht wurde dunkler. »Hab' ich gar nicht«, sagte sie zu ihrer Verteidigung. »Aber es geht dich trotzdem nichts an.«

Sharisse war entgeistert. Sie wußte nicht mehr, was sie von ihrer kleinen Schwester halten sollte. Seit Stephanie Anfang des Jahres siebzehn geworden war, hatte sie sich total verändert. Es machte ganz den Eindruck, als hätte sie plötzlich gegen alles etwas, vor allem gegen Sharisse, und das völlig grundlos. Ihre Ablehnung machte sich in wütenden, unberechenbaren Ausbrüchen Luft, denen Tränen folgten, ohne daß sie jemals eine Erklärung abgab. Sie hatte den Versuch aufgegeben, dahinterzukommen, was ihre Schwester quälte.

Das Verblüffende daran war, daß Stephanie sich im Lauf dieses letzten Jahres zu einer umwerfenden Schönheit entwickelt hatte und von Jünglingen und Verehrern umlagert war. Mit ihren vollen Brüsten, der schmalen Taille und ihrem zarten Körperbau – dazu kam noch ihr schönes blondes Haar – entsprach sie exakt dem Schönheitsideal der Zeit. Sie wurde von allen Frauen beneidet, denen es auch nur an einem dieser Attribute fehlte – einschließlich Sharisse, die keins dieser Attribute aufzuweisen hatte. Sie konnte es nicht ändern, aber sie wünschte sich wirklich sehnlichst, so auszusehen wie ihre Schwester. Sharisse versteckte ihre Enttäuschung geschickt unter einer Maske der Selbstsicherheit, die selbst die scharfsichtigsten Mitmenschen täuschen konnte. Manche hielten sie sogar für hochmütig.

Stephanies bestürzendes Verhalten hätte ausgereicht, um einen Heiligen aus der Fassung zu bringen. Der einzige Mensch, den sie nicht anfauchte, war ihr Vater. Doch beide Mädchen wußten, daß Wutausbrüche in seiner Gegenwart nicht ratsam waren. Ihre Mutter, die zwei Jahre nach Stephanies Geburt gestorben war, war der einzige Mensch, der es gewagt hatte, sich mit Marcus Hammond zu streiten. Sie hatte einen starken Willen gehabt, und häufig war es zu hitzigen Diskussionen gekommen. Wenn sie sich nicht miteinander stritten, hatten sie einander ebenso glühend geliebt. Keines der beiden Mädchen schien seinen Eltern ähnlich zu sein. Ihr Vater hielt sie beide für liebenswürdig und zuvorkommend. Sie waren ausgezeichnete Schauspielerinnen.

»Was willst du?« fragte Stephanie verdrießlich.

»Ich suche Charley.«

»Ich habe ihn heute noch nicht gesehen.«

Sharisse wandte sich ab, doch ihre Neugier war wachgeworden. »Was hast du eigentlich getan, als ich reingekommen bin, Steph? Wir hatten doch nie Geheimnisse voreinander.«

Stephanie sah sie zögernd an, und einen Moment lang glaubte Sharisse, sie hätte sich erweichen lassen. Doch dann sah sie auf ihre Hände und sagte mit kindlicher Stimme: »Vielleicht habe ich gerade einen Liebesbrief geschrieben. Vielleicht habe ich einen ganz besonderen Verehrer.« Dann blickte sie wieder auf und sagte trotzig: »Und vielleicht heirate ich auch schon bald.«

Sharisse tat all das als Unsinn und Übellaunigkeit ab. »Ich wünschte, du würdest mir sagen, was dich plagt, Steph. Ich würde dir wirklich gern helfen.«

Stephanie ging nicht darauf ein. »Ich sehe, daß du dich zum Ausgehen angekleidet hast.«

Sharisse seufzte resigniert. »Joel hat einen Ritt im Central Park vorgeschlagen, wenn der Tag schön wird.«

»Ach so.« Für einen winzigen Moment trat ein gequälter Blick in Stephanies Augen. Dann sagte sie leichthin: »Dann laß dich von mir nicht aufhalten.«

»Hast du vielleicht Lust mitzukommen?« fragte Sharisse, die einem plötzlichen Impuls gehorchte.

»Nein! Ich meine, ich denke nicht im Traum daran, euch zu stören. Außerdem muß ich noch einen Brief beenden.«

Sharisse zuckte die Achseln. »Mach doch, was du willst. Ich will jedenfalls Charley finden, ehe ich aus dem Haus gehe. Wir sehen uns heute abend.«

In dem Moment, in dem die Tür geschlossen wurde, machte Stephanie ein langes Gesicht, und in ihre Augen traten Tränen. Es war nicht gerecht, es war einfach nicht gerecht! Sharisse bekam immer alles. Ihre Schwester war auf Rosen gebettet. Sie war diejenige, die das fantastische kupferrote Haar ihrer Mutter geerbt hatte und auch deren ungewöhnliche Augen, die ein kräftiges, dunkles Violett annehmen konnten und ansonsten die zarte, sinnliche Tönung eines Amethysts hatten. Sie war diejenige, die ausgeglichen und selbstbewußt war, und sie war immer der Liebling ihres Vaters gewesen. Ihre Gouvernanten, ihre Hauslehrer und selbst die Bediensteten taten alles, um Sharisse zu gefallen. Ihre Tante Sophie zog Sharisse vor, weil sie sie an ihre geliebte, verstorbene Schwester erinnerte. Sie wirkte nicht sehr elegant, nicht bei ihrer Größe von fast einem Meter siebzig und mit ihrem dunklen Teint, aber sie war diejenige, die in einer Menschenmenge Aufsehen erregte, ob sie nun dem Ideal entsprach oder nicht, und sie hatte eine königliche Haltung, als sei es ihr gutes Recht, im Mittelpunkt der Aufmerksamkeit zu stehen.

Stephanie hatte Sharisse nie mißgönnt, daß sie solches Glück hatte. Sie liebte Sharisse sehr. Aber jetzt bekam Sharisse das, was Stephanie mehr als alles andere auf Erden wollte – Joel Parrington. Er löste ein schmerzliches

Verlangen in ihr aus. Und es tat weh zu wissen, daß sie ihn nicht haben konnte. Ihre Schwester würde ihn bekommen; und noch schmerzlicher war es, daß Sharisse sich nicht wirklich etwas aus ihm machte.

Das waren die bitteren Dinge, mit denen sie fertig werden mußte. Ihre Schwester liebte Joel nicht. Und er sah Sharisse nie so an, wie er Stephanie ansah, mit einer Bewunderung, die er nicht immer verbergen konnte. Wenn man ihn vor die Wahl gestellt hätte, hatte sie keinen Zweifel daran, wen er gewählt hätte. Aber man hatte ihm keine Wahl gelassen. Auch Sharisse hatte man keine Wahl gelassen. Wenn doch nur ihr Vater nicht eine so strenge Hand gehabt hätte, wenn es darum ging, über alle zu bestimmen.

Wenn doch Sharisse nur früher geheiratet hätte! Wenn sie doch nur nicht schon zwanzig wäre und man ihr noch Zeit lassen könnte, sich selbst einen Mann auszusuchen. Wenn sie sich doch nur in einen anderen verlieben würde. Sharisse konnte sich durchsetzen, wenn es nötig war. Sie konnte ihrem Vater gegenübertreten und um ihr Glück kämpfen. Hatte sie etwa nicht darum gekämpft, daß Charley bleiben durfte?

Aber was nutzte es, auf ein Wunder zu hoffen, wenn die Heirat schon in zwei Monaten stattfinden würde? Ihr brach das Herz, und nichts half dagegen. Und wenn sie jetzt schon, ehe es wirklich soweit war, so entsetzlich litt, wie würde es dann erst hinterher werden? Sie hatten vor, nach der Hochzeit in ein Haus in derselben Straße zu ziehen. Wie würde sie es ertragen, die beiden so oft zu sehen, zu wissen, daß sie... es würde ihr unerträglich sein.

Stephanie öffnete ihre Schreibtischschublade und zog die Papiere heraus, die sie bei Sharisses Eintreten hineingestopft hatte. Sie hatte aus der *New York Times* die Anzeigen herausgerissen, die Spalte Heiratsanzeigen. Wenn sie Joel nicht haben konnte, dann würde sie jemanden heiraten, der weit weg lebte, damit sie Joel nie wiedersehen mußte. Sie hatte bereits drei verschiedene Briefe geschrieben, zwei an Männer, die die Annoncen selbst aufgegeben hatten, und einen an eine Agentur, die Eheschließungen vermittelte.

Stephanie las die Briefe jetzt noch einmal durch. Es waren Versuche, sich gut darzustellen, indem sie ihre guten Eigenschaften und ihre Fähigkeiten hervorhob. Warum hatte sie gelogen? Sie würde eine wunderbare Ehefrau für irgendeinen Mann abgeben. Warum sollte sie nicht wenigstens einen dieser Briefe abschicken? Wenn sie in New York blieb, dann bedeutete das, daß ihr weiterhin das Herz brechen würde.

Stephanie nahm den Anzeigenteil noch einmal in die Hand. Eine der Annoncen kam von einem Rancher aus Arizona. Sie versuchte, sich daran zu erinnern, was sie gelernt hatte. Ja, Arizona war weit weg. Und ein Rancher war gerade das Richtige. Vielleicht war er einer dieser großen Rinderzüchter, von denen sie gehört hatte.

Sie las die Anzeige noch einmal von Anfang bis Ende. Sie war ein Jahr jünger als das gewünschte Mindestalter, aber sie konnte ein klein wenig flunkern und behaupten, sie sei achtzehn. ›Muß gesund und kräftig sein.‹ Sie war gesund, aber sie hatte nie Grund gehabt herauszufinden, ob sie kräftig war. ›Muß hart arbeiten können.‹ Das konnte sie wahrhaftig, wenn es sein mußte, aber sie würde auf Hausangestellten bestehen müssen, mindestens ein halbes Dutzend. ›Bild mitschicken.‹ Aha! Der Mann wollte also wissen, was er bekam, und er hoffte auf mehr als ein reizloses Mädchen.

Stephanie lächelte vor sich hin. Sie zog ein frisches Blatt Papier heraus und fing an, ihren Brief an Lucas Holt zu schreiben.

Sharisse betrat das Arbeitszimmer ihres Vaters im Parterre. Ein großes Porträt ihrer Mutter schmückte die Wand hinter seinem Schreibtisch. Sie wußte, daß er sich oft auf seinem prall gepolsterten Ledersessel umdrehte, um es anzusehen. Wenn je ein Mann wahrhaft getrauert hatte, dann war es Marcus Hammond, der sich weigerte, wieder zu heiraten, weil er behauptete, daß keine andere Frau sich mit ihr messen könnte. Seine Freunde hatten es längst aufgegeben, ihn zu verkuppeln, und überließen ihn seinen Erinnerungen, in denen er schwelgte.

Er saß an seinem Schreibtisch und überflog Papiere. Sharisse wußte sehr wenig über seine Geschäfte, nur, daß sie vielfältig waren, eine Gummifabrik, eine Brauerei, ein Möbelhaus, eine Importfirma, Dutzende von Wohn- und Bürogebäuden.

Ihr Vater hatte nicht die Absicht, ihr die Zügel in die Hand zu geben. Er hatte sie nicht dazu erzogen. Das war auch der Hauptgrund, weshalb sie einen Mann seiner Wahl heiraten sollte. Eines Tages würde dieser Mann über alles herrschen, was Marcus Hammond aufgebaut hatte.

Marcus blickte auf, und Sharisse lächelte. »Ich wollte dich nicht stören, Vater. Ich suche Charley. Du hast ihn nicht zufällig gesehen?«

Klare blaue Augen funkelten unter dunklen goldbraunen Augenbrauen. »Hier? Du weißt, daß er hier nicht gern gesehen ist. Und das weiß er auch.«

»Ich habe doch nur gefragt, ob du ihn gesehen hast, Vater.«

»Nein, ich habe ihn nicht gesehen. Und ich hoffe auch, daß ich ihn nie wiedersehe«, erwiderte er mürrisch. »Sorg bitte dafür, daß er mir nicht unter die Augen kommt, Rissy.«

»Ja, Vater.« Sharisse seufzte. Sie verließ das Zimmer und ging in die Küche.

Ihr Vater hatte Charley als einen miesen, kleinen Schmarotzer bezeichnet. Als einen nichtsnutzigen Landstreicher. Aber Charley bedeutete Sharisse wesentlich mehr, als sie je für möglich gehalten hatte, nachdem sie ihn gefunden und gesundgepflegt hatte, als er übel zugerichtet und verletzt gewesen war.

Sharisse wählte einen unglücklichen Zeitpunkt, um den Bereich der Hausangestellten aufzusuchen. Sie hörte ein leises Weinen und dann ein lautes Klagen. Sie öffnete die Küchentür, und die Köchin ging wieder an ihre Töpfe. Jenny, die heruntergekommen war, um eine Tasse Tee zu trinken, kippte den letzten Schluck hinunter und eilte wieder nach oben. Die Küchenhilfe stürzte sich eilig auf das Schälen der Kartoffeln.

Zwei Leute standen am Tisch, Mrs. Etherton, die Haushälterin der Hammonds, und ein neues Hausmädchen, das Sharisse bisher nur einmal gesehen hatte. Dieses kleine Geschöpf war es, das so lautstark heulte. Vor ihren Füßen lag eine zerbrochene Teetasse aus dem kobaltblauen Service, das Sharisses Mutter aus Frankreich, ihrer Heimat, mitgebracht hatte. Sie und ihre Schwester Sophie waren dort aufgewachsen. Es war eine von acht Tassen, von denen Sharisse angeordnet hatte, daß sie eingepackt und in ihr neues Zuhause gebracht würden, ein unermeßlich kostbarer Schatz, den sie ihren eigenen Kindern eines Tages hatte vermachen wollen. Sharisse liebte dieses Service mit dem zarten, verschlungene blauen Muster und dem feinen Goldrand.

Sharisse bückte sich, um die Scherben aufzuheben, und es tat ihr von Herzen weh. Die anderen sieben Tassen standen auf dem Küchentisch neben einer Kiste, in die sie gepackt werden sollten. Sie seufzte. Wenn sie nicht beschlossen hätte, sie in ihr neues Heim mitzunehmen, stünden sie jetzt noch in dem Porzellanschrank im Eßzimmer, vollständig und ganz und in Sicherheit.

Als das Dienstmädchen ihren Gesichtsausdruck sah, brach sie wieder in ein lautes Klagen aus. »Ich wollte es wirklich nicht, Miß. Es war ein Unglück, ich schwöre es. Lassen Sie nicht zu, daß sie mich wegschickt.«

Sharisse sah in Mrs. Ethertons strenges Gesicht. »Ich habe sie entlassen, Miß Hammond«, sagte Mrs. Etherton. »Das hätte ich schon eher tun sollen. Wenn das Mädchen nichts zerbricht, dann hängt es seinen Tagträumen nach und bringt keine Arbeit hinter sich.«

»Wenn sie dazu neigt, Dinge zu zerbrechen, dann hätte man ihr gar nicht erst auftragen sollen, daß sie Mutters Tassen verpackt«, sagte Sharisse mit scharfer Stimme.

Mrs. Etherton wurde knallrot, und das junge Mädchen mischte sich eilig ein. »Molly hätte das Geschirr einpacken sollen, Miß, aber sie ist seit drei Tagen krank, und sie hat mich gefragt, ob ich ihr helfen kann, damit sie mit ihren Arbeiten nicht so weit im Rückstand ist.«

»Sie haben es also auf sich genommen, um...? Ich muß mich entschuldigen, Mrs. Etherton«, sagte Sharisse.

Die Haushälterin fand ihre Würde wieder und nickte Sharisse zu.

Das Mädchen wandte sein bekümmertes Gesicht erst der Haushälterin zu, dann Sharisse. »Geben Sie mir noch eine Chance, Miß. Ich schwöre, daß ich mich mehr anstrengen werde. Ich kann nicht nach Five Points zurückgehen. Bitte, lassen Sie nicht zu, daß sie mich zurückschickt.«

»Five Points?« Mrs. Etherton war plötzlich aufgebracht. »Du hast mir doch gesagt, daß du von einer Farm im Norden kommst. Du hast also gelogen, stimmt's?«

»Sie hätten mich nicht genommen, wenn Sie gewußt hätten, daß ich aus Five Points komme.«

Sharisse hörte angewidert zu. Sie konnte dem armen Mädchen nicht vorwerfen, daß es so fassungslos war. Sie war nie auch nur in der Nähe von Five Points gewesen, aber sie wußte, daß es in dieser Gegend von Manhattan die schlimmsten Slums der ganzen Stadt gab, darunter auch die berüchtigte ›alte Brauerei‹, wo Menschen in baufälligen, schmutzigen Häusern zusammengepfercht lebten. Die jährlichen Ziffern der dort verübten Morde, Überfälle und anderer Verbrechen waren schwindelerregend. Kein Fremder war sicher, wenn er durch diese Straßen lief. Wenn man sich vorstellte, daß das arme Kind, das nicht älter als fünfzehn sein konnte, dort aufgewachsen war und sich verzweifelt bemühte, dem zu entkommen...

»Sie werden ihr doch noch eine Chance geben, Mrs. Etherton?« sagte Sharisse impulsiv.

Auf das Gesicht der Haushälterin traten nervöse Flekken. »Aber, Miß...«

»Jeder verdient es, mehr als eine Chance zu bekommen«, sagte Sharisse glühend. »Sieh dich nur vor, daß du in Zukunft behutsamer bist.«

»Oh, danke, Miß!«

»Hat eigentlich irgend jemand Charley gesehen?« fragte Sharisse.

»In der Vorratskammer, Miß«, warf die Köchin ein.

»Natürlich, in der Vorratskammer«, sagte Sharisse.

Da lag er denn auch auf den kühlen Kacheln mit einem Hühnerbein, das er stibitzt hatte. Ohne ein weiteres Wort an die Hausangestellten zu richten, verließ Sharisse mit Charley die Küche. Der langhaarige Kater kuschelte sich wohlig in den Arm seiner Gönnerin.

2

Stephanie legte den Brief aus der Hand, den sie gerade gelesen hatte. Trotzig sah sie ihre beste Freundin, Trudi Baker, an. »Jetzt weißt du also, daß es nicht frei erfunden war, als ich gesagt habe, daß ich heirate. Ehe der Monat vorbei ist, bin ich Mrs. Lucas Holt.«

Sie hatten es sich in Stephanies Schlafzimmer bequem gemacht, einem sehr femininen Zimmer mit weißen Draperien vor den beiden Fenstern, lavendelfarbenen Tapeten und einem Himmelbett, dessen Baldachin rosa und weiß war. Das kleine Sofa, auf dem Trudi saß, war mit einem zartrosa Brokatstoff überzogen und paßte im Ton zu ihrem Nachmittagskleid.

Die beiden jungen Mädchen waren fast gleich groß und hatten beide einen hellen Teint, aber Trudi hatte grüne Augen. Sie war sechs Monate älter als Stephanie, in ihren Augen ein großer Altersunterschied. Sie war auch von ihrer ganzen Art her angriffslustiger. Beide Mädchen waren sich darüber einig, daß sie die Verwegenere von beiden war, und daran lag es auch, daß es ihr solche Schwierigkeiten bereitete, all das hinzunehmen.

Wenn sie nicht mit eigenen Augen die Fahrkarten für die Kutsche und den Zug gesehen hätte, hätte sie nach wie vor geglaubt, daß ihre Freundin sie auf den Arm nahm.

»Nun, was sagst du?« fragte Stephanie.

Trudi versuchte, den Punkt anzusprechen, der ihr am wesentlichsten erschien. »Er sieht bestimmt nicht gut aus. Wahrscheinlich ist er so häßlich, daß ihn da unten keine Frau haben will. Deshalb mußte er auch inserieren, um eine Frau zu bekommen.«

»Unsinn, Trudi. Es kann auch genau umgekehrt sein. Er konnte kein Mädchen finden, das hübsch genug war, jedenfalls nicht so schön wie er.«

»Wunschdenken, Steph! Wenn du ihm schon ein Bild von dir geschickt hast, weshalb hast du ihn dann nicht aufgefordert, dir ein Bild zu schicken?«

Stephanie biß sich auf die Lippen. »Das habe ich getan«, gab sie zu. »Aber er hat kein Bild geschickt und meine Bitte auch mit keinem Wort erwähnt.«

»Siehst du! Er ist alt und häßlich, und er hat genau gewußt, daß er keine Chancen bei dir hat, wenn du siehst, wie er aussieht.«

»Wahrscheinlich hat er bloß kein Bild von sich selbst.«

»Steph, warum gibst du nicht einfach zu, daß du die ganze Sache nicht wirklich durchdacht hast?«

Stephanie setzte einen noch halsstarrigeren Blick auf, und Trudi sprach sprudelnd weiter. »Warum ausgerechnet er? Hier gibt es Dutzende von Männern, die sofort die Gelegenheit beim Schopf packen würden, dich zu heiraten, Männer, die du kennst, keine Fremden. Wenn Lucas Holt die Fahrkarten geschickt hat und dich erwartet, dann heißt das noch lange nicht, daß du hinfahren mußt. Schick ihm die Fahrkarten zurück. Was kann er dann noch machen?«

Stephanie machte einen kläglichen Eindruck. »Du verstehst es nicht, Trudi. Der einzige Mann, den ich will, heiratet meine Schwester. Ich muß es tun. Nächste Woche findet Sharisses Hochzeit statt. Ich habe nicht vor, hier zu sein und es mitanzusehen.«

»Und deshalb läufst du weg.«

Stephanie sah den Fußboden an. »Wenn du es unbedingt so sagen willst, ja, ich laufe weg.«

Trudi legte die Stirn in Falten. »Ist es dir denn ganz egal, daß du dich vielleicht für den Rest deines Lebens jämmerlich fühlst?«

»Ich habe mich damit abgefunden, für den Rest meines Lebens unglücklich zu sein«, sagte Stephanie seufzend.

»Hast du denn überhaupt nichts unternommen, um die Dinge zu ändern? Hast du mit deinem Vater gesprochen? Hast du es deiner Schwester gesagt? Weiß es irgend jemand außer mir?«

»Nein, nein und nochmals nein. Was für einen Unterschied würde es machen, abgesehen von der Demütigung, die es für mich bedeuten würde? Mein Vater nimmt mich nicht ernst. Er hält mich immer noch für ein Kind.

Und die Vorstellung, daß Sharisse es erfährt, ist mir unerträglich. Ich will nicht von ihr bemitleidet werden.«

»Sie ist deine Schwester, nicht dein ärgster Feind. Sie liebt dich. Vielleicht könnte gerade sie dir helfen.«

»Es gibt nichts, was sie tun könnte.«

»Woher willst du das wissen? Es mag ja sein, daß du dich fürchtest, es deinem Vater zu sagen, aber vielleicht fürchtet sie sich nicht.«

»Das würde sie nicht wagen«, sagte Stephanie atemlos. Trudi kannte Marcus Hammond nicht allzu gut.

»Sie ist praktischer als du, Steph, und sie läßt sich nicht so schnell einen Strich durch die Rechnung machen.«

»Das ist nur aufgesetzt«, sagte Stephanie.

Trudi nahm einen neuen Anlauf.

»Und was ist, wenn Sharisse sich weigert, Joel zu heiraten? Sie scheint ihn ohnehin nicht zu lieben.«

Stephanie sah sie mit einem schiefen Lächeln an. »Niemand wagt es, sich meinem Vater zu widersetzen, und am allerwenigsten Rissy oder ich.«

»Jetzt mal ehrlich, Stephanie Hammond. Du willst es also nicht einmal versuchen, stimmt's?« sagte Trudi verärgert. »Ich würde mich jedenfalls nicht kampflos geschlagen geben. Ich täte alles Erdenkliche, um das zu kriegen, was ich will.«

Stephanie zuckte nur die Achseln.

»Du brauchst nichts weiter zu tun, als deiner Schwester die Wahrheit zu sagen. Schließlich sieht es nicht danach aus, daß sie ihn liebt und wirklich etwas aufgeben würde. Du hast gesagt, daß sie sich nichts aus ihm macht, daß sie ihre eigene Hochzeit so behandelt wie eine unter vielen Partys, die sie in diesem Sommer aufsuchen wird. Ich habe sie selbst schon mit Joel gesehen. Sie geht mit ihm um wie mit einem Bruder. Wenn sie ihn liebt, dann verbirgt sie es sehr geschickt.«

»Nein, sie liebt ihn nicht. Das weiß ich gewiß.«

»Und warum sollte sie dir dann nicht helfen wollen?«

»Hör auf, Trudi. Es gibt nichts, was sie für mich tun könnte.«

»Vielleicht nicht. Aber was ist, wenn sie doch etwas für dich tun könnte? Was ist, wenn es ihr gelingt, die Hochzeit abzublasen und Joel dir zu überlassen? Schlimmstenfalls kannst du damit rechnen, daß sie diejenige ist, die wegläuft. Und dann findet zumindest die Hochzeit nicht statt.«

»Das ist doch verrückt, Trudi«, sagte Stephanie wütend, aber sie war wütend auf sich selbst, weil sie wünschte, es wäre Sharisse, die fortliefe. Lucas Holt war wahrscheinlich alt und häßlich, und sie würde an seiner Seite wirklich unglücklich werden. Sie hatte ein solches Durcheinander angerichtet. Sie spürte, daß die Tränen in ihr aufstiegen.

»Ich könnte Rissy ja zumindest einmal sagen, was ich empfinde«, sagte Stephanie zaghaft.

»Das ist das erste vernünftige Wort, was du heute gesagt hast.« Trudi lächelte sie an und fühlte sich ein wenig erleichtert.

»Gute Nacht, Rissy.«

»Gute Nacht, Joel.«

Sharisse schloß die Augen und wartete auf den üblichen mechanisch gegebenen Kuß, und sie wünschte sich verzweifelt, sie würde diesmal etwas dabei empfinden. Sie empfand nichts. Es war keine Kraft in den Händen, die ihre Schultern umfaßten, keine Begeisterung in den Lippen, die die ihren streiften. Er hatte sie nie an sich gezogen, und ihr wurde klar, daß sie nicht wußte, was es hieß, von einem Mann in die Arme gerissen zu werden. Auch Antoine Gautier hatte sie nie leidenschaftlich an sich gezogen. Er hatte nach Art der Franzosen zärtlich mit ihren Händen gespielt. Und doch hatten Antoines Lippen, wenn sie ihre Handfläche streiften, ihre Leidenschaft stärker angefacht als irgend etwas, was Joel je getan hatte.

Sie konnte es Joel nicht vorwerfen. Nach der Demütigung, die sie durch Antoine erfahren hatte, hatte sie sich geschworen, nie mehr zu lieben – und ihr Herz hatte sie ernst genommen. Ihr konnte das nur recht sein. Jetzt konnte niemand mehr sie verletzen. Das redete sie sich immer wieder ein, um nicht auf mehr als eine laue Zuneigung zu hoffen.

Seufzend blieb sie vor der Haustür stehen und sah Joel nach, der die Stufen hinuntersprang und in seine Kutsche stieg. Er sah so gut aus. Sein Teint war fast so cremig weiß wie der ihre. Sein kleiner Schnurrbart war immer sehr gepflegt. Sein schlanker Körper war keineswegs furchteinflößend, ganz im Gegensatz zu der muskulösen Gestalt ihres Vaters. Er war auch frei von jeder Arroganz, und das war ihr wichtig: Die anmaßende Arroganz ihres Vaters reichte ihr für das ganze Leben. Joel war freundlich und besaß einen leichtsinnigen Charme. Was hätte sie sich sonst noch wünschen können?

Wem machte sie hier eigentlich etwas vor? Es war alles andere als schmeichelhaft, wenn ein Mann einem nicht einmal vormachen konnte, er fände einen begehrenswert. Antoine hatte zumindest so getan als ob. Nein, sie würde die beiden nicht miteinander vergleichen. Joel war ganz anders als der verlogene Antoine. Ihre Größe schreckte die meisten Männer ab, und ihre schlanke, knabenhafte Figur vergraulte die übrigen. Sie war einfach nicht weiblich, und sie hatte all das nicht, was nötig war, um die Leidenschaft in Männern wachzurufen.

Natürlich gab es Männer, die sie mit unverhohlener Wollust ansahen, doch sie hütete sich vor ihnen. Das waren Männer wie Antoine, die lediglich der Gedanke anstachelte, einer Frau die Unschuld zu nehmen. Das war alles, was sie wollten. Zumindest war sie dem nicht mehr ausgesetzt, wenn sie erst verheiratet war.

Nächste Woche. Nächste Woche würde sie Mrs. Joel Parrington sein. Und doch liebte er sie nicht, und sie liebte ihn nicht. Es spielte keine Rolle. Sie würde nie mehr einen Menschen lieben, und daher spielte es wirklich keine Rolle.

3

Marcus Hammonds Blutdruck erhöhte sich. Er funkelte seine ältere Tochter wütend über seinen Schreibtisch an, doch seine Unfreundlichkeit konnte sie diesmal nicht einschüchtern. Sie funkelte ihn an, und er konnte es einfach nicht glauben. Sie erinnerte ihn zu sehr an seine Frau. Aber er dachte gar nicht daran, ihre Auflehnung hinzunehmen.

»Geh in dein Zimmer, Sharisse!«

Ihre großen Amethystaugen wurden noch runder. »Willst du damit sagen, daß du nicht einmal bereit bist, mit mir darüber zu reden?«

»Ja.«

»Ich gehe nicht ins Bett, ehe diese Angelegenheit geklärt ist.«

»Du gehst nicht ins Bett? Bei Gott...«

»Würdest du mir bitte einfach zuhören?« Sharisses Stimme war jetzt flehentlich.

»Mir noch mehr Unsinn anhören? Ich denke gar nicht daran!«

»Aber verstehst du das denn nicht? Ich kann Joel jetzt nicht heiraten. Wie könnte ich das tun, wenn ich weiß, daß Stephanie ihn liebt?«

»Stephanie ist ein Kind«, brauste ihr Vater auf. »Sie ist zu jung, um irgend etwas über die Liebe zu wissen.«

»Sie ist siebzehn, Vater«, hob Sharisse hervor. »War Mutter nicht siebzehn, als du sie geheiratet hast?«

»Laß deine Mutter aus dem Spiel!« warnte Marcus.

»Hör dir doch wenigstens an, was ich zu sagen habe... ich liebe Joel nicht, aber Steph liebt ihn. Warum also muß ich ihn heiraten, wenn sie ihn doch heiraten will?«

»Damit hättet ihr herausrücken müssen, als abgemacht wurde, daß du ihn heiratest, und nicht jetzt, eine Woche vor der Hochzeit. Du warst rundum bereit, den Jungen zu heiraten, ehe deine Schwester dir dieses alberne Geständnis gemacht hat. Jetzt ist es zu spät, Sharisse.«

»Ich könnte laut schreien!« rief Sharisse aus, und ihr Vater war gänzlich schockiert. »Es ist ja schließlich nicht so, daß wir nicht bestens mit den Parringtons bekannt sind. Joels Vater ist dein bester Freund, und du warst schon vor meiner Geburt mit ihm befreundet. Wenn wir Edward die Situation erklären, wird er es gewiß verstehen.«

»Einen Dreck wird er!« brummte Marcus, den der Gedanke völlig aus der Fassung brachte, seinem Freund sagen zu müssen, daß zu diesem späten Zeitpunkt eine Tochter gegen die andere ausgetauscht würde. Allein diese Idee! »Ich will kein Wort mehr davon hören!«

»Aber, Vater...«

»Kein Wort mehr, habe ich gesagt!« Er stand auf und erhob sich zu seiner vollen, einschüchternden Körpergröße, und Sharisse wurde blaß. »Du bist noch nicht zu alt, um Prügel zu kriegen, Sharisse Hammond, und bei Gott, genau das wirst du von mir bekommen, wenn du mir gegenüber auch nur noch ein Wort von diesem Unsinn erwähnst.«

Sharisse antwortete nicht. Ihr Mut sank, und sie rannte aus dem Zimmer. Auf dem oberen Treppenabsatz blieb sie stehen. Sie hatte Herzklopfen. Hatte sie sich jemals in ihrem Leben derart gefürchtet? Sie wußte selbst nicht, wie sie so dreist hatte sein können, sich ihrem Vater zu widersetzen. Sich nach dieser letzten grauenhaften Drohung gegen ihn zu stellen... undenkbar. Sie hatte vorher gewußt, daß es nicht leicht sein würde, es ihrem Vater zu sagen, aber sie hatte nicht damit gerechnet, daß er in seiner Ablehnung so wütend werden könnte. Und ihr damit zu drohen, sie auszupeitschen! Sie zuckte zusammen.

Sharisse fand Stephanie in ihrem Zimmer vor. Sie saß ängstlich auf der Bettkante und wartete. »Es tut mir leid, Steph«, war alles, was sie zu sagen hatte.

Das jüngere Mädchen fing an zu weinen. »Ich wußte, daß es nichts nutzt. Das habe ich Trudi gleich gesagt, aber sie war ganz sicher, daß du etwas tun kannst.«

Sharisse setzte sich neben ihre Schwester und versuchte, sie zu trösten. »Weine bitte nicht, Steph. Wenn Vater erst eine Zeitlang darüber nachgedacht hat...«

»Wenn er nein gesagt hat, dann ändert er seine Meinung nicht mehr.« Stephanie schluchzte noch lauter. »Ich hätte es dir gar nicht erst sagen sollen. Ich hätte einfach weggehen sollen, wie ich es vorhatte.«

»Weggehen?« Sharisse war nicht sicher, ob sie sich nicht verhört hatte. »Was soll das heißen?«

»Ach, nichts weiter«, schniefte Stephanie.

»Du kannst nirgends hingehen, Steph.«

»So, kann ich das nicht?« sagte Stephanie erbost, weil sie glaubte, Sharisse bemitleide sie jetzt. »Nur zu deiner Information – es gibt einen Mann, der nur darauf wartet, mich zu heiraten, und zwar jetzt sofort, in Arizona. Ich habe die Fahrkarten. Ich könnte sogar schon vor dir verheiratet sein«, fügte sie hinzu, ohne zu wissen, wie lange die Reise nach Arizona dauerte.

»Aber woher kennst du diesen Mann?«

»Ich... ich kenne ihn eigentlich noch gar nicht. Wir haben einen Briefwechsel miteinander geführt.«

»Was?«

»Sieh mich nicht so schockiert an. Das ist ganz üblich.

Im Westen herrscht nämlich Frauenmangel. Wie sollen diese mutigen Männer denn sonst eine anständige Frau finden?«

Stephanie war bereit, alles zu sagen, was halbwegs logisch klang, wenn es zu ihrer Verteidigung diente. In Wirklichkeit wußte sie ebensowenig über den Westen oder über Heiratsanzeigen wie Sharisse. Aber sie wollte nicht, daß ihre Schwester es merkte, und sie wollte auch nicht, daß Sharisse erfuhr, wie sehr ihr davor graute, zu Lucas Holt zu fahren.

»Soll das heißen, daß du vorhattest, irgendeinen Mann, den du überhaupt nicht kennst, zu *heiraten*? Quer durch das Land zu fahren... Steph, wie konntest du auch nur auf eine solche Idee kommen?«

»Wie hätte ich mir denn vorstellen sollen, hierzubleiben, nachdem du Joel geheiratet hast? Ich kann es nicht, und ich werde es auch nicht tun. Ich reise morgen ab, und wage es nicht, auch nur zu versuchen, mich davon abzuhalten.«

»Aber ich kann dich doch nicht einfach gehen lassen. Du bist noch so unerfahren, Steph. Wahrscheinlich würdest du dich schon verirren, ehe du auch nur im Zug sitzt.«

»Bloß, weil du in Europa warst, heißt das noch lange nicht, daß du die einzige bist, die in der Lage ist zu reisen«, fauchte Stephanie. »Ich war auch schon bei Tante Sophie. Ich schaffe es schon.«

»Du warst mit Vater und mir bei Tante Sophie. Du bist noch nie allein irgendwo gewesen. Und... mein Gott, ernstlich in Betracht zu ziehen, einen Fremden zu heiraten! Nein, das kann ich nicht zulassen.«

Stephanies Augen wurden zu schmalen Schlitzen. »Du willst mich zwingen, hierzubleiben und mitanzusehen, wie du Joel heiratest? So grausam könntest du sein?«

»Steph!«

»Ich liebe ihn!« Eine neuerliche Flut von Tränen hatte sich angesammelt. »Ich liebe ihn, und du wirst ihn heiraten! Weißt du«, fügte sie verbittert hinzu, »das einzige, wodurch sich diese Eheschließung nächste Woche verhindern lassen würde, wäre, daß du nicht da bist. Aber kämst du auch nur auf den Gedanken, an meiner Stelle wegzugehen? Das tätest du natürlich nie. Du hast ja auch bei Vater nur zu schnell aufgegeben. Es war ja nicht zu erwarten, daß du den Mut hast, dich ihm zu widersetzen, indem du davonläufst.«

»Er hat mir mit der Peitsche gedroht«, sagte Sharisse leise.

»Oh«, sagte Stephanie, und jeder Vorwurf war erstickt.

»Einen Moment mal«, sagte Sharisse impulsiv. »Warum soll ich denn nicht weggehen? Das würde schließlich alle Probleme lösen. Vater würde erkennen, daß es mir ernst damit ist, Joel nicht zu heiraten, und ich müßte nur solange woanders bleiben, bis er nachgibt.«

»Ist das dein Ernst, Rissy?« fragte Stephanie, die wieder Hoffnung schöpfte. »Tätest du das wirklich für mich?«

Sharisse war nachdenklich. Ihr Vater würde wütend werden. Vielleicht konnte sie monatelang nicht nach Hause kommen. Aber zumindest war sie dann nicht am Unglück ihrer Schwester schuld.

»Warum eigentlich nicht?« sagte sie kühn. »Ich kann zu Tante Sophie fahren und eine Zeitlang dort bleiben.«

Stephanie schüttelte den Kopf. »Dort wird Vater dich zuallererst suchen. Du glaubst doch nicht etwa, daß er keinen Versuch unternimmt, dich zu finden, oder?«

»Ach, du meine Güte.« Sharisse runzelte die Stirn. »Laß mich mal nachdenken.«

»Du könntest die Fahrkarten benutzen, die ich habe.«.

»Nach Arizona fahren? Das ist ja lachhaft, Steph. So weit muß ich wohl doch nicht fahren.«

»Aber wohin willst du denn sonst gehen? Lucas Holt

wird sich zumindest um dich kümmern, bis ich dir Bescheid gebe, daß du wieder nach Hause kommen kannst.«

»Sich um mich kümmern?« sagte Sharisse atemlos. »Der Mann erwartet eine Ehefrau und keinen Gast. Und er erwartet dich, nicht mich.«

»Also, genau genommen weiß er gar nicht, was er bekommt. Ich habe ihm zwar ein Bild geschickt, aber es war das, auf dem wir beide und Vater drauf sind, das Foto, das aufgenommen worden ist, nachdem du aus Europa zurückgekommen bist. Ich... äh...ich habe vergessen, dazuzuschreiben, welche von uns beiden ich bin.«

Wenn Sharisse schon so lieb war wegzugehen, dann wollte sie sie gleich so fern wissen, daß ihr Vater keine Chance hatte, sie zu finden. Arizona war weit genug weg.

»Als ich ihm geschrieben habe«, fuhr sie fort, »habe ich auch nur mit S. Hammond unterschrieben. Du siehst also, daß er es gar nicht merkt, wenn du an meiner Stelle kommst. Und er braucht ja nicht zu erfahren, daß du gar nicht die Absicht hast, ihn zu heiraten.«

»Du meinst, ich soll ihm etwas vorspielen?«

»Er erwartet schließlich nicht, daß ich ihn sofort heirate. Er hat in seinem Brief geschrieben, er müßte mich erst kennenlernen. Nach einer Weile kannst du ja einfach sagen, das nichts daraus wird, daß du ihn nicht heiraten kannst.«

Sharisse war entgeistert. »Ich kann diesen Mann unmöglich derart ausnutzen.«

Stephanie weigerte sich, so schnell aufzugeben. »Du hast doch kein Geld, von dem du leben könntest, oder?«

»Ich habe meinen Schmuck. Der müßte eine Zeitlang reichen.«

»Willst du ihn verkaufen?«

»Soweit es nötig ist.«

Stephanie fing an, sich zu fragen, wie sie das von ihrer Schwester erwarten konnte, doch dann dachte sie an Joel und unterdrückte ihre Gewissensregungen.

»Wahrscheinlich bekommst du nirgends auch nur annähernd das, was dein Schmuck wert ist«, sagte Stephanie nachdenklich. »Ich kann nicht einsehen, warum du Lucas Holt nicht ausnutzen willst. Habe ich dir schon gesagt, daß er Rancher ist? Ich gebe dir seinen Brief und die Annonce. Dann kannst du dir selbst ein Bild davon machen, was für ein angenehmer Kerl er zu sein scheint. Wahrscheinlich ist er reich. Du könntest deinen Lebensstil beibehalten.«

»Hör auf, Steph, ich denke nicht im Traum daran, diesen Mann derart auszunutzen. Aber seine Fahrkarte benutze ich, um von hier fortzukommen.« Sharisse strahlte vor Aufregung über ihre eigene Kühnheit. »Gehen wir in mein Zimmer und packen? Wenn ich fahre, muß ich am frühen Morgen abreisen, sowie Vater im Büro ist. Am Nachmittag und am Abend kannst du mich decken. Vater braucht nicht vor dem Tag darauf zu erfahren, daß ich weg bin, und bis dahin müßte ich eigentlich schon weit sein. Du mußt meine Verabredungen für mich absagen. Ich hätte Sheila morgen zum Mittagessen treffen sollen, und dann wäre Carols Party gewesen...«

»Wie kann ich dir je dafür danken, Rissy?« rief Stephanie aus.

»Indem du, so schnell es geht, Mrs. Joel Parrington wirst. Es macht mir nichts aus, für eine Weile zu verschwinden, aber ich möchte nicht allzulange fort sein.« Sie lächelte versonnen. »Schließlich kann sich kein Ort auf Erden mit New York vergleichen. Ich liebe diese Stadt, und ich hasse es, Heimweh zu haben.«

Stephanie strahlte. »Du wirst wieder hier sein, ehe du weißt, wo die Zeit hingekommen ist.«

4

Benjamin Whiskers stand hinter der Bar und trocknete langsam einen Bierkrug ab. Sein Blick war auf Lucas Holt gerichtet, und er beobachtete, wie er auf die Flügeltür zuging, hinausschaute und sich dann wieder an die Bar stellte. Er trank seinen fünften Whisky aus, und er hatte gerade zum fünften Mal aus der Tür geschaut. Ben verzehrte sich danach, ihn zu fragen, wonach er eigentlich Ausschau hielt, aber er brachte den Mut nicht auf. In seinem Kopf hatte sich immer noch nicht das Bild zurechtgerückt, daß dies hier der freundliche der Brüder Holt und nicht der andere war.

Wenn Ben nicht selbst in der Nacht vor sieben Jahren dabeigewesen wäre, als Slade Holt Feral Sloan erschossen hatte, dann hätte er Luke Holt nicht so argwöhnisch beobachtet. Aber er war dagewesen und hatte gesehen, wie Slade Feral kaltblütig erschossen und es nicht einen Moment lang bereut hatte. Slade Holt war ein gefährlicher Mann. Und der da war ein exaktes Abbild von Slade. Sie waren Zwillinge. Da konnte einem schon ganz anders werden.

Viele Leute in der Stadt mochten Luke, hatten ihn regelrecht ins Herz geschlossen. Das lag nicht etwa daran, daß sie die Geschichten über Slade als erfunden abtaten, sondern daran, daß sie Lucas als ersten der beiden kennengelernt hatten. Diese beiden Brüder sahen zwar absolut gleich aus, aber sie waren so verschieden voneinander wie Tag und Nacht.

Luke, der sonst immer mit einem freundlichen Wort zur Hand war, wirkte heute nervös, und er stürzte Whisky wie Wasser in sich hinein.

Es war ein Schock gewesen, als Lucas vor zwei Jahren dauerhaft in die Stadt gezogen war. Die Leute fragten sich zwar, warum er sich ausgerechnet Newcomb ausgesucht hatte, aber niemand stellte ihm irgendwelche Fragen. Heute ließ sich niemand mehr in Newcomb nieder. Da die Eisenbahn die Stadt übergangen hatte, wollte niemand mehr in dieser Stadt leben. Doch Lucas Holt war gekommen und hatte die alte Johnson-Ranch drei Meilen außerhalb der Stadt gekauft. Wahrscheinlich war er ein liebenswürdiger Mensch, wenn man ihn näher kennenlernte, aber Ben würde ihn und Slade niemals auseinanderhalten können.

Seit Lucas sich hier niedergelassen hatte, war Slade Holt mehrfach in die Stadt gekommen. Er kam nicht oft, aber wenn er kam, dann gab er den Leuten Gesprächsstoff. Wenn er die Bar betrat, verstummten alle.

Niemand wagte es, auch nur ein Wort über das Halbblut zu sagen, das für Lucas arbeitete, denn alle hatten Billy Wolf gemeinsam mit Slade gesehen, und es war nicht schwer zu erkennen, daß sie Freunde waren. Die Apachen, die aus den Reservaten kamen, machten so viel Ärger, daß man das Halbblut aus der Stadt gejagt hätte, wenn nicht die Brüder Holt gewesen wären. Ihretwegen wagte es niemand, Billy Wolf auch nur krumm anzusehen.

Als Lucas das nächte Mal zur Tür ging und wieder zurückkam, konnte Bill es nicht mehr lassen, ihn zu fragen: »Sie warten auf jemanden, Mr. Holt? Man bemerkt unwillkürlich, daß Sie immer wieder draußen nachschauen.«

Lucas grinste. »Heute kommt meine Braut.«

»Ihre... Braut? Das schlägt ja wohl alles!« Ben war viel zu aufgeregt, um sich in acht zu nehmen. »Sicher ist Sam Newcomb froh, wenn er das hört.«

»Ach?«

»Verstehen Sie mich nicht falsch, aber Sam ist schließlich noch nicht lange verheiratet, und es ist Ihnen wohl kaum entgangen, daß seine Frau nur Augen für Sie hat. Sam ist zwar bei weitem kein eifersüchtiger Mann, aber ich schätze, er weiß gern, was ihm gehört, und deshalb wird er froh sein, wenn Sie selbst eine Frau haben.«

Lucas sagte kein Wort, doch innerlich kochte er. Ben hatte den Nagel auf den Kopf getroffen. Fiona Newcomb war der Grund, aus dem Lucas jetzt hier stand und wartete. Wenn sie nicht gewesen wäre, wäre er nicht in dieser Klemme. Als er nach Newcomb gekommen war und sie noch Fiona Taylor war, hatten sie es sich gutgehen lassen. Er hatte sie nie glauben gemacht, daß er mehr als nur sein Vergnügen suchte. Sie dagegen hatte heiraten wollen. Als er nicht bereit war, darüber auch nur zu reden, hatte sie Samuel Newcomb umgarnt.

Sam wußte, warum er Fiona bekommen hatte, und das nagte an ihm. Ehe Fiona dazwischengekommen war, hatte Lucas Samuel Newcomb genau dort gehabt, wo er ihn haben wollte – sie hatten auf freundschaftlichem Fuß miteinander gestanden. Es lag an Slade, denn eine Ironie des Schicksals hatte es so gewollt, daß Newcomb sich Slade verpflichtet fühlte, weil dieser ihm Feral Sloan vom Hals geschafft hatte. Dieser Mann war ihm ein Dorn im Auge gewesen.

Alles war nach Plan verlaufen, bis Fiona gekommen war. Da Lucas aus dem Osten kam und mehr Geld hatte, als man es mit der Pferdezucht verdienen konnte, mußte Lucas wissen, wovon er sprach, wenn er diese kleinen Investitionen erwähnte. Sam hatte sich daran beteiligt, und als sich diese Investitionen ausgezahlt hatten, war es ein leichtes gewesen, ihn zu der großen Investition zu überreden.

Solange Fiona scharf auf Lucas war, würde Sam unterkühlt bleiben, und so kamen sie nicht weiter. Trotzdem hätte Lucas sich nicht von Billy überreden lassen sollen zu heiraten. Alles, was Billy gesagt hatte, hatte in dem Moment vernünftig geklungen, aber Lucas hatte so viel getrunken, daß er leicht zu überzeugen war.

Er wollte keine Frau. Und wenn er Billy und dessen Frau, Willow, zusammen sah und sich manchmal danach sehnte, auch eine Frau zu haben, dann lag das nur daran, daß das Leben auf der Ranch ein einsames Leben war. Er war es nicht gewohnt, an einem Ort zu bleiben, und noch dazu an einem abgelegenen Ort. Er war es gewohnt, immer dann Frauen zu haben, wenn er sie brauchte. Wenn alles vorbei war, wollte er weiterziehen, und wie sollte er das tun, wenn er eine Frau hatte?

Er hatte sich nicht hier nach einer Frau umgesehen, sondern seinen Anwalt eine Annonce aufgeben lassen, weil er hoffte, daß eine Frau aus dem Osten, wenn sie sah, worauf sie sich hier einließ, darauf bestehen würde, daß er sie wieder nach Hause schickte – und das würde er auch mit Freuden tun, nach einer gewissen Zeit, versteht sich. Das war das Problem. Er mußte sie lange genug hier festhalten, um zu beenden, was er begonnen hatte.

Dabei half ihm, daß nur etwa einmal im Monat ein Geistlicher in die Stadt kam. Solange Samuel Newcomb glaubte, daß er heiraten würde, mußte er seine Probleme lösen.

Er hatte Billy nicht gesagt, daß er nicht die Absicht hatte, das Mädchen zu heiraten. Billy und Willow und der alte Mack reichten wahrhaft als Anstandsdamen für ein ordentliches Mädchen aus, und niemand konnte etwas dagegen einwenden, daß sie mit Lucas die Ranch bewohnte, ehe der Geistliche sie getraut hatte. *Ihr* mochte das vielleicht nicht recht sein, aber Lucas sagte sich, daß jemand, der verzweifelt genug war, um sich einem völlig Fremden auszuliefern, nicht allzu wählerisch sein konnte. Außerdem hatte er vor, sie für die Zeit und die Mühe gut zu bezahlen. Er wollte, daß sie den Eindruck hatte, es sei ganz und gar ihr Wunsch, wieder abzureisen, und so würde niemand durch seine böswillige Täuschung verletzt.

Er zog das Bild noch einmal aus der Tasche. Wenn ihm klar gewesen wäre, wie oft er das in den letzten Wochen schon getan hatte, wäre er wütend auf sich selbst gewesen. Sein Blick verweilte nicht auf seiner ›Braut‹, sondern richtete sich auf das andere Mädchen mit der königlichen Haltung, den zurückgebogenen Schultern und den herausgedrückten kleinen Brüsten. Ihre Größe gab ihr etwas Königliches, und ihre Gesichtszüge drückten Hochmut aus. Sie wirkte gertenschlank, und doch hatte etwas an ihr sein Interesse vom ersten Moment an gefangen genommen.

Lucas hatte sich schon fast für ein Mädchen aus Philadelphia entschieden, als er den Brief von Miß Hammond bekommen hatte. Er wußte sofort, daß das das Richtige war. Die Qualität der Kleidung der drei Menschen, die auf diesem Foto abgebildet waren, stand für Reichtum, und Lucas wußte, daß verhätschelte reiche Mädchen keine Ahnung hatten, was harte Arbeit bedeutete. Es enttäuschte ihn nicht, daß das Mädchen besonders schön war, doch er fragte sich unwillkürlich, wie sie dazu kam, auf eine Annonce zu antworten.

Aber so hübsch sie auch sein mochte – er würde sich nicht an ihr vergreifen, und wenn sie als Jungfrau zu ihm kam, so würde sie ihn auch als eine solche verlassen. Sicher war sie in der heißen Sonne schon mehrfach in Ohnmacht gefallen und würde bei ihrem Eintreffen bereits entschlossen sein, möglichst umgehend wieder abzureisen. Nein, einem reichen Mädchen aus guter Familie, das aus New York kam, konnte es hier nicht gefallen.

5

Sharisse wischte sich mit einem klatschnassen Taschentuch das Gesicht ab. Ihre Unterwäsche und ihre langärmelige Bluse klebten an ihrem Körper, und das Haar auf ihrer Stirn und ihren Schläfen, das sich nicht zu einem Knoten aufstecken ließ, klebte in ihrem Gesicht.

Sie wollte gar nicht gut aussehen, um im Zug nicht belästigt zu werden, aber sie sah noch schlimmer aus, als es ihr recht gewesen wäre. Wie hatte nur alles so schiefgehen können? Sie hatte immer noch keine Erklärung dafür, daß sie nur noch zwei Dollar in der Tasche hatte. Davon konnte sie sich noch eine Mahlzeit kaufen, wenn die Kutsche vor Newcomb noch einmal anhielt. Sie hatte gräßliche Mahlzeiten zu sich genommen und mehr Gewicht verloren, als sie es sich hätte leisten können. Lucas Holt würde sie nur einmal ansehen und sie sofort wieder nach Hause schicken.

Sie hatte an diesem abscheulichen heißen Ort nichts zu suchen. Sie hätte mit Charley in der Abgeschiedenheit einer Kleinstadt im mittleren Westen sein sollen. Der arme Charley. Mit seinem langen, dichten Haar litt er noch mehr unter der Hitze als sie. Das Fell ging ihm aus, und er japste nach Luft. Woher hätte sie auch wissen sollen, daß es hier so unerträglich heiß war? Sie befand sich in einer Gegend, über die sie nichts wußte. Aber selbst wenn sie es gewußt hätte, hätte sie Charley nicht einfach zurücklassen können.

Sie konnte immer noch nicht glauben, daß Stephanie ihr all das wirklich angetan hatte. Sharisse war diejenige, die alle Gefahren auf sich nahm und sogar den Zorn ihres Vaters herausforderte, und all das für Stephanie. Warum hätte ihre Schwester ihr dieses ganze Unternehmen noch zusätzlich erschweren sollen? Und doch hatte sie Sharisse überredet, nach Arizona zu reisen. Noch Schlimmeres offenbarte sich, als Sharisse feststellte, daß sie ihren Schmuck nicht mehr hatte. Sie erinnerte sich ganz genau, daß sie Stephanie ihre Handtasche mit dem Schmuck hatte halten lassen, während sie Charley in sein Reisekörbchen gesteckt hatte. Nachdem sie das Haus verlassen hatte, hatte sie die Tasche nicht einen Augenblick lang aus den Augen gelassen und sie sogar unter ihren Rock gesteckt, als sie am ersten Tag in der Bahn geschlafen hatte. Sie hatte das Fehlen ihres Schmucks bemerkt, als sie in ihrer Handtasche nach Mr. Holts Brief gesucht hatte. Warum hatte Stephanie den Schmuck aus ihrer Tasche genommen? Der Gedanke, so weit von zu Hause ohne Geld festzusitzen, erschreckte sie, und sie hatte auch kein Geld für die Heimreise. Sie konnte nur noch abwarten und sich anschauen, was für ein Mann dieser Lucas Holt war.

Sein Brief gab ihr keinen Aufschluß darüber, obwohl sein Hinweis, er brauche eine Weile Zeit, um zu sehen, was er sich eingehandelt hatte, ehe er sie heiratete, nahezu arrogant klang. Aber das konnte sich nur zu ihrem Vorteil auswirken, wenn sie jetzt eine Zeitlang von ihm abhängig war. Sie konnte diesen Vorwand dazu nutzen, die Eheschließung so lange wie nötig hinauszuzögern. Sie mußte ihm und seinem Leben von Anfang an mit absoluter Geringschätzung begegnen, damit er nicht allzu überrascht war, wenn sie darauf bestand, daß nichts aus ihnen werden konnte. Und wenn sie sich überlegte, was sie bisher von Arizona und den abgehärteten Männern dieser Gegend gesehen hatte, dann glaubte sie nicht, daß sie viel Heuchelei brauchen würde.

Die Kutsche wankte, als sie ein fast ausgetrocknetes Flußbett überquerte. Von dem Fluß waren nur vereinzelte schlammige Pfützen zu erkennen. In der leuchtend bunten Kutsche war Platz für neun Mitreisende, doch sie waren nur zu viert. Sharisse war die einzige, die in Newcomb aussteigen würde. Da reichlich Platz vorhanden war, hatte niemand etwas dagegen einzuwenden gehabt, daß sie Charley aus seinem Körbchen befreite. Doch alle Mitreisenden hatten ihn angestarrt, als hätten sie noch nie ein Haustier gesehen. Das konnte durchaus sein. Sie hatte jedenfalls keine andere Katze mehr gesehen, seit sie in Kansas umgestiegen war.

Vor ihnen lagen Berge, auf denen wirklich Bäume wuchsen. Nach der Wüste und den Steppen und den Bergen, die nichts als Felsen mit Kakteen waren, überraschte dieser Anblick sie so sehr, daß Sharisse die Stadt gar nicht wahrnahm, bis der Fahrer rief: »Newcomb. Eine Stunde Aufenthalt, Leute.«

Sharisse merkte, daß ihre Eitelkeit die Oberhand gewann. Plötzlich wünschte sie, sie hätte sich beim letzten Aufenthalt umgezogen. Statt dessen hatte sie sich seit ihrer Abreise nicht mehr vollständig umgezogen, und ihr war klar geworden, daß sie Jennys Dienste als zu selbstverständlich voraussetzte; denn sie war mit einer Bluse abgereist, die sie ohne Hilfe nicht ausziehen konnte.

Sharisse faßte sich wieder und rief sich in Erinnerung, daß sie es nicht darauf abgesehen hatte, einen guten Eindruck zu machen. Es war gar nicht dumm, wenn sie so schlimm aussah, wie sie sich fühlte.

Ein Riese erschien in dem aufgewirbelten Staub, um den Passagieren beim Aussteigen behilflich zu sein. Sharisse starrte ihn an und sah dann eilig zur Seite, als sie sich dabei ertappte. Als er ihr die Hand reichte, um ihr beim Aussteigen zu helfen, war sie zu geistesabwesend, um ihn zu bemerken, denn sie fragte sich, welcher der Männer, die um die Kutsche herumstanden, Lucas Holt sein mochte.

»Da will ich doch gleich verflucht sein.«

Sharisse wandte sich wieder zu dem Riesen um. Er

ließ ihre Hand nicht los. »Ach, wirklich, Sir?« sagte sie hochmütig.

Er war so gnädig, verstört zu wirken. »Nur eine Redewendung, Ma'am.«

»Ich weiß«, erwiderte sie kühl, und sie war erstaunt, als er daraufhin grinste.

Als sie auf dem Boden stand, waren seine Ausmaße noch erstaunlicher – so groß und so breitschultrig. Er gab ihr regelrecht das Gefühl, winzig zu sein, und das war ein Gefühl, das sie bisher noch nie gehabt hatte. Ihr Vater war groß, aber neben diesem Mann hätte er zwergenhaft gewirkt. War dies ein Land der Riesen? Aber nein, der nervöse Blick, den sie in die Runde warf, zeigte ihr die Sorte von Männern, deren Anblick sie gewohnt war. Nur dieser eine Mann war groß, dieser Mann, der sie mit einem Ausdruck des Besitzerstolzes im Gesicht musterte.

Ihr Herzschlag setzte einen Moment lang aus. Das konnte doch nicht Lucas Holt sein!

»Sie sind doch nicht etwa...?«

»Lucas Holt.« Er grinste noch breiter, und seine gleichmäßigen weißen Zähne blitzten auf. »Ich brauche Sie nicht zu fragen, wer Sie sind, Miß Hammond.«

So hätte sich Sharisse Lucas Holt in ihren kühnsten Träumen nicht ausgemalt, so männlich, ein so scharf geschnittenes Gesicht und so kräftig gebaut. Sie nahm die leise Arroganz wahr, die von ihm ausging, und, du meine Güte, er erinnerte sie an ihren Vater. Augenblicklich entschied sie, daß sie es nicht wagen durfte, ihm die Wahrheit zu sagen, nicht, wenn er ihrem Vater ähnelte.

Sie versuchte, hinter diese rohe Kraft zu sehen, die sie ängstigte. Zumindest war er jung, vielleicht fünfundzwanzig oder sechsundzwanzig. Und als häßlich konnte sie ihn auch nicht bezeichnen. Manche Frauen hätten ihn sogar schrecklich attraktiv gefunden, aber sie war makellos gepflegte, penible Männer gewohnt. Er trug nicht einmal ein Jackett. Sein Hemd stand oben offen, und er roch nach Pferden und nach Leder. Er hatte sogar einen Revolver an seiner Hüfte hängen. War das ein Wilder?

Er war glattrasiert, aber das lenkte die Aufmerksamkeit nur um so stärker auf seine sonnengebräunte Haut und sein unfrisiertes, langes schwarzes Haar. Seine Augen waren ungewöhnlich. Die Farbe ließ sie an eine Chrysoberyllkette denken, die sie besaß, mit gelblich grünen Steinen, die klar waren und leuchteten. Und als Kontrast zu dieser dunklen Haut wirkten seine Augen nur noch strahlender.

Lucas ließ sich von dem Mädchen betrachten. Sie war es, das Mädchen, das ihm auf dem Bild lieber gewesen war. Sie war leicht verrupft, aber das gab ihr etwas Sinnlicheres. Verdammt, sie sah wirklich gut aus! Es schien ihm fast so, als hätte er sie sich hierhergewünscht, und jetzt war sie da.

»Ich hole jetzt wohl am besten Ihr Gepäck, Ma'am.«

Sharisse sah ihm nach. Er grinste. Warum schien er bloß so erfreut zu sein? Sie sah gräßlich aus. Er hätte entsetzt sein müssen.

»Der Buggy steht da drüben«, sagte er, als er mit ihrem Gepäck zurückkkam.

Ihr Blick fiel auf das Hotel. »Aber ich dachte... ich meine...«

»Daß Sie im Ort wohnen? Nein, Ma'am, Sie werden bei mir auf der Ranch wohnen. Aber Sie brauchen sich nicht um Ihren Ruf zu sorgen. Wir sind dort nicht allein.«

Es war wohl zuviel verlangt, wenn sie gehofft hatte, er würde ihr Unterkunft und Verpflegung zahlen, wenn gleichzeitig seine riesige Ranch mit einem Heer von Dienstboten leerstand.

»Brauchen Sie noch irgend etwas, ehe wir die Stadt verlassen?« fragte Lucas.

Sharisse lächelte schüchtern. »Das einzige, was ich

brauche, Mr. Holt, ist ein ausgiebiges heißes Bad. Seit ich New York verlassen habe, habe ich kein anständiges Bad mehr genommen. Aber das wird wohl warten müssen, bis wir Ihre Ranch erreicht haben.«

»Sie haben sich auf dem Weg keine Unterkunft gesucht?«

Sie errötete, aber vielleicht war es gar nicht schlecht, wenn er gleich die Wahrheit erfuhr. »Ich hatte nicht genug Geld. Ich habe alles für die Mahlzeiten ausgegeben.«

Er sah sie prüfend an. »Sie haben also überhaupt kein Geld?«

Sharisse war wütend auf sich selbst. Ihr Zorn ließ sie schnippisch werden. »Ist das etwa ein Problem? Sie haben doch nicht etwa eine Aussteuer erwartet, oder?«

»Nein, Ma'am.« Er grinste. Sehr gut, sie war ihm also völlig ausgeliefert und konnte nicht einfach abreisen, wann es ihr paßte. »Aber genaugenommen habe ich auch Sie gar nicht erwartet.«

»Das verstehe ich nicht.« Sharisse legte die Stirn in Falten.

Lucas zog das Bild aus der Tasche und drückte es ihr in die Hand. »In Ihrem Brief stand, Sie seien das Mädchen auf der linken Seite.«

Sie riß die Augen auf. Stephanie hatte sie also belogen, um ihre Bedenken zu zerstreuen. Sie erstarrte. Hier stand er jetzt, erwartete Stephanie und bekam statt dessen sie.

»Ich... ich bringe rechts und links manchmal durcheinander. Es tut mir furchtbar leid, Mr. Holt. Sie müssen schrecklich enttäuscht sein.«

»Ma'am, wenn ich, wie Sie es nennen, schrecklich enttäuscht wäre, würde ich Sie wieder in die Kutsche setzen. Wie heißen Sie überhaupt mit Vornamen? Ich kann Sie nicht ewig Ma'am nennen.«

Sein Lächeln war ermutigend, und seine Stimme war

tief und voll. Sie hatte damit gerechnet, aber sie war noch nervöser, als sie es erwartet hatte.

»Sharisse«, sagte sie.

»Das klingt französisch.«

»Meine Mutter war Französin.«

»Es wäre unangebracht, zu förmlich zu sein. Ich werde Luke genannt.«

In genau dem Moment nannte ihn jemand so. »Wen hast du denn da, Luke?«

Er war ein gedrungener, kleiner Mann, der in der Tür des Krämerladens von Newcomb stand. Ihre Aufmerksamkeit wandte sich dem Mann zu, als Lucas sie einander vorstellte. Sie war überrascht, als er hinzufügte: »Ich kenne Miß Hammond schon von früher, ehe ich hierhergekommen bin. Sie hat endlich eingewilligt, meine Frau zu werden.«

»Ist das wahr?« Thomas Bilford strahlte vor Begeisterung. »Dann muß man wohl gratulieren. Kommt Ihr Bruder auch zur Hochzeit?«

»Ich habe keine große Sache vor. Ich schnappe mir den Geistlichen, wenn er wieder in der Stadt ist. Das ist alles.«

Als sie das letzte Haus der Ortschaft hinter sich gelassen hatten, frage Sharisse nachdenklich: »Warum haben Sie Mr. Bilford gesagt, daß wir uns aus dem Osten kennen?«

Lucas zuckte die Achseln. »Niemand würde mir glauben, daß du auf eine Annonce hin gekommen bist. Aber wenn es dir lieber ist...«

»Nein, es ist schon in Ordnung«, versicherte sie ihm.

Sharisse verstummte wieder und wandte ihre Augen ab. In dem Mann, der neben ihr saß, hatte sich ein Wandel vollzogen. Ohne das knabenhafte Grinsen konnte er kalt und unnahbar wirken. Er schien zu grübeln. Hatte sie etwas Falsches gesagt?

»Warum bist du hier, Sharisse Hammond?«

»Ich bin kürzlich verwitwet.«

Das erregte seine Aufmerksamkeit, doch sie wurde bleich, als seine Augen sie durchbohrten. Tagelang hatte sie Zeit gehabt, sich die Antwort auf diese Frage zu überlegen, aber eins hatte sie nicht bedacht! Machte er zur Voraussetzung, daß sie Jungfrau sein mußte? Die Geschichte von der verarmten Witwe war ihr als eine geniale Ausflucht erschienen, um damit ihre Reaktion auf seine Annonce zu erklären.

»Es tut mir leid, wenn Sie ein junges, unschuldiges Mädchen erwartet haben«, sagte Sharisse leise. »Selbstverständlich verstehe ich, wenn Sie...«

»Das spielt keine Rolle«, schnitt ihr Lucas das Wort ab.

Er richtete seinen Blick wieder auf die Straße und war wütend auf sich selbst, weil er so reagiert hatte. Es spielte wahrhaft keine Rolle. Hatte er nicht ohnehin die Möglichkeit in Betracht gezogen, daß sie keine Jungfrau war? Warum also stieß er sich jetzt daran?

»War es der Mann auf dem Foto?« fragte Lucas nach einer Weile.

»War er was...? Gütiger Himmel, nein. Das ist mein Vater.«

»Lebt dein Vater noch?«

»Ja, aber wir sind uns... fremd geworden. Mein Vater hat nichts von meinem Mann gehalten, verstehen Sie. Und er ist nicht der Typ Mann, der schnell verzeiht.«

»Du konntest also nach dem Tode deines Mannes nicht zu ihm zurückkehren?«

»Nein. Das wäre kein Problem gewesen, wenn mein Mann mich nicht völlig mittellos zurückgelassen hätte. Natürlich hätte ich ihn gar nicht erst geheiratet, wenn ich gewußt hätte, wie hoch er verschuldet war. Aber...« Sie seufzte. »Ich stamme aus einer reichen Familie, verstehen Sie. Daher konnte ich nicht arbeiten gehen, um mich selbst zu ernähren, als ich festgestellt habe, wie schlimm die Dinge wirklich lagen. Als ich dann Ihre Annonce gesehen habe, schien mir das genau die richtige Lösung zu sein.«

»Du läßt etwas außer acht.«

»Nein, das glaube ich nicht.« Sie geriet allmählich in Panik.

»Du bist nicht gerade das, was man als unattraktives Mädchen bezeichnen würde«, sagte er betont. »Wenn du das Gefühl hattest, wieder heiraten zu müssen, warum bist du dann so weit gereist? Du mußt Angebote in deiner näheren Umgebung gehabt haben.«

Sharisse lächelte über diese Vermutung. Natürlich hatte sie Heiratsanträge bekommen, jede Menge, und das schon seit ihrem fünfzehnten Geburtstag. Aber diese Anträge waren von Männern gekommen, die sich von ihrem Reichtum angelockt fühlten oder die in anderer Hinsicht indiskutabel waren.

»Ja, es sind etliche Männer an mich herangetreten.«

»Und?«

»Sie waren nicht nach meinem Geschmack.«

»Was wäre denn nach deinem Geschmack?«

Sharisse wand sich.

»Ich kann arrogante Männer nicht leiden, und auch männliche Strenge und Härte stören mich. Ich mag empfindsame, zarte Naturen, die gutmütig und...«

»Bist du sicher, daß du einen Mann beschreibst?« fragte Lucas, der den Mund nicht halten konnte.

»Ich kann Ihnen versichern, daß ich solche Männer gekannt habe«, sagte sie empört.

»Dein Mann?«

»Ja.«

Lucas brummte vor sich hin. »Du bist mit mir ein ganz schönes Risiko eingegangen. Was ist, wenn ich keine dieser Eigenschaften besitze?«

Innerlich stöhnte sie. »Nicht einmal eine einzige?«

»Das habe ich nicht gesagt. Aber woher wolltest du das vorher wissen?«

»Ich . . . ich fürchte, ich habe mir darüber gar keine Gedanken gemacht. Ich hatte nur das Gefühl, daß alles andere besser ist als die Möglichkeiten, die ich zu Hause zur Wahl hatte. Natürlich habe ich das Beste gehofft.«

»Bist du enttäuscht?«

»Sie können doch nicht im Ernst erwarten, daß ich das jetzt schon beantworte.« Sie verlor zusehends die Fassung.

In seiner Stimme schwang Belustigung mit. »Schätzchen, dein erster Blick hat mir gesagt, ob du enttäuscht bist oder nicht.«

»Das Aussehen ist bei einem Mann nicht alles«, hörte Sharisse sich mit spröder Stimme sagen.

Sie stellte entgeistert fest, daß sie ihm unabsichtlich ein Kompliment gemacht hatte. Sie hatte ihn ihre Geringschätzung spüren lassen wollen.

Wieder grinste er. Und ihr wurde klar, daß sie, obwohl sie schon eine Weile miteinander redeten, überhaupt nichts über ihn wußte. Sie wagte es, selbst eine direkte Frage zu stellen. »Sie sind doch hoffentlich nicht arrogant?«

»Ich hoffe, nein.«

Sie ging noch weiter. »Herrschsüchtig?«

Er kicherte in sich hinein. »Ich? Ein hübsches Ding wie dich rücksichtslos überrennen? Ich käme im Traum nicht darauf.«

Warum hatte sie bloß das ganz ausgeprägte Gefühl, daß er sich über sie lustig machte? Sie verstummte und gab es für den Moment auf, das zu ergründen.

6

Willow lehnte in der offenen Tür und sah der Staubwolke, die aus der Ferne näherkam, entgegen. Ihr Haus, das nur einen Innenraum hatte, war, an den Maßstäben der Weißen gemessen, klein. Aber sie war eine Reisighütte mit niedrigem Dach gewohnt, und daher war das Haus für ihre Verhältnisse groß. Seit ihr Mann sie vor zwei Jahren von ihrem Stamm und ihrer Familie fortgeholt und sie hierhergebracht hatte, hatte sie sich daran gewöhnt.

Willow hatte nur zu einem Viertel Apachenblut. Ein anderes Viertel war mexikanisch. Die übrige Hälfte war, dank eines üblen Schurken, der ihre Mutter vergewaltigt hatte, eine nicht näher bekannte weiße Mischung. Und doch wirkte sie wie eine Vollblutindianerin, und daraus schöpfte sie großen Stolz.

»Da kommt er, Billy«, sagte Willow mit ihrer leisen, melodischen Stimme.

Billy Wolf trat zu seiner Frau, um ebenfalls der Staubwolke entgegenzusehen. Er schlang von hinten seine Arme um ihren schwangeren Bauch.

»Glaubst du, daß er sie mitbringt?«

Willow spürte, daß Billy hinter ihrem Rücken breit grinste. Sie hatte dieses Grinsen in letzter Zeit nur allzu häufig gesehen.

»Findest du es immer noch lustig, daß du ihm diese Heirat eingeredet hast?«

»Ich glaube, genau das braucht er. Es hängt ihm doch schon zum Hals raus, daß es so lange dauert, den Riesen in die Knie zu zwingen. Noch einen Monat, und dann hätte er zugelassen, daß Slade den Fall auf seine Weise regelt. Luke braucht Zerstreuung in irgendeiner Form. Warum nicht durch eine Frau?«

»Aber vielleicht mag er sie gar nicht.«

»Sie mögen?« sagte Billy kichernd. »Zum Teufel, von mir aus kann er sie hassen, solange sie ihn bloß ablenkt.«

»Du hast dabei überhaupt nicht an das Mädchen gedacht«, warf Willow ihm vor.

Er wirkte keineswegs zerknirscht. »Ich bin doch schließlich hier, mich um meine Freunde zu kümmern, und das steht an erster Stelle. Und jetzt komm rein, ehe sie uns sehen. Damen aus der Stadt kriegen immer das Gruseln, wenn sie ihren ersten echten Indianer vor sich sehen. Lassen wir ihr doch Zeit bis morgen, ehe wir ihre Bekanntschaft machen.«

Willow musterte ihren Mann kritisch. »Du hast doch nicht etwa vor, sie zu erschrecken, Billy?«

»Täte ich das der Braut meines Freundes an?«

Nein, natürlich würde er das nicht tun, nicht ihr Mann, der für jeden Scherz zu haben war.

Sharisse schloß die Augen und versuchte, sich einzubilden, daß das Haus nicht wirklich klein war, nur... anheimelnd? Es gelang ihr nicht. Es war ein schlichtes, quadratisches Gebäude, das nicht einmal verputzt war. Eine Hütte. Und dort sollte sie leben? Es stand auch ein Stall da, und der war doppelt so groß wie das Haus und auch nicht verputzt. Eine große Pferdeweide mit einem hohen, alten Pappelwäldchen, das Schatten auf die Weide warf, war hinter dem Stall zu sehen. Ein halbes Dutzend Pferde stand träge auf der Weide herum. Etwa dreißig Meter hinter der Weide lag eine weitere Hütte, die noch kleiner als die erste war.

»Ich kann mir vorstellen, daß du größere Behausungen gewohnt bist«, sagte Lucas, während er ihr beim Aussteigen behilflich war.

Sharisse antwortete nicht darauf. Er hatte diese Äußerung nicht gerade in Form einer Entschuldigung vorgebracht, und was also hätte sie darauf sagen können? Daß ihr Zuhause an der Fifth Avenue eine kolossale Villa war? Das brauchte er wahrhaftig nicht zu wissen.

Was sie sich dachte, war ohnehin in ihrem Gesicht zu sehen, und Lucas grinste, denn er wußte, wie schockiert sie war. Was hatte sie denn erwartet? Wahrscheinlich ein Haus wie das, das Samuel Newcomb hingestellt hatte, um demonstrativ mit seinem Reichtum zu prunken, zwei Stockwerke mit hohen Räumen und luxuriöser Ausstattung. Lucas' Haus diente seinem Zweck, und er hatte schon schlechter gewohnt. Zwar auch schon besser, aber alles, was er hier brauchte, war ein Dach über dem Kopf. Es war ja schließlich nicht so, daß er die Absicht hatte, hierzubleiben. Er hätte es vielleicht trotzdem für sie ein wenig herrichten sollen, aber andererseits brauchte sie nicht zu erfahren, daß er das nicht getan hatte.

Er beobachtete sie verstohlen. Fürchtete sie sich wirklich vor ihm oder war sie immer so nervös? Vielleicht hatte seine Größe sie eingeschüchtert. Das war bei den meisten Frauen der Fall. Aber andererseits hielt sie sich wahrscheinlich für zu groß. Aus seiner Sicht schien sie genau die richtige Größe zu haben.

Lucas hielt ihr die Tür auf, während sie sich umsah und die Sonne auf die Kakteen und das endlose Weideland herunterbrannte, das sich so weit erstreckte, wie das Auge reichte. Er malte sich aus, daß es nicht lange dauern würde, bis ihre sahnig weiße Haut eine goldene Bräune haben würde – wenn er sie erst dazu gebracht hatte, im Garten hinter dem Haus zu arbeiten und sich leichter zu bekleiden. In diesem Reisekostüm mußte sie kochen. Je eher sie es auszog...

In Gedanken zog er sie jetzt schon aus. »Sharisse?«

Sie zuckte zusammen, denn sie hatte ihn einen Moment lang vergessen. Er stand in der Tür, und sie fragte sich, was sie im Hausinnern erwarten würde.

Seufzend trat Sharisse ein. Gedämpftes Licht drang

durch die geschlossenen Vorhänge, und ihre Augen kamen nicht dazu, sich an die Dunkelheit zu gewöhnen, ehe die Tür geschlossen wurde und sie feststellen mußte, daß sie herumgewirbelt und an Lucas Holts muskulöse Brust gezogen wurde. Sie wollte vor Schreck laut aufschreien, doch seine Lippen, die auf ihren lagen, erstickten diesen Laut.

Sie war vom Donner gerührt, und Charley fauchte, und plötzlich stand sie allein da und starrte Lucas zitternd und mit weit aufgerissenen Augen an. Es war schwer zu sagen, wer von beiden verblüffter war.

»Ich dachte immer, das sei nur eine sinnbildliche Redewendung«, sagte Lucas. »Aber ich vermute, es stimmt doch, daß Frauen wirklich wie Katzen fauchen können.«

»Es ist wohl wirklich nur eine Redewendung. Es war ein männliches Fauchen, und er ist wirklich ein Kater. Ich hoffe, Sie haben nichts dagegen; aber ich konnte Charley beim besten Willen nicht zurücklassen.«

Sie stellte den Korb ab, öffnete ihn und holte Charley heraus. Lucas starrte entgeistert auf die langhaarigste Katze, die er je gesehen hatte, einen kleinen, stämmigen Kater, dessen goldrotes Fell fast dieselbe Farbe wie das Haar des Mädchens hatte. Er hatte im Osten Dutzende von Katzen gesehen, aber noch nie eine solche.

In dem Moment kam Mack auf sie zu. »Was zum Teufel ist das?« schrie er. »Nicht Sie, Ma'am«, räumte er eilig ein. »Aber das, was Sie da in der Hand halten?«

Sharisse starrte den kleinen Mann mit den grauen Bartstoppeln, den lebhaften blauen Augen und dem breitkrempigen Hut an. Lucas stellte sie einander eilig vor und erklärte, welche Aufgaben auf der Ranch unter Macks Bereich fielen. Aber Mack interessierte sich nicht im geringsten für Sharisse. Seine Blicke waren auf Charley gerichtet.

»Was ist das?« wiederholte er.

»Charley, mein Haustier.«

»Sie halten sich dieses wilde Tier als Haustier?«

»Er ist nicht wild«, versicherte sie ihm. »Er ist eine Per-serkatze. In Europa habe ich einige gesehen. In Amerika sind sie eher selten. In England werden sogar Vorstellun-gen abgehalten, bei denen man seltene Rassen wie Char-ley öffentlich vorführt.«

»Die einzigen Katzen, die es hier gibt, sind Raubtiere«, bemerkte Mack. »Und der Kleine da beißt nicht?« Er streckte zögernd eine Hand aus, um das Haustier Charley anzufassen, und diese Mühe wurde mit einem tiefen Knurren belohnt.

»Sie müssen ihm verzeihen«, entschuldigte sich Sha-risse. »Ich fürchte, er freundet sich nicht allzu schnell mit Fremden an. Ich bin so ziemlich die einzige, deren Nähe er duldet.«

Mack brummte vor sich hin und wandte sich ab. »Pas-sen Sie lieber auf, daß Billy dieses feiste kleine Ding nicht erwischt. Der glaubt glatt, er hätte wieder mal was Neues gefunden, was er in den Kochtopf werfen kann.«

Sharisse riß die Augen weit auf und sah Lucas entsetzt an. »Habe ich das richtig verstanden?«

»Mach dir keine Sorgen. Von allem, was Mack sagt, muß man einen Teil abziehen. Und Billy arbeitet auch für mich und ist nicht halb so wild, wie Mack es dir einreden will.«

Sie wußte nicht, ob er sich einen Spaß mit ihr erlaubte, aber erst mußte sie ein anderes wichtiges Thema an-schneiden. »Mr. Holt, was Sie getan haben...«

»Du meinst, weil ich meine zukünftige Frau angemes-sen willkommen heiße?«

Sharisse war bestürzt über sein teuflisch charmantes Grinsen, das seine Lippen voll und weich erscheinen ließ und ihn verheerend gut aussehen ließ.

»Wir sind gestört worden«, sagte er. »Wenn du gern möchtest, daß ich weitermache...«

»Nein! Ich meine, was Verlobten nach einer langen Zeit des Werbens gestattet ist, trifft doch auf uns nicht zu. Wir haben uns schließlich gerade erst kennengelernt.«

»Und du willst mich erst besser kennenlernen?«

»Genau.« Sie war erleichtert. Es würde wohl doch nicht so schwierig werden, mit ihm zurechtzukommen. Jedenfalls nicht, solange er einsah, daß sie keine Intimitäten zuließ.

»Aber wie soll ich dich kennenlernen, wenn du mich auf Armeslänge von dir fernhältst? Wenn du nicht gern küßt, dann haben wir ein Problem.«

Von ihrer Antwort schien viel abzuhängen. Sie war außer sich.

»Ich pflege mich nicht von Fremden küssen zu lassen«, sagte sie, »und noch sind Sie ein Fremder.«

Lucas schüttelte den Kopf. »Du sagst mir, ich soll Distanz halten, aber wenn ich das tue, dann bleiben wir länger als nötig Fremde. So, wie es aussieht, wird es ein paar Monate dauern, bis ich weiß, ob du dich hier einfügen kannst. Soll ich etwa soviel Zeit vergeuden, um *dann* herauszufinden, ob wir uns miteinander verstehen?«

Sharisse war entgeistert. In seinen Augen war es reine Zeitverschwendung, wenn er, nachdem sie sich in anderer Hinsicht bewährt hatte, feststellen mußte, daß es zwischen ihnen absolut nicht funkte. Das stimmte. Aber das, was er vorschlug, war abscheulich. Sollte sie es etwa zulassen, daß er sich Freiheiten bei ihr herausnahm?

Sharisse griff auf ihr jahrelang anerzogenes und aufgesetztes Selbstbewußtsein zurück. »Mr. Holt, mir ist klar, daß unsere Situation höchst ungewöhnlich ist und daß ich daher Zugeständnisse machen muß. Ich muß Sie dennoch bitten, mir wenigstens etwas Zeit zu geben, mich an Sie zu gewöhnen. Nach einer Weile könnte dann ein Kuß zulässig sein – wenn Sie darauf bestehen. Aber mehr als das kann ich beim besten Willen nicht zulassen, nicht vor unserer Hochzeit. Und wenn Ihnen das nicht genügt...«

Lucas wußte, wann er nachgeben mußte. »Ich glaube, das ist die vernünftigste Lösung. Dein Zimmer ist dort links. Ich hole jetzt dein Gepäck rein.«

Sharisse sah sich seufzend in dem kahlen Zimmer um und ließ die Schultern hängen. Die Einrichtung war deprimierend kärglich. Sie schauderte bei dem Gedanken, wie wohl ihr Schlafzimmer aussehen mochte. Sie öffnete die beiden einzigen Türen, hinter denen Schlafzimmer lagen. In ihrem Zimmer fand sie nichts, was ihr auch nur halbwegs gefallen hätte. Das andere Zimmer mit dem ungemachten Bett und den herumliegenden schmutzigen Kleidern mußte Lucas' Schlafzimmer sein. Fast war es ihr peinlich, daß sie sich in seinem Schlafzimmer umgesehen hatte. Leise schloß sie die Tür.

Dann dämmerte es ihr. Mehr als diese drei Zimmer gab es nicht. Keine Unterkünfte für das Hauspersonal. Das hieß...

»Wie gefällt es dir hier?« fragte Lucas, der mit ihrem Gepäck zurückkam. Sharisse fühlte sich nicht in der Lage, ihm zu antworten, nicht, solange ihr der schreckliche Gedanke nicht aus dem Kopf ging, sie könnten die beiden einzigen sein, die in diesem Haus schliefen. »Sie haben... nicht zufällig Dienstboten, oder?«

»Kein Hauspersonal, das nicht.« Er schenkte ihr dieses bezaubernde knabenhafte Grinsen. »Jetzt weißt du auch, wozu ich eine Frau brauche.«

Wieder trieb er seine Scherze mit ihr, und doch war sie beleidigt. »Wäre es nicht einfacher, ein Dienstmädchen einzustellen?«

»Wesentlich einfacher«, stimmte er ihr zu. »Aber kann ich von einem Dienstmädchen erwarten, daß es mein Bett mit mir teilt, was meinst du?«

Sie zuckte zusammen und wußte nicht, ob es Furcht war.

»Jetzt sorge ich für dein Bad«, sagte er. »Du hast hier nichts zu befürchten, Sharisse. Nicht, solange ich die Verantwortung für dich trage.«

Sie blieb allein zurück und wog gegeneinander ab, was an diesem Tag geschehen und gesagt worden war. Nichts zu befürchten? Wie konnte sie dieser Situation entkommen? Sie hatte keine Möglichkeit. Hier saß sie jetzt unter Vorspiegelung falscher Tatsachen fest und hatte nicht die leiseste Ahnung, wie sie das Beste daraus machen sollte.

7

Sharisse schlug die Augen auf und wurde von der Morgensonne geblendet, deren Strahlen ein kleiner Spiegel, den sie ungünstig aufgestellt hatte, direkt auf ihr Kissen warf. Sie zog ihren leichten Morgenmantel aus Seide über und trat ans Fenster. Das bezaubernde Gewand, eine Kreation in Hellgrün mit weißer Spitze, paßte zu dem Negligé, daß ihre Tante ihr geschenkt hatte, als sie in Frankreich waren. Sharisse hatte dieses und ein ähnliches Kleidungsstück mitgenommen, weil sie geglaubt hatte, sie würde irgendwo allein in einem reizenden kleinen Häuschen wohnen und sich nicht mit einem Mann in eine Art von Hütte teilen müssen.

Sie stellte fest, daß das Fenster so dicht über dem Boden war, daß jeder, der wollte, hineinschauen und sie schlafen sehen konnte. Errötend zog sie die Vorhänge zu. Dann setzte sie sich wieder auf das Bett und versuchte, ruhiger zu werden. Alles in diesem Zimmer erinnerte sie an Lucas, die große runde Wanne, die er gestern für sie gefüllt hatte und in der noch das kalte Wasser war, das Tablett mit dem Geschirr. Ihr Blick fiel auf die Bluse, die sie unter großen Mühen zu retten versucht hatte und die jetzt als ein zerrissener Haufen in der Ecke lag. In einem Anfall von Wut hatte sie sie dort hingeworfen, nachdem sie sich gezwungen gesehen hatte, sich das Kleidungsstück vom Leib zu reißen. Aber sie hätte schließlich schlecht *ihn* oder Mack um Hilfe bitten können. Allein mit zwei Männern – das entsprach also seiner Vorstellung von Anstand!

Auf dem Schreibtisch lag der Brief, den sie noch bis spät in die Nacht hinein geschrieben hatte. Dann fielen ihr wieder ihre Kleider ein. Es war einfach lachhaft, eine formelle Garderobe für alle Anlässe, nur nicht das, was sie unter den jetzigen Umständen gebrauchen konnte. Sie wußte nicht, ob sie lachen oder weinen sollte.

Ihr war nach Weinen zumute, aber das hatte sie Stephanie nicht geschrieben. Stunden hatte sie damit zugebracht, den Brief so zu formulieren, daß ihre Schwester nicht in Panik geriet und sich nicht vor Gebissensbissen zerfleischte. Sie hatte nur zum Ausdruck bringen wollen, daß sie hier nicht allzu lange bleiben konnte und daß Stephanie sich etwas anderes einfallen lassen mußte, da sie von hier aus nicht die Möglichkeit dazu hatte.

Sharisse zog sich betont langsam an, um den unvermeidlichen Augenblick, in dem sie Lucas Holt wieder gegenübertreten mußte, möglichst lange hinauszuschieben. Charley lag noch schlafend in dem leeren Waschzuber, in dem er sich gestern abend zusammengerollt hatte. Sie fragte sich, ob er sich wohl an die Hitze gewöhnen und weniger Fell verlieren würde. Sie fragte sich, ob es ihr möglich sein würde, sich an die Hitze zu gewöhnen. Gewappnet verließ sie den Raum.

Sie war erleichtert, als sie feststellte, daß niemand im Wohnzimmer war, doch dann merkte sie, daß sie Hunger hatte. Weder auf dem Tisch noch auf dem Herd stand Essen für sie bereit, noch nicht einmal eine Kanne Kaffee. Sie stellte ihr Tablett mit dem Abendessengeschirr neben den Spülstein und zog ein Durchforsten der Speisekammer in Erwägung. Sie vermutete, daß hier früh gegessen wurde und sie das Frühstück ganz schlicht verpaßt hatte.

Ehe sie die Tür öffnen konnte, öffnete sich diese von außen, und Lucas trat ein. Sein Blick fiel auf ihre Kleidung, über die Rüschen und Spitzen.

»Gehst du aus?«

Sharisse war überrascht. »Ich habe mich nicht ausgehfertig gemacht«, sagte sie, als müsse sie einem kleinen Kind etwas erklären. »Das ist hier ein schlichtes Morgenkleid.«

Er lachte. »Meine Süße, das, was du da anhast, ist schikker als alles, was die Damen in Newcomb am Sonntag tragen. Und das soll kein Kleid zum Ausgehen sein?«

Sie war entrüstet. »Ich fürchte, etwas Schlichteres habe ich nicht, abgesehen von meinem Reisekostüm.«

»Und das ist zu warm«, sagte Lucas kopfschüttelnd. »Ich sehe schon, daß ich dir neue Kleider besorgen muß.«

Sharisse errötete. »Ich komme schon mit dem zurecht, was ich habe.«

»So? Und damit willst du Hausarbeiten erledigen?«

Hausarbeiten? »Wenn ... wenn es sein muß«, sagte sie bestürzt.

»Wie du meinst.« Er wollte sich auf keine Diskussion mit ihr einlassen. »Wo ist das Frühstück?«

»Es gibt keins.«

»Das sehe ich selbst«, erwiderte er geduldig. »Wann fängst du damit an?«

»Ich?« stieß sie hervor. »Aber ich kann nicht kochen.«

»Du kannst nicht kochen? Dann wirst du es wohl in aller Eile lernen müssen.«

»Aber wer hat denn bisher gekocht?«

»Ich oder Mack, und manchmal hat Willow sich unser erbarmt und uns ein richtiges Essen hingestellt.«

»Willow?«

»Billys Frau.«

»Wollen Sie damit sagen, daß es hier noch eine andere Frau gibt?«

»Na klar. Übrigens erwartet sie jederzeit ihr Kind. Und da sie mit Billy und sich selbst schon alle Hände voll zu tun hat, brauchst du gar nicht erst auf die Idee zu kommen, sie um Hilfe zu bitten. Ich habe mein ganzes Leben lang selbst für mich gesorgt, Sharisse. Aber jetzt bist du ja hier...«

Sie riß die Augen auf, als ihr dämmerte, was das heißen sollte. »Aber ich kann wirklich nicht kochen. Ich meine, ich habe es noch nie getan. Es gab immer Bedienstete.« Sie verstummte. Sein Gesicht drückte keinerlei Mitgefühl aus. »Ich nehme an, daß ich es lernen könnte... wenn jemand da ist, der es mir beibringen kann.«

Er brummte. »Ich nehme an, ich kann Billy dazu bringen, dir ein Kochbuch zu besorgen, wenn er heute in die Stadt fährt.« Mit einem unzufriedenen Seufzer ging er auf die Vorratskammer zu.

»Es tut mir leid, Mr. Holt«, sagte Sharisse, die sich gezwungen sah, das zu sagen, obwohl sie selbst nicht so recht wußte, warum.

»Macht nichts«, sagte er über die Schulter. »Solange du kräftig genug für deine anderen Aufgaben bist und schnell dazulernst.«

Eine Stunde später war ihr Kleid mit Mehl und Fett bespritzt, obwohl sie sich eine Schürze umgebunden hatte, und ihre erste Kochstunde zeigte ihr, daß sie gar keinen Spaß daran hatte.

Nach dem Frühstück blieb sie allein am Tisch sitzen, trank noch eine Tasse von dem abscheulichsten Kaffee, den sie je getrunken hatte, und bemerkte plötzlich, daß es ihr überlassen blieb, den ganzen Dreck, den sie beim Kochen gemacht hatten, wegzuwischen.

»Ich könnte schreien!« sagte sie laut vor sich hin, als

Charley, der auf den Küchentisch gesprungen war, einen Satz machte und mit seinen Pfoten das Mehl auf dem Boden verteilte. Hätte sie doch nur geahnt, daß es hier keine Dienstboten gab und daß sie selbst die Arbeit der Dienstboten erledigen mußte!

Es dauerte lange, bis sie das Geschirr gespült hatte, und als Sharisse sich in ihr Zimmer flüchten wollte, schrie sie beim Anblick des halbnackten Mannes, der in der Hintertür stand, laut auf. Langes schwarzes Haar floß ihm bis auf die Schultern, und um die Stirn hatte er sich eine Art Schal gebunden. Seine nackte Brust war unter einer kurzen Lederjacke deutlich zu sehen, und seine kniehohen Stiefel verbargen mehr von seinen Beinen als das rechteckige Stück Stoff, das er trug.

In diesem Moment war es unmöglich zu sagen, wer verblüffter war, Sharisse, die einem Wilden gegenüberstand, oder Billy, dem es zum ersten Mal in seinem ganzen Leben die Sprache verschlagen hatte. Er hatte eine kleine Blondine erwartet, die schreiend zu Luke laufen würde, und statt dessen stand er einer Amazone gegenüber, die größer war als er selbst. Zugegeben, geschrien hatte sie, aber sie war nicht einen Zentimeter zurückgewichen.

Lucas, der den Schrei gehört hatte, stürzte durch die Vordertür. »Was zum...?« Er sah die beiden an, erfaßte die Situation und bedachte Billy mit einem ärgerlichen Stirnrunzeln. »Du hättest dir wenigstens eine Hose anziehen können, Billy, solange sie sich noch nicht an dich gewöhnt hat.«

Billy war erleichtert. »Es war zu heiß«, sagte er, als sei das eine ausreichende Erklärung. »Was ist aus der mit den gelben Haaren geworden?«

»Das war die Falsche«, antwortete Lucas barsch.

»Aber du hast mir doch das Foto gezeigt und gesagt...«

»Das war ein Irrtum«, sagte Lucas warnend durch zusammengepreßte Zähne. »Habt ihr euch eigentlich schon miteinander bekannt gemacht, oder steht ihr nur rum und starrt einander an?«

Beide waren verlegen, Sharisse in zweierlei Hinsicht, weil sie wieder an das Täuschungsmanöver erinnert worden war, auf das sie sich eingelassen hatte, aber auch, weil sie Billy für einen Wilden gehalten hatte, sich jedoch herausstellte, daß er offensichtlich ein Freund von Lucas war.

»Ich bin Billy Wolf, Ma'am, ein guter Freund von Slade Holt – und jetzt von Lucas«, sagte er mit einem verschmitzten Lächeln.

»Sharisse Hammond«, erwiderte sie, doch es klang noch etwas gespreizt.

»Ich wollte Sie nicht erschrecken«, sagte Billy, weil Lucas dabeistand. »Ich bin nur gekommen, um zu fragen, ob ich Ihnen etwas aus der Stadt mitbringen kann.«

Sharisse sagte: »Ich hätte wirklich einen Brief aufzugeben, wenn das nicht zuviel verlangt ist. Ich hole ihn eben.«

Sowie sie das Zimmer verlassen hatte, flüsterte Billy Lucas zu: »Als du gesehen hast, wie groß sie ist – warum hast du sie da nicht sofort wieder nach Hause geschickt?«

Lucas grinste. »Sie ist nicht zu groß.«

Billy musterte ihn von Kopf bis Fuß. »Ja, ich nehme an, ihre Größe stört dich nicht allzu sehr. Aber, meine Güte, Luke, sie ist so mager!«

Lucas zog eine Augenbraue hoch. »Findest du?«

»Da es meine Idee war, will ich nur nicht, daß du jetzt enttäuscht von ihr bist.«

Sharisse kam wieder ins Zimmer und reichte Billy den Brief, doch als Lucas die Hand danach ausstreckte, erbleichte sie angesichts dieser Unverschämtheit. Sie wäre im Traum nicht darauf gekommen, daß er diesen Brief lesen könnte, ehe er sicher aufgegeben war.

»Trudi Baker?« Lucas las den Namen laut vor und sah sie dann fragend an.

Sharisse konnte sich vorstellen, was er dachte. Als sie gesagt hatte, sie habe in New York niemanden gehabt, an den sie sich hätte wenden können, mußte er angenommen haben, daß es niemanden außer ihrem Vater und ihrer Schwester gab.

»Trudi ist eine Freundin meiner Schwester. Meine Schwester Stephanie ist erst siebzehn und lebt noch zu Hause bei meinem Vater. Und daher konnte sie mir auch nicht helfen.« Es bereitete ihr Unbehagen, über diese Dinge zu sprechen, während der neugierige Billy zuhörte. »Ich schicke den Brief an ihre beste Freundin; das mit meinem Vater habe ich Ihnen schließlich schon erklärt.«

Sie hielt den Atem an, als er den Brief noch einmal ansah, ehe er ihn mit einem Achselzucken an Billy weitergab.

»Gib den Brief auf, Billy, und vergiß das mit dem Kochbuch nicht.«

Sharisse sah Billy nach und war überrascht, als Lucas sie verlegen anlächelte. »Mein Verhalten war anmaßend, und ich entschuldige mich dafür. Ich fürchte, meine Neugier hat die Oberhand gewonnen. Ich hatte nicht damit gerechnet, daß du jemandem schreiben würdest.«

»Meine Schwester und ich, wir stehen uns sehr nahe.« Sharisse ließ sich erweichen, gerade soviel zu erklären. »Ich kann zwar nicht an sie direkt schreiben, wegen meines Vaters, aber sie hat mich versprechen lassen, ihr Bescheid zu geben, wenn ich heil angekommen bin.«

»Sie weiß, mit welcher Absicht du in den Westen gekommen bist? Und sie fand die Idee gut?«

Ja, und zwar aus tiefstem Herzen, hätte Sharisse am liebsten erbittert gesagt, doch dann überkamen sie schon allein bei diesem Gedanken Schuldgefühle. Sie konnte all das wahrhaftig nicht ihrer Schwester in die Schuhe schieben.

»Was hätte sie sonst sagen sollen? Stephanie kennt die näheren Umstände.«

Er sagte versonnen: »Sie hat auf dem Bild älter als siebzehn ausgesehen. Aber dich habe ich schließlich auch für älter als achtzehn gehalten.«

»Das liegt daran...«

Sie unterbrach sich abrupt, da sie im letzten Moment noch merkte, daß er aus Stephanies Briefen auf ihr Alter geschlossen hatte. Welche Überraschungen standen ihr noch bevor, weil Stephanie mit diesem Mann korrespondiert hatte? Sie wünschte, sie könnte diese Briefe sehen, ehe sie durch einen ungeschickten Zufall alles verpfuschte.

»Woran?« fragte Lucas.

»An meiner Größe«, beendete sie unbeholfen ihren Satz. »Dadurch habe ich immer älter gewirkt.«

»Du bist nicht gern so groß, stimmt's?«

Ihr blieb nahezu die Luft weg. Noch kein Mann war so taktlos gewesen, dieses Thema auch nur anzusprechen. Allein die Vorstellung! Daß dieser hier sich einbildete... hatte er denn überhaupt keine Manieren?

»Es geht nicht so sehr darum, daß ich nicht gern groß bin«, sagte sie zu ihrer Verteidigung und versuchte gleichzeitig, ihm einen Vorwurf zu machen. »Es geht eher darum, daß die meisten Männer sich durch meine Größe aus der Fassung bringen lassen, und das ist manchmal peinlich.«

»Ich nicht.«

»Nein, Sie gewiß nicht«, sagte sie trocken.

Er lachte. Dann nahm er ihren Ellbogen und ging mit ihr auf die Tür zu. »Wie wäre es mit einem Spaziergang? Deine Arbeit kann noch ein Weilchen liegenbleiben.«

Diese Dreistigkeit, dachte Sharisse. Er hatte nicht einmal abgewartet, ob sie sich einverstanden erklärte, mit ihm spazierenzugehen. Dann wurde ihr erst klar, was er eigentlich gesagt hatte.

»Was sind das eigentlich für Arbeiten, von denen Sie sprechen, Mr. Holt?« Sie entzog ihm mit einer entschiedenen Bewegung ihren Ellbogen, blieb stehen und zwang ihn, ebenfalls stehen zu bleiben und ihr ins Gesicht zu sehen.

»Der Garten braucht Pflege – Unkrautjäten und so weiter. Es müssen Kleider gewaschen werden. Mein Zimmer hätte es auch nötig, mal gründlich saubergemacht zu werden. Frauenarbeiten eben.«

Sie wollte Einwände erheben, doch in seiner Stimme hatte etwas Bedrohliches gelegen, und sie war sich nie sicher, wann er wirklich wütend war.

»Mir war nicht klar...«

»Das sehe ich selbst«, sagte er freundlich. »Und daher mache ich auch Zugeständnisse. Aber ich habe Sie in meinem Brief gewarnt, daß das Leben hier nicht einfach ist.«

Konnte sie es wagen zu behaupten, sie hätte geglaubt, daß seine Warnungen sich auf das Klima bezogen? Keinen Moment lang war sie auf den Gedanken gekommen, sie könnte Dienstbotenarbeiten verrichten müssen, doch anders konnte sie ihre Situation nicht betrachten. Und sie konnte nicht das geringste dagegen unternehmen, es sei denn, sich augenblicklich von ihm nach New York schicken zu lassen. Diese Vorstellung war eine gewaltige Versuchung, doch als sie an ihre Schwester dachte, rührten sich Gewissensbisse. Sie mußte Stephanie eine Chance geben. Sie wollte sich selbst nicht eingestehen, wie sehr sie sich davor fürchtete, ihrem Vater gegenüberzutreten.

Sie zwang sich zu einem Lächeln, obwohl sie am liebsten geweint hätte. »Wir wollten doch spazierengehen.«

Er grinste und nahm wieder ihren Ellbogen. Sie nahm diese Berührung, seine Nähe, überdeutlich wahr. Als er sie zum Pferch geführt hatte, wich sie angewidert zurück, und er sagte: »Was ist?«

Sie sah ihn von der Seite an. »Ich kann Pferde nicht leiden. Und besonders unangenehm ist mir der Geruch von Pferden.«

Er grinste. »Das hier ist eine Ranch, auf der Pferde gezüchtet werden, Schätzchen. Du wirst dich an den Geruch gewöhnen müssen.«

»Ich wüßte nicht, warum.« Sie kniff argwöhnisch die Augen zusammen. »Es sei denn, Sie erwarten von mir, daß ich die Ställe reinige. Ich sage Ihnen gleich...«

»Jetzt aber langsam. Kein Mensch hat ein Wort über das Reinigen der Ställe gesagt. Aber du wirst reiten lernen.«

»Nein, niemals.« Sie schüttelte nachdrücklich den Kopf. »Ich kann den Buggy fahren, mit dem Sie mich gestern abgeholt haben.«

»Den hat Billy ausgeliehen. Er gehört mir nicht.« In eben dem Moment verließ Billy mit dem Buggy die Ranch, und der Staub, der aufwirbelte, raubte beiden den Atem. Lucas sah Sharisses Gesicht, und ihm wurde ganz elend zumute. Er hatte sie zu schnell und mit zu vielen Anforderungen gleichzeitig konfrontiert.

»Bist du immer so schön, nachdem du den ganzen Morgen in der Küche verbracht hast?«

Sie wandte sich erstaunt zu ihm um.

»Sie machen sich über mich lustig, Mr. Holt. Sie müssen doch wissen, daß das der erste Vormittag war, den ich je in einer Küche verbracht habe.« Ihre weitere Überlegung, daß ihr Teint für wahre Schönheit nicht bleich genug war, sprach sie nicht aus.

»Dann scheint dir die Küchenarbeit zu bekommen.« Er grinste.

Ehe sie etwas darauf antworten konnte, führte er sie in den Schatten der Pappeln. Dort stand eine Bank, die gerade breit genug für zwei Leute war, doch er setzte sich nicht neben sie, sondern stellte einen Fuß auf die Bank und stützte einen Arm auf sein Knie. Er ragte über ihr auf, ragte fast bedrohlich über ihr auf.

♦

Sie warf den Kopf in den Nacken, um ihn anzusehen. Sein Kuß kam für sie absolut überraschend, und sie wollte sich losreißen, doch er hatte seine Hände auf ihre Schultern gelegt, und sie war gezwungen, sich von ihm küssen zu lassen und in diese Edelsteinaugen zu sehen und sich zu fragen, welche Gefühle sie dort sah.

Es dauerte nur wenige Sekunden, bis sie die Konsistenz seiner Lippen wahrnahm, spürte, wie zart sie waren. Seine Hände glitten von ihren Schultern auf ihren Hals, und urplötzlich fühlte sie sich ganz benommen. Ihre Augen schlossen sich. Ihre Lippen bewegten sich herausfordernd unter seinen Lippen, bis er die Herausforderung annahm und seine Zunge sich kühn zwischen ihre Lippen schlich.

Sharisse zuckte atemlos zusammen. »Mr. Holt!«

So war sie in ihrem Leben noch nicht geküßt worden!

Sie kam sich unglaublich naiv vor. Wenn sie bedachte, wie kurz sie davorgestanden hatte, mit Antoine zu schlafen, und wie wenig sie doch über das Küssen wußte. So hatte Antoine sie nie geküßt.

Der Gedanke an Antoine ließ einen matten Zorn in ihr aufsteigen. Alle Männer waren gleich. Sie gaben einem nie etwas, ohne eine Gegenleistung für ihre Schmeicheleien zu erwarten. Von ihr hatten sie immer dasselbe gewollt – entweder ihr Geld oder ihren Körper. Jetzt konnte sie dem noch etwas anderes hinzufügen – Dienstbarkeit. Lucas Holt war auf eine Hausangestellte auf Lebzeiten aus, die zudem noch den Vorteil hatte, einen Körper zu besitzen, der ihm behagte. Freundlicher konnte man es beim besten Willen nicht ausdrücken.

»Ich dachte, wir hätten uns gestern abend geeinigt, Mr. Holt.« Beim Klang ihrer Stimme wäre Wasser gefroren.

Er grinste sie spitzbübisch an. »Meinst du nicht, es sei an der Zeit, daß du mich Luke nennst?«

»Nein. Und wir haben uns auf etwas geeinigt, aber sie scheinen entschlossen zu sein, diese Abmachung zu ignorieren.«

Er zwinkerte fröhlich. »Hast du Angst vor mir? Ist es das?«

»Ich bin nicht sicher.«

»Wenigstens bist du ehrlich, das muß ich dir lassen.«

Und das sagte er ausgerechnet ihr! Es war ihr entsetzlich peinlich. »Ich kenne Sie doch überhaupt nicht!« platzte sie heraus.

»Du willst meine Lebensgeschichte hören? Vielleicht später, aber jetzt gehe ich an die Arbeit.«

Mit der Arroganz, die sie von ihrem Vater kannte, hatte er sie sozusagen entlassen. Sie wußte, daß sie selbst arrogant war und daß daraus nur Kämpfe entstehen konnten. Wie gut, daß sie nicht wirklich einen Mann suchte!

8

Sharisse stellte die letzte Schale auf den Tisch, trat zurück und wischte sich die Stirn ab. Sie hatte es geschafft, hatte ganz allein ihre erste Mahlzeit zubereitet. Es sah zwar nicht so aus wie irgend etwas, was sie je gegessen hatte, aber darüber machte sie sich jetzt keine Sorgen. Billy hatte ihr ein Kochbuch mit Rezepten vom Lande in die Hand gedrückt, und sie konnte nur vermuten, daß sich das Essen auf dem Lande von dem in der Stadt unterschied. Manche der Begriffe in dem Buch hatte sie nicht verstanden, und daher hatte sie diese Schritte einfach ausgelassen. Was konnte es schon schaden, wenn sie ein oder zwei Kleinigkeiten wegließ? Sie hatte genug Essen für drei Personen zubereitet, denn niemand hatte ihr gesagt, ob Mack mit ihnen essen würde oder nicht.

Als sie die Tür öffnete, um Luft zu schnappen, mußte sie zugeben, daß sie etwas derart Schönes wie diesen Sonnenuntergang noch nie gesehen hatte. Im Zug waren die Jalousien immer wegen der Nachmittagssonne heruntergezogen worden, und daher hatte sie nicht gewußt, wie spektakulär die Sonnenuntergänge im Westen waren. Wenn sonst schon nichts bei dieser wahnwitzigen Reise herauskam – so war es ihr doch zumindest möglich gewesen, diesen Anblick zu erleben.

»Warum hast du mich nicht gerufen?«

Sharisse wirbelte herum. Lucas' Hemd stand bis zur Taille offen, und er hatte sich ein Handtuch um den Nakken gelegt. Sein Haar war feucht, und seine gesamte Ausstrahlung war so überwältigend maskulin, daß sie sofort auf der Hut war.

»Es wird doch hoffentlich nicht von mir erwartet, daß ich auch noch Jagd auf Sie mache, wenn es Essen gibt.« Ihr Tonfall war ganz unmißverständlich hochmütig.

Lucas riß seinen Blick von ihr los und ging zum Tisch. »Es reicht, wenn du mir aus dem Fenster zuschreist«, sagte er, während er das Essen betrachtete.

»Ich schreie nicht, Mr. Holt.«

»Wirklich?« Er hatte ihr wieder seine gesamte Aufmerksamkeit zugewandt. »Auch dann nicht, wenn du die Fassung verlierst?«

»Ich verliere nie die Fassung.«

Er lachte. »Schätzchen, eine Rothaarige, die nicht die Fassung verliert, wäre etwas ganz Neues.«

Sharisse schnappte nach Luft. »Ich bin nicht rothaarig.«

»Nein, aber es kommt dem schon recht nah.«

»Ich wüßte nicht, was meine Haarfarbe damit zu tun haben soll. Mein Vater könnte Ihnen sagen, daß ich ein freundlicher und umgänglicher Mensch bin, und dafür halte ich mich auch.«

»Und frei von jeder Aufmüpfigkeit?« Seine Augen lachten.

»Ich mag mich nicht streiten, wenn Sie das meinen«, gab sie zurück. »Ich habe als Kind mehr als genug Streit miterlebt. Ich bin dankbar dafür, daß ich das aufbrausende Temperament meiner Eltern nicht geerbt habe.«

Lucas grinste. »Ich denke, ich habe schon genügend heißblütige Frauen gehabt. Eine bezaubernde, hingebungsvolle Ehefrau wird eine nette Abwechslung sein.«

Sharisse errötete. Ein Gentleman hätte nie auch nur mit einem Wort die Frauen in seiner Vergangenheit erwähnt.

»Wenn Sie sich jetzt bitte setzen würden, Mr. Holt.«

»Wann wirst du endlich aufhören, derart steif zu sein? Und für wen ist dieses dritte Gedeck aufgelegt? Erwarten wir Besuch?«

»Ich wußte nicht, ob Mack mit uns ißt. Sie sagten, daß Mr. Wolf eine Frau hat, die sich um ihn kümmert, aber ...«

»So, er ist also Mack, aber ich bin immer noch Mr. Holt?« Ärger blitzte in seinen Worten auf. »Wie kommt das?«

Sharisse stöhnte. »Ich ... ich sollte Sie vielleicht doch Lucas nennen«, räumte sie schließlich ein.

»Luke wäre noch besser.«

»Lucas ist angemessener.«

»Ich möchte wetten, daß dein Vater zur Beschreibung deiner Person mehrfach das Wort ›stur‹ verwendet hat.«

Sharisse mußte gegen ihren Willen lächeln. Manchmal fürchtete sie sich vor ihm, aber sein Charme war mitreißend. Wenn man ihn in einen Anzug gesteckt und ihm das Haar geschnitten hätte, hätten die Damen bei ihr zu Hause ihn als einen liebenswerten Lümmel angesehen, vielleicht sogar gefunden, daß er gut aussah. Ja, sogar ziemlich gut. Wenn sie gestern nicht ganz so sehr von seinem rauhen Auftreten und von seiner Körpergröße schockiert gewesen wäre, hätte sie erkannt, daß unter seiner dunkelbrauner Haut ein recht attraktives Gesicht verborgen war. Aber das Weiß einer Lilie war derzeit in Mode, keine bronzefarbene Haut. Daran würde sie immer denken müssen. Es war nicht angebracht, daß sie diesen Mann attraktiv fand.

»Du hast zwar für drei Personen gedeckt, aber das Essen reicht nur deshalb für zwei Mäuler, weil ich nicht besonders hungrig bin. Mack hat uns ein üppiges Mittagessen gerichtet.«

Röte stieg in ihre Wangen, als sie sich fragte, ob er heute mittag hier gewesen war, um zu sehen, wo sein Mittagessen blieb. Nach dem späten Frühstück wäre sie gar nicht erst auf diese Idee gekommen. Was hatte er überhaupt den ganzen Nachmittag über getan?

»Ich habe drei wilde Pferde zugeritten«, sagte er in dem Moment. »Körperliche Arbeit macht hungrig. Wir haben so viele Aufträge, daß Billy und ich demnächst wieder in die Berge gehen müssen, um neue Pferde einzufangen.«

»Ihr fangt Pferde?« fragte Sharisse überrascht. »Ich dachte, ihr züchtet sie. Ist die Zucht nicht das Übliche auf einer Pferderanch?«

»Es ist noch keine zwei Jahre her, seit ich mich hier niedergelassen habe, Sharisse. Ich konnte kein einziges Pferd zu dieser Ranch dazukaufen. Ich habe mit einem Zuchtprogramm begonnen, sogar ein Vollblut aus Kentucky geholt, aber es dauert lange, bis man eine Zucht aufgebaut hat. In den Hügeln weidet eine ganze Menge Fohlen, aber keins der Fohlen ist alt genug für den Verkauf, und so wird es auch noch eine ganze Weile bleiben.«

»Ich verstehe. Es ist nur ... du hast dich hier so gut eingelebt, daß ich dachte, du seist schon wesentlich länger hier.«

»Es dauert nicht lange, bis man sich eingewöhnt hat«, sagte er bedeutungsvoll.

»Ich nehme an, es hängt davon ab, aus welchen Verhältnissen man stammt«, murmelte sie.

»Glaubst du, ich käme aus so anderen Verhältnissen als du?« fragte er belustigt.

»Auf diese Antwort warte ich bisher noch«, sagte sie liebenswürdig.

Er lachte. »Laß mich diese Mahlzeit genießen, ehe ich dir meine Lebensgeschichte erzähle.«

Er fing an zu essen, während sie sich etwas auf den Teller schöpfte. Sie warf ihm Seitenblicke zu, weil sie wissen wollte, wie er über ihren ersten Kochversuch dachte, doch sein Gesichtsausdruck war unergründlich.

Sie steckte sich den ersten Bissen Fleisch in den Mund. Es war zäh und knochentrocken. Das Brot schmeckte verschimmelt, und als sie es sich näher ansah, fand sie rohes Mehl. Die Karotten waren hart, aber eßbar. Die Kartoffeln waren breiig. Die Zwiebeln waren genau richtig. Aber was konnte man bei einer Zwiebel schon falsch machen? Und der Kaffee war, nach dem vierten Anlauf, göttlich.

Sie sah Lucas mit glühenden Wangen an. »Es schmeckt gräßlich, stimmt's?«

»Ich habe schon Schlimmeres gegessen«, brummte er.

Sie war einfach nicht bereit, sich davon aus der Fassung bringen zu lassen. »Ich vermute, die wenigen Dinge, die ich im Rezept ausgelassen habe, waren doch wichtiger, als ich dachte.«

»Willst du damit sagen, daß du improvisiert hast?«

»Nein, ich habe nur die Dinge weggelassen, die ich nicht verstanden habe. Aber woher hätte ich auch wissen sollen, was ›kneten‹ in Zusammenhang mit Brot bedeutet? Ich habe dieses Wort noch nie gehört. Und dann stand da, daß man das Rindfleisch langsam garen soll, aber nirgends wird erklärt, was langsam garen ist. Dann stand da, daß man Wasser dazugeben soll, aber nicht wieviel, und daß man es nach Geschmack würzen soll, aber nicht womit. Außerdem habe ich ohnehin nur Salz gefunden.«

»Die Kräuter wachsen im Garten, Sharisse.«

»Ein guter Zeitpunkt, mir das zu sagen.«

»Ich glaube, Willow muß dich doch einmal besuchen. Du kannst sie nach den Dingen fragen, die du nicht verstehst. Aber tu wenigstens ein paar Kaffeebohnen in den Kaffee.«

»Der Kaffee ist doch perfekt!«

»Er schmeckt wie heißes Wasser.«

Lucas lehnte sich zurück. Für einen allerersten Versuch war das Essen gar nicht so übel gewesen. Außerdem hatte er damit gerechnet, sie zerzaust und am Ende ihrer Kräfte vorzufinden, aber sie sah nach der ungewohnten Arbeit gut aus, zu gut sogar.

Den ganzen Tag über war sie ihm nicht aus dem Kopf gegangen, und er hatte sich ständig beschäftigen müssen, um der Versuchung zu entgehen, immer wieder zu ihr zurückzukommen. Er konnte sich nicht erinnern, je so oft an eine Frau gedacht zu haben. Keine Frau war ihm jemals so nahe gewesen. Es war eine schlichte Tatsache, daß er sie begehrte. Er gestand sich jetzt ein, daß das schon so war, seit er das Foto von ihr zum ersten Mal gesehen hatte. Jetzt, da sie in Fleisch und Blut vor ihm stand, war er entflammt. Dieses Lodern war fast mehr als das, was sein Körper ertragen konnte.

Wenn er derart begierig darauf war, sie zu besitzen, nachdem sie erst einen Tag lang hier war, dann wußte er nicht, wie er es verhindern sollte, mit ihr zu schlafen, ehe er sie fortschickte. Das widersprach seinen Plänen, aber er hatte nicht vor, gegen seine Begierde anzukämpfen. Wäre sie noch eine Jungfrau gewesen, so hätte er sich größere Gedanken machen müssen, aber sie war keine Jungfrau.

»Habe ich dir eigentlich schon gesagt, wie bezaubernd du in diesem Kleid aussiehst?« hörte er sich sagen.

Sharisse sah ihn über die Schulter an. »In diesem alten Lumpen? Meine Güte, Mr. . . . Lucas, ich sehe gräßlich aus. Ich wollte mir vor dem Essen ein Abendkleid anziehen, aber dann hatte ich nicht mehr die Zeit dazu.«

Lucas grinste vor sich hin. Der Mann, der sie sah, wenn sie sich besonders schön gemacht hatte, war zu bedauern. Er stellte sich hinter sie, und als ihr schwacher Duft in seine Nase stieg, kam er kaum gegen den Drang an, sie zu berühren. Doch statt dessen griff er zu einem Geschirrtuch.

»Ich helfe dir beim Abtrocknen.«

Dieses Angebot überraschte sie. Er wollte sie nicht übermäßig belasten, jedenfalls noch nicht. Ihr dankbares Lächeln war allein schon die Mühe wert. Sie konnte so reizend aussehen, wenn sie lächelte.

Nach dem Abtrocknen setzten sie sich wieder an den Tisch, und Lucas, der einen weiteren Kaffee ablehnte, holte eine Flasche und ein Glas aus einem Regal, ehe er sich setzte.

Sharisse runzelte die Stirn. »Tust du das oft?« fragte sie zögernd, während sie einen Blick auf den Whisky warf.

»Ich kann dir absolut versichern, daß ich kein Trinker bin, wenn es das ist, was dich beschäftigt.«

»Es tut mir leid.« Sharisse schlug die Augen nieder und war verlegen. »Es war eine aufdringliche Frage.«

»Es ist dein Recht, das zu wissen.«

Sie sah ihn wieder an. »Dann bist du jetzt vielleicht bereit, mir alles zu erzählen?«

Er lehnte sich mit dem Whiskyglas in der Hand nachdenklich zurück. »Wir wurden in St. Louis geboren, mein Bruder und ich. Die Familie mütterlicherseits war eine der prominentesten der Stadt. Mutter ist gestorben, und nach ihrem Tod wollte unser Vater, Jake, nichts mehr mit ihrer Familie zu tun haben. Er ist mit uns nach Arizona gegangen. Das Gold und die Aussicht auf eigenen Reichtum haben ihn hierhergezogen.«

»Er war Goldgräber?« Sharisse war erstaunt, obwohl sie

wußte, daß es keinen Grund dafür gab. Seit den frühen fünfziger Jahren hatte das Gold Tausende von Menschen in den Westen gelockt.

Lucas nickte. »Mein Bruder und ich saßen in einer Pension in Tucson fest, während er in den umliegenden Bergen Gold suchte. Ärgerlicherweise hat er Gold gefunden. Sogar viel davon. Das hat ihn das Leben gekostet. '66 ist es passiert.«

»Willst du damit sagen, daß er umgebracht worden ist?«

»Ja, wegen seiner Mine.« Er nickte.

»Aber hätte der Claim dann nicht an seine Söhne fallen müssen?«

»Von Rechts wegen ja, und daher mußte man sich auch unserer entledigen.«

Sie konnte einfach nicht glauben, wie beiläufig er all das erzählte. »Was hast du getan?«

»Ich bin schleunigst aus der Stadt abgehauen.« Lucas wandte den Blick ab und sprach dann weiter. »Sloan, der Mann, der unseren Vater erschossen hat, war uns dicht auf den Fersen, um reinen Tisch zu machen, könnte man sagen.«

»Mein Gott! Was muß er für ein Ungeheuer gewesen sein, Jagd auf Kinder zu machen? Du kannst damals nicht älter als elf oder zwölf gewesen sein.«

»Zehn, um es genau zu sagen«, sagte er grimmig. »Er war ein gedungener Mörder, ein Mann, der für Geld mordet, ohne nach den Gründen zu fragen. Im Westen gibt es einige von dieser wahllosen Sorte.«

»Ihr seid ihm entkommen?«

»Nicht direkt. Es wurden Schüsse abgefeuert, und mein Bruder ist in einen Felsspalt gefallen. Da Sloan direkt hinter mir war, konnte ich nicht umkehren und nach ihm sehen. Ich mußte weiterreiten. Aber als ich Sloan erst abgehängt hatte, hatte ich mich verirrt. Ich brauchte Tage, um den Weg zu der Stelle zu finden, an der Slade gestürzt war, und inzwischen war keine Spur mehr von ihm zu sehen. Mir blieb nichts anderes übrig, als nach St. Louis zu reiten und zu hoffen, daß er dasselbe getan hatte.«

»Und dort hast du ihn gefunden?«

»Er ist nie dort aufgetaucht.« Es herrschte Schweigen. »Ich bin in St. Louis bei einer Tante geblieben, in dem Glauben, Slade sei tot. Es ist noch gar nicht so lange her, seit er mich schließlich gefunden hat.«

»Warum hat er so lange damit gewartet?«

»Er war von einer Art Gedächtnisverlust befallen. An das meiste konnte er sich klar erinnern, aber er wußte nicht mehr, daß wir in St. Louis Familienangehörige hatten, und auch nicht, was aus mir geworden war. Er wußte nicht, ob ich tot oder am Leben war oder auch nur, wo er die Suche nach mir hätte beginnen sollen. Ein weiteres Problem war natürlich Sloan – er konnte sich in keiner Stadt zeigen, weil er fürchten mußte, Sloan könnte ihn sehen.«

»Und was hat er getan?«

»Er ist allein in der Wildnis geblieben. Er hat in den Bergen gelebt, in denen sonst nur die Apachen leben.«

»Das ist doch wohl ein Witz!«

»Nein. Er hat acht Jahre lang allein in den Bergen gelebt. Aber als er neunzehn war, ist etwas geschehen, was ihn die Erinnerung hat wiederfinden lassen; und dann konnte er mich aufspüren.«

Sharisse hörte ihm gespannt zu. »Es klingt nicht so, als seist du froh darüber.«

Er lächelte ein trauriges Lächeln. »Er war nicht mehr der, den ich in Erinnerung hatte. Wir waren immer nahezu identisch. Das sind wir jetzt nicht mehr. Diese Jahre, die er ganz allein verbracht hat, haben ihn tiefgreifend verändert.« Er zuckte die Achseln und grinste. »Wenn wir eine große Familie wären – was wir aber nicht sind –, wäre er wohl das, was man als schwarzes Schaf bezeichnet.«

»So schlimm?«

»Nach Meinung mancher Menschen schon.«

Er führt das nicht näher aus, und sie wollte nicht weiter in ihn dringen.

»Was ist bloß aus der Goldmine deines Vaters geworden?«

»Sie ist nie gefunden worden. Eine Ironie des Schicksals, findest du nicht?«

»Daß dein Vater umsonst ermordet worden ist? Das kann man wohl sagen! Und der Mann, der ihn erschossen hat – hat er je seine Strafe bekommen?«

»Sloan ist tot.« Seine Stimme wurde rauh. »Aber der Mann, der ihn für diesen Mord bezahlt hat, läuft noch frei herum.«

»Du weißt, wer das ist?«

»Ja, aber ich kann es nicht beweisen. Ich kann nichts anderes tun, als ihn zum Duell herauszufordern. Und er ist kein guter Schütze. Das heißt, daß es glatter Mord wäre.«

»Oh«, murmelte sie. »Es muß schrecklich für dich sein, nichts tun zu können.«

»Das kann man wohl sagen«, erwiderte er bitter.

Sie wechselte das Thema, damit Lucas sich nicht von ihr bedrängt fühlte.

»Warum bist du nach Arizona zurückgekommen?«

»Auf der einen Seite, weil ich das Stadtleben satt hatte. Aber das war nicht alles. Slade wollte sich nicht in St. Louis niederlassen, und daher habe ich mich entschlossen, näher zu ihm zu ziehen.«

»Er lebt in Newcomb?«

»Slade bleibt nie allzu lange an einem Ort, aber er kommt von Zeit zu Zeit nach Newcomb. Ich kriege ihn manchmal zu sehen, weil er durch diese Gegend hier zieht.«

Darüber dachte sie einen Moment lang nach. »Du

mußt ihn sehr gern haben, wenn du ein solches Opfer für ihn bringst.«

Lucas lachte fröhlich über ihre Argumentation. »Schätzchen, ich sehe das nicht als Opfer an. Mir gefällt es hier.«

»Es tut mir leid. Ich wollte damit nicht sagen... jedenfalls freut es mich für dich, daß du deinen Bruder wiedergefunden hast und daß ihr einander wieder nahesteht. Das muß schrecklich gewesen sein, diese jahrelange Trennung.«

»Wie kommst du auf den Gedanken, daß wir einander nahestehen?«

Sie war verlegen, als sie sah, daß er breit grinste. »Nun, ich habe nur angenommen...«

»Slade kann man nicht nahestehen, Sharisse. Das kann niemand, nicht einmal Billy, der Apache, der ihn in den Jahren gekannt hat, in denen er in der Wildnis gelebt hat. Wir stehen einander nicht so nah wie in unserer Kindheit, Zwillinge hin, Zwillinge her.«

»Heißt das, daß ihr Zwillinge seid, die gleich aussehen?«

»Ja, stimmt.«

»Meine Güte. In der Schule gab es Zwillinge, die auch immer gleich angezogen waren. Es war fast unmöglich, sie auseinanderzuhalten. Ist das bei deinem Bruder und dir auch so?«

»Wir ziehen nicht das gleiche an, aber ich vermute, wenn man uns auszieht, könnte uns niemand mehr auseinanderhalten.«

»Ach, du meine Güte«, sagte sie. »Dann muß ich wohl noch dankbar dafür sein, daß er nicht hier lebt. Ich habe schon genug Probleme, mit all dem Neuen zurechtzukommen, ohne mir auch noch Sorgen darüber machen zu müssen, wer von euch wer ist.«

»Ich glaube nicht, daß es dir Schwierigkeiten bereiten würde, uns beide auseinanderzuhalten. Wir sehen gleich aus, aber wir sind so verschieden voneinander wie Tag und Nacht.«

»Aber wie kann...«

»Wenn du ihn kennenlernst, Schätzchen, dann wirst du wissen, wovon ich spreche«, erwiderte er geheimnisvoll, und damit war das Thema beendet. »Gibt es noch andere Punkte, in denen ich deine Neugier befriedigen kann?«

»Im Moment nicht«, sagte sie mit einem Dankeslächeln. Sie streckte sich. »Ich glaube, nach einem so langen Tag wäre mir nichts lieber als ein schönes, warmes Bad vor dem Schlafengehen.«

»Die Eimer stehen dort drüben.« Er wies mit einer Kopfbewegung auf den Spülstein.

»Aber...« Sie war entgeistert. »Heißt das, daß ich sie rübertragen muß?«

»Wenn du baden willst.«

»Aber gestern...«

»...hatte ich Mitleid mit dir, weil du erschöpft von deiner langen Reise warst. Aber du kannst nicht von mir erwarten, daß ich auf Dauer Wasser für dich trage. Das ist Frauenarbeit.«

Sie ließ niedergeschlagen die Schultern hängen. »Ich verstehe.«

»Vielleicht möchtest du die Wanne hier aufstellen?« schlug er vor. »Das wäre näher.«

»Ich finde, ein Bad ist doch keine ganz so reizvolle Vorstellung mehr«, sagte sie mit kläglicher Stimme.

Lucas konnte sich nur mit Mühe ein Lachen verkneifen. Sie wirkte so hilflos, daß er sich ihrer fast wieder erbarmt hätte, aber wenn er sie verhätschelte, selbst wenn ihm selbst danach zumute war, dann stand das im Widerspruch zu allem, was er anstrebte.

»Weißt du was, Sharisse? Etwa vier Meilen von hier gibt es in den Bergen einen Teich. Das Wasser sollte jetzt noch angenehm warm sein. Wir haben Vollmond. Hast du Lust auf einen Ausritt bei Mondschein?«

Wie wunderbar das klang! Aber es war eine Grausamkeit von ihm, ihr das vorzuschlagen.

»Ich habe dir doch schon gesagt, daß ich nicht reiten kann«, sagte sie. »Ich habe in meinem ganzen Leben noch nie auf einem Pferd gesessen.«

»Es war ja nur eine Überlegung. Schließlich ist es noch früh. Aber du wirst es lernen müssen. Ohne ein Pferd kann man diese Ranch nicht verlassen.«

»Du könntest einen Einspänner kaufen.«

Der hoffnungsvolle Klang ihrer Stimme war herzerweichend. Doch er blieb fest. »Ich bin dafür bekannt, kein Geld aus dem Fenster zu werfen, und das wäre die reinste Verschwendung, wenn ich gleichzeitig ein halbes Dutzend Stuten hier stehen habe, die alle sanft genug sind, um sich von dir reiten zu lassen.«

»Ich werde es mir überlegen.«

Sie stand steif auf und ging auf ihre Zimmertür zu.

»Gute Nacht, Lucas.«

»Ist das alles?« Er zog eine Augenbraue hoch. »Du hast doch nicht etwa Einwände gegen einen Gutenachtkuß?« Grinsend fügte er hinzu: »Es wäre besser, du gewöhnst dich gleich daran. Ich küsse nämlich gern.«

»Das habe ich auch schon gemerkt«, erwiderte sie trocken. Dann seufzte sie resigniert. »Also gut, meinetwegen.«

Sie beugte sich vor und wollte ihm einen Kuß von der Sorte geben, wie sie ihn ihrem Vater gegeben hätte. Doch in dem Moment, in dem ihre Lippen seinen Mund berührten, schlang er seine Arme um sie, und sie konnte sich nicht mehr losreißen.

Er küßte sie mit unglaublicher Zärtlichkeit, und seine Lippen, die sich sachte über ihren Mund bewegten, ließen ihre Glieder ganz köstlich ermatten. Sie fühlte sich lachhaft schwach. Das Seltsamste war, daß sie sich gar nicht mehr losreißen wollte. Sie genoß das süße Forschen seiner Lippen. Selbst der beißende Whiskygeschmack seines Atems war verlockend.

Seine Hände bewegten sich über ihren Rücken und ließen Schauer über ihr Rückgrat laufen. Dann koste er plötzlich ihren Nacken. Die Hand bewegte sich langsam nach unten. Ihr Herz schlug heftig. Sie wußte, was er vorhatte, aber sie brachte den Willen nicht auf, ihn davon abzuhalten. Als seine Hand schließlich kühn auf ihrer Brust lag, glaubte sie, ohnmächtig zu werden, denn bei aller Verruchtheit genoß sie es.

Es war Wahnsinn. Sie wußte, daß sie nicht zulassen durfte, was hier geschah, doch sie ließ sich absolut von den süßen Empfindungen mitreißen, die er in ihr wachrief. Als seine Lippen über ihre Wange auf ihren Hals glitten, fand sie endlich ihre Stimme wieder.

»Lucas.«

Es klang wie eine Liebkosung, obwohl sie es als Zurechtweisung gedacht hatte. Ihre Hände hatten nicht die Kraft, ihn von sich zu stoßen. Seine Lippen lagen jetzt auf ihrem Ohr, und die Empfindungen verstärkten sich, bis sie nicht mehr wußte, wie sie sie ertragen sollte.

Seine Zunge glitt in ihr Ohr, und sie glaubte, das Bewußtsein zu verlieren.

»Ich will dich, Shari, das weißt du doch, oder? Laß mich dich lieben.« Seine Stimme wurde noch rauchiger. »Wenn wir jetzt verheiratet wären, dann wäre es doch genau das, was wir für den Rest des Abends täten. Es wird Stunden dauern, dich angemessen zu lieben, und ich will dich angemessen lieben. Shari.«

Seine Worte berauschten sie. Sie mußte sich gegen ihn zur Wehr setzen. Schon allein die Art, auf die er ihren Namen flüsterte, ließ sie genüßlich erschaudern. Er sprach ihn aus wie das französische *chérie*.

»Du kannst nicht... wir sind nicht... Lucas! Bitte!« Sie flehte ihn um Hilfe an, weil sie nicht mehr die Kraft hatte, sich ihm zu widersetzen.

Er lehnte sich zurück, um ihr in die Augen sehen zu können, doch seine Arme drückten sie weiterhin dicht an sich. In seinen Augen stand eine sengende Glut, die sich bis in ihre Seele bohrte.

»Du bist doch nicht mehr unschuldig. Warum weigerst du dich? Du weißt selbst, daß es gut sein wird. Ob jetzt oder später, das spielt doch keine Rolle. Und selbst, wenn wir nicht heiraten, macht es keinen Unterschied. Wehr dich nicht dagegen, Shari.«

Er hatte etwas Falsches gesagt. Er wußte es noch im selben Augenblick, als er in ihren Amethystaugen die Funken sah, die sie tief violett werden ließen.

»Nur ein Mann kann behaupten, daß das keinen Unterschied macht. Dir bedeutet es offensichtlich nicht mehr als ein Vergnügen für den Moment. Aber für eine Frau muß es mehr sein.«

»Du redest wie eine Jungfrau«, sagte er vorwurfsvoll. »Wem tut es weh, wenn wir beide uns jetzt lieben?«

Sharisse stockte der Atem. Wie hätte sie antworten können, wenn alle Antworten, die sie hatte, die einer Jungfrau waren? War einer Witwe die Promiskuität gestattet? Woher sollte sie das wissen?

»Ich weiß nicht, warum ich überhaupt mit dir darüber rede«, sagte sie abwehrend. »Vor der Eheschließung gibt es keine ehelichen Rechte.«

»Willst du mich zwingen, den Pfarrer zu holen, wenn es nur darum geht, meine Qualen zu lindern?«

Ihre Bauchmuskeln spannten sich. »Welche Qualen?«

Er runzelte die Stirn. »Spiel nicht mit mir, Sharisse. Du kannst nicht verheiratet gewesen sein und so wenig über Männer wissen. Du spürst es doch selbst.« Er preßte ihre Hüften fest an sein Becken, und sie schnappte nach Luft.

»Glaubst du etwa, das sei nicht schmerzhaft, wenn ich nichts dagegen tun kann?«

»Ich... ich...« Ihr Gesicht war flammend rot, und sie bemühte sich mit aller Kraft, sich von ihm loszureißen. »Es tut mir leid, ich...«

»Schon gut.« Er schnitt ihr heftig das Wort ab und ließ sie los. Dann verfluchte er sich, als er die Furcht in ihren Augen sah. »Ich bin derjenige, der sich entschuldigen muß, Sharisse. Ich dränge dich zu sehr, und es tut mir leid. Aber du bist so verflucht begehrenswert...«

»Du... du holst doch nicht den Geistlichen?« fragte sie zögernd.

Hatte er sie damit erschreckt? »Woher zum Teufel soll ich das wissen? Verdammt noch mal, du frustrierst mich, Frau.«

Er drehte sich auf dem Absatz um und verließ das Haus. Was sollte sie bloß tun? Noch einmal würde sie es nicht durchhalten. Was auf Erden sollte sie bloß tun?

9

Lucas band sein Pferd vor dem Saloon an und schlenderte durch die Tür. Nur wenige Männer blickten auf, doch diese wenigen sahen neugierig zu, als er an die Bar trat und Whisky bestellte. Es kam nicht oft vor, daß man Lucas in der Stadt sah, und abends war das noch seltener.

Lucas trank ein Glas Whisky, und als Ben ihm nachschenken wollte, griff er wortlos nach der Flasche und setzte sich an einen leeren Tisch. Langsam sah er sich im Raum um, aber es waren nur die Leute da, die sonst auch in Whiskers Bar rumhingen – bis auf Leon Waggoner, der an einem Kartentisch saß. Lucas behielt den Vorarbeiter der Newcomb-Ranch im Auge und trank dabei aus seiner Flasche.

Er hatte Leon noch nie leiden können. Dieser Mann ging ihm einfach gegen den Strich. In der Stadt, die er gegründet hatte, war Newcomb ein König, und daher wurde jeder, der für Newcomb arbeitete, auf nahezu ehrfürchtige Weise behandelt; und das war Leon von Anfang an zu Kopf gestiegen. Er war vom Typ her ein Schläger, und er besaß auch die entsprechende Statur und das Gewicht. Niemand legte sich mit Leon an. Zu schade, daß es ihm immer gelang, sich rar zu machen, wenn Slade in die Stadt kam, dachte Lucas zynisch.

Leon bemerkte die kalten grünen Augen nicht, die sich in seinen Rücken bohrten. Er hatte gerade eine Gewinnsträhne, und die drei Spieler, mit denen er zusammensaß, nahmen das nicht allzu erfreut auf; doch keiner von ihnen wagte es, Einwände zu erheben. Sie kannten ihn und hatten wahrhaft keine Lust, ihn zu provozieren. Er war gut aufgelegt, doch das hätte sich in dem Moment ändern können, in dem auch nur einer der Spieler versuchte, den Tisch zu verlassen. Es wäre nicht das erste Mal. Will Days hatte sich mit dieser und keiner anderen Geste eine gebrochene Nase eingehandelt.

Henry Foster, der Leon gegenübersaß, packte die Verzweiflung. Er hatte schon mehr Geld verloren, als er sich leisten konnte. Spätestens beim übernächsten Blatt würde er das Hypothekengeld angreifen müssen, und seine Frau würde ihn umbringen. Ihnen gehörte die einzige Waffenhandlung in der ganzen Stadt, doch es war keine große Stadt, die Geschäfte waren noch nie gut gelaufen. Mit der Zeit hatten sie sich immer tiefer bei der Bank verschuldet, und es sah nicht danach aus, als würden sie je aus dieser Verschuldung herauskommen. Und hier saß er jetzt und spielte. Würde er denn niemals etwas dazulernen? Konnte sich Leon denn endlich zufriedengeben und aufhören?

Henry hatte gesehen, daß Lucas Holt den Saloon betreten hatte. Es sprach vielleicht nicht für ihn, aber Henry hatte sich von Männern von Holts Kaliber immer einschüchtern lassen. Die ganz Stillen waren noch schlimmer als Aufschneider wie Leon. Er kannte Lucas nicht persönlich und wollte ihn auch nicht kennenlernen. Ihm reichte es schon, daß er einmal Munition an seinen Bruder verkauft und eimerweise geschwitzt hatte, ehe dieser Mann seinen Laden wieder verlassen hatte. Das war die Sorte Mann, der man am besten aus dem Weg ging. Wer konnte sagen, daß Lucas nicht genauso war? Freundlich wirkte er jedenfalls mit Sicherheit nicht.

Henry kam auf einen Gedanken. Ihm war alles recht, um dieses Spiel zu beenden, ohne den Eindruck zu erwekken, daß er einfach aussteigen wollte.

»Hören Sie mal, Leon«, setzte Henry an, und er räusperte sich nervös. »Mr. Holt zeigt gewaltiges Interesse an Ihnen, seit er den Saloon betreten hat.«

»Welcher Holt?« Leon wirbelte herum und sah Lucas in die Augen. Dann wandte er sich mit einem hörbaren Seufzer der Erleichterung wieder um. »Ach der.« Ohne allzu große Begeisterung rechte er das Geld zusammen.

Henry blieb beharrlich. »Ich frage mich, warum er Sie ununterbrochen anstarrt.«

»Vielleicht bewundert er den Sitz meiner Kleidung«, knurrte Leon. »Halten Sie den Mund, und geben Sie die Karten aus.«

Es hatte nicht geklappt. Henry schluckte schwer. Er konnte einfach nicht weiterspielen. Er mußte Leons Zorn riskieren und aussteigen. Lieber gleich als später, wenn er völlig pleite war.

»Sie haben mich geschröpft, Leon«, sagte er. Er erhob sich und hoffte das Beste. »Ich muß mich jetzt verabschieden.«

Ehe Leon ihn auffordern konnte, tiefer in die Tasche zu

greifen, standen die beiden anderen Männer eilig auf und fielen in dieselbe Ausrede ein.

Leon war erbost, doch er ließ sie gehen, und die drei Männer hatten es eilig, den Saloon zu verlassen. Leon Waggoner verschwendete keinen weiteren Gedanken an sie, denn er hatte vor, über Nacht in Sams Privatgemächern zu bleiben. Vielleicht konnte er sogar eins von Rosas Mädchen dazu bringen, bei ihm zu bleiben.

Als er aufstand, starrte Lucas Holt ihn immer noch an. Leon trat beiläufig an seinen Tisch, stellte einen Stiefel auf einen freien Stuhl neben Lucas und beugte sich vor.

»Ich habe gehört, daß Sie heiraten, Holt. Man hört, daß sie wirklich eine Wucht ist.«

»So?«

Leon kicherte anzüglich. »Sie kommen sonst am Abend nicht in die Stadt. Was ist passiert? Haben Sie sich mit Ihrer Verlobten gezankt?«

Lucas stellte die halbleere Flasche ab. »Mir paßt es nicht, daß Sie über meine zukünftige Frau reden, Leon«, erwiderte Lucas mit einer leisen, bedrohlichen Stimme.

»Zum Teufel, es reden doch alle über sie«, sagte Leon unbeirrt. »Sieht sie wirklich so gut aus, wie man sagt?«

»Vielleicht haben Sie mich nicht richtig verstanden.«

»O doch, aber ich schere mich keinen Furz darum, was Ihnen paßt. Vielleicht ist Ihr Bruder ein guter Schütze, aber das heißt noch lange nicht, daß Sie schießen können.«

»Legen Sie Ihre Waffen ab, und ich zeige Ihnen, daß über meine Frau nicht geredet wird.«

»Ach, Sie sind auf eine Schlägerei aus? Da sind Sie an den Richtigen geraten.«

Während beide ihre Waffen ablegten, schlug Leon Lucas den Halfter samt Pistole ins Gesicht, und Lucas taumelte ein paar Schritte zurück. Sein Ohr war blutverschmiert, und in seinen Augen stand glühender Zorn, als er knurrend auf Leon losging und beide auf den Fußboden des Saloons knallten.

Etliche Stunden später pfiff Lucas fröhlich vor sich hin, während er sein Pferd am Zügel nach Hause führte. Sein Kiefer schmerzte, seine Knöchel waren geschwollen, und sein Brustkasten tat tierisch weh, aber es war die Sache wert gewesen. Jetzt konnte er vielleicht doch einschlafen, ohne an sie zu denken.

10

Lucas war erstaunt, als ein Frühstück für ihn bereitstand, doch Sharisses Gesicht mit dem verkniffenen Mund erstaunte ihn nicht. Sie servierte ihm das Frühstück schweigend und hielt auch dann noch ihre Augen abgewandt, als sie sich neben ihn gesetzt hatte. Während der gesamten Mahlzeit blieb sie eisern stumm.

Lucas war teils belustigt, teils besorgt. Lag es nur an seinen amourösen Annäherungen? Oder hatte sie ihn gehört, als er sich letzte Nacht nach seiner Rückkehr aus der Stadt in ihr Zimmer geschlichen hatte? Er hätte schwören können, daß sie fest geschlafen hatte. Er hatte nur nachsehen wollen, ob alles in Ordnung war. Nein, nicht nur das. Er hatte sich auch vergewissern wollen, daß sie nicht in Panik geraten und davongelaufen war. Und es war auch nicht so, daß er irgend etwas gesehen hätte, was er nicht hätte sehen dürfen. Sie hatte sich die Decke bis zum Hals hinaufgezogen. Sie hatte noch nicht einmal ihren Knoten zum Schlafen gelöst, und daher war selbst seine Neugier, wie lang ihr Haar wohl sein mochte, nicht befriedigt worden.

Sharisse ließ sich Zeit mit dem Abspülen, weil sie hoffte, Lucas würde das Haus verlassen, ehe sie damit fertig war. Das, was sie ihm zu sagen hatte, erforderte Nerven, die sie im Moment nicht hatte. Wenn er nur etwas gesagt hätte, ihr einen Anknüpfungspunkt gegeben hätte. Aber er hatte am Tisch gesessen und ebenso beharrlich geschwiegen wie sie.

Irgend etwas mußte schließlich gesagt werden. Sie hatte nicht vor, es auf eine Wiederholung des empörenden Verhaltens der vergangenen Nacht ankommen zu lassen. Dieser Gedanke gab ihr den nötigen Mut.

»Wir müssen miteinander reden, Lucas.«

»Über gestern abend?«

»Ja.«

Sie setzte sich wieder, doch ehe sie etwas sagen konnte, griff er über den Tisch und nahm ihre Hand in seine.

»Darf ich mich vorher noch einmal entschuldigen?«

Die Berührung brachte Sharisse aus der Fassung, und das heisere Timbre seiner Stimme trug seinen Teil dazu bei. Sie konnte ihm nicht in die Augen sehen, und daher starrte sie auf die Hand, die ihre Hand sanft drückte. Verblüfft nahm sie die geschwollenen, aufgeschabten Knöchel wahr.

»Du hast dich verletzt.« Ihre Lider hoben sich, und sie sah ihm ins Gesicht. Seine linke Backe war geschwollen.

»Es ist nichts weiter«, erwiderte Lucas mit einer gewissen Verlegenheit. »Ich hatte nur ein kleines Handgemenge mit dem Vorarbeiter von Newcombs Ranch.«

»Hier? Oder auf seiner Ranch?«

»In der Stadt.«

»Oh. Ich habe gar nicht gemerkt, daß du die Ranch verlassen hast.« Sie wurde neugierig. »Wer hat gewonnen?«

»Keiner von uns beiden.« Lucas grinste sie schüchtern an. »Ich fürchte, ich habe mich nicht besonders angestrengt.«

»Und warum nicht?« Schnell räumte sie ein: »Ich meine, wenn du zu einer Schlägerei gezwungen warst, dann sollte man doch meinen, daß du versucht hast zu gewinnen. Oder zumindest zu verhindern, daß du verletzt wirst.«

»Ich wollte diesen Mann nicht verletzen, Sharisse. Und außerdem bin ich auch nicht verletzt. Das ist nichts weiter. Aber deine Anteilnahme freut mich.«

Sein Grinsen war plötzlich zu frech. Er wirkte nahezu eingebildet. Sie wandte sich ab und war wütend, weil er ihre Neugier nicht als das ausgelegt hatte, was sie war.

»Wegen gestern abend, Lucas...«

»Ich weiß«, sagte er. »Du bist mir böse. Das kann ich dir nicht vorwerfen.«

»Es ist mehr als nur das«, sagte sie voller Unbehagen, denn sie erinnerte sich nicht nur an seine Kühnheit, sondern auch an das, was sie für ihn empfunden hatte. »Was du getan hast, war...«

»...unverzeihlich, ich weiß«, sagte er.

Sharisse funkelte ihn böse an. »Würdest du *mich* das sagen lassen? Ja, es war unverzeihlich«, fuhr sie fort. »Du hattest kein Recht, mich derart glühend mit deinen Annäherungsversuchen zu bedrängen, und du hattest auch kein Recht, wütend zu werden, als ich mich dir widersetzt habe. Zu allem Überfluß hast du auch noch versucht, mir Schuldgefühle einzuflößen, obwohl ich wahrhaftig nichts getan habe, um dich zu ermutigen.«

»Ich glaube, du vergißt etwas«, sagte er ruhig.

Sie beäugte ihn wachsam. »Was denn?«

»Du bist hierher gekommen, um mich zu heiraten. Die meisten Bräute, die auf Anzeigen antworten, heiraten am Tag ihrer Ankunft, und jetzt verstehe ich, warum. Der einzige Grund, aus dem es bei dir anders ist, ist der, daß ich uns Zeit zugestehe, damit wir einander erst kennenlernen können.«

»Du hast gesagt, es sei, weil du sehen wolltest, ob ich mich hier einfügen kann«, erinnerte sie ihn steif.

»Das auch. Aber es ist nun mal eine Tatsache, daß ich darauf hätte bestehen können, dich gleich am ersten Tag zu heiraten.«

Ihr war unbehaglich zumute, aber sie wollte sich den Mund nicht stopfen lassen. »Es ist ohnehin gut, daß du das nicht getan hast.«

Er zog die Brauen zusammen. »So, findest du?«

»Ja, weil ich... weil ich es mir anders überlegt habe, was die Heirat angeht. Ich muß dich bitten, mich wieder nach Hause zu schicken.«

»Wenn du schmollst, dann schreckst du wirklich vor nichts zurück, oder?«

»Darum geht es nicht.«

»Worum geht es denn?«

»Es ist reine Geschmackssache«, sagte sie. »Du bist mir viel zu gewalttätig.«

Er schnitt ihr mit einem Lachen das Wort ab. »Schätzchen, wenn ich wirklich so gewalttätig wäre, dann hättest du letzte Nacht in meinem Bett geschlafen und nicht in deinem. Ist dir das denn nicht klar?«

Sie erhob sich nervös und trat an das offene Fenster. Sie kehrte ihm den Rücken zu, während sie mit ihm sprach. »Ich bin es nicht gewohnt, derartige Themen zu diskutieren.« Er konnte sie kaum verstehen. »Ich weiß nicht, was für eine Art von Frauen du gewohnt bist, Lucas, aber ich bin nicht hergekommen, um deine Mätresse zu werden. Es ist unbillig, das von mir zu verlangen. Ich kann ganz einfach keinen Tag länger hierbleiben, nicht, wenn dasselbe noch einmal passieren könnte.«

Er sagte nichts. Ihre Nervosität wuchs mit jeder Sekunde, die sich die Stille in die Länge zog. Schließlich riskierte sie es, einen Blick auf ihn zu werfen. Er hatte die Augen niedergeschlagen und starrte den Tisch an. Warum sagte er denn nichts?

»Du verstehst das doch, oder, Lucas?« fragte sie vorsichtig.

In den Augen, die er ihr zuwandte, konnte sie nichts lesen. »Du kannst nicht fortgehen, Sharisse«, sagte er ganz schlicht.

»Ich kann nicht?« echote sie. »Was willst du damit sagen?«

»Ich kann dich im Moment nicht nach New York zurückschicken.«

»Warum nicht?« Die Nervosität und die Angst ließen sie lauter werden.

»Es kostet eine Stange Geld, quer durch das Land zu reisen, Sharisse. Alles, was ich an Geld habe, ist in dieser Ranch fest angelegt. Es hat mich mein gesamtes Bargeld gekostet, dich hierher kommen zu lassen. Ich habe kein Geld mehr übrig, um dich zurückzuschicken.«

Sie war zu benommen, um auch nur irgend etwas zu sagen.

Er beherrschte das Lügen allmählich recht gut, dachte Lucas angewidert. Aber, verdammt nochmal, daß sie ihm so kommen würde – damit hatte er nicht gerechnet. Und er konnte jetzt nicht noch einmal von vorn anfangen. Die Leute wußten schon von ihr. Es war zu spät, um ein anderes Mädchen ins Spiel zu bringen.

Sie starrte aus dem Fenster, und ihr Rücken war stocksteif. »Weißt du, ich glaube, wir sollten deinen übereilten Entschluß einfach vergessen und noch einmal von vorn anfangen«, schlug Lucas vor. »Ich bin gestern abend vielleicht etwas zu heftig gewesen, aber ich wollte dich unbedingt haben, und du kannst einem Mann keine Vorwürfe machen, wenn er versucht, das zu bekommen, was er haben will. Ich habe dir Angst eingejagt. Es tut mir leid. Aber ich habe dir schließlich nichts Böses angetan, stimmt's?«

Sharisse holte tief Luft. »Nein, wohl nicht. Aber ich kann das nicht noch einmal durchmachen, Lucas.«

»Wenn es dich so sehr aus der Fassung bringt, daß ich dich begehre, dann werde ich diese Wünsche eben für mich behalten.«

»Aber könntest du nicht einfach... könntest du mich nicht einfach gar nicht wollen?« wagte sie sich schüchtern vor. Dies schien ihr eine besonders gute Idee zu sein.

Die Frage überraschte ihn. »Wie lange warst du eigentlich verheiratet?«

»Warum?«

»Weil du so verflucht wenig über Männer weißt.«

»Ich war wirklich nicht allzu lange verheiratet.« Sie konnte ihm nicht in die Augen sehen, aber er führte es darauf zurück, daß sie verlegen war.

»Hat dir dein Mann denn nie erklärt, daß ein Mann seinen Körper manchmal nicht unter Kontrolle hat? Er kann beim Anblick einer schönen Frau entflammt werden, und dann gibt es nicht das geringste, was er dagegen tun kann, daß sein Körper auf diese Frau reagiert.«

»Nein, das wußte ich nicht«, gestand sie. »Ist es das, was letzte Nacht passiert ist?«

»Ich fürchte, ja. Aber du hast keinen Moment lang in Gefahr geschwebt, vergewaltigt zu werden, meine Süße. Ich habe nie einer Frau ein Leid angetan oder eine Frau genommen, die es nicht wollte. Ich würde dich zu nichts zwingen, Sharisse. Du glaubst mir doch, oder?«

»Ich weiß es nicht«, gestand sie offen ein.

»Dann komm jetzt her, und ich beweise es dir«, sagte er.

»Was?«

»Komm schon her. Um Himmels willen, ich tue dir nichts.«

Sie kam langsam auf ihn zu. Er konnte nur hoffen, daß es nicht allzu lange dauern würde, bis sie ihm vertraute.

Als sie am Tisch stand, erhob er sich und zog sie in seine Arme, wobei er ihre verblüfften Einwände ignorierte. Er küßte sie inbrünstig und ausdauernd, und er hörte nicht auf, ehe er spürte, daß ihr Widerstand nachließ. Dann ließ er sie los.

»Siehst du?« sagte Lucas. »Es fällt mir zwar nicht leicht, dich wieder loszulassen, aber ich tue es trotzdem.«

Und dann ließ er sie stehen. Sharisse hätte am liebsten mit dem Fuß aufgestampft, als sie ihm nachblickte, denn er hatte diese Gefühle wieder in ihr auflodern lassen, und sie hatte gar nicht gewollt, daß das aufhörte.

11

Die Essenseinladung auf Samuel Newcombs Ranch an diesem Abend brachte Sharisse in Aufruhr. Die Einladung wurde am Spätnachmittag überbracht, und sie wollte sie ablehnen. Es war ganz unerhört, eine Einladung anzunehmen, die einem nur wenige Stunden Zeit ließ, sich zurechtzumachen. Doch Lucas hatte für sie beide zugesagt und ihr erst Bescheid gegeben, als der Bote, der die Einladung überbracht hatte, schon gegangen war.

Und was hätte sie einwenden können? Samuel Newcomb war der reichste Mann in dieser Gegend. Sie hatte seinen Namen in ganz Newcomb gelesen, auf der Fleischerei, dem Kolonialwarenladen, dem Sattlergeschäft, der Bank und sogar auf dem Zeitungsgebäude. Wenn sie eine Zeitlang hierblieb, dann konnte es wahrhaftig nicht schaden, den Gründer dieser Stadt kennenzulernen. Vielleicht konnte er ihr helfen, wenn ihre Lage sich verschlechterte.

Es war ein entsetzlicher Schlag für sie gewesen, als sie feststellen mußte, daß Lucas es sich nicht leisten konnte, sie nach Hause zu schicken. Somit saß sie nicht nur hier fest, sondern dieser Umstand häufte zusätzliche Schuldgefühle auf. Der Mann hatte sein gesamtes Geld ausgegeben, um eine Ehefrau zu bekommen, und sie hatte von Anfang an nie die Absicht gehabt, ihn zu heiraten. Wenn Stephanie ihr kein Geld schickte, würde sie Lucas bitten müssen, ihr sobald wie möglich das Geld für die Rückreise zu geben, und das würde bedeuten, daß er um so länger warten mußte, ehe er sich eine andere Braut besorgen und sich deren Reisekosten leisten konnte. Wie abscheulich, ihn auf diese Weise auszunutzen!

Sie fing an, sich zu fragen, ob ihr Opfer wirklich die Sache wert gewesen war.

Ein erfreulicher Aspekt an dieser Essenseinladung war der, daß sie nicht zu kochen brauchte. Lucas war nicht allzu begeistert von der Vorstellung, die Newcombs zu besuchen, doch er hatte sich am Abend zuvor mit einem Angestellten der Newcomb-Ranch gestritten, und wahrscheinlich war ihm deshalb unwohl zumute.

Sharisse wurde nicht rechtzeitig fertig. Sie mußte alles selbst machen, sogar ihr Badewasser selbst anwärmen. Doch als sie fertig war, war sie mit dem Ergebnis zufrieden. Ihr Abendkleid war faltenlos, und sie hatte eine von Jennys einfacheren Frisuren imitiert und die Frisur mit einem Blumensträußchen aus kleinen weißen Rosen gekrönt. Sie trug eins ihrer Lieblingskleider; Damast und Seidenköper waren hier in einer Kombination aus Blau und Elfenbein gemeinsam verarbeitet. Das Kleid hatte einen tiefen, runden Ausschnitt und kurze Ärmel. Ihre langen elfenbeinfarbenen Handschuhe wirkten ohne Armbänder nackt, und ein schlichtes Samtband um den Hals mußte als Schmuck ausreichen; doch sie hatte das Gefühl, das Ensemble sei erst mit einer elfenbeinfarbenen Pelerine, die mit Nerz eingefaßt war, komplett.

Sie schloß gerade die kleine Schnalle dieses kurzen Umhangs, als Lucas anklopfte. Sie öffnete die Tür und wartete gespannt darauf, daß er etwas sagen würde. Seine

Augen glitten über sie. Er war frischrasiert und trug ein Jackett. Es war aus Hirschleder und hatte Fransen, und es war wohl kaum als Abendanzug zu bezeichnen, aber es war sauber. Sein weißes Hemd war aus Seide. Er trug eine graue Hose, die er in polierte schwarze Stiefel gesteckt hatte. Und er hatte seinen Pistolengürtel abgelegt.

»Nun?« brach sie das Schweigen.

»Fiona wird grün vor Neid«, sagte er.

Sharisse sah ihn finster an. »Erzähl mir jetzt bitte nicht, ich sei zu gut angezogen. Das ist wirklich nichts weiter als ein schlichtes Abendkleid. Normalerweise habe ich es nur zu Hause getragen.«

»Nicht mal gut genug zum Ausgehen, was?«

»Lucas!«

»Du bist wunderschön, mein Schatz. Und für eine Zusammenkunft bei Newcombs – nein, dafür bist du nicht zu elegant gekleidet. Je schicker, desto besser, wenn es nach Sam geht.«

»Wer ist Fiona?« fragte sie, als er sie zu der Kutsche führte, die Sam geschickt hatte.

»Sams Frau. Seine Braut, sollte ich vielleicht besser sagen. Sie sind noch kein ganzes Jahr miteinander verheiratet.«

»Gibt es irgendwelche Dinge, die ich über diese Leute wissen sollte, ehe wir dort ankommen?«

»Nur, daß Sam einen Blick für hübsche Mädchen hat und daß du dich daher hüten mußt.«

»Aber er ist doch verheiratet«, sagte sie entrüstet.

»Na und?«

Diese plumpe Antwort rief ihre eigenen Erfahrungen mit einem verheirateten Mann in Erinnerung, und sie verstummte, als der mexikanische Kutscher mit ihnen die Ranch verließ. Ihre Erinnerungen bestürmten sie, und keine dieser Erinnerungen war erfreulich.

Sie hatte Antoine Gautier auf einer Party kennengelernt, die sie und ihre Tante eine Woche nach ihrer Ankunft in Frankreich besucht hatten. Antoine war so schick, so gutaussehend, so einnehmend und von einem so gewinnenden Wesen. Er war der erste Mann, der sie wirklich beeindruckt hatte. Sie glaubte, sich verliebt zu haben. Später gestand er ihr, daß auch er sich verliebt hatte. Sie war kaum achtzehn Jahre alt, und Antoine war ein Mann von Welt.

Die Liebe fördert das logische Denken nicht. Sie hätte merken sollen, daß etwas nicht stimmte, wenn ein Mann niemals versuchte, ihre Lippen zu küssen, und immer nur ihre Hände küßte. Das Tempo dieses Werbens hätte ihr Rätsel aufgeben sollen. Aber sie war so dumm gewesen zu glauben, daß er sie liebte. Bei einer der Partys hatte sie zugelassen, daß er sie in ein leeres Schlafzimmer hineinmanövrierte.

Antoine hatte ihr oft genug gesagt, daß er sie begehrte, und sie war nur allzu willig gewesen, sich von ihm nehmen zu lassen. Er hatte sie nie gebeten, seine Frau zu werden; aber es lag natürlich auf der Hand, daß er sie heiraten würde. Die Ehe gehörte dazu, wenn man sich von einem Mann lieben ließ. Natürlich würde er sie heiraten – daran bestand kein Zweifel.

Später wurde ihr klar, daß er sich darauf verlassen hatte, daß sie stillschweigend davon ausging.

Sie zog sich an jenem Abend furchtsam aus, während er auf dem Bett saß und sie drängte, sich zu beeilen. Als sie sich zu ihm legte, hatte er nichts weiter als seine Hose ausgezogen, aber sie ging nicht näher auf diesen Umstand ein.

Es kam zu keinen zärtlichen Liebkosungen, und er sagte ihr auch keine netten Worte mehr. Antoine packte sie, zerrte sie unter sich und wollte ihr ohne die leiseste Verzögerung ihre Jungfräulichkeit nehmen. Gott sei Dank war in genau diesem Augenblick die Tür aufgerissen worden, und eine Frau hatte das Zimmer betreten.

Antoine war wütend. »Zwei Minuten, Marie! Konntest du denn keine zwei Minuten warten?«

»Aber ich dachte doch, du seist inzwischen fertig, *mon cher*«, hatte die hübsche Brünette freundlich erwidert. »Wie lange brauchst du denn noch, um deine Wette zu gewinnen?«

Eine Wette! Ihre gesamten Illusionen begründeten sich auf einer Wette. Wie gern sie geweint und so getan hätte, als seien sie alle drei nicht in diesem Zimmer und als läge sie nicht nackt dort. Doch sie weinte nicht. Es gelang ihr sogar, den Raum mit einem gewissen Maß an Würde zu verlassen.

Später hatte sie dann erfahren, daß die Brünette seine Ehefrau war. Nach allem, was passiert war, spielte das auch fast keine Rolle mehr. Sie hatte ihre Lektion gelernt: Männern durfte man nicht trauen.

Lucas war genauso schlecht aufgelegt. Das war immer so, wenn er gezwungen war, Samuel Newcombs Gesellschaft zu ertragen. Dennoch mußte er sich dem ausetzen. Schließlich war er nur deshalb hier. Doch er haßte diese Heuchelei, haßte es, sich freundlich zu geben, wenn er in Wirklichkeit nichts anderes wollte, als diesen Menschen umzubringen. Doch Sam war nach wie vor durch sein Testament abgesichert, und die Belohnung, die er für die Ergreifung seines Mörders ausgesetzt hatte, war im Lauf der Jahre heraufgesetzt worden.

Lucas wußte, daß diese Einladung nur auf Sams Neugier zurückzuführen war. Sam wollte Sharisse kennenlernen. Ihm konnte das nur recht sein, denn Lucas bekam somit Gelegenheit, den entscheidenden Teil seines Planes anzukurbeln. Er mußte nur sehen, daß er Sam allein erwischte, um ihm die Neuigkeiten zu unterbreiten.

Nach all dieser Zeit war das Ende in greifbare Nähe gerückt. Es konnte nur noch wenige Monate dauern, bis Samuel Newcomb feststellen mußte, daß er restlos verarmt war. Er mußte lediglich heute abend anbeißen, wenn Lucas den Köder auslegte, das war alles.

Fiona hatte unwissentlich dazu beigetragen, denn sie kostete Sam eine ganz schöne Stange Geld. Sam wollte ihr nicht sagen, daß sein Kapital weitgehend festgelegt war, und daher hatte er seine kleineren Immobilien in Newcomb verkauft, um ihr alles kaufen zu können, was sie sich nur irgend wünschte. Um sie glücklich zu machen und bei guter Laune zu erhalten, mußte er fortwährend Dinge kaufen.

12

Sharisse hatte Schwierigkeiten damit, sich all diese Namen zu merken. Es hatte sich herausgestellt, daß diese Abendgesellschaft ihr zu Ehren veranstaltet wurde, und die halbe Stadt war eingeladen worden.

Mr. Newcomb führte sie persönlich herum und stellte sie allen Anwesenden vor. Seine Frau, Fiona, hatte sie begrüßt und sie daraufhin mit einer erschreckenden Portion von Grobheit ignoriert. Samuel Newcomb schien dieses Verhalten ausgesprochen amüsant zu finden.

»Sie ist eifersüchtig, aber darüber brauchen Sie sich wahrhaftig keine Sorgen zu machen«, hatte er Sharisse zugeflüstert. »Sie war bisher das hübscheste Mädchen in der ganzen Gegend, aber diese Ehre gebührt jetzt Ihnen. Ich muß sagen, Miß Hammond, daß Lucas zu beneiden ist.«

Sie errötete heftig und mochte diesen Mann auf Anhieb. Er war recht distinguiert, Anfang vierzig und hatte sandbraunes Haar und graue Augen, die vielleicht ein wenig zu offen zeigten, was er dachte. Er war ein Mann, der die schönen Dinge des Lebens genoß, und sein Haus war beeindruckend. Er war aber auch, wie Lucas ihr bereits zur Warnung gesagt hatte, ein Mann, der einen Blick für Frauen hatte.

Sie hatte jedoch nichts gegen seine bewundernden Blicke einzuwenden. Sie fühlte sich in Sams Gegenwart wohl, ohne ihn allzu ernst zu nehmen, als er ihr vorschlug, er könne ein nettes, kleines Häuschen für sie finden, falls sie Lucas je überdrüssig würde.

Allein diese Vorstellung! Samuel Newcomb war alt genug, um ihr Vater sein zu können. Aber er neckte sie nur, das wußte sie gewiß. Es war ganz offensichtlich, daß er hingebungsvoll in seine Frau verliebt war, denn sowie sie nicht mehr nahe genug bei ihm war, suchten seine Blicke sie. Fiona war eine sehr hübsche Frau mit blauschwarzem Haar und blaßblauen Augen. Sie war wesentlich jünger als ihr Mann, sogar nicht viel älter als Sharisse selbst, wenn man es genau nahm.

Es war kein förmliches Abendessen – dazu waren zu viele Menschen geladen. Die Leute suchten sich selbst einen Platz aus, um sich hinzusetzen, und die Teller stellten sie sich auf den Schoß. Sharisse fühlte sich wohl. Es war ein einfaches Essen, nichts Raffiniertes, aber es gab Unmengen davon, und Champagner wurde freizügig ausgeschenkt.

Lucas ließ sie allein, damit sie sich mit den Damen unterhalten konnte. Er war damit beschäftigt, Glückwünsche entgegenzunehmen und immer wieder die Geschichte zu wiederholen, wie sie einander kennengelernt hatten. Sie hörte sich diese Geschichte aufmerksam an, um nichts durcheinanderzubringen, falls man ihr dieselbe Frage stellen würde.

Die Menschen, die sie kennenlernte, waren freundlich und schienen sich herzlich und aufrichtig für sie zu freuen. Doch wirklich wohl war ihr nur zumute, weil Lucas immer in ihrer Sichtweite war. Es war schwer zu analysieren, warum gerade er den Ausschlag dafür gab, daß sie sich wohl fühlte, obwohl sie sich doch so unwohl fühlte, wenn sie mit ihm allein war. Sie merkte selbst gar nicht, daß sie ihn mit ihren Blicken immer wieder suchte.

Er fiel in dieser Menge auf, und das lag nicht nur an seiner Körpergröße. Andere Männer trugen Kleidungsstücke, die lose saßen, wohingegen sich die Kleidung auf Lucas' Körper über seinen Muskeln spannte. Von ihm ging eine Aura unerschütterlicher Kraft und rauher Männlichkeit aus. Und gegen ihren Willen bemerkte sie auch, daß die Leute aus der Stadt ihn mit gewaltigem Respekt behandelten.

»Er sieht viel besser aus, als es einem Mann gestattet sein sollte, finden Sie nicht?«

Sharisse hatte Lucas wieder angestarrt, und jetzt wandte sie sich zu Naddy Durant um. »Von wem sprechen Sie?« fragte sie.

»Von Ihrem Mann natürlich.«

»Oh.« Sharisse stand verblüfft vor der unverblümten Offenheit des jungen Mädchens.

Naddy war erst sechzehn. Ihre Mutter Lila, die neben ihr saß, schien an dieser Äußerung nichts Befremdliches zu finden. Lila nickte zustimmend, und auch die anderen Damen, die in dieser Ecke versammelt waren, nickten.

»Aber er ist doch noch gar nicht mein Mann«, stellte Sharisse klar.

»Schätzchen, Sie sind doch schon so gut wie verheiratet«, sagte Mrs. Landis. »Also früher, in den alten Zeiten, hat man von jungen Paaren nicht erwartet, daß sie so lange warten, wenn selten ein Pfarrer in die Gegend kam. Solange sie es nur wollten und konnten, haben sie einen Hausstand gegründet und den Segen auf später verschoben. Jetzt haben die meisten Städte ihren eigenen Pfarrer. Wir hatten eine Zeitlang auch einen, aber seit er verstorben ist, hat niemand seinen Platz eingenommen.«

»Ich verstehe«, erwiderte Sharisse höflich.

»Ich gebe gern zu, daß ich immer gehofft hatte, ich würde Luke einmal auffallen.« Naddy beugte sich vor, als sage sie das ganz im Vertrauen, doch alle sechs anwesenden Frauen beugten sich ebenfalls vor und steckten die Köpfe zusammen. »Entweder er oder sein Bruder Slade. Sie sind beide so...«

»Naddy Durant!« sagte Lila atemlos. »Es ist etwas ganz anderes, ob man einen netten, respektablen Mann wie unseren Luke bewundert, oder ob man sich über einen Mann wie Slade Gedanken macht. Ich dachte, ich hätte dich Besseres gelehrt, Kleines.«

Naddy schien sich durch diesen Einwand kein bißchen einschüchtern zu lassen. »Haben Sie Slade schon kennengelernt?« fragte sie Sharisse.

»Nein, ich fürchte, ich habe seine Bekanntschaft noch nicht gemacht«, erwiderte Sharisse.

»Na, dann steht Ihnen ja noch was bevor.«

»Aber nichts, worauf Sie sich freuen sollten«, verbesserte Lila ihre Tochter. Ihr Unwille stand ihr jetzt ganz deutlich auf ihrem Gesicht geschrieben.

»Ach, so übel ist der Junge doch gar nicht, Lila«, warf Mrs. Landis ein.

»Doch, das ist er«, schlug sich eine andere Frau auf Lilas Seite.

»Wir sollten eigentlich gar nicht über Slade reden.«

»Und warum nicht, Lila?« Ihr Mann, Emery, war mit John Hadley zu ihnen gekommen. »Schließlich kann sich nicht jede Stadt damit brüsten, die Heimat eines berühmten Revolverhelden zu sein.«

»Also, hör mal, du weißt doch selbst genau, daß Slade Holt nicht aus Newcomb stammt«, widersprach Lila ihrem Mann.

»Nein, aber seit sich sein Bruder hier niedergelassen hat, ist er nirgends mehr zu Hause als in Newcomb.«

Sharisse starrte Emery Durant neugierig an. »Was heißt Revolverheld? Läßt er sich von anderen engagieren?« Sie hatte die Augen weit aufgerissen.

Emery schüttelte den Kopf. »Nicht, daß ich wüßte. Ich habe nie gehört, daß er für andere arbeitet. Wollen Sie damit etwa sagen, daß Luke Ihnen nichts von seinem Bruder erzählt hat?«

»Nicht allzuviel«, gestand sie ein.

»Was Sie nicht sagen!« Emery strahlte über das ganze Gesicht wie ein Kind an Weihnachten. Er vergewisserte sich nur mit einem Blick in die Runde, daß Luke am anderen Ende des Raumes stand, ehe er sich neben seine Frau setzte. »Na, dann erzähle ich Ihnen doch mal von dem Tag, an dem Slade Holt zum ersten Mal nach Newcomb gekommen ist.«

Die Frauen seufzten einstimmig, denn sie hatten alle diese Geschichte schon zahllose Male gehört. Sharisse war nicht sicher, ob sie diese Geschichte überhaupt hören wollte.

»Er war gekleidet wie ein Indianer«, sagte John Hadley, ehe Emery auch nur den Mund aufmachen konnte. »Und ausgesehen hat er auch wie einer, mit Haaren bis auf die Schultern und...«

»Läßt du mich jetzt vielleicht mal die Geschichte erzählen, John?« sagte Emery empört.

»Ich war schließlich dabei«, brummte John. »Du warst nicht dabei.«

»Was genau soll Slade eigentlich getan haben?« warf Sharisse ein, um dem vorzubeugen, was wie der Anfang einer hitzigen Diskussion wirkte.

»Na ja, er hat Feral Sloan umgelegt. Sloan war ein harter Junge, ein Schläger und früher ein gedungener Mörder, einer von der übelsten Sorte.«

»Sloan!« keuchte Sharisse, als sie diesen Namen hörte. Sie warf einen Blick in die Richtung, in der Lucas stand, und sie fragte sich, warum er ihr davon nichts erzählt hatte. Sie konnte gerade noch sehen, wie er mit Samuel Newcomb den Raum verließ. Dann wandte sie sich wieder zu Emery Durant um und hoffte, daß sie ihn mißverstanden hatte.

»Wollen Sie damit sagen, daß Slade Holt ein Mörder ist?«

»Nun«, erwiderte Emery, »der einzige, den er hier in dieser Gegend umgelegt hat, ist Feral. Und das ist jetzt fast sieben Jahre her; damals war er noch ganz jung. Es gab Gerüchte, die besagten, er hätte schon ein Dutzend Männer ins Grab befördert. Man kann beim besten Willen nicht sagen, wie viele es inzwischen sind.«

Sharisse wurde zunehmend blasser. »Und warum ist er nicht verhaftet worden?«

»Warum?« fragte Emery.

Sie zwinkerte ungläubig. »Aber Sie haben doch gerade gesagt, daß er hier einen Mann getötet hat.«

»Es war ein fairer Kampf, Miß Hammond. Was anderes kann wirklich niemand behaupten.« Alle, die in der Nähe waren, nickten. »Slade hat Feral sogar als ersten die Pistole ziehen lassen. Slade war ganz einfach schneller. Jemanden, der so schnell zieht, hat man noch nicht gesehen.«

Wußten diese Menschen, daß Sloan Slades Vater getötet hatte? fragte sie sich. Sie brauchte etwas zu trinken. Was sie dagegen überhaupt nicht gebrauchen konnte, war weiteres Gerede über Lucas' Bruder. ›Schwarzes Schaf‹ hatte er ihn genannt. Allerdings!

In Sam Newcombs Arbeitszimmer drehte sich die Diskussion ebenfalls um Slade, denn Sam erwähnte ihn, als er und Lucas auf Stühlen an seinem Schreibtisch Platz nahmen. »Haben Sie Ihren Bruder in letzter Zeit gesehen?«

»Seit einer ganzen Weile nicht«, erwiderte Lucas, dem es Schwierigkeiten bereitete, keine Miene zu verziehen.

Es blieb nie aus. Sam fragte ihn jedesmal, wenn sie sich trafen, nach Slade. Er ließ gern Revolverhelden für sich arbeiten, und sie wußten alle beide, daß Leon Waggoner nicht allzu schnell und auch kein allzu guter Schütze war.

»Mein Angebot steht noch. Sagen Sie ihm das, wenn Sie ihn wiedersehen.«

»Das werde ich tun.«

»Was war jetzt eigentlich so wichtig, daß wir es ganz privat erörtern müssen?« fragte Sam, während er sich eine Zigarre anzündete.

»Ich fürchte, es sind schlechte Nachrichten.« Lucas kam direkt zur Sache. »Die Eisenbahnlinie, die wir finanziert haben, steht vor gewissen Schwierigkeiten. Es sieht ganz danach aus, als sei es eine kluge Entscheidung von Ihnen gewesen, nicht mehr Geld in dieses Geschäft zu stecken, als Sie es sich leisten können.«

»Was soll das heißen?«

»Man hat die Kosten der Fertigstellung dieser Strecke unterschätzt. Es scheint, daß ihnen das Geld ausgegangen ist, aber es sind bisher nur dreiviertel der Schienen verlegt. Die gesamte Arbeit ist eingestellt worden, und es gelingt der Gesellschaft nicht, neue Interessenten zu finden, die zu einer Investition bereit sind, und daher kann die Sache nicht abgeschlossen werden. Die Banken sind ganz schlicht nicht interessiert an diesem Geschäft. Ich bin somit bankrott, aber wenigstens habe ich ja noch die Ranch. Ich hoffe nur, daß sie bald Geld abwerfen wird. Ich bin wirklich froh, daß ich Sie davor gewarnt habe, nicht allzuviel zu investieren; denn es scheint, als bekämen wir nichts zurück.«

Sam war sprachlos. Lucas wußte warum. Er hatte nur allzu gut gewußt, daß Sam seinen Rat nicht annehmen würde, als er von diesem Geschäft mit der Eisenbahn gesprochen hatte, und er hatte sich nicht getäuscht. Sam hatte sich nicht nach seinem Rat gerichtet und hatte große Investitionen getätigt, weil er versucht hatte, die Aktienmehrheit zu bekommen, und er hatte Lucas nicht erzählt, was er getan hatte. Sam hatte seinen gesamten Besitz außerhalb von Newcomb verkauft und sogar den größten Teil der Einlagen seiner Bank eingesetzt, weil er den Traum gehabt hatte, einer der ganz großen der Eisenbahn zu werden. Nach seinem ersten Besuch auf der Baustelle hatte er sich nie mehr um die Arbeiten gekümmert und die Fortschritte nie überprüft, sondern die Berichte, die ihm die Anwälte der Firma geschickt hatten, als absolut ausreichend angesehen. Es hatte keine Notwendigkeit bestanden, Geld hinauszuwerfen und wirklich Schienen zu verlegen. Die ursprüngliche Kulisse, die für seinen einmaligen Besuch aufgebaut worden war, hatte bereits ausgereicht.

»Es... es muß doch eine Möglichkeit geben...«

»Nur, wenn Sie jemanden kennen, der gern eine Teilstrecke eines Eisenbahnnetzes besäße«, erwiderte Lucas in beiläufigem Gesprächston. »Die Geldgeber, die ursprünglich an dem Projekt beteiligt waren, sind jetzt aufgefordert, den Rest an Geld, der noch gebraucht wird, aufzubringen, und das ist eine ganz ordentliche Summe. Aber ich bin pleite. Ich kann es nicht tun. Haben Sie denn noch keinen Brief bekommen?«

»Nein«, sagte Sam.

»Dann bekommen Sie ihn bestimmt noch. Dort finden Sie in allen Einzelheiten Erklärungen dafür, was schiefgegangen ist – obwohl uns das auch nicht gerade viel nützt. Ich sollte jetzt wieder zu Sharisse gehen und mich um sie kümmern, vermute ich. Gute Nacht, Sam.«

Sam nickte nur. Er fühlte sich elend, elend bis in seine Eingeweide. Alles, was er sich im Lauf der Jahre aufgebaut hatte, war futsch, wenn er nicht noch mehr Bargeld auftreiben konnte. Er würde diesem Anwalt aus St. Louis telegrafieren müssen, demjenigen, der etwas über europäische Klienten geschrieben hatte, die eine große Ranch in dieser Gegend suchten. Vielleicht hatte einer dieser Klienten auch Lust, ein Hotel zu kaufen. Das würde bedeuten, daß er alles aufs Spiel setzte, aber was blieb ihm anderes übrig?

Er mußte es einfach tun. Er hatte keine andere Wahl. Und außerdem war er zu alt, um noch einmal von vorn anzufangen. Die Zeiten hatten sich geändert. Es war nicht mehr so leicht, aus anderen Claims das Gold zu stehlen, um schnell zu Reichtum zu kommen. Das Gesetz hatte in Arizona seinen Einzug gehalten.

Er blieb allein in seinem Arbeitszimmer sitzen und sah ins Leere. Er wußte, was er zu tun hatte. Er wußte, daß ihm nichts anderes übrigblieb.

13

Sharisse war betrunken. Sie konnte wunderbar damit umgehen; sie hielt sich so würdevoll und gab sich so zurückhaltend, daß niemand auch nur auf den Gedanken kam. Selbst Lucas merkte es erst, als sie kicherte, sowie sie in der Kutsche saßen, und dann mit dem Kopf auf seiner Schulter einschlief.

Lucas amüsierte sich. Er hätte nicht geglaubt, daß das arrogante Mädchen an diesen Punkt kommen könnte, und er war überrascht und auch ein wenig erstaunt. Aber schließlich hätte ihn an diesem Abend nichts aus der Ruhe bringen können, nicht nach seiner Unterhaltung mit Sam.

Als er Sam in dessen Arbeitszimmer gegenübergesessen hatte, hatte er die Panik des Mannes förmlich riechen können. Wie lange hatte er auf diesen Moment gewartet!

Fast lachte er laut, als er an die kleine Herde von Pferden dachte, die Newcomb bestellt hatte. Wenn der Zeitpunkt der Lieferung kam, würde nichts übrig sein, womit er sie bezahlen konnte. Doch Lucas würde die Pferde einfangen und zähmen müssen, als sei ihm dieser Umstand nicht bewußt.

Sharisse rührte sich neben ihm, legte einen Arm über seine Brust und schmiegte ihren Kopf an seinen Nacken. Ihr kurzer Umhang sprang auf und gab ihm einen Ausblick in ihr tief ausgeschnittenes Decolleté und die sanfte Wölbung ihrer Brüste. Seine Hand, die auf ihrer Taille lag, bewegte sich sanft über ihre Kurven.

Was sollte er bloß mit ihr anfangen? Sie war wesentlich mehr als nur das, was er zu erwerben geglaubt hatte. Er begehrte dieses Mädchen, das so zufrieden an ihn geschmiegt schlief. Und diese Begierde war so gewaltig, daß es ihm vorkam, als habe sie sich über Jahre aufgebaut und nicht erst in den drei Tagen, seit sie hier war. Drei Tage, und schon jetzt heckte er Pläne aus, sie zu verführen.

Er schüttelte den Kopf, verabscheute sich selbst und das, worüber er keine Herrschaft hatte. Das Ganze konnte nur mit Reue enden, das wußte er jetzt schon, aber was konnte er denn tun? Er hatte sie vorn und hinten belogen, und es würde noch zu viel mehr Lügen kommen, ehe er mit ihr fertig war. War es denn noch nicht schlimm genug, daß er sie in Newcombs Untergang hineingezogen hatte, sie dazu benutzte, diesen zu bewerkstelligen?

Sie fürchtete sich vor ihm, obwohl er einfach nicht verstehen konnte, warum. Daher hatte sie auch schon gesagt, daß sie ihn gar nicht heiraten wollte. Wenn er sie in sein Bett zog, würde sie es dann immer noch so sehen? War sie der Typ Frau, der Liebe im Bett mit absoluter Hingabe gleichsetzte? Er wünschte, sie wäre durchschaubarer gewesen. Und er wünschte, sie würde sich nicht vor ihm fürchten.

Die Kutsche hielt vor dem Haus an, doch Sharisse schlief immer noch tief und fest. Lucas setzte sich behutsam auf und zog sie mit sich.

»Sharisse?«

Sie runzelte die Stirn und hielt sich an seiner Jacke fest. »Aber ich will ihn nicht heiraten, Vater. Stephanie liebt Joel, nicht ich.«

Lucas grinste und fragte sich, worum sich das alles wohl drehen mochte. »Sharisse, wach auf.«

Sie schlug die Augen auf und wußte nicht, wo sie war. »Wer...? Oh, du bist es.« Sie sah sich in der Kutsche um. »Was tun wir hier?«

»Die Party – weißt du noch? Wir kommen gerade von dort nach Hause.«

Sie wankte und fand ihr Gleichgewicht wieder, indem sie sich an ihm festhielt. Lucas hob sie auf den Boden.

»Kannst du laufen, oder muß ich dich ins Haus tragen?« fragte er belustigt und hoffte auf Letzteres.

»Mich tragen? Das ist ja wohl absurd.«

Sharisse ging ihm voraus und auf die Tür zu, und sie lief beachtlich gerade. Lucas stellte fest, daß der Kutscher grinste, und er grinste auch, während er sich verabschiedete und ihn fortschickte. Er fing Sharisse auf, als sie gegen die Tür wankte.

»Ich dachte, da seien keine Stufen«, sagte sie empört, und sie warf einen bösen Blick auf Lucas, der hinter ihr stand.

»Da sind auch keine«, sagte er kichernd.

»Ach.«

Der Mondschein flutete in das Zimmer, und daher schaltete er kein Licht ein. Er riß sie in seine Arme und wunderte sich über die Wirkung, die das auf ihn ausübte. Er hielt sie im Arm, hatte sie genau da, wo er sie haben wollte. Und doch war er so machtlos wie sie, nicht in der Lage, ihren Lippen zu widerstehen, die sich so bezaubernd teilten.

Er wollte ihre Lippen nur kosten, doch ihre Lippen bewegten sich unter seinem Mund, warm und lebendig, und entzündeten ein Feuer in ihm. Er stöhnte laut. Sharisse seufzte, legte ihren Kopf an seine Schulter und merkte gar nicht, was sie ihm eigentlich antat.

Ihm wurde klar, daß er sie genau jetzt haben konnte. In ihrem Zustand würde sie sich nicht widersetzen. Aber so wollte er es nicht haben. Sie mußte es selbst wollen, ihn begehren, nicht durch Alkohol außer Gefecht gesetzt sein. Wenn er sie jetzt nahm, würde sie sich vielleicht gar nicht daran erinnern können. Aber wenn sie sich erinnerte, konnte sie es nachträglich bereuen und ihn möglicherweise dafür verabscheuen. Er wollte keine Schuldgefühle, keine Gewissensbisse, keine Anklagen. Und aus irgendwelchen unverständlichen Gründen war es ihm wichtig, daß sie sich daran erinnern konnte.

Zum Teufel, woher kamen bloß all diese noblen Gefühle? Er hatte nach wie vor die Absicht, sie unter allen Umständen zu verführen. Wenn er skrupellos war, war es das beste, wenn er es jetzt gleich tat.

Sharisse seufzte. Sie war wieder eingeschlafen. Lucas lächelte versonnen. Nicht heute, mein Schätzchen, aber bald. Seine Lippen streifte ihre Stirn, und er trug sie in ihr Zimmer.

Sie erwachte, als er sie auf das Bett legte und ihr die Schuhe ausziehen wollte. »Das kann ich selbst«, protestierte sie.

Sie setzte sich zu schnell auf und fiel wieder zurück, weil ihr schwindlig wurde. Lucas grinste.

»Stell dir mich doch einfach als deine Zofe vor«, sagte er, als er ihre Schuhe auf den Boden fallen ließ. »Ich bin sicher, daß du so was gehabt hast.«

»Aber du siehst Jenny überhaupt nicht ähnlich.« Das fand sie sehr komisch, und sie kicherte. Sie bemerkte nicht, daß er ihr den Umhang auszog, doch sie beugte sich vor, damit er die Knöpfe auf ihrem Rücken öffnen konnte. »Ich bin froh, daß sie jetzt nicht hier ist, denn sonst bekäme ich wirklich Schimpfe. Sie hält gar nichts vom Trinken, verstehst du, und…« Sie schnappte nach Luft.

»Warum hast du mir nicht gesagt, daß dein Bruder ein Mörder ist?«

»Weil das nicht wahr ist.«

»Aber er hat Hunderte von Menschen getötet!«

»Hunderte?«

»Na ja, vielleicht auch nur Dutzende, aber was macht das für einen Unterschied?«

»Du hast auf diesen Klatsch gehört, Sharisse.« Er grinste, als er sie vom Bett hob, um ihr Abendkleid unter ihr herauszuziehen. Sie merkte es nicht.

»Ich mußte es mir zwangsläufig anhören. Mein Gott – daß du ihn nur als schwarzes Schaf bezeichnet hast! Das ist doch wohl recht milde ausgedrückt, meinst du nicht? Du hättest mich wenigstens warnen können.«

»Weil er einen Mann getötet hat?«

»Viele Männer!«

»Er hat nur einen einzigen Mann getötet, Sharisse. Alle anderen, die er angeblich umgebracht hat, existieren nicht. Das sind nur Gerüchte, sonst gar nichts. Es ist das, was die Leute gern über ihn glauben möchten.«

»Wirklich nur einen?«

»Ja.« Er fing an, ihr Korsett aufzuschnüren.

»Aber…«

»Das war ein kaltblütiger Mörder, der den Tod verdient hat.«

Sie hatte vergessen, daß der Mann hinter Lucas und Slade hergeritten war, als sie noch Kinder waren, und daß er Jagd auf sie gemacht hatte, nachdem er ihren Vater getötet hatte. Wenn die Gesetze nicht in der Lage waren, ihn zu richten, war es dann so falsch, daß Slade Gerechtigkeit geübt hatte?

»Die Leute sagen, daß es ein fairer Kampf war«, sagte Sharisse leise.

»Das war es auch. Slade hätte dabei ebensogut sterben können.«

»Es tut mir leid.«

»Vergiß es.« Er hatte das Korsett aufgeschnürt und machte sich jetzt an die erfreuliche Aufgabe, ihr die Seidenstrümpfe auszuziehen.

Sharisse seufzte und streckte sich. »Ich bin froh, daß er nicht so schlimm ist, wie sie ihn hingestellt haben.«

Lucas seufzte auch und fragte sich, wie er das alles ertragen sollte – sie auszuziehen, damit sie ungehindert schlafen konnte, während sein Körper völlig andere Vorstellungen vom weiteren Verlauf des Abends hatte. Er verfluchte sie dafür, daß sie sich in einen solchen Zustand getrunken hatte.

»Slade ist, wie er ist«, sagte Lucas mürrisch, denn er wollte nicht noch mehr durchmachen.

»Das ist schön so.«

Lucas schüttelte den Kopf. Sie hatte ihn gar nicht gehört. Sie war schon wieder am Einschlafen.

Er deckte sie zu und küßte sie zart auf die Stirn. »Gute Nacht, Shari.«

»Antoine... mein Geliebter.«

Die genuschelten Worte waren kaum verständlich. Antoine? Ihr Ehemann? Er hörte diesen Namen zum ersten Mal. Sie hatte gesagt, sie hätte ihren Mann geliebt. Er hatte nicht weiter darüber nachgedacht, doch jetzt mußte er feststellen, daß ihm dieser Gedanke gar nicht paßte.

Verdammt noch mal! Sie brachte ihn ganz durcheinander. Sollte er vielleicht doch eher als geplant mit Billy in die Berge ziehen? Je eher, desto besser, sagte er sich grimmig.

14

Ein Kitzeln im Gesicht weckte Sharisse. Sie schlug die Augen auf und sah in Charleys große kupferfarbene Augen. Er schnurrte laut. Als er den Kopf bewegte, kitzelten sie wieder seine langen Schnurrhaare. Sie lächelte, denn so war sie schon oft am Morgen erwacht. Dies war seine ungeduldige Art, sie darüber zu informieren, daß er Hunger hatte.

Sie setzte sich zu schnell auf, und das Pochen in ihrem Kopf begann. Sie legte ihre Finger auf die Schläfen, damit es aufhörte, und sie fragte sich, ob sie wohl krank sei. Aber nein, dachte sie, denn blitzartig schoß ihr die Erinnerung an die letzte Nacht durch den Kopf. Diese letzten drei Gläser Champagner hätte sie niemals trinken dürfen. Jetzt wußte sie, was Jenny immer mit dem Teufel Alkohol gemeint hatte. Was für ein entsetzlicher Kopfschmerz! Es war nur erträglich, solange sie still liegen blieb.

Vage Erinnerungen traten ihr vor Augen. Sie konnte sich daran erinnern, gestolpert zu sein, als sie durch die Tür hatte gehen wollen, und sie erinnerte sich auch, daß Lucas sie hochgehoben und geküßt hatte. Und mit welcher Deutlichkeit sie sich daran erinnerte! Sie hatten über Slade gesprochen, aber sie wußte nicht mehr, warum. Was hatten sie geredet?

»Miß Hammond?«

»Was ist?« fauchte sie, doch dann merkte sie, daß eine Frauenstimme sie von der anderen Seite der Tür gerufen hatte. »Bist du das, Willow? Komm rein.«

Sharisse wollte die Decke über ihr Nachthemd ziehen, doch sie mußte atemlos bemerken, daß sie gar kein Nachthemd trug. Sie war noch in ihrem Miederhemdchen und ihrem Petticoat. Ihre Augen weiteten sich vor Entsetzen, als weitere Erinnerungen durch ihren Kopf schossen.

»Ist alles in Ordnung mit Ihnen?«

»Was?« Sharisse bemühte sich, das Indianermädchen anzulächeln. »Ja, es geht mir gut, wirklich. Mir ist nur gerade etwas eingefallen... etwas Gräßliches. Du bist also Billy Wolfs Frau?«

Das Mädchen nickte. Mit den Mandelaugen in einem ovalen Gesicht, dem glatten schwarzen Haar, das ihr bis über die Schultern fiel und der dunklen, glänzenden Haut war sie eine recht exotische Erscheinung. Sie trug einen ausgebleichten blauen Rock, der bis auf ihre nackten Füße reichte, und eine weite, langärmelige blaue Bluse. Sharisse hatte nicht damit gerechnet, daß sie so hübsch und so zart aussehen würde, nicht mit diesem heidnischen Barbaren als Ehemann.

»Lucas hat gesagt, ich soll Sie nicht wecken, aber ich habe mir allmählich doch Sorgen gemacht. Es geht auf Mittag zu«, sagte Willow.

»Meine Güte, ich hatte keine Ahnung.«

Sie sah, daß die Sonne durch die offenen Vorhänge in das Zimmer strömte, Vorhänge, die sie normalerweise geschlossen hätte. Das bestätigte ihr, daß Lucas sie ins Bett gebracht hatte und dann gegangen war. Er war doch gegangen, oder etwa nicht?

»Sind Sie auch ganz sicher, daß Ihnen nichts fehlt?« fragte Willow behutsam und mit einer zarten, melodischen Stimme, die Sharisse angespannte Nerven beschwichtigte.

»Ja, wirklich. Ich... ich habe nur ein wenig Kopfschmerzen.«

»Wenn Sie mögen, kann ich Ihnen etwas gegen die Schmerzen zubereiten«, erbot sich Willow.

»Tätest du das wirklich? Das wäre schrecklich nett. Ich ziehe mich nur schnell an und komme dann ins andere Zimmer.«

Als die Tür sich geschlossen hatte, suchte Sharisse wie

rasend in ihrem Gedächtnis. Lucas war fortgegangen, nachdem er sie entkleidet hatte. Oder war er doch nicht fortgegangen? Sie hatte nicht das Gefühl, daß ihr die Jungfräulichkeit genommen worden war, aber vielleicht hätte sie den Unterschied gar nicht erkannt. Sie mußte einfach ihre Erinnerung wiederfinden!

Kurz darauf öffnete Sharisse zögernd die Tür, weil sie fürchtete, Lucas im Nebenzimmer vorzufinden. Doch dort war nur Willow.

»Meine Güte.« Sharisse lächelte sie an. »Ich habe es vorhin nicht bemerkt, aber du erwartest das Kind ja schon bald, nicht wahr?«

Willow strich mit ihren Händen liebevoll über ihren vorstehenden Bauch. »Ja, es kommt jetzt bald.«

»Gibt es hier in der Nähe einen Arzt?«

»Wozu?«

»Aber... gewiß...« Sharisse verstummte, weil sie nicht wußte, was sie sagen sollte.

Willow lächelte sie an. »Wozu brauche ich denn einen Arzt? Ich weiß selbst, was zu tun ist.«

»Heißt das, daß du keine Hilfe haben willst?«

»Das ist etwas, was ganz allein mir gehört. Ich werde sogar Billy fortschicken, wenn er zurückkommt, ehe das Baby da ist.«

»Zurückkommt? Ist er fort?«

»In den Bergen. Er und Luke sind in den Bergen, um die Wildpferde für Mr. Newcomb zu fangen.«

Sharisse gelang es, ihr Erstaunen zu verbergen. »Lucas hat das erwähnt, ja. Mir war nur nicht klar, daß er... schon so bald fortgeht.«

»Ich verstehe schon. Er hat es Ihnen nicht gesagt. Ganz wie ein Mann, der einen Abschied vermeiden will, wenn er sich noch nicht wirklich an eine Frau gewöhnt hat. Billy war genauso, als wir erst kurze Zeit verheiratet waren. Er hat sich nichts dabei gedacht, einfach wegzugehen, ohne mir zu sagen, daß er geht oder wohin er geht.«

»Das liegt doch sicher daran, daß er es gewohnt war, allein zu leben?« schlug Sharisse vor.

»Nein. Er war schon einmal verheiratet. Seine erste Frau war natürlich ein böses Weib, und er ist ihr nach Möglichkeit aus dem Weg gegangen. Vielleicht haben Sie recht, und es lag nur daran, daß er es so gewohnt war. Jetzt mag er Abschiede, weil er das als Vorwand nutzt, um...«

Sie lächelte, und Sharisse war schockiert über diese freimütige Anspielung. Außerdem bereitete es ihr extreme Schwierigkeiten, sich Billy, der wie ein Wilder aussah, als verliebten Mann vorzustellen.

»Ist das für mich?« Sharisse deutete auf ein Glas, das auf dem Tisch stand. Als Willow nickte, nippte sie von der zähen Flüssigkeit, stellte fest, daß das Getränk nur ein wenig bitter war, und trank den Rest aus.

»Setzen Sie sich«, sagte Willow, die das Glas nahm. »Ich mache Ihnen jetzt Frühstück.«

Sharisse war entgeistert. »Davon will ich kein Wort hören. Du solltest im Bett liegen, und um dich sollte sich jemand kümmern und für dich sorgen, nicht umgekehrt. Und überhaupt ist es jetzt Mittagessenszeit. Du setzt dich hin, und ich koche das Mittagessen.«

»Warum sollte ich im Bett liegen?«

»Warum? Wegen deines Zustands.«

Willow lachte leise. »Ich bin nicht krank. Ich bekomme nur ein Baby.«

»Aber dann kann man doch nicht von dir erwarten, daß du all das tust, was du normalerweise tust. Die wenigen Frauen, die ich kenne, die Babys bekommen haben, haben das Haus nicht mehr verlassen, sowie sich die ersten Anzeichen einer Schwangerschaft gezeigt haben. In den letzten Monaten haben sie sich ganz ins Bett gelegt. Meine eigene Mutter hat darauf bestanden, daß man sie umsorgte und ihr alles abnahm, als sie meine Schwester erwartet hat.«

»Vielleicht war sie wirklich krank.«

»Nein, soweit ich mich erinnere, war sie kerngesund und das blühende Leben.« Sharisse legte nachdenklich die Stirn in Falten. »Du meinst, es ist gar nicht nötig, sich derart zu schonen und verhätscheln zu lassen?«

»Eine Indianerin würde ausgelacht, wenn sie sich durch eine so kleine Unpäßlichkeit davon abhalten ließe, für sich selbst und für ihre Familie zu sorgen. Wenn man rumliegt und nichts tut, so kann das den Körper nur schwächen, und man braucht doch Kraft für die Geburt.«

»Aus der Sicht habe ich mir das nie überlegt.«

»Wenn du erst selbst ein Kind bekommst, wirst du sehen, daß es ein Vergnügen ist und keine Last. Es gibt Kräuter, die gegen die Übelkeit am Anfang helfen, und danach ist es nur noch eine reine Freude zu wissen, daß du neues Leben in die Welt setzen wirst. Der Schmerz am Ende ist nur ein kleines Opfer für das Wunder dieses neuen Lebens.«

Wie auf Erden hatte sich dieses Thema derart verselbständigen können? Jetzt ging es doch wahrhaftig um ihr eigenes Baby! Das war etwas, worüber sie erst noch nachdenken mußte, und bisher wollte sie gar nicht anfangen, sich Gedanken darüber zu machen.

»Ich koche jetzt trotzdem das Mittagessen, aber vielleicht kannst du mir zuschauen und mir Ratschläge geben. Ich nehme an, du hast schon gehört, daß ich nicht kochen kann.«

Willow kicherte vor sich hin, ein mitreißender Laut. »Billy findet das komisch. Er stellt sich Luke schon bis auf Haut und Knochen abgemagert vor.«

»So?« sagte Sharisse bissig. »Sehen wir doch mal, ob er nicht statt dessen bei mir Fett ansetzt.

15

Es war eine wunderbare Woche. Lucas war fort, und Sharisse konnte sich endlich einmal entspannen. Sie stellte fest, daß sie sich trotz der Arbeit und der Hitze tatsächlich wohlfühlte. Das lag an Willows Gesellschaft. Es war schön, mit einer anderen Frau befreundet zu sein, ohne jede Rivalität. Bei ihren Freundinnen zu Hause war ein Rivalitätsdenken, ganz gleich, wie unterschwellig, immer mit im Spiel gewesen.

Als sie sich erst einmal an Willows offene und freimütige Art gewöhnt hatte, wurde ihr langsam klar, wie prüde sie in Wirklichkeit war, und sie begann, die Einstellung der Indianer zum Leben zu bewundern.

Einen ganzen Tag brachten sie damit zu, Kerzen und Seife herzustellen, und an einem anderen Tag bereiteten sie Konserven zu. Sharisse lernte, wie man Gemüse einmachte. Sie legte ihr Kochbuch weg, weil es ihr einfacher erschien, sich selbst Notizen zu machen, wenn Willow ihr die Dinge erklärte. Die Ergebnisse waren gut. Sie versetzte sich selbst damit in Erstaunen, daß es ihr Spaß machte, Dinge zu lernen, und sie fing schon an, sich zu wünschen, Lucas käme nicht wieder. Sie freute sich gar nicht auf neuerliche Spannungen, die seine Gegenwart zwangsläufig mit sich brachte.

Sie bemühte sich, überhaupt nicht an ihn zu denken. Tagsüber, während sie beschäftigt war, ging das ganz leicht. Aber nachts, wenn sie allein im Haus war, war ihr zu deutlich bewußt, wie allein sie war. Das kleinste Geräusch erschreckte sie. Dann wünschte sie sich, Lucas möge möglichst schnell zurückkommen, aber auch nur dann.

Dann konnte sie ihn sich auch deutlich vorstellen, und das, was sie sah, beunruhigte sie auf seltsame Weise, und noch mehr beunruhigten sie ihre eigenen Gedanken. Sie mußte feststellen, daß sie sich an die köstlichen Empfindungen erinnerte, die er in ihr wachgerufen hatte.

Eines Nachts schlief Sharisse ein, während ihr diese Dinge durch den Kopf gingen. Darauf folgte ein erfreulicher Traum. Doch als Charley miaute, war sie augenblicklich wach und setzte sich im Bett auf.

»Was ist, Charley?«

Dann sah sie die Antwort selbst. Da Lucas fort war, hatte sie sich mit offenen Vorhängen sicher gefühlt. Es war gerade so hell, daß sie die Gestalt eines Mannes erkennen konnte, die am Fußende ihres Bettes stand. Lucas war also wieder da. Das war ja eine nette Art, sie darüber zu informieren.

»Ich bin wohl auf die Katze getreten.« Damit begründete er Charleys Miauen. In dem Moment sprang Charley schutzsuchend in ihre Arme. Sie hielt ihn fest, um ihm ein Gefühl der Geborgenheit zu geben, und Lucas' Unverschämtheit erzürnte sie. »Was soll das eigentlich heißen, daß du einfach reinkommst, während ich schlafe?«

Ein Streichholz flackerte auf, und Sharisse hielt sich die Hand vor die Augen. Im nächsten Moment war die Kerze auf ihrem kleinen Schreibtisch angezündet, und sie konnte erkennen, daß Lucas sie anstarrte – mit einem ganz merkwürdigen Gesichtsausdruck.

»Ich sollte jetzt wohl fragen, was du hier zu suchen hast«, sagte er mit tonloser Stimme.

Eine entsetzliche Ahnung beschlich sie. Die dichten Stoppeln auf dem Kinn, das wüste, ungebändigte Haar und sogar die Staubschicht, von der er überzogen war – all das war zu erwarten gewesen. Doch die Kleidung war so ganz anders als alles, was Lucas bisher je getragen hatte: eine schwarze Hose, die in Wildlederstiefeln mit weichen Sohlen steckte, die bis zum Knie reichten, dort mit Fransen besetzt und schwarz gefärbt waren. Das marineblaue

Hemd hing über der Hose. Ein schwarzer, handgemachter Halfter hing auf seiner rechten Hüfte. Ein Gewehr mit schimmerndem Perlmuttgriff hing an seinem Oberschenkel. Ein schwarzes Seidentuch, das er sich um den Hals gebunden und seitlich geknotet hatte, vervollständigte das finstere, bedrohliche Aussehen.

Es mußte Lucas sein. Es mußte einfach Lucas sein.

»Lucas?« Ihre Stimme quietschte derart, daß es ihr peinlich war.

Er schüttelte langsam den Kopf, und ein Mundwinkel zog sich zur Karikatur eines Lächelns nach oben. Er trat langsam und mit absolut geräuschlosen Schritten näher an das Bett heran.

»Du kannst nicht zu Luke gehören, denn sonst lägst du in seinem Bett.« Er musterte sie mit Interesse. »Wer also bist du?«

Die Farbe wich aus ihrem Gesicht. Mein Gott! Mein Gott! Es war wirklich Slade! Die Augen, die ihre Blicke festhielten, hypnotisierten sie.

»Keine Antwort?« Er knotete das Tuch auf und ließ es auf das Bett fallen. Dann griff er nach dem Pistolenhalfter. Während all dessen ließ er sie keinen Moment lang aus den Augen. »Wie du willst. Ich brauche deinen Namen nicht zu kennen, um mich zu dir ins Bett zu legen.«

Ihr Herz hämmerte wie wild, aber trotz allem konnte sie sich nicht von der Stelle rühren. Es war gar nicht wahr. Sie lag gar nicht da und sah Lucas' Bruder beim Ausziehen zu.

Sein Hemd fiel zu Boden, und dann setzte er sich auf die Bettkante, um seine Stiefel auszuziehen. Sharisse sprang auf der anderen Seite aus dem Bett und riß Charley und die übrige Zudecke mit sich. Aber es war die falsche Bettseite. Die Tür war auf der anderen Seite – dort, wo er saß.

Sie starrte ihn an, und ihre Augen waren dunkelviolett. Sie machte sich keine Vorstellung davon, wie komisch sie aussah, während sie Charley an ihre Brust drückte und mit der anderen Hand die Bettdecke festhielt. Die Bettdecke konnte sie kaum bedecken, und das blaue Negligé enthüllte nur allzu deutlich, was auch die Decke nicht bedecken konnte.

Slade hatte sich nicht von der Stelle gerührt.

»Wenn es irgendwelche Probleme damit gibt, daß ich mich zu dir ins Bett lege, dann spuck sie am besten gleich aus.«

Sharisse deutete mit einem ausgestreckten Finger auf die Tür. »Raus!«

Sie hatte das Falsche gesagt. Augenblicklich wurde es ihr selbst klar. Er kam um das Bett herum auf sie zu, sein Gesichtsausdruck war bedrohlich, und alles wurde nur um so bedrohlicher dadurch, daß er halbnackt war. Sie wich zurück, bis sie an der Wand stand.

»Warum?«

Er stand so dicht vor ihr, daß seine breiten Schultern ihr den Blick auf den Rest des Zimmers versperrten. Dieses eine Wort, das so heftig ausgestoßen worden war, hallte in ihrem Kopf wider. Sie wagte es nicht, ihm in die Augen zu sehen, und somit konnte sie ihren Blick nur auf die harten Muskelstränge auf seiner Brust richten, die ebenso erschreckend waren. Sie preßte Charley fest an sich, so fest, daß er sich wand, um aus ihrem Arm zu springen, und sie mußte ihn loslassen oder riskieren, daß die Bettdecke herunterfiel.

»Ich . . . ich wollte Sie nicht . . .« Sie zwang sich, es auszusprechen. »Sie hatten kein Recht, in mein Zimmer zu kommen.«

»Das ist mein Zimmer, Schätzchen«, sagte er. »Das ist das Zimmer, in dem ich immer schlafe, wenn ich Luke besuche.«

»Dann sind Sie gar nicht absichtlich . . .«

Sie starrte seine Lippen an, die sich zu einem wölfischen

Grinsen verzogen. »Schätzchen, du warst eine ebenso große Überraschung für mich, wie ich es mit Sicherheit für dich war. Eine angenehme Überraschung allerdings, das muß ich zugeben.«

Ein Finger legte sich auf ihre Wange, und sie zitterte. Sie brachte den Mut nicht auf, ihm auf die Hand zu schlagen.

»Ich... ich muß Sie bitten, jetzt zu gehen, Mr. Holt.«

»Du kannst mich darum bitten, aber dafür mußt du schon einen guten Grund haben.« Er hob ihr Kinn hoch und zwang sie, ihn anzusehen. »Ich würde nämlich lieber bleiben.«

»Das geht nicht!« keuchte sie. Sie versuchte, an ihm vorbeizuschlüpfen, doch er ließ sie nicht entkommen. »Bitte, Mr. Holt.«

»Vielleicht sagst du mir besser doch, wer du bist«, schlug er vor.

»Ich bin die Verlobte Ihres Bruders.«

»Laß dir was Besseres einfallen.«

»Aber es ist wahr!«

»Das bezweifle ich ja gar nicht, Schätzchen«, erwiderte er mit heiserer Stimme. »Ich brauche nur eine bessere Begründung dafür, mir einen anderen Schlafplatz zu suchen.«

»Das kann doch wohl nicht Ihr Ernst sein!«

»Wieso nicht?«

»Er ist Ihr Bruder!«

»Und du bist die schönste Frau, die mir je über den Weg gelaufen ist«, äußerte er mit aller Deutlichkeit. »Was hat der Umstand, daß Luke mein Bruder ist, mit dem zu tun, was ich im Moment empfinde?«

»Ich werde ihn heiraten«, sagte sie. Stimmte vielleicht etwas nicht mit Slade?

»Noch bist du nicht mit ihm verheiratet.« Er zuckte die Achseln.

Seine Hand glitt auf ihren Nacken und übte dort einen

leichten Druck aus, der ihren Kopf nach vorn zog. »Nein«, flüsterte sie. »Nein. Bitte.« Sie bekam kaum noch Luft.

Sein Mund schloß sich auf ihren Lippen, heiß und fordernd. Schauer der Angst zogen über ihren Rücken. Ein Knie zwängte sich zwischen ihre Beine und preßte sich gegen ihre Lenden, und sie konnte ihn nicht aufhalten. Ein Glühen zog durch ihren ganzen Körper, und gegen ihren Willen stöhnte sie leicht.

Es war nur allzu leicht, sich vorzustellen, er sei Lucas. Dieselben Empfindungen, die Lucas bei ihr wachrief, regten sich. Wie konnte es nur sein, daß sie das beide bei ihr konnten? Das hier war Slade, nicht Lucas, und er erwies sich als genauso gefährlich, wie er ihr geschildert worden war.

Es gelang ihr, ihn von sich zu stoßen. »Nein!«

Er trat zurück. Wilde Leidenschaft glühte in seinen funkelnden grünen Augen. Die Zudecke war ihr heruntergefallen, und diese Augen verschlangen ihren Körper durch das durchsichtige Nachthemd.

»Du solltest dich nicht mit einem so durchsichtigen, kleinen Hauch von Nichts bekleiden. Das Ding könnte ich dir in einer Sekunde runterreißen.«

»Rühren Sie mich nicht an!«

»Du weißt schon, daß ich dich zu meiner Frau machen könnte.«

»Tun Sie es nicht«, erwiderte sie flüsternd.

Er sah sie versonnen an und lag offenbar im Streit mit sich selbst. Sie hielt den Atem an.

Seine Hand schoß vor, seine Finger glitten über die zarte Rundung ihres Halses und dann in das tiefe V ihres Nachthemds hinein. Seine Finger waren warm und ließen ihre Knie weich werden. Doch das, was Funken in ihrem Bauch aufstieben ließ, war der Blick, der in seinen Augen stand.

»Ich schreie – Mack hört es.«

Er lächelte, und dann sprach er wieder mit dieser rauhen Stimme. »Mack hört nicht gut, oder wußtest du das nicht? Aber warum sprichst du von dem alten Kerl? Käme Luke denn nicht zu deiner Rettung?«

»Muß ich denn gerettet werden?«

»Das kommt darauf an, wie du es siehst.«

Offensichtlich glaubte er, Lucas sei im Nebenzimmer. »Sie könnten einfach wieder gehen«, schlug sie vor.

»Schätzchen, ich sagte dir doch bereits, daß ich lieber bleiben würde.«

»Aber Lucas...«

»...braucht nichts davon zu erfahren.«

»Ich werde es ihm sagen.« Ihre Stimme war weniger als ein Flüstern. »Damit kommen Sie mir nicht davon.«

»Dann schrei doch, und hol ihn her. Ich kämpfe mit ihm um dich, wenn es das ist, was du haben willst.« Als sie nicht antwortete, lachte er. »Du rufst ihn nicht? Vielleicht willst du gar nicht, daß er jetzt kommt?«

Sie spürte die Hysterie nahen. »Er ist nicht da. Er fängt mit Billy Wolf wilde Pferde ein.«

»Dann sind wir also ganz allein? Und warum vergeudest du die Zeit noch mit Worten?«

Er beugte sich vor, doch Sharisse stieß beide Hände mit aller Kraft gegen seine Brust. »Ich warne Sie, Slade Holt. Ich *werde* es Lucas erzählen, und dafür wird er Sie hassen.«

»Glaubst du etwa, das macht mir etwas aus?«

»Sie sind widerwärtig!« keuchte sie. »Wenn Sie unbedingt eine Frau haben wollen...«

»...dann suchen Sie sich doch woanders eine?« Seine Augen glitten auf ihre Brüste. »Das willst du doch nicht im Ernst.« Die Augen sahen ihr spöttisch wieder ins Gesicht. »Du zitterst ja.«

»Ja, Sie machen mir angst.«

»Du zitterst aber nicht deshalb.«

»Schluß jetzt!« schrie sie.

Er musterte sie abschätzend. »Warum kämpfst du dagegen an?« Dann legte er die Stirn in Falten. »Oder ist Luke der einzige, den du willst?«

»Ja«, hauchte sie, und dann noch einmal, diesmal nachdrücklicher: »Ja.«

Er trat so plötzlich zurück, daß sie regelrecht in seine Arme fiel. Sie machte augenblicklich einen Satz.

Sie glaubte, ein Seufzen gehört zu haben, aber sie war nicht sicher. Er drehte sich um und ging wieder zum Bett. Sie heftete ihre Blicke auf ihn und spürte, wie schwach sie auf den Beinen war.

»Wie heißt du?« Er hob seine Sachen wieder auf.

»Sharisse Hammond.«

»Seit wann kennst du meinen Bruder?«

»Noch nicht lange.« Sie wünschte sich verzweifelt, er würde jetzt gehen. »Vielleicht kann Lucas Ihre Neugier befriedigen, Mr. Holt.«

»Mache ich dich wirklich so nervös?«

»Ja.«

Er lachte. »Schon gut, ich gehe.« Doch in der Tür blieb er noch einmal stehen und drehte sich um, um sie ein letztes Mal mit diesen strahlend grünen Augen zu durchbohren. »Ich bleibe in der Gegend, bis Luke zurückkommt.« Dann fügte er leise und unheilvoll hinzu: »Mit dir bin ich noch nicht fertig, meine Schöne. Laß mir Zeit. Du wirst feststellen, daß ich genauso gut bin wie Luke. Ehe ich von hier fortgehe, werde ich es dir beweisen.«

Die Tür wurde geschlossen, doch Sharisse blieb wie angewurzelt stehen, wo sie stand, bis sie gehört hatte, daß er die Tür von Lucas' Zimmer schloß. Dann rannte sie zu ihrer eigenen Tür und schloß sie ab.

16

Sharisse kroch in der Morgendämmerung aus dem Bett, schlüpfte in ihren seidenen Morgenmantel, setzte den Kaffee auf und legte sich dann wieder ins Bett. Das war schon alles, was sie für Lucas' Bruder tun würde. Sie hatte nicht die Absicht, für ihn zu kochen, und je seltener sie ihn sah, desto besser.

Als sie am späteren Morgen aufstand, sah sie, daß die Tür zu Lucas' Zimmer offenstand. Das Bett war gemacht, und nirgends stand eine schmutzige Tasse herum. Slade hatte keine Spuren hinterlassen, doch die Kaffeekanne war fast leer, und daher konnte sie nicht hoffen, daß er die Ranch noch in der Nacht verlassen hatte.

Sie setzte frisches Wasser auf, um den sehr starken Kaffee zu verdünnen, doch ehe sie ihn übergossen hatte, legten sich zwei Hände um ihre Taille und zogen sie an einen festen Körper. Ein glattrasiertes Kinn schmiegte sich an ihre Wange. Sie war so verblüfft, daß sie fast die Fassung verlor. Sie hatte absolut keinen Laut gehört. Doch ein eiliger Blick über ihre Schulter zeigte ihr dieses glattrasierte Gesicht, und sie seufzte erleichtert auf.

»Oh, Lucas, du hast mich zu Tode erschreckt. Ich dachte, du seist...«

Er lachte gehässig. »Ich habe dir doch gesagt, daß es keinen Unterschied macht, meine Schöne. Du brauchst noch nicht einmal die Augen zu schließen, um dir vorzustellen, ich sei er.«

Sie stieß ihn von sich und beschimpfte ihn. Er setzte sich an den Tisch.

»Ich bin dir lästig, was?« fragte er leise.

»Ja.«

»Du wirst dich an mich gewöhnen.«

»Daran habe ich die größten Zweifel, Mr. Holt.«

»Da du ohnehin in die Familie einheiratest, kannst du mich auch Slade nennen.«

Sie drehte sich um und sah ihn wütend an. Sie dachte an die vergangene Nacht. »Ich bin hier, um Ihren Bruder zu heiraten, nicht Sie.«

»Die Apachen sorgen dafür, daß alles in der Familie bleibt«, erklärte er ihr. »Wenn ein Krieger stirbt, wird von seiner Witwe erwartet, daß sie seinen Bruder heiratet.«

»Wir sind beide keine Apachen.« Dabei vergaß sie nicht, daß er wie ein Apache gelebt hatte.

»Du bist nicht aus dieser Gegend?« fragte er.

»Nein, ich komme aus... St. Louis«, sagte sie nervös, nachdem sie sich wieder an die Geschichte erinnert hatte, die Lucas erfunden hatte.

»Wie hast du Lucas kennengelernt? Er ist seit zwei Jahren nicht mehr im Osten gewesen.«

Sie wandte sich ab. »Lucas kann das besser erklären als ich.«

»War es Liebe auf den ersten Blick?«

»Mr. Holt!«

»Sag mir bloß nicht, das ginge mich nichts an. Schließlich ist er mein Bruder und mein einziger lebender Verwandter.«

»Ich wünschte, an diesen Umstand hätten Sie letzte Nacht gedacht«, sagte sie barsch.

Er zuckte ganz leicht die Achseln. »Das eine hat nichts mit dem anderen zu tun, soweit es mich betrifft. Wie ich bereits sagte, bist du noch nicht mit ihm verheiratet.«

Sie konnte nicht hoffen, daß er sein abscheuliches Verhalten bereuen würde. Das hätte sie gleich wissen müssen. Er stand auf, und seine Augen strahlten kräftiger. Sie spürte, daß sich ihre Brust genauso seltsam zusammenschnürte wie in der vergangenen Nacht, und sie mußte tief einatmen, um überhaupt noch Luft zu bekommen.

Er kam langsam auf sie zu. »Kommen Sie mir nicht zu

nahe, Slade.« Sie hielt die dampfende Kaffeetasse vor sich, um ihrer Warnung Nachdruck zu verleihen.

Er blieb stehen. »Du willst dich gegen mich zur Wehr setzen?«

»Jederzeit.«

»Aber du hast keine Chance zu gewinnen«, teilte er ihr ganz offen mit. »Wenn du eine Waffe in der Hand hieltest, würde das auch keinen Unterschied machen. Verstehst du das denn nicht?«

Seine Hand schoß vor und umklammerte ihr Handgelenk mit eisernem Griff. Er drückte ihre Hand auf den Tisch und preßte sie so fest, daß sie die Kaffeetasse loslassen mußte.

»Ich rechne dir hoch an, daß du es versucht hast, Schätzchen.« Hörte sie Belustigung aus seiner Stimme heraus? »Aber versuch es nicht noch einmal. Und zieh heute nacht wieder dieses hübsche blaue Nachthemd an.«

Er küßte sie schnell und brutal und ließ sie dann los. Ohne sich auch nur noch einmal umzusehen, ging er durch die Tür ins Freie.

17

»Mack?«

»Ja, hier bin ich.«

Sie hatte sich nur mit einem Taschentuch, das sie sich auf die Nase preßte, in den Stall gewagt, aber die Drohung war zu ernst, und sie hatte keine andere Wahl. Nur Lucas würde sie beschützen können.

»Kannst du ein Pferd für mich satteln, Mack?«

Er beäugte sie skeptisch. »Luke hat so was gesagt, als hätten Sie noch nie auf einem Pferd gesessen.«

»Das stimmt, aber er hat auch gesagt, daß ich es irgend-wann lernen muß.«

Ihr graute bei der Vorstellung, sich auf ein Pferd setzen zu müssen.

»Das ist auch wahr. Wollen Sie üben oder wollen Sie in die Stadt?«

»Eigentlich will ich Lucas suchen. Ich hatte gehofft, Sie könnten mich zu ihm bringen.«

»Himmel, das ist ein Ritt von mindestens drei bis vier Stunden!« rief er aus. »Und man kann beim besten Willen nicht sagen, wo sie ihr Lager aufgeschlagen haben. Ich bräuchte Tage, um die beiden zu finden. So lange kann ich die Ranch nicht allein lassen.« Er sah sie forschend an. »Was ist denn so brandheiß und wichtig, daß es nicht noch ein bis zwei Tage warten kann? Bis dahin sollte er wieder da sein.«

Das konnte sie ihm nicht so ohne weiteres erklären, und sie wurde immer nervöser. »Würdest du mir bitte ein Pferd satteln?«

»Nicht, wenn Sie etwas so Närrisches vorhaben. Wenn Sie statt dessen erst mal in die Stadt reiten und sich einen Spurenleser suchen würden, der sie in weniger als einem Tag finden kann...«

Sie strahlte ihn an. »Ja! Genau so werde ich es machen.« Sie wußte nicht, womit sie einen Spurenleser bezahlen sollte, doch darüber konnte sie sich später Sorgen machen.

»Das haben Sie also vor?« fragte er argwöhnisch.

»Ich bin doch nicht völlig blöde, Mack. Ich wußte nur einfach nicht, daß ich jemanden engagieren kann, der mich zu Lucas bringt. Jetzt, nachdem du mir das erklärt hast...«

»Schon gut, dann mache ich Sally für Sie fertig. Die sollte für den ersten Ritt genau richtig sein.«

Sie sah ihm nach und rang die Hände. Sie wünschte, er würde sich beeilen.

Sie hatte sich ein altes Hemd von Lucas geborgt und die Ärmel mehrfach hochgekrempelt; dazu trug sie ihren Reiserock, darunter sämtliche Petticoats als Polster, und unter einem breitkrempigen Hut von Lucas hatte sie sich die Haare zu einem Knoten hochgesteckt. So lächerlich hatte sie in ihrem ganzen Leben noch nicht ausgesehen, aber das spielte angesichts der Sachlage keine Rolle.

»Du läufst vor mir davon, meine Schöne!«

Sharisse zuckte zusammen und drehte sich zu Slade um.

»Ich ... ich wollte nur ...«

»Sie will Luke sehen, weil sie ihm was zu sagen hat«, sagte Mack, der zurückkam. Er führte Sally, einen kleinen Fuchs, an den Zügeln. »Ich habe ihr gesagt, sie soll warten, weil er ohnehin bald zurückkommt, aber die Kleine ist hartnäckig. Will in der Stadt jemanden suchen, der sie zu ihm bringt.«

Slade sah sie mit einem Gesicht an, in dem sie nichts lesen konnte.

»Ihn geht es überhaupt nichts an, wohin ich gehe«, fauchte sie Mack an.

»Ich wüßte nicht, warum nicht«, brummte Mack. »Schließlich ist er Lukes Bruder. Und außerdem, verdammt noch mal, kennt er die Berge besser als jeder andere. Er könnte Luke noch vor dem Sonnenuntergang finden. Warum bitten Sie ihn nicht, Sie zu Luke zu bringen?«

Sharisse erbleichte und schüttelte heftig den Kopf. »Das kommt gar nicht in Frage.«

»Warum nicht?« fragte Slade zuvorkommend. »Ich habe ohnehin nichts Besseres zu tun. Ich hätte überhaupt nichts dagegen.«

»Ich will Ihnen nicht zur Last fallen.«

»Das täten Sie gar nicht.«

»Aber ...«

»Es ist sinnlos zu streiten, Miß Hammond«, schnitt ihr

Slade das Wort ab. »Ich kann Sie gar nicht allein ausreiten lassen. Man kann nie wissen, wer Ihnen zwischen hier und der Stadt über den Weg laufen könnte. Natürlich«, fügte er grinsend hinzu, »können Sie immer noch einfach hierbleiben und darauf warten, daß mein Bruder zurückkommt.«

Die Anspielung war deutlich. Hierbleiben und warten, bis Slade in ihr Schlafzimmer kam. Er wollte sie in eine Falle locken. Wenn sie blieb, war sie verloren. Aber er ließ auch nicht zu, daß sie ohne ihn die Ranch verließ. Er konnte seine Drohungen ebensogut unterwegs wahrmachen. Welche Gefahr war die geringere?

Er legte ihr Schweigen als Zustimmung aus und ging, um sein Pferd zu holen.

Sie folgte ihm, bis sie nicht mehr in Macks Hörweite waren. »Sie wissen genau, warum ich fortgehe«, zischte sie. »Warum können Sie mich nicht in Ruhe lassen?« Er antwortete nicht und sah sie nicht einmal an. »Ich will, daß Sie mich in Ruhe lassen. Können Sie das denn nicht verstehen?«

Als hätte er kein Wort von dem, was sie gesagt hatte, gehört, sah sein Pferd an und rief Mack zu: »Du brauchst das Pferd nicht für sie fertigzumachen, Mack. Sie reitet mit mir.«

»Nein, das tue ich nicht«, sagte Sharisse.

»In diesem engen Rock kannst du dich nur im Damensitz auf ein Pferd setzen, es sei denn, du ziehst ihn so weit hoch, daß deine Beine nackt sind, und ich bin sicher, daß du das nicht vorhast.«

»Ich reite überhaupt nicht mit Ihnen«, flüsterte sie.

Sie drehte sich um, um zu gehen, doch er packte ihr Handgelenk, und im nächsten Moment saß sie seitlich auf seinem Pferd. Ehe sie auch nur versuchen konnte, sich heruntergleiten zu lassen, war er neben ihr und hielt sie fest. Er griff nach den Zügeln.

»Schrei nicht, meine Schöne«, hauchte er leise. »Der alte Mann glaubt sonst nur, daß du dich vor dem Pferd fürchtest.«

Bis sie sich ausgerechnet hatte, daß Mack vielleicht doch so klug war, etwas anderes daraus zu schließen, war es zu spät. Slade galoppierte aus dem Stall, und ihr erschrecktes Keuchen galt wirklich dem Pferd. Sie konnte es nicht unterdrücken. Sie hörte sein Lachen, doch sie machte sich nichts daraus. Ihr erster Ritt auf einem Pferd war genauso, wie sie sich vorgestellt hatte – einfach grauenhaft. Doch als er das Pferd in Trab fallen ließ, war es noch schlimmer. Die Erschütterungen waren so heftig, daß ihre Zähne aufeinanderschlugen.

Etliche Meilen von der Ranch entfernt hielt Slade das Pferd an. »Ich habe zwar nichts dagegen, daß du mich derart an dich preßt, Schätzchen, aber es ist wirklich nicht nötig. Ich lasse dich nicht runterfallen.«

Sie löste ihre Umklammerung so weit, daß sie sich ein wenig von ihm entfernen konnte, doch sie traute ihrer Lage nicht genug, um ihn ganz loszulassen. Der Boden war so schrecklich weit unter ihr.

Slade hatte einen Arm um ihre Taille geschlungen und drehte sich jetzt im Sattel um und griff hinter sich. »Heb mal deinen Hintern hoch«, sagte er, als er sich wieder umgedreht hatte.

»Was?«

Sein Gesicht war völlig ausdruckslos. »Stütz dich auf die Schultern des Pferdes und zieh dich hoch, damit ich diese Decke unter dich legen kann. Es wird ein langer Ritt, und ich wüßte nicht, warum du nicht bequemer sitzen solltest.«

»Oh.« Sie wagte es jetzt, ihn zu fragen: »Heißt das, daß Sie mich wirklich zu Lucas bringen?«

Für den Rest des Tages ritten sie in einem gleichmäßigen Trab voran und wechselten kein weiteres Wort miteinander. Konnte sie ihm vertrauen? Würde er sie wirklich zu Lucas bringen?

Als die Sonne gerade über der grandiosen Landschaft unterging und alles in den Schein ihrer letzten Strahlen tauchte, fragte sie sich besorgt, ob sie Lucas finden würden, ehe sie nichts mehr sehen konnten – und ob Slade sie wirklich zu Lucas brachte. In dem Moment überraschte er sie damit, daß er sagte: »Wir sind da.«

Es war nichts zu sehen.

»Du glaubst doch nicht, daß sie ein Rudel Wildpferde einfach rumstehen lassen?« sagte er. »Das San-Carlos-Reservat ist nicht allzuweit von hier. Durch diese Gegend streifen Apachen.«

»Apachen?« sagte sie furchtsam, und sie sah ihn über die Schulter an. »Aber ich dachte, alle Indianer seien jetzt in Reservaten.«

»Manche lassen sich eben nicht gern einsperren«, erwiderte er. »Arizona wird seit über zwanzig Jahren von unzufriedenen Indianerkriegern heimgesucht. Wir befinden uns jetzt exakt in dem Gebiet, in das sie ihre Ausfälle über die Grenzen des Reservats machen.«

»Dann hätten wir also jederzeit auf eine Horde Indianer stoßen können?«

»Ängstigt dich diese Vorstellung?«

»Ja, natürlich.«

»Dazu besteht kein Grund«, sagte er beiläufig. »Der einzige Indianer, der im Moment in der Nähe ist, ist Billy, und der ist absolut harmlos.«

»Woher wollen Sie das wissen? Und wo ist er?«

»Ich denke, am anderen Ende dieses schmalen Weges, der vor uns liegt«, sagte er, ohne auf ihre erste Frage einzugehen. Er stieg vom Pferd und streckte ihr seine Hände entgegen. »Komm runter.«

Sie griff nach dem Sattelknauf. »Woher wissen Sie das? War es so einfach, ihren Spuren zu folgen?«

»Billy weiß, wie man Spuren verwischt.«

»Aber wie konnten Sie dann wissen...«

»Ich habe eine Zeitlang in diesen Bergen gelebt. Ich habe selbst Wildpferde eingefangen. Billy und ich haben diese Stelle öfter aufgesucht.«

Natürlich kannte er sich hier aus. Lucas hatte ihr doch erzählt, daß Slade acht Jahre lang in der Wildnis gelebt hatte. Und die streunenden Indianer, von denen er gesprochen hatte? Wahrscheinlich kannte er sie sogar persönlich!

Sie glitt vom Pferd, stützte dabei ihre Hände auf seine Schultern und ließ sich von ihm auf den Boden heben. Doch dann ließ er sie nicht los. Ehe sie ihre Arme fallen lassen konnte, riß er sie an sich und preßte seinen Mund gierig auf ihre Lippen. Sie konnte nicht mehr klar denken. Ihr blieb nicht einmal die Zeit, sich zu wehren, ehe ihr Körper sie im Stich ließ und diese plötzlichen Wogen von glühender Hitze auskostete, die sie durchströmten und ihr schwindlig vor Augen werden ließen. Ihre Arme legten sich aus eigenem Antrieb um seinen Hals.

Ein ersticktes Stöhnen entrang sich ihm, und er ließ sie abrupt los. Sie taumelte rückwärts gegen das Pferd. Was hatte ihn diesmal zurückgehalten? Seine Augen funkelten gefährlich, aber war das, was sie dort sehen konnte, Begierde oder Zorn?

Wortlos packte er ihr Handgelenk und zerrte sie hinter sich her durch einen Hohlweg, der zwischen Felsmauern verlief. Sie konnte sich nicht von ihm losreißen. Sie hatte keine Macht über ihn – und auch nicht über ihr eigenes Los. Entweder Lucas war hier, am Ende dieses Weges, oder sein berüchtigter Bruder würde sie innerhalb kürzester Zeit schänden.

18

Der Anblick der Pferde, die an der Felswand festgebunden waren, machte Sharisse vor Erleichterung ganz benommen. Billy kauerte an einem Feuer und grillte Fleisch. Er sah erstaunt auf, als Slade Sharisse durch eine schmale Öffnung zwischen den Felswänden auf den kleinen freien Platz stieß.

Die Felswände endeten abrupt, und die gesamte Kulisse war von der untergehenden Sonne in ein blutrotes Licht getaucht.

Billy stand auf. Er war genauso gekleidet wie beim ersten Mal, als sie ihn gesehen hatte; er sah wie ein Wilder aus.

»Weshalb hast du sie hierhergebracht?« fragte Billy gereizt.

»Sie wollte Lucas suchen«, erwiderte Slade tonlos.

Sharisse entfernte sich eilig von ihm und stellte sich dichter neben Billy. Billy machte sie doch nicht ganz so nervös wie Slade. »Wo ist Lucas?«

»Du bist verrückt«, teilte Billy ihr in aller Direktheit mit. »Morgen hätten wir uns ohnehin auf den Heimweg gemacht.«

»Und woher hätte ich das wissen sollen?« sagte Sharisse trotzig. »Bitte, wo ist Lucas?«

Slade stand neben ihr, ehe Billy antworten konnte.

»Schön, dich wiederzusehen, Billy.«

»Ich habe mich schon gefragt, ob du überhaupt wiederkommst.« Billy war jetzt ganz entspannt und strahlte ihn freudig an.

Slade zuckte die Achseln. »Luke scheint auch allein zurechtzukommen. Mit deiner Hilfe natürlich«, fügte er mit einem Blick auf die eingepferchten Pferde hinzu. »Wie viele gehören ihm?«

»Mehr als die Hälfte«, sagte Billy fröhlich. »Du hast ihm einiges beigebracht, ehe du gegangen bist.«

»Billy, wo ist Lucas?« fragte Sharisse mit scharfer Stimme.

»Irgendwo da hinten.« Er wies mit einer Kopfbewegung auf den Ausgang dieses Platzes, der dem, durch den sie gekommen waren, gegenüberlag. »Ich habe ihn den ganzen Tag noch nicht gesehen«, erklärte Billy. »Er hat einen jungen Falben gefangen, der sich in der Herde rumgetrieben hat, solange der Hengst fort war. Wir konnten ihn nicht bei den Stuten lassen. Ihm stand soviel Pferdefleisch zur Auswahl, daß er keine Ruhe geben wollte.« Er grinste, weil er fand, dieses Thema müsse in ihren Ohren schrecklich heikel sein, und merkte nicht, daß sie absolut keine Vorstellung davon hatte, wovon er eigentlich sprach. »Wir mußten ihn wegbringen, damit er sie nicht mehr riechen kann. Ich schätze, Luke hat sich entschlossen, ihm Gesellschaft zu leisten.«

Sharisse starrte in den schmalen Weg zwischen den Felswänden. Es wurde jetzt mit jedem Augenblick dunkler. Was war, wenn Lucas sich entschied, die ganze Nacht über nicht in dieses Lager zurückzukehren?

Sie warf Slade einen zögernden Blick zu und stellte fest, daß er sie mit belustigten Blicken beobachtete. Sie rückte wieder von ihm ab und lief um das Feuer herum. Sein Lachen ließ ihr Schauer über den Rücken laufen.

»Hol doch bitte mein Pferd, Billy, ja?« sagte Slade, ohne Sharisse aus den Augen zu lassen. »Es war ein besonders nervenaufreibender Tag.«

Sharisse hielt den Atem an. Sie beide miteinander allein? Nein, danke.

»Ich glaube, ich suche Lucas jetzt lieber, statt hier auf ihn zu warten«, sagte sie eilig.

»Jetzt wartest du erst mal«, sagte Billy. Er bückte sich, um ein großes Stück Fleisch in ein Stück ungegerbtes Leder zu wickeln. Er warf es ihr zu. »Wenn du ohnehin zu ihm gehst, kannst du ihm das auch gleich mitnehmen, und ich kann mir die Mühe sparen – für den Fall, daß er sich die ganze Nacht zu dem Hengst legen will.«

»Wenn er erst weiß, daß ich hier bin, wird er zu uns kommen«, sagte Slade. »Ich freue mich schon darauf, ihn zu sehen. Halte ihn nicht zu lange auf, meine Schöne.« Er sah ihr in die Augen. »Mein Bruder und ich – wir haben etwas miteinander zu regeln, und ich habe keine Lust, es aufzuschieben.«

Sharisse rannte fast. Sie fühlte sich überhaupt nicht sicher, auch dann nicht, als sie Slade hinter sich zurückgelassen hatte. Der schmale Pfad wurde breiter, doch das Tageslicht war fast erloschen, und sie konnte kaum noch etwas sehen. Alles war dunkel, und bedrohliche Schatten fielen herab, insbesondere auf der Seite des Weges, die steil abfiel.

Sie begab sich immer weiter in die unbekannte Wildnis hinein, aber sie wußte nicht, wie weit sich Lucas von dem Schlafplatz entfernt hatte und wie weit sie noch laufen mußte. Sie konnte nur beten, daß sie ihn finden würde, solange es noch nicht stockdunkel war. Wenn sie ihn nicht fand, hieß das, daß sie die Nacht allein mit Slade und Billy verbringen mußte. Sie wußte ohnehin nicht, ob sie sich nicht schon längst verirrt hatte. Sobald sie von absoluter Dunkelheit umfangen war, sah sie den Schein eines Feuers. Sie lief auf das Feuer zu. Direkt am Feuer stand das Pferd, das an einem Pflock im Boden festgebunden war. Sie stand auf einer kleinen, runden Fläche, die von Geröll umgeben war, eine Sackgasse, wenn man nicht so behende war, einen dieser glatten Felsen zu besteigen.

Lucas war offensichtlich so behende. Er lag flach auf dem Bauch auf den riesigen Felsen und hielt eine Waffe auf sie gerichtet. Sharisse erstarrte.

»Sharisse? Was, zum Teufel, tust du denn hier?«

Er sprang mit Leichtigkeit in einer einzigen gleitenden Bewegung von dem Felsen herunter und lief zu der Decke am Feuer. Er steckte die Pistole wieder in den Halfter, der neben seinen Satteltaschen lag. Sein Anblick gab ihr zu denken. Er trug kein Hemd. Seine blaue Hose steckte in seinen kniehohen schwarzen Wildlederstiefeln, ganz wie bei Slade.

»Lucas? Du bist es doch, oder nicht?«

»Was ist denn das für eine merkwürdige Frage?«

»Eine entscheidendere Frage, als du glaubst«, sagte sie, und sie spürte die gesamte Anspannung der letzten Stunden auf sich lasten.

»Du hast meinen Bruder kennengelernt?« fragte er. »Ist das der Grund, aus dem du nicht mehr sicher bist, ob ich es bin, Shari?«

Shari. Mehr brauchte sie nicht zu hören. Slade konnte nicht wissen, wie Lucas ihren Namen abkürzte. Dazu noch die französische Betonung!

»O Lucas!« Sie lief auf ihn zu und schlang ihre Arme um ihn, und es war ihr auch ganz gleich, daß seine Brust entblößt war. »Ich kann dir gar nicht sagen, wie froh ich bin, dich zu sehen!«

»Das sehe ich selbst«, murmelte er, während er sie an sich drückte. »Aber vielleicht solltest du mir das jetzt doch erklären.«

Sie hielt ihn fest und konnte gar nicht fassen, was für ein Gefühl der Sicherheit und Geborgenheit er ihr vermittelte. »Es war gräßlich«, sprudelte sie heraus. »Ich hoffe, es stört dich nicht allzu sehr, aber ich muß dir sagen, daß ich deinen Bruder absolut nicht leiden kann.«

Er hielt sie auf Armeslänge von sich, um ihr ins Gesicht sehen zu können. »Was hat er getan?«

»Er...« Sie unterbrach sich. Jetzt, da sie wieder in Sicherheit war, kam sie sich fast albern dabei vor, daß sie sich derart gefürchtet hatte. Würde er sie auslachen, wenn sie es ihm erzählte? »Oh, müssen wir jetzt darüber reden? Ich glaube... ich habe dir dein Abendessen mitgebracht, sieh mal.« Sie drückte ihm das Stück Fleisch in die Hand, das sie auf dem ganzen Weg umklammert hatte. »Billy war nicht sicher, ob du heute nacht zu ihm zurückkommst, und daher hat er mir das mitgegeben.«

»Aber wie bist du hierhergekommen?«

»Slade hat mich hergebracht.«

»Soll das heißen, daß er hier ist? Warum hast du das denn nicht gleich gesagt?«

Er ließ sie stehen und warf Erde in das Feuer, um die Glut zu ersticken.

»Warte, Lucas!« rief sie, und er wirbelte zu ihr herum, sah sie an und wartete. »Müssen wir zu den anderen gehen? Er... er ist doch morgen früh auch noch da.«

Er sah sie verwirrt an. »Heißt das, daß du hierbleiben willst?«

»Ja.«

»Ich habe nur eine Decke.«

Sie bekam diese Warnung überhaupt nicht mit. Ihr einziger Gedanke war der, eine Gegenüberstellung hinauszuzögern, und daher hörte sie nicht allzu aufmerksam zu. »Es ist nicht allzu kalt«, erwiderte sie sorglos.

Lucas zögerte. Wußte sie, worauf sie sich hier einließ? Es kam ihm vor, als seien alle ihre Ängste von ihm abgezogen worden, um jetzt auf Slade gerichtet zu sein. Er hatte gehofft, daß es dazu kommen würde. Er konnte seinem Bruder wirklich dankbar sein.

»Dann fühl dich doch ganz wie zu Hause.« Er grinste und warf ihr das Stück Fleisch wieder zu. »Iß erst mal das da; in meinen Satteltaschen findest du Brot.«

Sharisse setzte sich auf seine Decke. Sie nahm ihren Hut ab. Dann errötete sie, weil ihr klarwurde, daß er vermutlich den Hut und das Hemd als seine eigenen Sachen erkannt hatte.

»Ich habe mir ein paar Dinge von dir ausgeborgt, um hierherzukommen«, sagte sie. »Ich hoffe, du hast nichts dagegen.«

»Das Hemd steht dir besser, als es mir je gestanden hat.«

Er konzentrierte sich ganz darauf, das Feuer wieder anzufachen. Sie breitete das Essen um sich herum aus und zögerte nur einen kurzen Moment, ehe sie mit ihren Fingern ein Stück Fleisch vom Knochen riß. Sie war ausgehungert.

»Willst du es mir jetzt erzählen?« fragte er leise, während er sich neben sie setzte.

»Was?«

»Was dich dazu gebracht hat, dich auf ein Pferd zu setzen und hierherzukommen. Ich hätte schwören können, daß du wild entschlossen warst, das Reiten nicht zu lernen.«

»Oh«, sagte sie ausweichend.

Sie wollte ihm wirklich nicht erzählen, was für ein abscheulicher Mensch sein Bruder war. Es konnte sogar sein, daß er ihr kein Wort glaubte, und was dann?

»Der Ritt war nicht ganz so schlimm, wie ich es mir vorgestellt habe«, sagte sie. »Aber ich mußte schließlich nicht selbst mit dem Pferd zurechtkommen. Ich bin... ich bin beim Reiten vor Slade gesessen.«

»Habe ich dich falsch verstanden? Ich dachte, Slade sei der Grund, weshalb du hier bist?«

»Ja, doch.«

»Und doch warst du damit einverstanden, daß er dich hierherbringt, und du hast sogar auf einem Pferd mit ihm gesessen?«

»Lucas«, sagte sie, »er hat mir keine andere Wahl gelassen. Er hat gesehen, daß ich die Ranch verlassen wollte, um dich zu suchen, und dann hat er darauf bestanden, mich zu begleiten. Er hat mich sogar auf sein Pferd gesetzt und ist losgeritten, ehe ich etwas daran ändern konnte. Ich wollte nicht, daß er mitkommt. Himmel, der Grund, aus dem ich fortreiten mußte, war doch...«

Sie zögerte, und Lucas grinste. »War, daß du ihm entkommen wolltest?«

»Findest du das etwa komisch?«

»So ist Slade nun mal, Schätzchen. Er fragt nur äußerst selten um Erlaubnis, ehe er etwas tut. Du bist an Slade einfach noch nicht gewöhnt.«

»Ich habe nicht vor, mich an ihn zu gewöhnen.« Sie fing an, sich verspottet zu fühlen.

»Urteilst du nicht etwas gar zu streng über ihn?«

»Nein!«

»Er hat dir doch nichts Böses getan, oder?«

»Nun... nein...«

»Also gut, Sharisse.« Ihre ausweichenden Antworten ärgerten ihn. »Was genau hat Slade denn getan?«

Sie brachte es nicht über sich, in diese forschenden Augen zu blicken. »Er hat mich geküßt.«

»Das ist alles?«

»Lucas!« schrie sie, und ihre Stimme prallte von den Felsen ab. »Reicht das denn nicht? Er wußte, daß ich deine Verlobte bin, und er hat mich trotzdem geküßt!«

»Schätzchen, ich verstehe ja, daß es dich aus der Fassung gebracht hat, aber ich kann Slade nicht wahrhaft vorwerfen, daß er es versucht hat. Vielleicht ist dir nicht klar, welche Versuchung du darstellst«, sagte er unverblümt.

Sie wandte sich ab. Sie hatte damit gerechnet, daß er wütend sein würde, nicht amüsiert. War ihre Reaktion etwa hysterisch gewesen? Die Drohung, die ihr so greifbar erschienen war. Trotz allem mußte sie sagen, daß Slade sie zu Lucas gebracht hatte und daß er sich ihr nicht aufgezwungen, sondern ihr nur damit gedroht hatte.

»Ich kann ihn trotzdem nicht leiden.« Ihre innere Erregung ließ ihre Stimme schrill klingen.

»Die meisten Menschen mögen ihn nicht, Schätzchen.«

War es Bitterkeit, was sie aus seiner Stimme heraushörte? Es klang so traurig. »Es tut mir leid. Du bist doch nicht böse auf ihn, oder?«

»Nein.«

»Ich wäre nicht hergekommen, wenn er mich nicht so nervös gemacht hätte. Verstehst du, ich konnte einfach nicht mit ihm allein bleiben.«

»Es ist schon gut, Shari.« Er lächelte besänftigend. »Du brauchst dir deshalb keine Sorgen zu machen. Er wird dich nicht mehr belästigen.«

Jedenfalls nicht, solange ich bei dir bin, fügte sie für sich hinzu. »Ich bin froh, daß du nicht so bist wie er«, sagte sie impulsiv. Sie konnte nichts in seinem Gesicht lesen.

19

Sie schlief nicht, und er wußte es. Sie war unruhig, wandte sich ihm zu und wieder von ihm ab. Lucas lag da und kämpfte mit sich selbst. Er fragte sich, was mit ihr los sein mochte.

Sharisse hatte protestiert, als er sich neben sie gelegt hatte, aber sie hatten nur diese eine Decke. Sie mußte neben ihm liegen, und sie hatte sogar seinen Arm als Kissen angenommen. Aber sie war so nervös wie eine Katze. Zweifellos bereitete ihr diese Nähe Sorgen, aber schließlich machte eben diese Nähe auch ihm Kummer. Er staunte sogar wirklich über seine eigene Zurückhaltung und Selbstbeherrschung. Er hatte sie dort, wo er sie haben wollte, und er war sogar recht sicher, daß er sie dazu bringen könnte, auf ihn zu reagieren, und doch hielt er sich ihr fern.

Sie hätte es mit sich geschehen lassen. Sie vertraute

ihm, suchte Schutz bei ihm, und daher konnte er sie nicht ausnutzen. Dieses Vertrauen war ihm so lieb und tat ihm so wohl, daß er es nicht mißbrauchen wollte.

Sharisse war entgeistert und wütend auf sich selbst. Sie hatte dagelegen und in das erlöschende Feuer gestarrt, doch das Einschlafen war ihr unmöglich gewesen. Sie hatte nie neben einem Mann geschlafen und hatte sich keine Vorstellung davon gemacht, wie beunruhigend das sein konnte. War das Begehren? Wollte sie, daß sie sich nach einem Mann verzehrte? Von dem Moment an, in dem Lucas sich zu ihr auf die schmale Decke gelegt hatte, hatte sie diese seltsame Unruhe gespürt. Was konnte diesen schrecklichen Rätseln, vor denen sie stand, ein Ende setzen? Sie hätte sich Antoine bereitwillig hingegeben, obwohl nichts von diesem ruhelosen Sehnen dagewesen war, und daher mußte sie sich fragen, warum sie sich jetzt derart beharrlich sträubte. Schließlich brauchte es ja niemand zu wissen. Ihre Freundin Sheila hatte gesagt, es gäbe Möglichkeiten, einen Mann glauben zu lassen, man sei noch eine Jungfrau, wenn man es gar nicht mehr war. Aber wie sah das im umgekehrten Fall aus? Konnte man einen Mann glauben lassen, man sei keine Jungfrau mehr, wenn man es noch war? Sie konnte sich Lucas nicht geben und dabei Gefahr laufen, daß er es doch merkte, denn dann wüßte er, daß sie gelogen hatte und gar nicht verheiratet gewesen war. Jetzt war es zu spät, um die Wahrheit einzugestehen.

»Shari, du schläfst ja gar nicht.«

Es war keine Frage.

Sie blieb möglichst lange ganz still liegen, und dann drehte sie sich langsam zu ihm um und sah ihn an.

»Lucas? Ist etwas?«

Wie dämlich das klang. Sie wußte nur zu gut, was los war. Er machte sich gar nicht die Mühe, ihr zu antworten.

»Shari.« Er sagte nur das und sonst gar nichts.

Sein Gesichtsausdruck und das, was in seinen Augen stand, sagten ihr, was er jetzt tun würde. Und sie wollte wahrhaftig, daß er es tat.

Seine Augen glitten über ihr Gesicht, und mit seinen Blicken streichelte er das, was er sah. Sein Blick blieb auf ihren Lippen liegen, und dann senkte sich sein Mund auf ihre Lippen, um sie für sich zu fordern. Sein Geschmack und sein Geruch erfüllten sie, berauschten sie und raubten ihr die Sinne. Die Zeit stand still. Es gab nur noch seinen Mund, der Wunder bewirkte. Die Nadeln fielen aus ihrem Haar, das als grandiose Kaskade hinabstürzte, und sie spürte, daß seine Finger durch ihr Haar glitten. Ihre Hände hoben sich, um sich um seinen Hals zu schlingen und ihm zu sagen, daß ihr recht war, was er tat. Seine Zunge glitt zwischen ihre Zähne, und sie hieß sie willkommen, neckte sie freundlich und folgte ihr zögernd mit ihrer eigenen Zunge.

Er stöhnte, und seine Lippen strichen über ihr Gesicht und zu ihren Brüsten hinab. Sie preßte ihn dichter an sich. Er begann, sie auszuziehen, und kurz darauf war ihr Hemd offen, dann ihr Rock. Ihre vielen Petticoats wurden geöffnet, und selbst die Ösen ihres Korsetts ließen sich von seinen geschickten Fingern lösen.

Er zog sie auf die Füße, und bei dieser flinken und gewandten Bewegung fiel die Hälfte ihrer Kleidungsstücke zu Boden. Mit einem Arm zog er sie an sich, und mit der anderen Hand beendet er sein Werk, sie auszuziehen. Als sie auf den Gedanken kam, nein zu sagen, war sie bereits vollkommen nackt, und er legte sie gerade wieder sachte auf die Decke zurück. Seine glühenden Küsse zerstreuten ihren letzten Widerstand, und sie gab sich mit ihrem gesamten Wesen hin. Verwundert streichelte er sie, und Schauer der Begierde durchzuckten sie. Ganz plötzlich hörte er auf und rückte von ihr ab, und fast hätte sie laut aufgeschrien. Er warf seine Kleider von sich und kam wieder zu ihr.

Seine Blicke verschlangen sie, und in ihnen brannte eine Leidenschaft, die sie in ihren Bann zog. Jetzt war, und sie wußte es, ihre letzte Gelegenheit gekommen, ihm Einhalt zu gebieten. Kein Wort kam über ihre Lippen. Sie spürte nur noch ihn, dieses großartige Gefühl seines kräftigen, männlichen Körpers, der sich an sie preßte. Sie streckte ihre Arme aus, um ihn noch dichter an sich zu ziehen, und er zögerte nur einen Moment lang, ehe er sich von ihr so weit herunterziehen ließ, daß sein gesamter Körper sie bedeckte. Sein Mund nahm ihre Lippen in einem glühenden Kuß gefangen.

Er drang langsam in sie ein, kostete es aus. Doch seine zärtliche Behutsamkeit bewirkte, daß sich stetig ein Schmerz aufbaute, als er sich an dem Häutchen bewegte, das nicht nachgeben wollte. Sharisse versuchte, ihm näher zu kommen, doch er küßte nur immer wieder ihre Brüste und bewegte sich in ihr. Seine Lippen wirkten weitere Wunder, und als er plötzlich tief in sie eintauchte, war der stechende Schmerz vorüber, ehe sie auch nur begonnen hatte, den Schmerz wahrzunehmen.

Es war geschehen. Sharisse fühlte sich unglaublich erleichtert. Eine unendliche Last war plötzlich von ihr genommen. Er füllte sie aus und berührte sie auf eine Weise, die sie von Wogen ständig neuer Begierde überschwemmen ließ. Glut entfachte sich in ihren Lenden, und kurz darauf war nur noch die Lust da, die sich mit jeder Bewegung verstärkte. Der Genuß nahm nahezu unerträgliche Ausmaße an und war in seiner Intensität erschreckend. Wogen durchfluteten sie, süße Schauer rieselten durch sie hindurch, und sie zitterte und bebte vor Schwäche. Lucas preßte sie fest an sich, um ein allerletztes Mal in sie einzutauchen. Sie spürte das Pochen und empfand grenzenlose Zärtlichkeit für diesen Mann, der sie verschlang. Sie drückte ihn so fest sie konnte an sich.

20

Sharisse erwachte plötzlich. Sie war nur von einem ihrer Petticoats bedeckt. Lucas hatte sie beim Schlafen beobachtet. Wie peinlich!

»Guten Morgen, meine Schöne.«

Sie schnappte nach Luft, wirbelte herum, sah ihm ins Gesicht und drückte die Decke an sich. »Lucas?«

»Heißt das, daß du immer noch nicht sicher bist?« Er lachte.

»Nenn mich nicht so!« fauchte sie; sie war gereizt, weil eine Woge von Angst sie mit sich gerissen hatte.

»Aber du *bist* schön.«

Er kniete sich neben sie und raubte ihr einen Kuß. Dann fuhr er mit einem Finger durch ihre Locken.

»Ich war wirklich verdammt neugierig, wie lang dein Haar wohl ist«, sagte er mit einer Beiläufigkeit, die sie verzweifeln ließ. »Warum versteckst du es in einem Knoten?«

»Ich bin zu alt, um mein Haar offen zu tragen.«

»Zu alt? Was soll das heißen – zu alt?«

»Das ist völlig aus der Mode gekommen, Lucas.«

»Und du mußt dich selbst hier draußen nach der Mode richten?«

Das spöttische Funkeln in seinen Augen brachte sie aus der Fassung. Das und ihr Wissen darum, wie nackt sie unter dieser Decke war.

»Lucas, das ist nicht der rechte Zeitpunkt, um meine Frisur zu erörtern. Ich würde mich jetzt gern anziehen, wenn du nichts dagegen hättest, ein paar Minuten zu verschwinden.«

»Das ist wieder etwas anderes«, sagte er, und er hob ihr Korsett auf, das auf dem Kleiderberg lag. »Warum trägst du eigentlich dieses steife Ding? Du brauchst es doch gar nicht.«

»Lucas!« Sie riß ihm in größter Verlegenheit das Korsett aus der Hand. »Was ich anziehe oder nicht anziehe, geht dich nichts an.«

»O doch, nämlich dann, wenn du dich in einem Maß einschnürst, das sich nicht mehr mit dem gesunden Menschenverstand vereinbaren läßt. Die Frauen im Westen...«

»Im Moment interessieren mich die Frauen im Westen absolut nicht. Lucas, bitte, ich möchte mich jetzt anziehen.«

»Schon gut, Schätzchen.« Er stand belustigt auf. »Ich hatte nur dein Wohlbefinden im Auge.«

Ging er jetzt? Allein die Vorstellung, ohne Korsett rumzulaufen! Was war bloß in ihn gefahren?

»Wenn du dich waschen willst – Wasser und ein Handtuch sind da. Ich gebe dir zehn Minuten Zeit, also trödele nicht. Man braucht einen ganzen Tag, um die Stuten zur Ranch zu treiben. Billy kommt allein damit zurecht, aber er wird nicht aufbrechen, ehe wir uns den beiden angeschlossen haben.«

›Den beiden‹ hieß, daß Slade noch da war. Wie konnte sie ihm nach der letzten Nacht ins Gesicht sehen? Würde er sich ausmalen können, was geschehen war?

Lucas hatte die vergangene Nacht mit keinem Wort erwähnt. Jetzt hatte sie das unglaublichste Erlebnis ihres gesamten bisherigen Lebens hinter sich gebracht, und er verhielt sich, als sei nichts gewesen. Nein, das stimmte nicht ganz. War sein Verhalten nicht intimer, vielleicht sogar besitzergreifend?

Dann wurde ihr plötzlich klar: Der Umstand, daß er kein Wort gesagt hatte, konnte nur bedeuten, daß er nicht wußte, daß sie noch eine Jungfrau gewesen war. Sie hatte sich umsonst Sorgen gemacht.

Ihre Erleichterung war gewaltig, und das nicht nur, weil er nicht gemerkt hatte, daß sie ihn hinters Licht geführt hatte. Es hatte zudem die Möglichkeit bestanden, daß er sich aus Gründen der Ehre verpflichtet gefühlt hätte, sie zu heiraten, nachdem er ihr die Jungfräulichkeit geraubt hatte; aber jetzt brauchte sie sich auch darum keine Sorgen zu machen.

Sie weigerte sich, länger darüber nachzudenken; statt dessen nutzte sie eilig die zehn Minuten, die ihr blieben. Doch es dauerte nicht allzu lange, bis sie wieder in einer Klemme steckte: Sie hatte getrocknetes Blut auf dem Handtuch entdeckt. Sie ließ es eilig fallen und versuchte hastig, mit Erde die Spuren zu verwischen. Doch sowie sie das Gefühl hatte, die Tarnung sei gelungen, fiel ihr Blick auf die Decke. Sie hatte keine Zeit mehr, die verräterischen Spuren herauszuwaschen. Sie würde dafür sorgen müssen, daß die Decke auf dem Rückweg in ihrer Nähe blieb.

Sie zog gerade ihre Stiefel an, als Lucas zurückkam. »Fertig?« fragte er.

»Ja.«

Hastig hob sie die zusammengerollte Decke auf, als er seine Sachen zusammenpackte. Er sah sie fragend an, und sie sagte: »Ich dachte, ich könnte sie auf dem Heimritt als Kissen benutzen.«

»Hat Slade dir diesen Trick beigebracht?«

»Ja.«

»Sehr rücksichtsvoll von ihm, findest du nicht?«

»Doch, das kann sein«, murrte sie verdrossen.

»Du hast doch nicht etwa Bedenken, ihn wiederzusehen, oder?« fragte er zart, während er sie an den Schultern hielt.

»Ich...« Sie brachte die Worte nicht heraus, denn seine Nähe verwirrte sie. »Nein... nicht, solange du bei mir bist.«

»Gut.« Er tätschelte ihren Rücken und suchte dann den Rest seiner Sachen zusammen, schnallte sich den Pistolengurt um und warf die Satteltaschen über seine Schulter. »Seine Besuche sind kurz und selten«, fügte er hinzu. »Du mußt also nie über einen längeren Zeitraum mit ihm auskommen.«

Der Umstand, daß er an dem, was sie mit seinem Bruder hatte durchmachen müssen, nichts Böses fand, machte alles nur noch schlimmer. »Das klingt ja ermutigend.«

Entweder er hörte den Sarkasmus nicht aus ihrer Stimme heraus, oder er entschied sich, ihn zu ignorieren. Er band den Hengst los und sagte kein Wort mehr, bis das Pferd spürte, daß das Seil nachgab, sich aufbäumte und vor Lucas scheute.

»Bleib ein gutes Stück hinter mir zurück, Sharisse«, warnte Lucas sie. »Dieser Kerl könnte ausschlagen, und ich bin nicht sicher, ob ich ihn festhalten kann.«

Der Hengst bockte, mußte gezerrt und mit Schmeicheleien vorangetrieben werden, bis sie sich den anderen Pferden näherten. Von dem Moment an mußte Lucas ihn mit aller Kraft zurückhalten.

Als Sharisse das Lager erreichte, hatte Lucas Billy den Hengst übergeben, und Billy würde jetzt den Hengst bändigen und gleichzeitig die Stuten vorantreiben müssen. Sie und Lucas würden auf Lucas' Pferd reiten.

Lucas war derjenige, der die Frage stellte. »Wo ist Slade?«

Billy sah nicht auf. »Er ist furchtbar sauer gewesen, als du letzte Nacht nicht zum Lager zurückgekommen bist. Ich glaube, er hat es nicht allzu gut aufgenommen, daß du bei ihr geblieben bist, wenn du statt dessen deinen Bruder hättest treffen können.« Er blickte jetzt auf, und dabei stellte sich deutlich heraus, daß er die ganze Geschichte äußerst amüsant fand. »Nein, ich glaube, das hat ihm überhaupt nicht gefallen.«

»Hat er das gesagt?«

Billy grinste. »Nein, aber ich habe mir ausgerechnet,

daß es wohl das ist, was ihn grün ärgert. Gesagt hat er so gut wie gar nichts. Du weißt ja, wie er ist, wenn er plötzlich ganz still und verschlossen wird. Dann ist es leichter, mit einem Maultier zu reden.«

Sharisse blieb sitzen, bis die Herde sich auf den Weg gemacht hatte. War Lucas jetzt wütend? Als er auf sie zukam und ihr die Hand reichte, um ihr auf sein Pferd zu helfen, erinnerte sein Gesichtsausdruck sie an Slade, und das gefiel ihr überhaupt nicht. Sie fühlte sich gezwungen, etwas zu sagen.

»Es tut mir leid, daß er nicht gewartet hat, Lucas.«

Sein Gesichtsausdruck veränderte sich nicht. »So, wirklich?«

Sie richtete sich steif auf. »Ich bin keine Heuchlerin. Mir tut es kein bißchen leid, daß ich ihn nicht wiederzusehen brauche. Aber wenn er meinetwegen wieder gegangen ist, dann tut es mir leid, daß ich dich davon abgehalten habe, ihn zu sehen. Ich meine, es tut mir leid, daß du nicht hierhergekommen bist, um ihn zu sehen.«

»Ist er denn deinetwegen gegangen, Sharisse?«

»Woher soll ich das denn wissen?« fragte sie fassungslos.

»Vielleicht hast du es unterlassen, mir alles zu erzählen, was sich zwischen euch beiden abgespielt hat?«

Ihr wurde äußerst unbehaglich. »Ich habe dir gesagt, daß er mich haben wollte. Und er... er hat mir ganz den Eindruck gemacht, als wolle er sich mit dir um mich streiten. Vielleicht hat er es sich anders überlegt und ist gegangen, damit ihr beiden euch nicht doch noch in die Haare geratet.«

»Mein Bruder? Sich wegen einer Frau mit mir in die Haare geraten? Was, zum Teufel, hast du getan, um ihn dazu zu bringen, daß er dich so unbedingt haben wollte?«

»Wie kannst du es wagen, mich zu beschuldigen? Ich

bin hier schließlich nicht diejenige, die etwas falsch gemacht hat.«

Ihre dunklen Amethystaugen blitzten zornig auf, und sie brauchte ihre gesamte Selbstbeherrschung, um ihm keine Ohrfeige zu geben. Doch dieser Ausbruch ungezügelter Wut belustigte Lucas, und er schlang seine Arme um sie und zog ihren widerstrebenden Körper dicht an sich.

»Schon gut«, räumte er ein. »Ich schätze, du brauchst gar nichts weiter zu tun. Ich weiß, wie leicht es ist, sich von dir mitreißen zu lassen, Sharisse.«

Es überraschte sie, wie abrupt sein Verhalten umschlagen konnte, fast so, als seien seine Anschuldigungen geheuchelt gewesen, als hätte er sie nur ganz bewußt provozieren wollen. Sie war äußerst verwirrt.

»Lucas... sollten wir jetzt nicht losreiten?«

»Ich habe dir doch schon gesagt, daß Billy allein mit den Pferden zurechtkommt, wenn er sich erst auf den Weg gemacht hat. Wir haben keine Eile.«

Die rauchige Klangfarbe seiner Stimme war ihr eine Warnung. Sie wußte, woran er dachte. Der Gedanke, sich am hellichten Tage von ihm lieben zu lassen, war so ungeheuerlich, daß sie es sich nicht gestatten durfte, es sich auch nur vorzustellen. Und doch preßte er sie auf eine Weise an sich, die sie aufwühlte. Schließlich fand sie ihre Stimme wieder.

»Lucas? Sollten wir nicht... losreiten?«

Er seufzte und ließ sie los. »Ich fürchte, du machst dir Sorgen um deinen Kater?«

Sharisse war erstaunt über diese Frage, doch sie stürzte sich dankbar auf diesen Vorwand. »Ja, ich habe ihn noch nie so lange allein gelassen.«

»Dann komm jetzt. Es ist ein langer Ritt. Und man kann es ja nie so genau wissen. Vielleicht ist Slade auf die Ranch zurückgekehrt und erwartet mich dort.«

Er hob sie vor sich auf das Pferd, um sie im Gleichgewicht halten zu können, nicht so wie Slade, der sie so vor sich hingesetzt hatte, daß er sie berühren und verängstigen konnte. Es war ja eine solche Erleichterung, mit Lucas nach Hause zu reiten! Und trotz allem, ja, es war wirklich so, erschien ihr das kleine Häuschen allmählich als ein Zuhause.

Sie ritten schweigend los, immer noch ein wenig auf der Hut voreinander, doch das änderte nichts daran, daß beide die Nähe und die Gesellschaft des anderen genüßlich auskosteten.

21

Sharisse hielt das Baby in den Armen und wiegte es sachte. Dieser Säugling mit dem dichten schwarzen Haar auf dem Kopf und mit dem winzigen, makellos geschnittenen Gesicht faszinierte sie grenzenlos. Der Junge war in der Nacht, in der sie aus den Bergen zurückgekehrt waren, geboren worden, als hätte Willow darauf gewartet, daß ihr Mann wieder nach Hause kam.

Billy Wolf war ihr jedoch während der Geburt keine Hilfe gewesen. Sharisse hatte gehört, daß er Lucas gestanden hatte, er habe während der Geburt geschlafen und sei erst von dem ersten Schrei des Kindes erwacht.

Das war an sich schon erstaunlich. Ebenso erstaunlich war, daß Willow am nächsten Tag schon aufstand und herumlief. Willow widerlegte alles, was Sharisse je über das Kinderkriegen gehört hatte. Bei ihr wirkte alles ganz normal. Und der kleine Junge war gesund und kräftig, und es war eine Freude, ihn zu beobachten.

Sharisse hatte in den letzten drei Tagen ihre Arbeit liegen lassen und die Zeit ganz mit Willow und ihrem Baby verbracht. Lucas schien nichts dagegen zu haben, daß er sein Essen mit Verspätung bekam oder daß seine Kleider nicht gewaschen waren. Er schien es zu dulden und sich darüber lustig zu machen, daß Sharisse über nichts anderes als das Baby mehr sprach.

Lucas hatte sehr viel damit zu tun, die neuen Stuten einzureiten. Das war ein Segen, denn abends war er erschöpft, und bisher hatte er keine weiteren Annäherungsversuche unternommen. Aber wie lange würde das so bleiben?

Ihr Problem war, daß sie nicht wußte, was sie von Lucas zu erwarten hatte. Anfangs hatte es ihr Sorgen bereitet, daß er so begehrlich gewesen war. Jetzt bereitete es ihr Sorgen, daß er keinerlei Annäherungsversuche unternahm. Sie schliefen nach wie vor allein im Haus, und doch schlug er nicht vor, daß sie in einem Bett zusammen schlafen sollten. War er einfach nur erschöpft? Wenn sie ihn bloß hätte fragen können, aber an dieses Thema traute sie sich wahrhaftig nicht heran.

Weiteren Kummer bereitete ihr, daß sie nichts von Stephanie gehört hatte. Und dabei hätte doch der kleinste Brief schon so viel zu ihrem Seelenfrieden beigetragen!

Lucas war am Morgen in die Stadt geritten, um Vorräte zu besorgen, aber er war noch nicht zurückgekommen, und es war schon spät am Nachmittag. Sie war schon ganz außer sich, als sie den Einspänner hörte, der auf die Ranch fuhr. Sie rannte zur Haustür und erreichte sie in dem Moment, in dem Lucas den Wagen anhielt.

»Was tust du mit dem Einspänner?« rief sie ihm zu.

»Dich in die Stadt bringen. Ich dachte, du hättest vielleicht Lust, im Hotel zu Abend zu essen.«

Was für eine wunderbare Idee. Sie hatte zwar einen Verdacht, weshalb er ihr diesen Vorschlag machte, aber das konnte sie ihm wirklich nicht vorwerfen. Es lag an ihrer Küche.

167

Er sprang aus dem Wagen, warf ihr ein strahlendes Lächeln zu und drückte ihr zwei eingewickelte Päckchen in die Hand. »Das ist für dich, aber du darfst es jetzt noch nicht auspacken«, sagte er zu ihr. »Und zieh dir für den heutigen Abend das eleganteste Stadtkleid an, das du hast. Es ist jemand in der Stadt, den ich dir vorstellen möchte.«

»Und wer ist dieser jemand?«

»Ein Freund von mir aus dem Osten – aus St. Louis, um es genau zu sagen. Er ist heute gekommen.«

»Aber«, sagte sie voller Unbehagen, »du hast mir doch gesagt, selbst mein schlichtestes Kleid sei zu schick für diese Gegend. Ich möchte nicht übermäßig herausgeputzt wirken, Lucas.«

»Du wirst nicht so wirken.«

»Hast du die Absicht, mit mir anzugeben?«

»Was ist dagegen einzuwenden?« Er grinste. »Schließlich kann nicht jeder Mann von sich behaupten, seine Verlobte sei die bestaussehende Frau in der ganzen Gegend.«

»Lucas, jetzt aber im Ernst!«

»Es ist mein Ernst, meine Schöne.«

»Ich habe dich gebeten, mich nicht so zu nennen.«

»Willst du jetzt stehenbleiben und dich mit mir streiten, oder willst du dich nicht lieber fertigmachen? Ich dachte, du freust dich, wenn wir einen Abend in der Stadt verbringen. Es ist ein ganz normaler Wochentag, und daher wird nicht allzuviel los sein. Und außerdem ist Emery Buskett selbst ein Städter, und daher wird er ganz bezaubert von dir sein.«

»Hast du ihm gesagt, ich käme aus St. Louis, wie du es hier allen erzählt hast? Gütiger Himmel, Lucas, soll ich etwa detailliert über eine Stadt reden, in der ich nie gewesen bin?«

»Jetzt gerate nicht in Panik, solange du keinen Grund dazu hast.« Er grinste wieder. »Er weiß tatsächlich nicht das Geringste über dich. Wir hatten heute andere Dinge zu besprechen.«

»Kommst du deshalb so spät?«

»Gütiger Himmel, Sharisse, das klingt ja ganz nach einer Ehefrau«, klagte er.

»Nein, ganz bestimmt nicht!« stieß sie empört heraus. Aber sie wußte, daß er sich nur einen Scherz mit ihr erlaubte.

»Für mich war es selbst eine Überraschung, Emery zu treffen«, erklärte er. »Ich wußte gar nicht, daß er kommt.«

»Und jetzt willst du ihn überraschen – mit mir?«

»Du magst keine Überraschungen?«

Was hätte sie tun können, wenn er derart zu Streichen aufgelegt war? Er mußte einen angenehmen Tag mit seinem Freund, den er so unerwartet wiedergetroffen hatte, verbracht haben, und vielleicht hatte er auch ein Glas zuviel getrunken.

»Ich gehe jetzt und mache mich fertig, Lucas.«

»Braves Mädchen.« Er kniff sie liebevoll in die Wange. »Du kannst das Haus ganz für dich haben, wenn du in der Küche baden willst, um Zeit zu sparen. Ich wasche mich in der Scheune.«

»Und du kommst auch nicht rein, ehe ich dich rufe?«

»Versprechen kann ich dir nichts, meine Schöne.«

Er lachte, und sie sah ihm nach, als er davonschlenderte. Warum beharrte er darauf, sie ›meine Schöne‹ zu nennen, obwohl er wußte, daß sie das nicht leiden konnte? Und wie konnte sie ihm auf die Dauer böse sein, wenn er ein so liebenswürdiger Stromer war?

22

Das Palace Hotel war eine freudige Überraschung, ganz anders, als sie es sich vorgestellt hatte. Es war ein schmales Gebäude, das nur drei Stockwerke hoch war, und das oberste Stockwerk war eine einzige riesige Suite, die ganz Samuel Newcomb gehörte. Doch hinter der schlichten Holzfassade verbarg sich Luxus. Zwischen den Kronleuchtern und den Kristallglaslampen auf sämtlichen Tischen im Raum fühlte sie sich ganz wie zu Hause. Natürlich wäre ein feines Restaurant in New York nie so leer gewesen, und sie hätte auch kein so schlichtes Kleid getragen wie das, von dem sie geglaubt hatte, es sei elegant genug für den Anlaß.

Es saß nur noch ein anderes Paar im Saal, und es war auch nur ein Kellner da, um sie zu bedienen. Sie beobachtete Lucas verstohlen, während sie dasaßen und Emerys Eintreffen erwarteten.

Sie hatte mit keinem Wort die Päckchen erwähnt, die er aus der Stadt mitgebracht hatte. Die schlichten Kattunkleider waren offensichtlich für ihre Arbeit gedacht, und vermutlich waren die Männerhosen und die Baumwollhemden zum Reiten da. Diese Kleidungsstücke sagten ihr, daß sie, wenn es nach ihm ging, nicht allzu schnell abreisen würde.

Während sie auf Emery warteten, beobachtete auch Lucas seinerseits Sharisse. Sie raubte ihm den Atem. Er hatte ihr gesagt, sie solle sich feinmachen, und er hatte sich darunter modischen Schnickschnack vorgestellt. Doch sie verkörperte die reinste Eleganz, ganz in rotem und schwarzem Damast. Der Rock hatte drei Volants aus französischer Spitze, die so aufgesetzt waren, daß der glänzende schwarze Satin darunter zu sehen war. Das Kleid betonte ihr üppiges, welliges kupferfarbenes Haar. Sie sah fantastisch aus. Aber schließlich gefiel sie ihm immer. Er schüttelte den Kopf. Wenn er nur nicht dahintergekommen wäre, was für eine kleine Lügnerin sie war.

Er wußte immer noch nicht, was er davon halten sollte. Verdammt noch mal, sie konnte ebensogut Geschichten erfinden wie er. Und er war genauso leichtgläubig gewesen wie sie und hatte ihr jedes Wort geglaubt. Er war nie auf den Gedanken gekommen, sie könnte wirklich noch eine Jungfrau sein. Eine Jungfrau! Er hätte es wissen müssen. Genauso hatte sie sich schließlich auch benommen.

Dieser Umstand begeisterte und erboste ihn. In der Nacht nach dieser gewaltigen Überraschung hatte er kein Auge zugemacht, soviel stand fest. Er hatte Stunden über Stunden mit dem Versuch zugebracht, dahinterzukommen, welche Motive sie haben konnte, sich als Witwe auszugeben, wenn doch die schlichte Wahrheit weitaus ansprechender gewesen wäre. Er konnte sich keinen Reim darauf machen.

Am nächsten Morgen war es ihr gelungen, die Beweise ihrer gerade erst verlorenen Jungfräulichkeit zu vertuschen. Das kleine Unschuldslamm glaubte wahrhaftig, der Schwindel sei nicht aufgeflogen, und sie hatte auch vor, es dabei zu belassen. Aber warum bloß? Und wie mochte ihre wahre Geschichte aussehen? Lief sie vor jemandem davon? Vor dem Gesetz? Hatte sie wirklich nicht die leiseste Absicht, ihn zu heiraten? Oder war auch das gelogen? Seine Neugier verzehrte ihn.

Diese fantastischen Amethystaugen wandten sich ihm zu, und sie lächelte ihn schüchtern an. Zum Teufel, es gab keinen Grund, aus dem er sie nicht so lange halten konnte, bis er sie nicht mehr gebrauchen konnte. Fünf Minuten später kam Emery, aber er war nicht allein. Lucas stöhnte beim Anblick der Newcombs. Er konnte es sich nicht erklären. Emery hatte ihm gesagt, daß Sam darauf bestanden hatte, niemand solle etwas von dem Verkauf seiner Ranch erfahren, jedenfalls noch nicht. Wie würde Sam damit umgehen, daß man ihn in Gesellschaft des Anwalts ertappte? Auch Emery erweckte den Eindruck, als ob er sich ausgesprochen unwohl fühlte. Die Dinge aus der Ferne zu regeln, war eine Sache, aber plötzlich mitten im Rampenlicht eines kolossalen Betruges zu stehen, war etwas ganz anderes. Lucas hatte lange gebraucht, ehe er einen Anwalt gefunden hatte, dessen Skrupel ihn bei dem, was er vorhatte, keine Probleme machten. Er hatte nie in Erwägung gezogen, Emery und Sam Newcomb könnten einander jemals persönlich gegenüberstehen.

In eben diesem Moment wünschte sich Samuel Newcomb, er wäre überall sonst, nur nicht da, wo er jetzt war. Es war Fionas Idee gewesen, mit diesem Mann, mit dem er gemeinsam Geschäfte machte, im Hotel zu Abend zu essen. Er hatte Fiona nämlich erzählt, Emery Buskett sei genau das, ein Partner, mit dem er Geschäfte machte. Und jetzt hatte sie wahrhaftig Holt und dessen Verlobte erspäht und ging direkt auf den Tisch der beiden zu. Noch schlimmer hätte es gar nicht kommen können.

Verdammt noch mal. Er hatte nicht gewollt, daß Luke etwas davon erfuhr, daß dieser Mann, der die Abwicklung ihrer beider Investitionen tätigte, in der Stadt war. Er würde sich sicher fragen, warum dieser Mann in die Stadt gekommen war, und wenn er zwei und zwei zusammenzählte, konnte er sich ausrechnen, was Sam vorhatte. Sam erwarb die neuen Aktien unter Fionas Mädchennamen, damit keiner der ursprünglichen Geldgeber erfahren konnte, daß er darauf aus war, die Mehrheit an sich zu reißen. Wenn dieser Umstand bekannt wurde, konnte jemand anderes auf dieselbe Idee kommen und ebenfalls versuchen, die Aktienmehrheit an sich zu reißen und somit allein bestimmen zu können. Sam war äußerst vorsichtig vorgegangen, und jetzt das. Darüber, daß Holt eine große Summe investieren könnte, brauchte er sich keine Sorgen zu machen; doch es bestand die Möglichkeit, daß er einen der anderen Geldgeber kannte und ausplauderte, was Sam vorhatte.

Wenn der Zeitpunkt gekommen war, das Streckennetz auszubauen, würde Sam dafür sorgen, daß die Eisenbahnschienen nach Newcomb verlegt wurden. Sein Traum, die Stadt, die er gegründet hatte, könne eines Tages eine wichtige Stadt werden, war in den Bereich des Möglichen gerückt. Und wenn die Gewinne erst eingingen, konnte er sehr schnell alles, was er verkauft hatte, wieder zurückkaufen.

Nichts würde leichter sein, wenn die Käufer, die nicht anwesend waren und die Emery hier vertrat, erst herausfanden, daß Newcomb auf dem besten Wege war, eine Geisterstadt zu werden. Sam hatte Emery eine beachtliche Summe dafür versprochen, diese Information vorläufig für sich zu behalten. Das war auch der Grund, aus dem er darauf beharrt hatte, daß Emery nach Newcomb kam. Ein derart heikles Thema wollte er der Post nicht anvertrauen. Wenn seine Versuche, den Anwalt zu kaufen, fehlgeschlagen wären, hätte Sam ihn ganz einfach abgeschoben und seine Geschäfte mit jemand anderem gemacht. Doch Emery war mit allem einverstanden gewesen. Er hatte Sam versichert, daß er und Luke keineswegs freundschaftlich miteinander standen. Außerdem würden die Geschäfte, die Sam hier tätigte, Holts Investition wieder rentabel machen, und daher konnte er sich wahrhaftig nicht beklagen, wenn er schließlich doch etwas davon erfuhr.

»Was für eine angenehme Überraschung«, sagte Fiona. »Mit dir haben wir hier ganz bestimmt nicht gerechnet, Luke – und natürlich auch nicht mit deiner charmanten Verlobten«, murmelte sie. Ihre blaßblauen Augen sahen Sharisse mit unverhohlener Verachtung an. »Wie heißen Sie eigentlich, meine Liebe?« Sie wandte sich wieder von ihr ab und lächelte Lucas an. »Du armer Kerl. Ich nehme an, das Hotel ist derzeit der einzige Ort, an dem du etwas Anständiges zu Essen bekommst.«

Diese plumpe Beleidigung schockierte Sharisse. Die angemessene Haltung, mit der sie gern darauf reagiert hätte, war eisige Höflichkeit. So hätte es sich gehört. Doch die Art, auf die Fiona Newcomb Lucas mit ihren Blicken verschlang, hatte Sharisse gerade noch gefehlt, und sie verlor gänzlich aus den Augen, was sich jetzt gehörte.

Zum Glück fand Lucas seine Stimme, ehe sie die Klauen zeigen konnte. »Ich brauche keine Anlässe, um meine Verlobte zum Abendessen hierher auszuführen, Fiona, aber falls du neugierig sein solltest, was ihre Fähigkeiten in der Küche angeht, so kann ich dir gleich sagen, daß sie deinen importierten Koch beschämt und in den Schatten stellt.«

»Wie schön für dich«, erwiderte Fiona trocken.

Sharisse strahlte über diese liebenswürdige Lüge. »Wenn Sie es genau wissen wollen, Mrs. Newcomb, Lucas hat mir versprochen, daß ich mir einen Abend lang die neuesten Neuigkeiten aus St. Louis anhören kann. Ein Freund von ihm ist in der Stadt.«

»Doch nicht etwa unser Mr. Buskett?« fragte Fiona. Sie warf einen Blick über ihre Schulter und sah ihn mit Sam näher kommen.

»Woher wußten Sie denn, daß Emery in der Stadt ist, Luke?« fragte Sam argwöhnisch.

»Ich habe ihn zufällig getroffen, als ich heute in der Stadt war. Aber Sie wissen ja selbst, wie sich Anwälte verhalten, wenn sie geschäftlich unterwegs sind – immer nur Arbeit und keine Geselligkeit. Und da er nur auf der Durchreise ist, habe ich mir gedacht, wenn ich Sharisse heute nicht in der Stadt ausführe, damit sie ihn kennenlernen kann, bekommt sie gar keine Gelegenheit dazu.

Aber woher wußten Sie denn, daß er sich hier in der Stadt aufhält?«

»Er, äh, er ist auf der Ranch vorbeigekommen, um einen Anstandsbesuch zu machen und sich bei mir vorzustellen. Schließlich habe ich diesen Mann noch nie persönlich gesehen, und er regelt doch immerhin einige meiner Angelegenheiten.«

»Stimmt das, Emery?« schalt Lucas ihn in freundschaftlichem Tonfall aus. »Meine Einladung wolltest du nicht annehmen, aber Sam hast du besucht?«

Emery war zu verlegen, um eine Antwort zu finden, doch Sam hatte die rechte Reaktion für ihn parat. »Ich bin sicher, daß er Sie auf Ihrer Ranch aufgesucht hätte, wenn Sie ihn nicht bereits in der Stadt getroffen hätten, Luke.«

»Ja, natürlich.« Emery hatte die Sprache wiedergefunden. »Lucas, du hast mir ja gar nicht erzählt, daß du heiraten willst. Wenn ich das gewußt hätte, wäre ich mit Sicherheit zu dir gekommen, um dir meine Glückwünsche auszusprechen.«

Lucas lächelte und war froh, daß sich der Anwalt so schnell wieder gefangen hatte. Er stellte sie einander vor. Fiona stand da und siedete sichtlich, als Emery ihrer Rivalin einen Handkuß gab.

»Hammond?« sagte Emery versonnen. »Diesen Namen habe ich doch kürzlich erst gehört, aber wo?«

Sharisse erschrak. Er konnte unmöglich etwas von ihr gehört haben, doch sie wechselte auf alle Fälle das Thema.

»Ich nehme an, Sie werden mich enttäuschen, wenn Sie bereits eine Esseneinladung eingegangen sind, Mr. Buskett«, sagte sie. Sie warf einen flüchtigen Blick auf Sam und Fiona. »Aber vielleicht kommen Sie ja wieder einmal nach Newcomb, und dann könnten wir uns treffen?«

»Wenn es mir vergönnt ist, mich Ihrer Gesellschaft zu erfreuen, komme ich mit Sicherheit bald wieder«, erwiderte Emery wortgewandt.

»Warum nicht gleich?« warf Fiona ein, die eine Gelegenheit für sich gekommen sah, Lucas einen ganzen Abend lang mit List und Tücke zu umgarnen. »Es gibt doch keinen Grund, aus dem wir nicht alle zusammen essen könnten, oder?« Fiona setzte sich neben Lucas, ehe Sam nein sagen konnte. »Schließlich wollen wir es unserer Kleinen doch nicht nehmen, den neuesten Klatsch aus ihrer Heimat zu hören. Es könnte sich in den zwei Wochen, seit sie hier ist, ja schon *so* viel zugetragen haben.«

Fionas Sarkasmus entging keinem der Anwesenden, doch Sharisse entschied sich, sich dumm zu stellen. »Sie sind wirklich zu liebenswürdig, Mrs. Newcomb, und das nicht nur, weil Sie sich mit uns in Mr. Buskett teilen.« Sie lachte. »Es ist schon seit Ewigkeiten nicht mehr vorgekommen, daß jemand mich die Kleine nennt. Ich hatte schon angefangen, mich recht alt zu fühlen.«

»Sicher ist es Ihre ungünstige Körpergröße, von der sich die Leute täuschen lassen«, sagte Fiona abfällig. »Aber ich habe natürlich gleich gesehen, daß Sie jung sind. Eine Frau merkt so etwas.«

»Oh, Mrs. Newcomb, Sie müssen jetzt wirklich aufhören, mir zu schmeicheln. So jung ist man nun mit zwanzig auch nicht mehr.« Sie wagte es nicht, Lucas anzusehen, da sie fürchtete, ihm könne das im Hals steckengeblieben sein, was er für eine Lüge halten mußte. »Aber wenn ich erst so alt bin wie Sie, habe ich vielleicht keine Probleme mehr damit, daß man mich für jünger hält, als ich es bin. Sie haben damit doch keine Probleme, oder?«

Sam mußte beinahe lachen, als er sah, wie verbissen Fiona ihre Lippen aufeinanderpreßte. Er und Emery zogen einen weiteren Tisch heran, um sich zu setzen. Er wußte, was mit seiner Frau los war. Sie ertrug es einfach nicht mehr, daß sie nicht mehr das schönste Liebchen im Umkreis sein sollte, und seit sie Sharisse Hammond gesehen hatte, war sie eine regelrechte Hexe. Dazu kam noch, daß die neue Schönheit den Mann hatte, nach dem sich Fiona zerfraß. Wenn Luke dieses Mädchen doch nur möglichst schnell geheiratet und Fionas Hoffnungen ein für alle Mal ein Ende gesetzt hätte, wäre Sams Leben vielleicht ein wenig einfacher gewesen. Er bedeutete dem Kellner, eine Runde Getränke zu bringen, und dann wappnete er sich für den bevorstehenden Abend.

Mit seinen knapp dreißig Jahren und seinem Ruf als Frauenheld, den er bei seinen Freunden genoß, vergaß Emery Buskett vollständig die Gründe, aus denen er hier war, und er setzte sich auf den Stuhl neben Sharisse. Eine Frau von Miß Hammonds Eleganz und Bildung in dieser Kleinstadt zu finden, war eine gänzlich unerwartete Freude, und es war ganz und gar seine Absicht, sie für den Lauf dieses Abendessens zu belagern und eine Monopolstellung bei ihr geltend zu machen, wenn Mrs. Newcomb auch nur solange ihr Keifen einstellte, daß er Gelegenheit dazu fand.

Hier war für ihn nichts zu holen, und das wußte er. Sharisse stammte zweifellos aus einer dieser reichen Familien in St. Louis, über die er nur in der Zeitung etwas gelesen hatte. Dennoch konnte er sich nicht erinnern, den Namen Hammond je gehört zu haben. Jedenfalls nicht in St. Louis. Aber wo hatte er diesen Namen denn gerade erst kürzlich gehört? Verdammt noch mal, er haßte es, wenn ihm etwas Derartiges entfiel.

Die Getränke wurden gebracht, Whisky für die Gentlemen und eine Flasche guter Weißwein für die Damen. Sam nahm es auf sich, das Abendessen für alle Anwesenden zu bestellen, und das Abendessen schritt fröhlich voran, während Fiona ihre gesamte Aufmerksamkeit auf Lucas richtete und es Sharisse gelang, den reizenden Emery Buskett zu täuschen und ihn in dem Glauben zu lassen, sie wisse ganz genau, wovon er sprach, während er ihr dies und das über die Gesellschaft von St. Louis erzählte.

Sie wußte nicht, daß Lucas ihrer Unterhaltung mehr Aufmerksamkeit schenkte als dem, was Fiona zu ihm sagte. Ihr Auftritt belustigte ihn, doch die unverhohlene Bewunderung, die Emery ihr entgegenbrachte, war mehr, als er sich gewünscht hatte. Dieser Mann sah alles andere als schlecht aus, und seine Ausstrahlung hatte etwas leicht Geckenhaftes, was wahrscheinlich bewirkte, daß sie sich bei ihm sehr gut aufgehoben und auf vertrautem Boden fühlte. Wahrscheinlich erinnerte er sie an alles, was sie hinter sich zurückgelassen hatte. Wie, zum Teufel, hatte er nur auf die Idee kommen können, Sharisse mit Emery zusammenzubringen? Wie hatte er nur so dämlich sein können!

»Marcus Hammond!« rief Emery plötzlich aus, und als alle Anwesenden ihn anstarrten, wurde er verlegen. »Es tut mir leid. Sie wissen ja selbst, wie es ist, wenn einem etwas auf der Zunge liegt und einfach nicht herauskommt. Das war der Name, der mir vorhin beim besten Willen nicht einfallen wollte.«

»Dann belassen Sie es nicht dabei, sondern reden Sie weiter«, sagte Fiona trocken.

»Oh, es war nichts weiter«, erwiderte Emery.

»Ein Verwandter von Ihnen, meine Liebe?« fragte Fiona Sharisse, wobei ganz offensichtlich war, daß es sie nicht im geringsten interessierte.

»Nein«, sagte Sharisse etwas zu laut. Es war ihr mit Mühe gelungen, ihre Gesichtszüge unter Kontrolle zu behalten, doch das mit der Stimme war wieder etwas anderes. Sie fügte mit gesenkten Lidern hinzu: »Ich fürchte, von einem Marcus Hammond habe ich noch nie gehört.«

Emery entschied sich, die Geschichte zu erzählen. Sie war an sich recht unterhaltsam. »Er ist ein reicher Exzentriker aus New York. Ein Freund von mir, der dort lebt, und eine ganze Menge anderer Menschen laufen Gefahr, ihre Stellung loszuwerden, wenn sie die Tochter dieses exzentrischen Mannes nicht finden. Mein Freund Jim arbeitet für eines der großen Detektivbüros in New York, verstehen Sie. Die Belohnung, die für das Auffinden dieses Mädchens ausgesetzt ist, ist so lachhaft hoch, daß sein Boß Ergebnisse haben will oder seine gesamte Belegschaft rausschmeißt.«

»In New York?« sagte Lucas nachdenklich. »Wie heißt das Mädchen?«

Sharisse wäre am liebsten unter den Tisch gekrochen.

»Ich fürchte, ich habe mich nie nach dem Namen der Tochter erkundigt«, antwortete Emery.

»Ist das Mädchen entführt worden, Mr. Buskett?« fragte Sharisse vorsichtig, da ihr klar wurde, daß Lucas sich fragen würde, was mit ihr los sei, wenn sie nicht das geringste Interesse zeigte.

»Nein, sie ist ausgerisssen, und daher konnte Jim, als er mich letzte Woche besucht hat, auch nur klagen. Er ist für vier Bundesstaaten zuständig und hat wenig Hoffnung auf Erfolg. Es ist schlicht zu einfach, in einem Land dieser Größe unterzutauchen, indem man einfach seinen Namen oder sein Aussehen ändert. Man weiß, daß das Mädchen New York mit der Bahn verlassen hat und daß sie Schmuck in einem Wert bei sich hatte, der es ihr möglich macht, überall hinzugehen. Aber Jim rechnet damit, daß sie heimlich umgekehrt ist und sich jetzt in einem dieser eleganten Hotels von New York verbirgt. Das ist zumindest seine Theorie.«

»Warum?« fragte Fiona.

»Sie ist in New York geboren und hat ihr ganzes Leben dort verbracht. Bis auf eine Europareise hat sie New York nie verlassen. Warum sollte sie wegen nichts weiter als einer Unstimmigkeit mit ihrem Vater ihr einziges Zuhause, das sie kennt, verlassen? Deshalb ist sie nämlich ausgerissen. Jim klagt darüber, daß das Mädchen wahrscheinlich von sich aus nach Hause zurückkehren wird und somit niemand die hohe Belohnung bekommt, was heißt, daß man ihn umsonst in den Westen geschickt hat.«

»Das klingt alles sehr faszinierend, Mr. Buskett«, sagte Fiona mit einer Unschuldsmiene. »Insbesondere, da wir hier unsere eigene Miß Hammond haben, die mit uns an einem Tisch sitzt. Wenn Luke uns nicht gesagt hätte, daß sie aus St. Louis kommt, dann würde ich mich jetzt wirklich fragen, ob sie nicht dieses verzogene kleine Mädchen ist, das seinem Vater davongelaufen ist.«

Sharisse zwang sich, ganz ruhig zu wirken. Sie hätte am liebsten laut geschrien. Die Frau war nichts weiter als ein gehässiges Weib, und dennoch richtete sie mehr Schaden an, als sie selbst es auch nur ahnen konnte. Das ließ sich aus Lucas' Gesichtszügen ablesen.

Ihre Augen wurden dunkelviolett, doch ihre Lippen hatten sich zu einem starren Lächeln verzogen. »Warum sagen Sie so etwas, Mrs. Newcomb? Derart fantastische Unterstellungen würde man doch nur von einem Greis oder von einem Betrunkenen erwarten. Aber so alt sind Sie nun doch nicht, und Ihren Wein haben Sie bisher auch kaum angerührt. Welche Entschuldigung haben Sie dafür, daß Sie derart lächerliche Spekulationen anstellen?«

Fiona zog sich halb aus ihrem Stuhl. »Jetzt hör mal, du kleines...«

»Aber, aber«, fiel ihr Sam belustigt ins Wort. »Warum gibst du dich nicht einfach mit einem Unentschieden zufrieden, Fiona?«

»Aber...«

»Vergiß es«, sagte er mit Nachdruck. »Geh dir die Nase pudern oder so was, während ich dir ein Dessert bestelle, damit du dich wieder abregst.«

Sie verließ empört den Saal. Doch auch Sharisse erhob sich augenblicklich.

»Auch meine Nase könnte ein wenig Puder gebrauchen, wenn Sie mich bitte entschuldigen, meine Herren?«

»Sharisse.«

Sie ignorierte bewußt die Warnung, die in seiner Stimme mitschwang. »Mach dir keine Sorgen, Lucas. Ich werde nicht untertauchen. Ich folge nur dem Laut der Tür, die eben gerade zugeschlagen worden ist.«

Mit einem strahlenden Lächeln stand sie vom Tisch auf und war fort, ehe er sie zurückrufen konnte. Jetzt wollte sie sich ansehen, wie Mrs. Newcomb sich in einer privaten Gegenüberstellung hielt.

Lucas saß mit finsterem Gesicht da und trommelte mit seinen Fingerspitzen auf den Tisch. Sam dagegen konnte seine Belustigung kaum verbergen. Emery war absolut perplex.

Im nächsten Moment war der Lärm, der aus der Damentoilette zu ihnen herüberdrang, zwar gedämpft, aber dennoch so laut, daß Lucas aufsprang.

»Ach was, lassen Sie die beiden doch in Ruhe.« Sam, dessen Laune sich merklich verbesserte, hielt ihn zurück. »Was können zwei Frauen einander schon antun?«

»Darum geht es hier wohl kaum«, fauchte Lucas.

»Haben Sie ein Herz und mischen Sie sich um meinetwillen nicht ein«, redete ihm Sam zu. »Wenn Fiona es sich nicht von der Seele reden kann, dann ist das Leben mit ihr die reinste Hölle. Und, ganz im Ernst, was können Sie einander schon antun? Frauen werden nicht gewalttätig. Sie sind ganz darauf spezialisiert, sich gegenseitig zu beschimpfen.«

Er hatte recht, sagte sich Lucas. Langsam setzte er sich wieder hin. Die Schreie ebbten ab. Das Geräusch einer Tür, die zugeschlagen wurde, signalisierte, daß das, was sich abgespielt hatte – was auch immer es gewesen sein mochte –, vorüber war. Dennoch kehrte keine der beiden Frauen zurück. Lucas wurde zusehends besorgter.

Er wollte sich gerade wieder erheben, als Sam von der

Rezeption die Nachricht übermittelt wurde, Mrs. Newcomb habe sich in ihre Suite zurückgezogen.

»Ohne irgendwelche näheren Erklärungen?« fragte Sam.

Der Hotelangestellte kannte seinen Boß gut genug, um ihn anzugrinsen. »Nun, Sir, ich glaube nicht, daß Sie gern hören wollen, was Mrs. Newcomb im übrigen noch zu sagen hatte.«

Sam räusperte sich. »Nein, ich glaube auch, daß ich das gar nicht hören will.« Er schickte den Mann fort und wandte sich wieder an Emery und Lucas. »Verzeihen sie meiner Frau, bitte, meine Herren. Sie ist sonst nicht so grob.«

»Sie bleiben also heute nacht hier im Hotel, Sam?« kommentierte Lucas.

»Ja. Ich spiele ernstlich mit dem Gedanken, ganz in die Stadt zu ziehen«, erwiderte er. »Vielleicht ist es das, was Fiona stört. Sie langweilt sich auf der Ranch so sehr, daß sie gar nichts mehr mit sich anzufangen weiß.«

Lucas gratulierte Sam stumm zu diesem einleuchtenden Vorwand. Er hatte sich schon gefragt, wie Sam den Umzug in die Stadt erklären wollte, ohne einzugestehen, daß er die Ranch verkauft hatte.

»Sie könnten ganz einfach Ihre Dienstboten entlassen«, sagte Lucas kichernd. »Dann hätte Fiona etwas zu tun.«

»Ha! Sie würde mit den Dienstboten weggehen. Nein, ich fürchte, ich habe diese Frau ganz schrecklich verdorben. Passen Sie auf, daß Sie mit Ihrer hübschen Kleinen nicht denselben Fehler machen, Luke.«

»Sharisse verderben? Um das zu tun, müßte ich mit ihr in den Osten gehen. Diese Art von Leben ist sie nicht gewohnt.«

»Sie spielen also mit dem Gedanken, von hier fortzugehen?« fragte Sam, dessen Interesse erwacht war.

»Ich dachte, Sie hätten mir gerade geraten, sie nicht zu verderben.«

»Stimmt, das habe ich getan.« Es gelang Sam nicht, seine Enttäuschung zu überspielen.

Der Hotelangestellte von der Rezeption kam wieder, doch diesmal brachte er eine Nachricht für Lucas. »Ihre Zukünftige läßt Ihnen ihre Entschuldigung übermitteln, Mr. Holt, aber sie kommt leider nicht wieder. Ich glaube nicht, daß sie sich allzu gut fühlt.«

»Wo ist sie?«

»Sie erwartet Sie in Ihrer Kutsche vor dem Hotel.«

»Ich hoffe, daß nichts, was Fiona gesagt hat, daran schuld ist«, sagte Sam zuvorkommend, und die drei Männer erhoben sich, um zu gehen.

Lucas war wütend genug, um zu sagen: »Zweifellos liegt es an dem, was Fiona gesagt hat, und wir wissen beide, warum. Ich habe es endgültig satt. Sie ist jetzt Ihre Frau. Was auch zwischen ihr und mir war – es ist vorbei. Sorgen Sie dafür, daß sie das endlich begreift, Sam. Denn wenn ich es ihr begreiflich machen muß, könnte es verflucht gut sein, daß ich ihr den Hals umdrehe – insbesondere nach dem heutigen Abend.«

Lucas überließ es Sam, Emery das, was er soeben gesagt hatte, ganz nach seinem eigenen Belieben zu erklären.

23

Sharisse konnte nicht einfach aufhören zu weinen. Es war so albern, und sie hatte es seit ihrer katastrophalen Affäre mit Antoine nicht mehr getan. Aber hatte sie sich heute abend nicht genauso dumm verhalten wie damals? So hatte sie sich in ihrem ganzen Leben noch nicht benommen. Sie fürchtete, sich selbst nicht mehr zu kennen, fürchtete, dieses ungestüme Abenteuer verändere sie auf eine Art und Weise, gegen die sie nichts unternehmen konnte. Mit Sicherheit war das der Grund für diese Tränen, die einfach nicht aufhören wollten.

So fand Lucas sie vor, das Gesicht in den Händen und mit bebenden Schultern. Sie weinte tonlos vor sich hin. Wenn sie in ein lautes Wehklagen ausgebrochen wäre, hätte er es vielleicht für einen weiblichen Kniff gehalten, Aufmerksamkeit auf sich zu ziehen, doch dieses stumme Leiden beunruhigte ihn zutiefst. Ein Gefühl, das lange in ihm geschlummert hatte, regte sich übermächtig, der Instinkt, zu beschützen und zu verteidigen, was ihm gehörte.

»Sharisse.«

Beim Klang seiner Stimme riß sie den Kopf ruckartig hoch. Sie hatte gehofft, daß sie ihn vorher hören würde, daß sie Zeit fände, sich wieder zu fangen. Warum war er so leise an sie herangekommen? Sie war versteinert. Sie hatte auch vorgehabt, ihm ihr Gesicht nicht zuzuwenden und ihre linke Wange hinter ihrer Hand zu verbergen. Doch jetzt sah sie ihm ins Gesicht, und das, was sie hatte vermeiden wollen, war geschehen. Sein Gesichtsausdruck ging von Sorge in unverkennbare Wut über, als er das leuchtend rote Mal auf ihrer Wange sah.

Einen Moment lang hielt Sharisse den Atem an und war nicht sicher, gegen wen sich sein Zorn richtete. Dann explodierte er. »Ich bringe sie um!«

»Ich bin nicht verletzt, Lucas«, versicherte ihm Sharisse.

»Warum weinst du dann so schrecklich?«

»Ich weine über das, was ich getan habe. Oh, es war einfach gräßlich!« Wieder strömten Tränen aus ihren Augen. »Ich hätte ihr nicht nachgehen sollen. Ich hätte auf dich hören sollen. Aber ich hätte nie geglaubt, daß sie handgreiflich wird.«

Er setzte sich neben sie und zog sie in seine Arme. »Fiona lebt nach anderen Vorstellungen als du, mein Schätzchen. Ich dachte, das sei dir klar.«

»Wie hätte mir das klar sein sollen? Ich bin zivilisierte Frauen gewohnt. Ich wollte nur dahinterkommen, warum sie derart auf mir herumhackt, und ich wollte ihr zu verstehen geben, daß die Grenzen meiner Toleranz erreicht sind. Aber als sie mich geschlagen hat, oh, ich weiß nicht, was über mich gekommen ist... ich habe sie auch geohrfeigt, Lucas. Es tut mir so leid.«

Er hielt sie erstaunt auf Armeslänge von sich fern. »Das war nur ein natürlicher Instinkt«, sagte er leise zu ihr. »Darüber brauchst du nicht zu weinen, und ich kann dir versichern, daß Fiona es verdient hat.«

»Aber du verstehst das nicht«, rief sie aus. »Ich glaube, ich habe ihr die Nase gebrochen!«

Er war schockiert, aber er mußte laut loslachen.

»Das ist nicht zum Lachen, Lucas Holt.«

»O Gott, doch, das ist es«, sagte er lachend. »Sie hat dich beleidigt, sie hat dich geschlagen, und du weinst, weil sie mehr abgekriegt hat, als du wolltest. Glaube mir, das ist wirklich komisch.«

»Aber eine gebrochene Nase, Lucas.«

»Hast du gehört, daß der Knochen gebrochen ist?«

»Nein, aber sie hat geblutet, und sie hat mich angesehen, als hätte ich sie gerade umgebracht.«

»Ja, klar«, sagte er. »Sie hat nicht damit gerechnet, daß das zivilisierte Mädchen sich wehrt. Du brauchst dir deshalb überhaupt keine Sorgen zu machen, Schätzchen. Wenn sie so schlimm verletzt gewesen wäre, hätte sie das gesamte Hotel zusammengeschrien.«

»Glaubst du das wirklich?« fragte sie voller Hoffnung.

»Ja, das glaube ich.«

Sharisse zog ihr Taschentuch aus ihrer Handtasche. Sie war jetzt ruhiger.

»Es tut mir leid, daß ich so abrupt verschwunden bin. Ich hoffe, du hast meine Entschuldigung weitergegeben.«

»Was Sam angeht, habe ich mehr als nur das getan. Dieser Mann sollte seine Frau besser unter Kontrolle haben«, sagte er unwillig. »Warum hat sie dir eine Ohrfeige gegeben?«

Sharisse überlegte sich noch einmal, was alles gesagt worden war, ehe es zu den Handgreiflichkeiten gekommen war, und dann spannte sie ihren Rücken an und blieb steif sitzen. Doch als sie Lucas ansah, stand Unschuld in ihr Gesicht geschrieben.

»Ich habe lediglich angedeutet, wenn sie als Mätresse so großartig gewesen sei, wie sie glaubt, dann hättest du das Verhältnis nicht abgebrochen und dich nicht nach einer Ehefrau umgesehen.«

Lucas zuckte zusammen. »Sie hat es dir also erzählt?«

»Eigentlich hat sie nur gesagt, sie hätte dich vor mir *gehabt* und könnte dich jederzeit wieder *haben*, wenn sie dich wollte. Sie ist recht... grob.«

»Hast du ihr das geglaubt?«

»Ich habe keinen Grund gesehen, eine so plumpe Behauptung in Zweifel zu ziehen.« Ihre Eisigkeit drückte sich jetzt offenkundiger in ihrem Verhalten aus.

»Ich will verdammt sein«, sagte Lucas grinsend. »Du bist eifersüchtig, stimmt's? Deshalb hast du ihr eine runtergehauen.«

»Das ist ja wohl absurd«, erklärte Sharisse glühend. »Aber du hättest mich wirklich vorwarnen können, Lucas. Dort, wo ich herkomme, zwingt ein Mann seine Verlobte nicht, mit seiner ehemaligen Mätresse zu Abend zu essen.«

»Verdammt noch mal, sie war nie meine Mätresse, Sharisse. Ich habe sie gelegentlich gesehen, nicht regelmäßig und nicht nur sie. Sie hat mir deutlich zu verstehen gegeben, daß sie zu haben ist, und wir hatten eine recht nette

Zeit miteinander. Das ist alles, was gewesen ist. Als sie Newcomb geheiratet hat, war es vorbei. Wenn sie damit angibt, sie könnte mich wiederhaben, dann stimmt das nicht. Ich lasse mich nicht mit den Ehefrauen anderer Männer ein.«

»Und wenn sie nicht verheiratet wäre?«

Er lächelte. »Warum sollte ich sie wollen, wenn ich doch dich habe?«

Sharisse errötete und wandte ihre Augen ab. Doch sie sprach mit fester Stimme, als sie sich vorwagte und fragte: »Wenn es so schön mit ihr war, warum hast du sie dann nicht geheiratet?«

»Wenn ein Mann jede Frau heiraten würde, mit der er sich einläßt, dann hätte er mit der Zeit einen ganzen Stall voll Ehefrauen, Schätzchen. Willst du wirklich, daß ich dir Rechenschaft über alles ablege, was ich getan habe, ehe du hierhergekommen bist?«

»Du hast meine Frage nicht beantwortet, Lucas. Warum hast du sie nicht geheiratet, als du es hättest tun können?«

»Ich könnte jetzt sagen, ich hätte nicht geglaubt, daß sie eine gute Ehefrau abgibt, aber es ist ganz einfach so, daß ich damals gar keine Frau haben wollte. Ist deine Eifersucht damit beschwichtigt?«

»Ich war nicht eifersüchtig«, beharrte sie.

»Natürlich nicht«, sagte er glatt, und er kostete die Situation aus.

Sie schnappte nach Luft. »Ich könnte schreien! Bring mich nach Hause, Mr. Holt. Für heute reicht es mir von deiner anregenden Unterhaltung.«

»Ja, Ma'am.« Er kicherte und setzte die Kutsche in Bewegung.

Die Heimfahrt verlief schweigend. Als sie die Ranch erreicht hatten, übergab er Mack den Buggy und begleitete Sharisse zum Haus. Sie wartete nur, bis Lucas eine Lampe angezündet hatte, damit sie den Weg in ihr Zimmer fand.

Seine direkte Frage, als sie gerade ihr Zimmer betreten wollte, ließ sie abrupt stehenbleiben.

»Wer ist Joel?«

Sie wirbelte trotz ihrer Erstarrung zu ihm herum. »Wo hast du diesen Namen gehört?«

»Von dir.«

Ihre Gedanken überschlugen sich. »Ich rede doch nicht etwa im Schlaf, oder?«

»Nein, aber du nuschelst so einiges vor dich hin, wenn du betrunken bist.«

Seine Stimme klang überhaupt nicht belustigt, und sein Gesichtsausdruck war finster. Sie war augenblicklich auf der Hut.

»Joel ist ein Freund, Lucas. Jemand, mit dem ich gemeinsam aufgewachsen bin. Warum? Was habe ich gesagt?«

»Du hast deinem Vater gesagt, daß du ihn nicht heiraten willst. Daß Stephanie ihn liebt und nicht du.« Er ging auf sie zu, während er das sagte, und er blieb so dicht vor ihr stehen, daß sie gezwungen war, ihm in die Augen zu sehen. »Ist das der Grund, weshalb du deinem Vater davongelaufen bist, Sharisse?«

»Nein.« Fast hätte sie sich verraten, doch dann merkte sie, was eigentlich mit dieser Frage gemeint war. »Du glaubst, daß ich das Mädchen bin, von dem Mr. Buskett uns erzählt hat, oder?«

»Bist du es denn nicht?«

»Ich glaube, dieses Frage bereits am früheren Abend beantwortet zu haben«, erwiderte sie steif. »Aber ehe du noch länger an mir zweifelst, sollte ich dir vielleicht sagen, daß mein Vater John Richards heißt. Hammond war der Name meines Ehemannes.« Wie geschickt sie inzwischen geworden war. »Ich vermute, ich hätte das schon eher klarstellen sollen, aber es ist mir nicht wichtig erschienen.«

»Antoine Hammond?«

»Aber ganz bestimmt nicht! Antoine ist mir geradezu widerlich!« sagte sie heftig. Sie war aus der Fassung geraten. Dann fing sie sich wieder. »Ich vermute, Antoine habe ich auch in dieser Nacht erwähnt, in der ich zuviel getrunken habe?«

»Ja.«

»Was genau habe ich denn gesagt, wenn du daraufhin vermutet hast, er sei mein Ehemann?«

»Du hast ihn ›mein Geliebter‹ genannt.«

»Oh«, sagte sie. Wie sollte sie das jetzt bloß erklären?

»Was von beidem trifft jetzt zu, Sharisse?« fragte er mit sanfter Stimme. »Hast du Antoine geliebt oder war er dir widerlich?«

Er fuhr mit einem Finger über ihre Wange, ließ die Fingerspitze über ihren Hals und ihre Schulter gleiten und ließ seine Hand mit genau soviel Druck auf ihre Schulter fallen, daß sie sich nicht abwenden konnte. Er hatte vor, sie so festzuhalten, bis er eine Antwort bekam. Vielleicht war jetzt der rechte Zeitpunkt für die Wahrheit gekommen, oder zumindest für einen Teil der Wahrheit.

»Antoine war ein Mann, den ich vor langer Zeit kennengelernt habe, Lucas. Ich war jung und naiv, und er war weltgewandt, romantisch und unglaublich gutaussehend. Ich glaubte, ich sei verliebt, aber in Wirklichkeit war ich nur in das Alter gekommen, in dem ich mich hätte verlieben können. Daher war ich für den ersten Mann empfänglich, der sich auch nur die geringste Mühe gemacht hat, mich für sich zu gewinnen. Das ist mir heute klar, aber damals war ich zu verzaubert.« Bitterkeit schlich sich in ihre Stimme ein, und ihre Augen wurden bei dieser Erinnerung dunkler. »Antoine hat sich als ein Schurke von der übelsten Sorte erwiesen, ein Lump, ein Lügner, ein Schwindler. Er ...«

Sharisse wurde blaß, als sie merkte, daß ihre Beschreibung exakt auf das zutraf, was inzwischen aus ihr selbst geworden war. Wenn Lucas je herausfand, wie sehr sie ihn belogen und hinter das Licht geführt hatte...

»Er hat was?«

Sie senkte die Lider. »Er... er wollte nur eins von mir. Zum Glück habe ich noch rechtzeitig von seiner Perfidie erfahren.«

»Du meinst, du konntest dir die Jungfräulichkeit gerade noch bewahren.«

Ihre Lider flatterten, und sie sah ihm in die Augen.

»Ja«, antwortete sie leise.

»Aber dein Herz hast du ihm freizügig geschenkt. Ich hatte bisher den Eindruck, dein Ehemann sei der einzige Mann in deiner Vergangenheit gewesen. Wie viele andere gab es außer Antoine, in die du dich verliebt glaubtest?«

Dieser Spott entfachte ihre Wut. Wie konnte er es wagen, dieses demütigende Erlebnis derart auf die leichte Schulter zu nehmen? Sie dachte wieder an Fiona und daran, wie beiläufig er seine früheren Verhältnisse behandelte.

Sie lächelte ganz reizend und zuckte mit den Achseln. »Du kannst nicht von mir erwarten, daß ich eine solche Frage beantworte, Lucas. Ich bin keine Frau von der Sorte, die Buch darüber führt.«

»So viele, was?« Er kicherte vor sich hin.

Sie biß verzweifelt die Zähne aufeinander. Dieser Halunke. Er wußte ganz genau, was sie vorhatte. Aber jetzt war es zu spät, um einen Rückzieher zu machen. Und überhaupt wollte sie ihn jetzt gezielt auf die Palme bringen.

»Ja, so viele. Kann ich etwas dafür, daß ich wankelmütig bin?«

Er schüttelte in gespieltem Mitgefühl den Kopf. »So viele Lieben, und nur ein Ehemann – bisher jedenfalls. Wen also liebst du im Moment, Shari?«

Seine Lippen schlossen sich über ihrem Mund. Er erwartete keine Antwort. Liebe hatte nichts damit zu tun. Er war ein Mann von der Sorte, der es egal war, ob sie ihn liebte, solange er nur bekam, was er haben wollte. Aber sie würde es ihm nicht geben – nicht noch einmal. Sie wollte nicht... daß er... mit ihr...

In dem Moment, in dem ihre Arme sich um seinen Nakken schlangen und sie ihre Niederlage eingestand, hob er sie vom Boden hoch und trug sie zu ihrem Bett. Seine kleine Jungfrau. Vielleicht liebte sie ihn nicht, und vielleicht war sie eine ungewöhnlich gute Lügnerin –, aber ihr Körper konnte nicht lügen. Sie gehörte ihm. Jedenfalls für den Moment.

24

Sharisse streckte sich genüßlich und schlug die Augen auf. Es dauerte einen Moment, bis ihr klar wurde, daß die nackte Männerbrust, auf die ihr Blick fiel, ihr nicht mehr fremd war. Sie wußte, daß sie eigentlich entsetzt sein müßte, daß sie unendlich niedergeschlagen sein müßte. Die ganze Nacht hatte sie mit einem Mann im selben Bett verbracht, und jetzt erwachte sie neben ihm, als seien sie verheiratet, und dabei waren sie es gar nicht! Er war keineswegs verpflichtet, sie zu heiraten, weil er ihr die Jungfräulichkeit geraubt hatte. Und außerdem wußte er nicht einmal die Wahrheit!

Sie hätte wirklich ein wenig empört darüber sein müssen, daß er immer noch da war, in ihrem Bett lag, alles bekam, was ihm von einer Ehefrau zustand, ohne sich wirklich an sie zu binden. Doch die Wahrheit war, daß sie schrecklich enttäuscht gewesen wäre, wenn er sie verlassen hätte, nachdem sie einander so grandios geliebt hatten. Und es gefiel ihr auch, daß er da war und sie sich an ihn schmiegen konnte.

Sie wußte, daß es gefährlich für sie gewesen wäre zu analysieren, warum es ihr so ging, wie es ihr ging. Wenn sie auch nur einen Moment lang geglaubt hätte, sie könnte sich in Lucas verlieben, dann wäre sie in helle Panik geraten. Kein arroganter Mann wie ihr Vater würde für den Rest ihres Lebens über sie herrschen, selbst dann nicht, wenn er auf so subtile Weise arrogant war wie Lucas.

Nein, sie fühlte sich sicherer bei dem Gedanken, vielleicht ein wenig unmoralisch veranlagt zu sein. Nein, nicht wirklich von der ganz schlimmen Sorte. Gütiger Himmel, sie war eine Frau von zwanzig Jahren, die sich eine eigene Meinung bilden konnte. Warum hätte sie warten sollen, bis sie verheiratet war, um die Ekstase zu erfahren, die sie bei Lucas erlebt hatte? Warum hätte sie sich diesen Genuß versagen sollen, bloß weil sie nicht mit ihm verheiratet war?

Sharisse lächelte über ihre vernünftigen Erklärungen. Sie wurde wirklich zusehends verdorbener. Aber gerade jetzt, während sie auf Lucas' nackte Brust schaute, störte es sie überhaupt nicht.

Wie anders er doch aussah, wenn er schlief. Sie hatte ihn zum ersten Mal schlafend gesehen. Zum ersten Mal hatte sie sich Zeit lassen und ihn in aller Ruhe anschauen können. Das, was sie sah, gefiel ihr, die Muskelstränge, die über seine Brust und seine bloßen Arme verliefen, die Art, auf die sich seine Brustbehaarung gelockt bis zu einem Punkt auf seinem Bauch zog. Selbst wenn er entspannt dalag, sah man seine Kraft.

Sie war beunruhigt, als sie plötzlich feststellte, daß er ohne das gewohnte Grinsen, das um seine Lippen spielte, und ohne das Lachen in diesen Edelsteinaugen sehr gut sein gefährlicher Bruder hätte sein können.

Wie war sie bloß auf diesen Gedanken gekommen? Sie

hatte nicht mehr an Slade gedacht, seit sie mit Lucas aus den Bergen zurückgekommen war. Sie war erleichtert gewesen, als sich herausgestellt hatte, daß Slade sie nicht mehr auf der Ranch erwartete. Aber es stimmte. Mit geschlossenen Augen und entspanntem Gesicht war nicht der geringste Unterschied zwischen den beiden zu erkennen.

Zwillinge. Bemerkenswert, was verschiedene Erfahrungen aus zwei Brüdern machen konnten: den einen so gefährlich wie eine zusammengerollte Klapperschlange und den anderen zu einem liebenswerten Schelm. Der eine von beiden nahm Rücksicht auf ihre Gefühle, der andere tat sie mit Arroganz und Geringschätzigkeit ab.

Sharisse wandte eilig ihren Blick ab, da sie sich davor fürchtete, diesen Gedankengang weiterzuführen. Ihr Blick fiel auf Charley, der Lucas noch nie gemocht hatte und jetzt übellaunig wirkte. Charley sprang in diesem Moment aus dem Fenster, als wolle er seiner Unzufriedenheit Ausdruck verleihen. So etwas! Von der eigenen Katze brüskiert zu werden!

»Guten Morgen, meine Schöne.«

Sharisse drehte sich abrupt zu Lucas um. »Wie oft muß ich dich denn noch bitten, mich nicht so zu nennen?« sagte sie unwillig.

»Schimpf mich nicht, mein Schatz. Nicht so früh am Morgen.« Er zog sie zu sich herunter, und mit einer einzigen behenden Bewegung lag er auf ihr und grinste sie spitzbübisch an. »Und warum darf ich dich nicht so nennen?«

»Weil dein Bruder mich so genannt hat und weil es mich an ihn erinnert«, gab sie mit aller Würde, die sie in diesem Moment aufbringen konnte, zurück.

Seine Lippen streiften spielerisch ihren Mund, und dann küßte er ihre zarten, formvollendeten Brüste. »Gut, das will ich nicht, zumindest dann nicht, wenn ich dich

gerade liebe. Ich habe wirklich keine Lust, auf meinen eigenen Bruder eifersüchtig zu sein.«

»Neigst du zu Eifersucht, Lucas?«

Zwischen zärtlichen Küssen murmelte er: »Ich weiß es
nicht.«

»Warum hast du das dann gesagt?«

»Sagen wir doch einfach, wenn du bei mir bist, will ich
sicher sein, daß du auch ganz bei mir bist. Verstanden?«

»Ich kann im Moment kaum denken, Lucas«, flüsterte
sie.

Ihre Augen schlossen sich, und sie stöhnte leise, als er
sich tiefer nach unten bewegte, seine Lippen ihren Bauch
berührten, seine Hände nach ihren Hüften griffen und
sie vom Bett hochzogen, während ihr Kopf nach hinten
fiel. Sie verlor sich in einem Strudel, den er immer wüster
brausen ließ.

Fast hätte sie aufgeschrien, als er aufhörte. Als sie die
Augen aufschlug, sah er sie auf eine Weise an, die ihr das
Gefühl gab, angebetet, bewundert und begehrt zu werden, grenzenlos begehrt. Dieser Mann war nicht auf ihr
Geld oder auf ihre Jungfräulichkeit aus. Wenn er mit ihr
schlief, so tat er es ohne jeden Hintergedanken. Er begehrte sie ganz einfach – um ihrer selbst willen. Dieses
Gefühl berauschte sie und schlug eine Saite in ihr an, die
sie mit Wärme erfüllte, die nie zuvor berührt worden
war.

»Mein Gott, bist du schön.«

»Ich fange an zu glauben, daß du es wirklich so
siehst«, sagte sie atemlos.

Er sah ihr fest in die Augen. »Glaubst du es denn
nicht?«

»O Lucas, hör auf zu reden«, stöhnte sie. Sie streckte
ihre Hände nach seinem Kopf aus und zog ihn zu sich
herunter.

Er lachte ein tiefes Lachen. Sie wollte ihn haben, jetzt

sofort, doch er wollte sie genüßlich auskosten, sie erforschen, all ihre Tiefen ergründen. Er wollte ihr die süßesten Genüsse verschaffen, die sie bisher nicht kannte.

Seine Lippen forderten mit einem sengenden Kuß ihren Mund für sich, während seine Hände ihre empfindsamsten Stellen fanden. Er erfuhr, womit er sie am meisten begeistern konnte, während er sie von einem köstlichen Höhenflug zum nächsten brachte. Er erfuhr auch, daß es, sowie es um Sharisse ging, ein ebenso großes Vergnügen bereitete, zu geben wie zu nehmen. Ehe der Morgen vorüber war, hatte er ihr alle Hemmungen genommen und jede Schranke eingerissen. Es war eine Erfahrung, die keiner von beiden je vergessen würde.

25

Sharisse ließ den Petticoat, den sie gerade wusch, fallen, als Lucas um die Hausecke bog. Er trug Charley, der sich behaglich zusammengerollt hatte, auf dem Arm. Lucas grinste, und Charley schnurrte. Sharisse mußte sich ernstlich fragen, ob sie an Einbildungen litt.

Doch in dem Moment, in dem Charley sie schnuppern konnte, stieß er ein entsetzliches Gebrüll aus und kämpfte wie ein Dämon, um sich aus Lucas' Armen zu befreien. Sowie er sich losgerissen hatte, sprang er durch das Schlafzimmerfenster.

»Ich dachte mir doch gleich, daß er das tut«, sagte Lucas, während er sich auf die Teppichstange neben ihr setzte. »Ich bin einfach nicht dahintergekommen, warum er und ich nicht miteinander klargekommen sind. Verstehst du, gewöhnlich kann ich mit Tieren umgehen. Das liegt in der Familie. Aber jetzt bin ich endlich dahintergekommen, was los war.«

»Was denn?«

»Wann hat Charley zum letzten Mal eine Katze ge-habt?«

»Lucas!«

Er lachte. »Ich meine es ernst. Er ist ein Kater, und er braucht eine Katze, wie jeder Mann eine Frau braucht. Und da keine Katze erreichbar ist, benutzt er dich als Er-satz.«

»Das ist ja absurd.«

»Dieser Kater sieht in mir und jedem anderen, der dir nahe kommt, einen Rivalen.«

»Unsinn«, beharrte sie. »Ich habe dir doch gesagt, daß er Fremde nicht mag.«

»Warum ist Charley dann im Stall unglaublich freund-lich auf mich zugekommen? Weil du nicht da warst und er nicht mit mir um dich kämpfen mußte.«

»Willst du damit sagen, daß er wirklich von sich aus auf dich zugekommen ist?«

»Du hast doch selbst gesehen, daß er sich von mir hat tragen lassen.«

»Aber wenn das, was du sagst, wahr ist, wie soll ich dann hier ein Weibchen für ihn finden?«

»Ich glaube nicht, daß es in Newcomb andere Katzen gibt, aber ich kann eine Suchmeldung in der näheren Um-gebung aufgeben, und dann sehen wir ja, was dabei her-auskommt. Ich muß heute den Buggy zurückbringen. Zieh dich jetzt um und komm mit.«

»Aber wie komme ich aus der Stadt zurück?«

»Du wirst reiten. Es ist ohnehin an der Zeit, daß du es lernst.«

Sie wandte sich von ihm ab und schrubbte wieder ihren Petticoat. »Ich glaube, ich bleibe lieber hier. Du brauchst mich nicht, um diese Zettel auszuhängen.«

»Aber ich möchte deine Gesellschaft.«

»Ich habe zuviel Arbeit, Lucas.«

»Jetzt geh und zieh dir diese Hose an, die ich dir gekauft habe, Sharisse.«

Sie riß mit einem Ruck den Kopf hoch. »Ich ziehe diese Hose nicht an, und schon gar nicht, wenn wir in die Stadt fahren!« Wie konnte er es wagen, sie herumzukommandieren?

»Ich habe sie nicht gekauft, damit du sie nicht trägst. Und jetzt wirst du sie anziehen.«

»Nein, das werde ich eben nicht tun«, erwiderte sie störrisch. Sie schüttelte den Kopf.

Er stand langsam auf und kam auf sie zu. Sie wich zurück, ohne den tropfnassen Petticoat loszulassen; wie eine Waffe hielt sie ihn vor sich.

»Wie wäre es mit einer kleinen Wette, Schätzchen?« fragte er mit leiser Stimme. »Willst du wetten, ob du mit mir in die Stadt kommst, und zwar in dieser Hose? Willst du wetten, ob ich sie dir persönlich anziehe, wenn du es nicht tust?«

Sie riß die Augen auf. »Das kannst du nicht machen!«

Als er noch einen Schritt näher auf sie zukam, stürzte sie zum Haus. Ehe sie die Hintertür erreicht hatte, hatte er sie eingeholt.

»Ja, gut!« schrie sie. »Ich tue es ja schon, aber stell mich wieder hin.«

Er tat es, und Sharisse war außer sich vor Zorn, als sie sah, daß er grinste. »Laß dir nicht zu lange Zeit, damit ich nicht glaube, daß du doch meine Hilfe brauchst.«

»Lucas Holt, du bist ein Tyrann!« fauchte sie.

Er ging und rief über seine Schulter zurück: »Nein, bin ich nicht. Ich kann es nur nicht ertragen, heute von dir getrennt zu sein.«

»Oh, ich könnte schreien!« Und sie tat es.

Zwei Stunden später lieferten sie den Wagen ab und stellten die zwei Pferde, die sie zur Ranch zurückbringen würden, im Stall unter. Sharisse trug ihr Reisekostüm, die

Jacke über dem Hemd, das Lucas ihr gekauft hatte, und unter dem Rock versteckte sie die grauenhafte Hose. Lucas, dieser widerliche Rohling, lachte über ihren Kompromiß.

Aber es war ihr nicht möglich gewesen, länger böse auf ihn zu sein. Das unterschied diesen Gauner von allen anderen Männern, die sie kannte. Sie konnte entsetzlich wütend auf ihn sein, aber er brauchte nur zu grinsen und sie zu necken und ihr zu schmeicheln, und schon vergaß sie, weshalb sie überhaupt wütend gewesen war.

Lucas ließ sie an der Postabfertigung stehen und sah nach, ob Emerys Kutsche an diesem Morgen pünktlich abgefahren war. »Ich habe gestern etwas vergessen, was ich ihm unbedingt noch sagen wollte«, erklärte er, »und wenn die Kutsche wie gewöhnlich Verspätung hat, kann ich es mir sparen, ihm zu schreiben.«

»Was soll ich tun, während ich auf dich warte?«

»Fertige drei Abschriften von der Suchmeldung an, und wenn ich wieder da bin, bezahle ich das Aufgeben. Du weißt besser als ich, wie man die Art von Katze beschreiben kann, die Charley gefallen könnte. Wilber wird dir Papier und einen Stift geben. Und sieh doch auch gleich nach, ob wir Post bekommen haben.«

»Aber wäre die Post denn nicht auf der Ranch abgeliefert worden?«

Er schüttelte den Kopf. »Man muß sich die Post hier abholen.«

»Heißt das, daß hier ein Brief für mich liegen könnte, und ich weiß gar nichts davon?« Sie war entsetzt.

Als Lucas fort war, ging sie schnell ins Postamt und sprach mit Wilber, der hinter seinem Schalter saß. Ihre Hoffnungen wurden so schnell zerschlagen, wie sie in ihr aufgestiegen waren. Kein Brief von Stephanie. Es waren zwei Briefe für Lucas da, einer von Monsieur Andrevie in New Orleans und der andere vom Emery Buskett in Newcomb. Sie grinste über das ganze Gesicht. Sie nahm an, auch Emery habe etwas vergessen, was er Lucas unbedingt noch sagen wollte.

Sie verfaßte ihren Suchauftrag behutsam. Allein die Vorstellung, mit dieser Anzeige eine Gefährtin für Charley zu suchen! Ein Mann, der sich über Anzeigen eine Braut suchte, war nötig, um auf den Gedanken zu kommen, auf dieselbe Art eine Katze zu organisieren. Ein Mann war vonnöten, wenn es darum ging, an männliche Bedürfnisse zu denken. Sie seufzte. Sie hatte nie daran gedacht, Charley eine Gefährtin zu besorgen. Eine Dame dachte nicht an solche Dinge. Oder doch?

Lucas fand Emery in dem Moment im Depot, in dem die Kutsche gerade angerollt kam.

»Gut, daß du gekommen bist, um dich von mir zu verabschieden, Lucas.«

»Du brauchst dir nichts darauf einzubilden«, sagte Lucas mit einem breiten Grinsen. »Ich mußte einen Wagen zurückbringen, den ich gemietet hatte.« Er half Emery, seinen Koffer auf die Ladefläche zu heben.

»Ich habe einen Brief für dich hier abgegeben«, sagte Emery, »in dem ich dir detailliert über mein Zusammentreffen mit Newcomb berichte.«

»Gut, aber ich möchte, daß du außer der Geschichte, an der du im Moment arbeitest, noch etwas anderes für mich tust.«

»Was du willst, Lucas«, erwiderte Emery eifrig. »Dafür bezahlst du mich ja schließlich.«

»Dieser Freund von dir, der Detektiv.«

»Jim?«

»Ja. Ich möchte, daß du ihn aufsuchst, sobald du wieder zu Hause bist.«

»Ich bezweifle, daß er noch in St. Louis ist, Lucas.«

»Mir ist egal, wo er ist, und selbst wenn er sich schon

auf den Rückweg nach New York gemacht hat, mußt du ihn für mich finden. Ich will, daß du die übrigen Informationen aus ihm herausholst, die er über diese Hammond-Tochter hat. Ich will ihren Namen wissen, und ich will eine Beschreibung von ihr haben, alles, was er nur irgend über sie weiß.«

»Ist sie etwa doch mit deiner Verlobten verwandt?«

»Sharisse ist nicht sicher, aber ihr ist eingefallen, daß sie Cousinen in New York hat, Leute, zu denen ihre Familie den Kontakt verloren hat. Sie wüßte gern mehr über das Mädchen.«

»Es wird mir ein Vergnügen sein, einer so schönen jungen Frau zu Diensten zu sein«, sagte Emery liebenswürdig. »Es tut mir wirklich leid, daß du sie nicht mitgebracht hast, damit ich es ihr selbst sagen kann. Ich hätte sie liebend gerne noch einmal gesehen.«

»Du vergißt, daß sie schon vergeben ist«, sagte Lucas, und sein Tonfall war plötzlich kühl und schneidend.

Emery grinste. »Eine Frau wie sie ist einen Diebstahl wert, Lucas, selbst dann, wenn es einen Freund trifft.« Sein Lächeln wurde strahlender, als sein Blick auf Sharisse fiel. »Ach, du hast sie also doch mitgebracht.«

Lucas sah, daß Sharisse gerade in diesem Moment auf den Bürgersteig getreten war und daß Leon Waggoner, der nur noch wenige Meter von ihr entfernt war, gerade auf sie zukam.

»Ich wünsche dir eine sichere Heimreise, Emery«, sagte Lucas geistesabwesend, während er sich entfernte.

»Aber, Lucas...«

Emery verstummte, denn er wußte selbst, wann seine Zeit gekommen war. Ein seltsamer Mann, dieser Lucas Holt. Meistens freundlich und umgänglich, manchmal kühl und gleichgültig. Er hatte seine Versuche, Lucas zu verstehen, aufgegeben. Solange die Bezahlung gut war, spielte es keine Rolle, was für ein Mensch er war. Und die Bezahlung war wahrhaft gut.

26

Als Lucas hinzukam, hatte Leon Waggoner sich Sharisse bereits vorgestellt und wollte sich nicht von ihr abwimmeln lassen. Sie hatte inzwischen begriffen, daß das der Mann war, mit dem Lucas sich geschlagen hatte, doch er ließ sich immer noch nicht abschütteln.

Als Lucas ihn vor die Wahl stellte, sich zwischen einem Faustkampf und dem Ziehen seiner Waffe zu entscheiden, verlor er die Fassung.

»Seit sie in der Stadt ist, sind Sie nicht mehr wiederzuerkennen. Sie sind verrückt. Ich lege mich doch nicht mit einem Verrückten an.«

Waggoner drehte sich um und ging.

Sharisse war gereizt, aber ihr Zorn schien Lucas zu gelten. Hatte sie sich etwa nicht vor Leon Waggoner gefürchtet? Lucas wußte nicht, wie ihm geschah.

»Wie machst du das?« beschuldigte sie ihn barsch.

»Was denn, Shari?«

»Manchmal bist du Slade zum Verwechseln ähnlich.«

»So, wirklich?« Er grinste. »Slade wird sich freuen, wenn er das hört.«

»Wieso?« fragte sie vorsichtig.

»Er hat mir alles beigebracht, was ich kann. Du glaubst doch nicht etwa, ein sanftmütiger Mensch wie ich käme hier ohne ein paar Lektionen im Überleben zurecht?«

»Soll das heißen, das alles nur Bluff ist?«

»Natürlich. Was denn sonst?«

Sie runzelte die Stirn. »Warum habe ich dann das Gefühl, daß das, was du sagst, nicht die Wahrheit ist?«

Als er nicht antwortete, fragte sie: »Warum wirst du von der Hälfte aller Menschen hier in der Stadt freundlich behandelt, und warum geht dir die andere Hälfte bewußt aus dem Weg?«

»Das bildest du dir ein, Sharisse.«

»Nein, ganz bestimmt nicht«, beharrte sie. Sein Gesicht zeigte deutlich, daß diese Beobachtung ihm nicht paßte, aber sie mußte Gewißheit haben. »Warum fürchten sie dich, Lucas? Gibt es einen Grund dafür?«

»Sie fürchten sich nicht vor mir, verdammt noch mal. Das weißt du doch selbst.«

»Ist es Slade?«

»Ich möchte wirklich wissen, warum du ständig an Slade denkst!«

»Ich denke doch gar nicht an ihn.«

»So? Ich glaube, mein Bruder hat einen zu starken Eindruck bei dir hinterlassen.«

»Wenn er mich beeindruckt hat, dann damit, daß er arrogant, kalt, herzlos...«

»Das scheint mir doch ein starker Eindruck zu sein.«

»So ein Unsinn!« sagte sie fassungslos. »Ich habe dir doch gesagt, daß ich ihn nicht leiden kann. Ich hoffe, daß ich ihn nie wiedersehe. Aber dann, wenn du dich genauso verhältst wie er, kann ich kaum etwas dagegen tun, daß ich an ihn denke.«

Er sah sie durchdringend an. Was dachte er jetzt? Ahnte er, wie kurz sie davor gestanden hatte, Slades Form von Überredungskünsten zu erliegen?

»In mancher Hinsicht bin ich wirklich ganz wie er, Sharisse«, sagte Lucas schließlich. »Vielleicht ist es gut, wenn du das begreifst.«

Was zum Teufel sollte das jetzt heißen?

27

Sharisse brachte Lucas das Mittagessen in den Stall. Er hatte ihr am Morgen kurz mitgeteilt, er werde mit Billy in die Berge reiten, um nach den Fohlen zu sehen.

Wenn ihr vor drei Wochen jemand gesagt hätte, sie würde sich noch bemühen, diesem Mann zu gefallen, dann hätte sie über diese absurde Vorstellung gelacht. Sie wollte alles tun, damit er sie aus reiner Unzufriedenheit heraus nach New York zurückschickte. Seit ihrem Zusammentreffen mit Leon Waggoner war er mit Sicherheit unzufrieden, und nach ihrer darauffolgenden Auseinandersetzung über Slade hatte er schon fünf Tage lang kaum noch mit ihr gesprochen und sie nicht angerührt.

Es konnte ihr nur recht sein. Schließlich konnte sie jetzt täglich mit einem Brief von Stephanie und mit dem Geld für die Heimreise rechnen. Warum also bemühte sie sich überhaupt um Lucas?

Was für eine undenkbare Situation! Ihre Gefühle waren einfach zu widersprüchlich. Sie war sich nicht mehr sicher, was sie eigentlich wollte. Es war entsetzlich, einen Mann körperlich zu begehren, mit dem sie eine Heirat nie auch nur in Betracht gezogen hätte. Was war bloß los mit ihr? Bei ihr stimmte etwas nicht, und sie mußte die Gefühle ignorieren, die er in ihr wachrief. Sie mußte sich selbst wieder in den Griff kriegen.

Lucas war nicht im Stall, aber Mack war da. Er sattelte gerade sein Pferd, und sie legte die Stirn in Falten.

»Du gehst doch nicht etwa mit Lucas und Billy in die Berge, Mack?«

Er warf ihr einen Blick zu. »Nein, Ma'am. Ich reite in die Stadt, um ein paar Dinge zu besorgen, die Luke letzte Woche vergessen hat.«

»Heißt das, daß Willow und ich hier allein sind?«

Er verstand sie endlich. »Kein Grund zur Sorge, Mädchen. Luke ist in Hörweite, wenn Sie ihn brauchen. Wenn jemand herkommt, den Sie nicht kennen, dann feuern Sie einfach einen Schuß mit der Flinte ab, die über dem Kamin hängt, und schon ist er da.«

»Oh, mir war nicht klar, daß die Fohlen so nah sind.«

»Weiter weg, und sie könnten plötzlich verschwinden«, sagte Mack kichernd. »Indianer, Sie wissen schon«, fügte er dann hinzu.

Sharisse ging nicht darauf ein. Mack machte sich auf den Weg, und Lucas und Billy kamen. Sie saßen auf Decken und wollten die Pferde, deren erster Ausritt es war, auch nicht satteln. Lucas packte das Mittagessen ein, das sie ihnen gebracht hatte, und sah Sharisse auf eine Weise an, daß sie wußte, sie würde von sich aus auf ihn zugehen, wenn er nicht sofort verschwand.

»Wir werden nicht den ganzen Tag brauchen«, sagte er in das angespannte Schweigen hinein. Dann sprang er vom Pferd, riß sie stöhnend an sich und küßte sie.

»Ich habe in letzter Zeit nicht gut geschlafen«, sagte er grinsend. »Vielleicht war ich lange genug ärgerlich.«

»Das finde ich auch.«

Er ließ sie widerwillig los. »Verausgabe dich heute nicht zu sehr«, sagte er beim Aufsteigen.

»Denselben Vorschlag könnte ich dir auch machen.«

Er lachte fröhlich und ritt los. Sharisse stand da und sah ihm zu, während er galoppierte, um Billy einzuholen.

28

Sharisse hatte es bewußt vermieden, an ihren Vater zu denken, seit Emery Buskett ihn erwähnt hatte. Doch heute hatte sie fast den ganzen Tag für sich allein und jede

Menge Zeit, und sie mußte feststellen, daß ihre Gedanken sich um Marcus drehten.

Selbst wenn sie in den nächsten Tagen die finanziellen Mittel bekam, nach Hause zurückzukehren, konnte sie sich nicht direkt nach Hause begeben, noch nicht. Wenn die Belohnung für ihre Rückkehr wirklich so hoch war, wie Emery es behauptet hatte, dann hatte sich seine Wut noch nicht gelegt. Es stand außer Frage, daß sie ihm nicht gegenübertreten konnte, solange er sich nicht beruhigt hatte. Aber noch schlimmer wäre es gewesen, wenn einer seiner Detektive sie fand und sie zu ihm zurückbrachte. Daher konnte sie vorläufig auch nicht nach New York zurückkehren.

Vielleicht konnte sie zu ihrer Tante gehen. Sicher hatte man Tante Sophies Haus bereits überprüft und würde es wohl kaum noch einmal nach ihr durchsuchen. Und ihre Tante würde sich hinter sie stellen, wenn sie erst gehört hatte, wie unvernünftig sich ihr Schwager verhalten hatte, als es um Joel ging. Tante Sophie war romantisch veranlagt.

Ein anderes Problem, das Sharisse beschäftigte, war, daß sie Stephanie wegen ihres Schmucks zur Rede stellen mußte. Ihre Schwester hatte sie bereits einiges gekostet, mehr, als sie hätte ahnen können. Sie konnte die Verzweiflung nachvollziehen, die Stephanie dazu gebracht hatte, und was hatte Sharisse eigentlich wirklich verloren, von ihrer Unschuld einmal ganz abgesehen? Um die Wahrheit zu sagen, vermißte sie sie überhaupt nicht.

Sie lächelte, als sich Lucas wieder in ihre Gedanken einschlich. Sie wünschte, die Zeit würde schneller vergehen. Vorfreude stieg in ihr auf.

Willow und das Baby schliefen, und um sich zu beschäftigen, beschloß Sharisse, sich um den Garten zu kümmern. Sie holte Wasser aus dem Brunnen und beugte sich gerade über den Eimer, um selbst einen Schluck zu trinken, als sie neben ihrem Gesicht ein anderes Spiegelbild im Wasser sah.

Sharisse richtete sich so ruckartig auf, daß ihr Kopf gegen sein Kinn schlug. Der Mann stieß einen Laut aus, sie schnappte nach Luft, und dann starrten sie einander entgeistert an. Sie war so erschrocken, daß sie keinen Schrei herausbrachte. Ein Indianer, klein und staubig – und er sah sie an, als hätte er noch nie in seinem Leben eine weiße Frau gesehen. War er genauso verblüfft wie sie?

Ihr Haar schien ihn besonders zu faszinieren. Sie hatte es gelöst, nachdem Lucas gegangen war, weil sie wußte, daß ihm das so gut gefiel. Aber jetzt griff dieser Wilde nach einer Locke, die ihr über die Schulter fiel. Sollte sie etwa skalpiert werden?

Ihre Stimme ließ sie im Stich, doch ihre Reflexe waren nicht außer Kraft gesetzt. Sie schlug die Hand des Indianers zur Seite und sah in dem Moment einen weiteren Indianer auf einem Pferd um die Hausecke biegen. Nein! Es kamen noch zwei und dann noch mehr.

Sie lief zum Haus und schlug die Tür zu, doch ein Blick auf die vielen offenen Fenster sagte ihr, daß es zwecklos war, die Tür zu verriegeln. Die Flinte über dem Kamin war ihre einzige Chance. Sie hatte natürlich nicht die leiseste Ahnung, wie man damit umging, aber da es ihre einzige Chance war, blieb ihr nichts anderes übrig, als es zu probieren.

Die Hintertür wurde aufgerissen; sie hob die schwere Flinte an ihre Brust und richtete den Lauf auf die Tür. Dazu brauchte sie ihre gesamte Kraft. Als sie das schwere Ding hochriß, drehte sie sich einmal im Kreis, und als sie die Flinte schließlich wieder auf die Tür gerichtet hatte, standen bereits sieben Apachen im Raum, deren unheilvolle Blicke sie erstarren ließen.

Sie geriet in Panik, und ihre Finger drückten auf den Abzug. Wenn es ihr gelang, einen von ihnen zu verwunden, würden die anderen vielleicht verschwinden. Aber nichts geschah. Sie drückte fester. Immer noch nichts. Noch schlimmer war, daß sie sehen konnten, was sie hier versuchte. Sie fingen an, sie auszulachen.

»Du kämst weiter, wenn du auf den Abzug und nicht auf die Sicherung drückst.«

Sharisse wirbelte herum. Die Haustür hatte sich leise geöffnet, und dort stand er. »Lucas! Gott sei Dank!«

Doch als sie sah, wie er gekleidet war, wurde ihr klar, daß es nicht Lucas war. Trotzdem hatte sie noch nie in ihrem Leben beim Anblick eines Menschen eine solche Erleichterung gepackt – selbst wenn es Slade war.

Er kam auf sie zu und nahm ihr die Flinte aus der Hand.

»Du verflucht dämliches Weibstück«, knurrte er so leise, daß nur sie ihn hören konnte. »Wolltest du dich denn unbedingt umbringen lassen?«

Sie erstarrte. »Ich wollte mich verteidigen.«

Er fluchte tonlos vor sich hin, während er die Flinte wieder an ihren Platz legte. Dann sagte er zu den Indianern etwas in deren Sprache, und sie gingen. Als der letzte Indianer durch die Tür gegangen war, lehnte sie sich an die Wand, und allmählich kam wieder eine Spur von Farbe in ihr Gesicht.

»Sie kennen sie?« fragte sie Slade.

»Ja, ich habe sie hierhergebracht. Zwei ihrer Pferde schaffen es nicht bis nach Mexiko. Dort wollen sie hin, und daher wollten sie die Pferde eintauschen.«

Als sie seine Wort erfaßte, explodierte sie. »Sie waren also die ganze Zeit über hier! Sie hätten sich wirklich eher zeigen können! Warum haben Sie das nicht getan?«

Er zog die Augenbrauen zusammen. »Ich glaube, dein Tonfall behagt mir nicht, Frau.«

»So, es behagt Ihnen nicht!« schrie sie ihn an. Sie stieß sich von der Wand ab, kam auf ihn zu und baute sich vor ihm auf. »Ich schere mich einen Dreck darum, was Ihnen behagt. Mir behagt es jedenfalls nicht, wenn man mich zu Tode erschreckt. Ich habe den Eindruck, Ihnen bereitet es ein persönliches Vergnügen, Frauen zu erschrecken.«

»Weißt du, daß du zusammenhanglosen Unsinn redest?«

»Ich rede absolut keinen Unsinn!« rief sie stürmisch. »Sie haben mich absichtlich erschreckt!«

»Du bist hysterisch. Wenn du dich abregen würdest, würdest du selbst sehen, daß du dich wegen nichts und wieder nichts hast erschrecken lassen. Du warst keinen Moment lang in Gefahr.«

»So, und woher hätte ich das wissen sollen?«

»Jetzt könnte ich dich fragen, woher ich hätte wissen sollen, daß du augenblicklich durchdrehst, wenn du meine Freunde siehst. Und da du anscheinend wissen willst, wo ich war – Billys Frau hat uns kommen gehört und mich zu sich gerufen, weil sie mir sagen wollte, daß Luke nicht da ist. Und keine Minute später habe ich deinen Aufschrei gehört und bin herbeigeeilt, um nachzusehen, was hier los ist. Ich hätte dir nicht eher sagen können, daß ich hier bin. Es war rein zeitlich nicht möglich.«

»Eine Minute?« keuchte sie.

War wirklich nicht mehr Zeit vergangen? Wahrscheinlich hatte er recht. Dann hatte er sie also doch nicht erschrecken wollen. Es war nur ein Versehen gewesen. Mit diesen Anschuldigungen, die sie gegen ihn vorgebracht hatte, hatte sie sich wirklich zum Gespött gemacht.

»Ich . . . ich muß mich vielleicht doch bei Ihnen entschuldigen«, sagte sie unbeholfen.

»Vergiß es.« Er ging an ihr vorbei zur Hintertür. Nachdem er die Koppel einen Moment lang beobachtet hatte, teilte er ihr mit: »Sie haben sich die Pferde, die sie wollen, schon ausgesucht.«

»Sollte Lucas nicht vorher gefragt werden?« fragte Sharisse vorsichtig.

»Das würde auch nichts ändern«, erwiderte Slade. »Das da draußen ist eine Räuberbande. Entweder man gibt ihnen, was sie haben wollen, und läßt sie weiterziehen, oder sie nehmen sich, was sie wollen, und es gibt Verletzte.«

Keine Gefahr, hatte er gesagt. »Nette Freunde haben Sie da«, sagte sie hitzig.

Er warf ihr einen Blick zu. »Es ist besser, sie zum Freund als zum Feind zu haben.«

»Reiten sie jetzt weiter?«

Er rief etwas durch die Tür, hob eine Hand zum Abschied und schloß dann die Tür. »Sie sind schon fort.«

»Aber reiten Sie denn nicht mit?«

Er setzte seinen Hut ab und warf ihn auf den Tisch. »Ich habe sie heute morgen erst getroffen und bin nur mit ihnen geritten, weil wir dieselbe Richtung hatten. Sie sind gekommen, um sich Pferde zu holen – und ich bin gekommen, weil ich dich sehen wollte.«

Ganz plötzlich hatte sie die Indianer vergessen. »Sie meinen, Sie wollten Lucas besuchen?«

»Nein, dich. Es paßt mir sogar sehr gut in den Kram, daß Luke nicht da ist.«

Seine Augen hielten ihre Blicke fest, ein so leuchtendes Gelbgrün, daß sie zu glühen schienen. Sie konnte sich nicht von der Stelle rühren, als er auf sie zukam.

»Lucas wird bald zurückkommen«, flüsterte sie atemlos.

»Na und?«

»Sie haben Ihre Zeit vergeudet, wenn Sie nur gekommen sind, um mich zu sehen.«

»Warum überläßt du es nicht mir, das zu beurteilen?«

Er wollte sie packen, doch sie streckte die Hände aus und hielt ihn von sich fern. »Bitte, nicht. Seit ich Sie das letzte Mal gesehen habe ... ich habe mich in der Zwischenzeit an Lucas gebunden. Er und ich ... wir haben ...«

»Er hat dich also in sein Bett gekriegt.« Er verzog spöttisch den Mund. »Ich habe dir bereits gesagt, daß das für mich keinen Unterschied macht.«

Sie holte tief Atem. »Aber für mich!«

»So? Das will ich doch gleich mal sehen.«

Er schlug ihre Hände zur Seite und preßte sie gewaltsam an sich. Sein Mund senkte sich mit roher Gewalt auf ihre Lippen. Sie wand sich, doch nach einem Moment gab sie es auf, denn seine Arme waren wie Stahl. Und dann begann ihr Körper ganz unaufgefordert auf ihn zu reagieren. Und ebenso plötzlich stieß Slade sie von sich.

Sharisse taumelte rückwärts gegen die Wand. Sie war bestürzt. Hatte sie nicht all das schon einmal durchgemacht? In den Bergen, kurz bevor sie Billy getroffen hatte? Auch damals hatte Slade sie nur geküßt, um sie dann abrupt loszulassen. War all das nichts weiter als ein grausames Spiel, das er mit ihr spielte, oder hatte er vielleicht doch ein Gewissen?

»Ich denke, diese Frage dürfte somit beantwortet sein, meinst du nicht?« Slades Stimme war schneidend. »Du bist die wankelmütigste Frau, die man sich nur denken kann. Oder reicht dir mein Bruder vielleicht als Mann nicht aus?«

»Wovon sprechen Sie?« fragte sie zornig. »*Sie* haben *mich* geküßt!«

»Aber du hast meinen Kuß erwidert, Frau.«

Ja, das hatte sie wirklich getan. Himmel, was war bloß los mit ihr? Es waren zwei verschiedene Männer. Warum konnte sie nicht auseinanderhalten? Wenn ihre Sinne nicht derart bestürmt wurden, bereitete es ihr überhaupt keine Schwierigkeiten, die beiden auseinanderzuhalten. Nur wenn sie sie an sich preßten, verlor sie die Kontrolle über sich selbst. Begehrte sie wirklich alle beide? Nein! Das konnte sie nicht von sich selbst glauben. Es war völlig indiskutabel.

»Warum haben Sie mich überhaupt geküßt, wenn Sie keine Reaktion haben wollten?« fragte sie.

»Habe ich das gesagt?«

»Jetzt hören Sie endlich auf, mich zu verwirren. Sie waren wütend. Das können Sie nicht leugnen.«

»So gut kennst du mich also, was?«

Sein Gesicht war jetzt absolut verschlossen, und ein nervöser Schauer lief über ihr Rückgrat. Wie konnte man mit einem Mann umgehen, der die heftigsten Gefühlsregungen absolut verbergen konnte? Er konnte so wütend sein, daß er Mordgedanken hegte, ohne daß sie es auch nur gemerkt hätte.

»Was wollen Sie von mir, Slade?«

»Keine Scheinheiligkeit. Wenn ich mit dir schlafe, will ich hinterher keine Vorwürfe hören.«

»Sie... Sie wollen doch nicht etwa...?«

Sein Lachen schnitt ihr das Wort ab, ein absolut unheimlicher Laut. »Ich habe doch nicht den ganzen Weg zurückgelegt, um jetzt nur zu reden.«

»Aber ich will Sie nicht!«

Sowie sie es ausgesprochen hatte, fiel ihr wieder ein, daß er vom Gegenteil überzeugt war.

»Wenn... wenn ich auf Sie reagiert habe, Slade, dann nur, weil Lucas mich in letzter Zeit vernachlässigt hat.«

Seine Blicke wanderten langsam über ihren Körper. »Wenn du versuchst, mir einzureden, daß er dich jetzt schon satt hat, dann fürchte ich, daß ich dir das nicht glaube.«

»Das habe ich nicht gesagt. Wir hatten eine... Auseinandersetzung... Ihretwegen.«

Sie hätte sich am liebsten selbst geohrfeigt.

»Warum wohl?« sagte er nachdenklich. »Vielleicht ist er dahintergekommen, daß du schon die ganze Zeit nach mir lechzt.«

»Das ist doch absurd! Müssen Sie denn immer die falschen Schlußfolgerungen ziehen? Es war lediglich, weil er sich manchmal so benimmt wie Sie, und das kann ich nicht leiden, und genau das habe ich ihm gesagt. Er ist genauso schlimm wie Sie, wenn es darum geht, falsche Schlußfolgerungen zu ziehen. Er hat angenommen... aber ich denke ja gar nicht daran, Ihnen das zu erklären!«

»Warum denn nicht? Ich bin ganz fasziniert.«

Seine Belustigung trug nur noch zu ihrem Zorn bei. »Ich glaube, Sie haben mich falsch verstanden«, sagte sie so herablassend, wie sie es nur irgend herausbrachte. »Ich kann weder Sie noch irgend etwas an Ihnen leiden. Sie sind ein kalter, dickfelliger Mann, Slade, und Ihre Arroganz ist mir widerwärtig. Sie erinnern mich an meinen Vater, der allerdings nicht annähernd so rücksichtslos ist wie Sie. Ich wäre verrückt, wenn ich Sie wollte, obwohl ich Lucas habe.«

»Obwohl er dich vernachlässigt. Obwohl er dich vielleicht auch weiterhin vernachlässigen wird?«

»Selbst wenn er mich nie mehr anrührt«, sagte sie beharrlich. »Weil er zärtlich und einfühlsam ist und nicht versuchen würde, sich zu nehmen, was ich ihm nicht geben will.«

»Aber erregt er dich denn so wie ich, meine Schöne?«

Im nächsten Moment packte er sie und schlang seine Arme um sie. Sie war darauf vorbereitet, sich zur Wehr zu setzen, ihm zu beweisen, daß sie ihn wirklich nicht wollte, doch er tat das, was sie am allerwenigsten von ihm erwartet hatte, und wieder wurde sie in tiefe Verwirrung gestürzt. Statt sie mit roher Leidenschaft zu bezwingen, bewegte er seine Lippen mit erlesener Zartheit auf ihrem Mund. Er erinnerte sie so sehr an Lucas, daß sie auf ihn reagierte, wie sie auf Lucas reagiert hätte.

Slade beendete den Kuß, doch diesmal ließ er sie nicht los. Seine Augen glühten, als sie sich in ihre Augen gruben und sie schmelzen ließen.

»Du glaubst vielleicht wirklich, daß dir Luke lieber ist, meine Schöne«, flüsterte er, »aber deinem Körper ist es ganz egal, wer von uns beiden mit dir ins Bett geht. Du und ich, wir wissen das. Ich glaube, es ist an der Zeit, daß Luke es auch erfährt. Dein Bett ist ein guter Ort, um es ihm klarzumachen. Dort wird er uns vorfinden, wenn er zurückkommt.«

»Nein!« schrie sie. Er hob sie auf seine Arme und trug sie zum Schlafzimmer. »Oh, bitte, Slade, du verstehst das nicht. Genau das versteht ihr alle beide nicht. Würdest du mir jetzt zuhören?« Sie trommelte mit ihren Fäusten auf seine Brust, bis er stehenblieb und sie seine Aufmerksamkeit ganz für sich hatte. »Wenn du mich küßt und wenn er mich küßt, dann ist es dasselbe. Es besteht kein Unterschied zwischen euch beiden. Ich verstehe selbst nicht, woran das liegt, es sei denn, weil ihr Zwillinge seid. Ihr habt beide dieselbe Macht über mich.«

»Du gibst es also endlich zu?« Sein Tonfall war keineswegs triumphierend.

»Was ich dir sage, ist, daß ich, sowie du mich losläßt und ich wieder klar denken kann, in aller Aufrichtigkeit sagen kann, daß mir Lucas lieber ist. Vielleicht könnte es dir gelingen, von mir zu bekommen, was du haben willst, aber ich hasse dich dafür.«

»Glaubst du wirklich, das stört mich?«

»Ja! Ich bin *nicht* wankelmütig!« Sie sagte es auch zu sich selbst, nicht nur, um ihn zu überzeugen. »Lucas hat mich zu seiner Frau gemacht – nicht von Rechts wegen, aber ich gehöre ihm. Ich will nicht mehr als einen Mann.«

»Um genau das herauszufinden, bin ich hier.«

»Muß ich dich anflehen, mich in Ruhe zu lassen?«

»Tätest du das?« fragte er leise.

»Ja.«

Jetzt triumphierte er. Sie sah es in seinen Augen. Er wollte sie zu allem Überfluß auch noch demütigen. Einen derart widerwärtigen Menschen hatte sie noch nie erlebt. Sie fing an zu weinen.

»Muß das sein?« fragte Slade grob.

Er stellte sie hin und rückte von ihr ab. Sharisse konnte einfach nicht glauben, was hier geschah. Hatte sie wirklich das Mittel gefunden, ihn sich vom Leib zu halten? Sie weinte noch heftiger.

»Hör auf, Frau!« befahl er ihr.

»Läßt du mich in Ruhe?«

»Ja.«

»Schwörst du es?« fragte sie zwischen zwei Schluchzlauten. »Wirst du mich auch nie wieder anrühren?«

»Ich schwöre es, verdammt noch mal!«

Sie beruhigte sich. Sie hatte alles gehört, was sie hören wollte. Als sie sich die Tränen trocknete, sah Slade sie finster an.

»Weißt du, meine Schöne, wenn ich auch nur einen Moment lang glauben könnte...«

»Du hast es geschworen, Slade«, rief sie ihm eilig ins Gedächtnis.

»Ja, das habe ich getan.« Er nahm seinen Hut und blieb in der Haustür stehen.

Impulsiv sagte sie: »Es ist zu schade, daß ihr beide nicht ein und dieselbe Person seid, Slade. Dann würde ich...« Sie unterbrach sich verwirrt. Konnte sie es denn nicht bei diesem guten Ende belassen?

Er lachte. »Dann müßtest du uns nicht beide begehren, ja?«

»Weißt du, Lucas hat wenig von dir, aber du hast nichts von ihm. Geh fort, Slade. Laß uns in Ruhe.«

29

Sharisse saß am Küchentisch, als Lucas und Billy am Spätnachmittag zurückkamen. Sie hatte ein Gebräu vor sich
stehen, von dem sie keine Ahnung hatte, was es war. Sie
war zu Willow gegangen und hatte sie um etwas zur Beru-
higung ihrer Nerven gebeten, und Willow war ihrem
Wunsch nachgekommen, wenn auch ungern. Sharisse
war es ganz gleich, was sie trank, denn nach der zweiten
Tasse, die sie fast geleert hatte, war sie ruhig.

Als sie Lucas in der Tür stehen sah, sah sie im ersten
Moment nur diese verfluchten Wildledderstiefel, und sie
glaubte einen Moment lang, Slade sei zurückgekommen.
Doch das hier war Lucas. Keine Vergleiche mehr.

»Du bist früh wieder da«, äußerte sie.

»Eigentlich bin ich spät dran«, erwiderte Lucas, und
sein Blick fiel auf den Krug, der vor Sharisse stand. »He,
trinkst du da etwa Billys Mescal?«

Sharisse lächelte. »Ich weiß nicht, was es ist. Nach den
ersten Schlucken ist es gar nicht übel. Und du kannst nicht
spät dran sein. Mack ist noch nicht zurückgekommen,
und er hat gesagt, er würde nicht lange fort sein.«

Lucas runzelte die Stirn. »Ist alles in Ordnung mit dir,
Sharisse?«

Seine Sorge tat ihr wohl. »Ja, natürlich. Warum denn
nicht?«

»Willow hat gesagt, daß Slade hier war.«

»Ja, dein liebenswürdiger Bruder hat uns einen Besuch
abgestattet. Weißt du, Lucas, ich glaube, ich habe Slade
falsch eingeschätzt. Er ist eigentlich gar nicht so übel.
Schließlich hat er mich weder vergewaltigt noch umgebracht noch sonst etwas dergleichen.«

Lucas brach in Gelächter aus. »Du bist ja betrunken!«

»Bin ich nicht.«

Er zog sie auf die Füße und legte einen Arm um ihre Taille. »Das ist nicht gerade der Empfang, auf den ich mich so gefreut habe, Schätzchen«, sagte er heiser zu ihr. »Ich habe den ganzen Tag an dich gedacht, aber wie könnte ich deinen jetzigen Zustand ausnutzen?«

»Ausnutzen?« Sie legte die Stirn in Falten, doch dann dämmerte es ihr. »Ach so, das.« Sie schlang ihre Arme um seinen Hals. »Hör mal, Sir, wenn du es nicht tust, werde ich dir das nie verzeihen.«

»Wenn ich was nicht tue?«

»Mich ausnutzen. Ich bestehe darauf.«

»Nun ja, wenn du darauf bestehst.«

Sharisse quietschte, als er sie über seine Schulter warf. Er trug sie direkt in sein Schlafzimmer und ließ sie auf das Bett fallen.

Sie klammerte sich beim Fallen an ihn und vergewisserte sich, daß er neben sie fiel. Was für ein wunderbares Gefühl, ihn bei sich zu haben und keine Schuldgefühle bei dem, was sie empfand, zu spüren. Was sie empfand, war Feuer in ihrem Blut.

»O Lucas, ich will dich ja so sehr.«

Lucas wich zurück. »Das tut er anscheinend jedesmal mit dir, stimmt's?« fragte er, ohne sie aus den Augen zu lassen.

»Tu das nicht. Sprich nicht von ihm«, flehte sie ihn an. »Dich will ich haben, nur dich.«

Seine Augen forschten lange Zeit in ihren Augen, ehe er antwortete: »Ja, das scheint mir auch so zu sein.«

Er begann sie zu küssen, und sie wußte, daß alles wieder gut werden würde. Sie konnte an nichts anderes mehr denken als an ihn, sie spürte die Glut seines Mundes, seinen Körper, der sich an sie preßte.

Doch plötzlich löste er sich von ihr und lauschte.

»Das ist nur Mack, der zurückkommt«, sagte sie, als sie die Hufe hörte.

»Das ist mehr als ein Pferd, Sharisse.«

»Bekommen wir Gesellschaft?« Ihr Mut sank. »Aber wenn wir einfach nicht rausgehen, reiten sie doch sicher weiter, oder?«

»Ich habe die Haustür offen gelassen.«

»Das soll doch nicht etwa heißen, daß jetzt jemand reinkommt, ganz gleich, wer?«

»Die meisten Leute halten es hier so.«

Sie sahen gleichzeitig die Schlafzimmertür an. Auch sie stand offen. Lucas fluchte und stand vom Bett auf.

»Komm.« Er seufzte. »Wenn du mich weiterhin so ansiehst, werde ich jeden Besucher, ganz gleich, wer es ist, erschießen.«

»Nein, das will ich wirklich nicht, Lucas.« Sie kicherte.

Sie drehte sich um, um ihre Kleider glattzustreichen, während Lucas ins Wohnzimmer ging. Als sie zu ihm kam, fand sie zu ihrem Erstaunen Samuel Newcomb vor. Mack und ein weiterer Mann waren bei ihm.

Mack hielt ihr einen Brief hin. »Ich hoffe, es hat keinen Ärger gegeben, Ma'am«, sagte er. »Ich hätte nicht geglaubt, daß ich so lange fort bin, aber mir ist ein alter Kumpel über den Weg gelaufen, den ich seit zwanzig Jahren nicht mehr gesehen habe. Wir mußten ein paar Erinnerungen aufwärmen.«

Sharisse hörte ihn kaum. Ihr war plötzlich ganz komisch zumute. Hier war das, worauf sie so begierig gewartet hatte, ihr Brief. Doch alles, woran sie denken konnte, war Lucas. Hier hielt sie ihre Möglichkeit zur Flucht in der Hand, und dort stand Lucas. Der Gedanke, seine wunderbaren Hände, die ihren Körper zum Leben erweckten, nie mehr zu spüren, ließ sie in Panik geraten.

»Würden die Herren mich bitte für ein paar Minuten entschuldigen? Auf diesen Brief warte ich schon seit langem.«

»Sharisse!«

Lucas war verärgert über die Grobheit, mit der sie die Gäste ignorierte, aber sie konnte es kaum erwarten. »Ich bin sofort wieder da, Lucas«, versicherte sie ihm, ehe sie in ihr Zimmer floh.

Meine liebste Rissy,
Du kannst Dir gar nicht vorstellen, wie schwierig es war, eine Möglichkeit zu finden, Dir diesen Brief zukommen zu lassen. Ich darf nicht mehr tun und lassen, was ich will, und ich darf auch keine Besucher mehr empfangen. Aber Mrs. Etherton hat sich meiner erbarmt, und sie hat mir versprochen, Trudi heimlich ins Haus zu lassen, damit sie mich besuchen kann, und daher werde ich Trudi den Brief mitgeben, damit sie ihn bei der Post aufgibt. Ich habe es nicht gewagt, einen der Dienstboten zu fragen, denn sie hätten es Vater sagen können.
Rissy, es war ganz gräßlich hier. Da Du fort bist, habe ich Vaters Zorn mit voller Wucht abbekommen, und ich fürchte, keiner von uns beiden hat sich vorstellen können, wie wütend er sein kann. Er hat mich von der ganzen Welt abgeschnitten. Ich kann nirgends hingehen, und niemand kann mich besuchen. Sogar die Dienstboten dürfen nicht mehr mit mir sprechen. Und es war mir nicht möglich, Joel auch nur ein einziges Mal zu sehen! Noch nicht einmal dann, als Vater ihn und Mr. Parrington zu sich gebeten hat, um ihnen Deine ›Krankheit‹ zu erklären. Das hat er auch allen unseren Freunden erzählt – daß Du krank bist und daß die Hochzeit noch eine Weile hinausgeschoben wird. Aber das war, als er noch dachte, er würde dich schnell wiederfinden. Inzwischen ist soviel Zeit vergangen, daß er Joels Vater die Wahrheit sagen mußte. Das hat seinen Zorn natürlich nur um so schlimmer werden lassen.
Oh, er war einfach schrecklich, Rissy. Ich sehe in absehbarer Zeit keine Hoffnung für Joel und mich. Wenn ich auch nur Joels Namen ausspreche, geht Vater in die Luft. Aber das ist

noch nicht das Schlimmste. Vater sagt jetzt, wenn Du nicht
innerhalb der nächsten Woche nach Hause kommst, was, wie
wir beide wissen, unmöglich ist, wird er Dich enterben.
Ich könnte nur noch heulen. Es ist alles meine Schuld. Ich weiß
nicht, wie Du mir das je verzeihen kannst. Aber gib bitte die
Hoffnung nicht auf. Ich verspreche Dir, daß ich mir etwas ein-
fallen lasse. Es wird nur noch ein wenig dauern. Zumindest
war ich erleichtert, als ich Deine Beschreibung von Mr. Holt
gelesen habe. Es klingt ganz so, als sei er ein verständiger
Mann, und daher macht es Dir wohl keine Schwierigkeiten,
ihm noch ein wenig länger zur Last zu fallen. Verzweifle
nicht, Rissy.

Sharisse stützte den Kopf in ihre Hände. Verzweifle nicht.
Und das, obwohl dem Brief weder Fahrkarten noch Geld
beigelegt waren? Enterbt innerhalb der nächsten Woche?
Der Brief hatte länger gebraucht, um sie zu erreichen. Was
hieß das alles? Daß sie nicht nach Hause kommen konnte?
Daß sie nie mehr nach Hause kommen konnte? Sollte sie
für alle Ewigkeit hier festsitzen?

Sie blieb über einen längeren Zeitraum regungslos sitzen, wo sie saß. Nach einer Weile hörte sie, daß Lucas die
Tür öffnete. »Ich glaube, du solltest jetzt doch wieder
kommen, Sharisse. Sam hat uns eine kleine Überraschung
mitgebracht.«

Sie hörte, wie gepreßt seine Stimme klang, doch sie
machte sich keine Gedanken darüber. Sie war zu geschafft, um sich auch nur noch mit irgendeinem weiteren
Problem auseinanderzusetzen. Sie stand automatisch auf
und folgte Lucas ins Nebenzimmer.

30

Lucas kehrte im Morgengrauen auf die Ranch zurück und fragte sich, was Sharisse wohl davon halten mochte, daß er sie vor sechs Tagen im Stich gelassen hatte, denn so würde sie sein Verschwinden mit Sicherheit auslegen. Somit war ziemlich klar, wie die Begrüßung ausfallen würde. Aber schließlich hatte er die Katze für Charley gekauft und nicht für sie. Er setzte sie aus und verließ sich darauf, daß Charley sie schnell wittern würde. Im Moment mußte er sich mit seiner eigenen Frau befassen.

Er betrat Sharisses Zimmer, warf Charley hinaus und schloß die Tür. Sharisse erwachte nicht, und er konnte sie in aller Ruhe betrachten. Die Wirkung, die sie auf ihn ausübte, war überwältigend, doch als er den Ring auf ihrem Nachttisch liegen sah, war er sehr schnell wieder ziemlich gereizt.

Übellaunig ließ er sich auf das Bett plumpsen, um sie damit zu wecken. Es gelang.

»Lucas?«

Hörte er Freude aus ihrer Stimme heraus? Nein. Das war die Stimme einer erbosten Frau. Gut so. Warum sollte er auch der einzige sein, der außer sich war?

»Wie ist es dir ergangen, mein Schatz?« fragte er.

»Wie es mir ergangen ist?« keuchte Sharisse. Sie sprang aus dem Bett, schnappte sich ihren Morgenmantel und rückte ein ganzes Stück von ihm ab. »Wie kannst du es wagen, mir diese Frage zu stellen – nach allem, was du getan hast?«

»Ich habe doch gar nichts getan. Ich war nur eine Weile fort.«

»Davon spreche ich nicht!« fauchte sie. »Von mir aus kannst du gleich wieder abhauen. Du hast mich reingelegt, Lucas. Ich hätte diese ganze lächerliche Zeremonie für einen Traum gehalten, wenn Mack mich nicht Mrs. Holt genannt hätte!«

»Dann war es also wirklich Panik, was ich in deinem Gesicht gesehen habe, als ich dich dem Geistlichen vorgestellt habe. Und ich habe mir eingeredet, du seist nur überrascht.«

Sein Sarkasmus ließ Sharisse verstummen. Warum mußte diese Auseinandersetzung denn ausgerechnet jetzt stattfinden, zu einer Zeit, zu der sie noch gar nicht richtig wach war? Sie hatte ihre wahren Gefühle vor ihm verbergen wollen, und jetzt bestätigte sich auch noch ihr Verdacht – daß ihn der Priester, den Samuel Newcomb mitgebracht hatte, noch mehr aus der Fassung gebracht hatte als sie.

»Es war nichts anderes als Erstaunen, Lucas«, sagte sie mit ruhigerer und sachlicherer Stimme. »Aber ich kann es nicht leiden, wenn man mich derart übergeht.«

»Ich dachte, du hättest von ›reingelegt‹ gesprochen.«

»Wie soll ich mir denn sonst vorkommen?« brachte sie zu ihrer Verteidigung hervor. »Zum ersten war ich an dem Tag überhaupt nicht ich selbst. Ich hatte dieses üble Gebräu getrunken, das Willow mir gegeben hat. Und vorher hatte mich ein halbes Dutzend Indianer so erschreckt, daß ich fast den Verstand verloren hätte, ganz zu schweigen von deinem Bruder. Und als Krönung des Ganzen... na ja, reden wir nicht mehr davon«, räumte sie schnell ein. »Himmel, ich kann mich nicht einmal mehr an die Hälfte dessen erinnern, was sich an diesem Tag abgespielt hat.«

»Was macht das für einen Unterschied? Da der Priester schon danebenstand, konntest du ohnehin keine größeren Entscheidungen mehr treffen. Daran erinnerst du dich doch, oder? Oder waren dir die Zeit und der Ort wichtiger als dein Ruf?« Sie drehte ihm beleidigt den Rücken zu, und er sagte hämisch: »Nein, das dachte ich mir.«

Lucas warf wütende Blicke auf ihren Rücken. Vielleicht

hatte sie nicht die Wahl gehabt, aber er hätte alles verhindern können. Er hätte Sam und den Geistlichen aus dem Haus werfen können, wenn er Lust gehabt hätte. Aber nein, er hatte in erster Linie an Sharisse gedacht, an Sharisse und ihr verfluchtes Zartgefühl. Er hatte es einfach nicht über sich gebracht, sie vor Sam zu beschämen, indem er sich weigerte, sie zu heiraten. Was war er doch für ein Gentleman.

Aber das, was ihn so erboste, war gar nicht, daß er sie geheiratet hatte. Die Eheschließung war ohnehin nicht rechtskräftig, wenn er sich nicht entschloß, sie anzuerkennen. Das wußte sie natürlich nicht. Er war wütend, weil er die Kontrolle über die Lage verloren hatte.

Zum Teufel mit Newcomb und seinen Einmischungen. Dieser Lump hatte auch noch geglaubt, den beiden einen Gefallen zu tun, indem er den Geistlichen auf die Ranch brachte, aber alles, was damit erreicht war, lief nur darauf hinaus, daß Lucas' Pläne nicht mehr aufgingen. Sechs Tage hatte er jetzt herumgegrübelt, und trotzdem wußte Lucas immer noch nicht weiter. Verdammt noch mal!

Vielleicht war es das Beste, wenn Sharisse weiterhin wütend auf ihn war. Mit Sicherheit würde es dadurch für sie beide leichter sein, wenn die endgültige Trennung kam.

»Weißt du was, Sharisse? Wenn ich dein Verhalten sehe, könnte ich fast glauben, daß du gar nicht heiraten wolltest.«

Seine Mutmaßung, die nur zu sehr der Wahrheit entsprach, ließ die Wut, die in ihr siedete, überkochen. »Wie kannst du so etwas behaupten?« gab sie zurück. Mit großen Schritten kam sie auf ihn zu. Sie hatte die Arme in die Hüften gestemmt. »Bin ich etwa nicht hierhergekommen, um zu heiraten? Habe ich denn nicht das Recht, erbost zu sein, wenn plötzlich alles ganz anders aussieht? Du hast mir gesagt, du würdest mir Zeit lassen, mich hier einzugewöhnen, Zeit, dich kennenzulernen. Das hast du mir selbst gesagt. Und ich war noch keine fünf Wochen hier, als wir auch schon verheiratet waren.«

»Ich finde, du hast mich in dieser Zeit recht gut kennengelernt«, sagte er höhnisch.

Sie errötete. »Darum geht es nicht«, beharrte sie. »Und außerdem – wenn das Verhalten von einem von uns beiden viel zu wünschen übrigläßt, dann ist es das deine. Du kannst nicht abstreiten, daß du an diesem Tag außer dir vor Wut warst, Lucas. Du warst so wütend, daß du direkt nach dem Geistlichen verschwunden bist, ohne dich auch nur zu verabschieden. Und du bist immer noch wütend. Ich wüßte wirklich gern, warum.«

Lucas sah ihr fest in die Augen. Er hatte jetzt zwei Möglichkeiten. Er konnte Sharisse beschwichtigen und ihre Beziehung wieder so werden lassen, wie sie vorher gewesen war. Oder er konnte zur Abwechslung ehrlich sein, womit er sie allerdings gegen sich aufbringen würde, und zwar endgültig. Wählte er die erste Möglichkeit, so nutzte das ihm, wählte er die zweite, so nutzte es ihr.

Um ihretwillen hatte er keine Wahl, und es blieb ihm nur eine Möglichkeit. Mit einstudierter Gleichgültigkeit sagte er: »Wenn ich hier ein wenig verstört wirke, dann liegt das ganz einfach daran, daß ich nie die Absicht hatte, dich zu heiraten, Sharisse.«

Sie starrte ihn stumm und ungläubig an.

»Was?«

»Es ist die Wahrheit.«

Sharisse war ganz elend zumute. All die Jahre, in denen sie sich wegen ihrer Größe und ihres zu dunklen Teints unattraktiv gefühlt hatte, brachen wieder über sie herein.

»Das verstehe ich nicht, Lucas. Ich . . . ich weiß, daß du geglaubt hast, vielleicht sei Stephanie deine Braut, aber du hast gesagt, daß das keine Rolle spielt. Und jetzt sagst du, daß es dich doch stört. Warum hast du mich nicht auf der

Stelle wieder nach Hause geschickt, wenn du mich so indiskutabel findest?«

Der gequälte Blick in ihren Augen zerriß ihn innerlich. Er wollte sie in Wut bringen, nicht sie verletzen.

»Verdammt noch mal, du hast mich völlig falsch verstanden«, sagte er eilig. »Ich habe nichts gegen dich einzuwenden, Sharisse. Hör mal, ich habe noch nie eine begehrenswertere Frau als dich gesehen. Ich wollte nur einfach gar nicht heiraten – keine Frau, ganz gleich, wen. Das ist nicht persönlich gemeint.«

»Aber du hast eine Heiratsanzeige aufgegeben.«

»Ja, das habe ich getan.«

»Ohne jede Absicht, das Mädchen zu heiraten?«

»Ja, das stimmt.«

»Aber warum?« rief sie aus.

»Das, mein Liebling, geht dich nichts an.«

»Das geht mich nichts an? Oh...!« Sie wandte ihm wieder den Rücken zu, wirbelte jedoch bereits im nächsten Augenblick wieder herum. »Du hast mich ohne ehrenwerte Absichten verführt!«

»Ich habe keine Klagen aus deinem Mund vernommen.«

Sie ohrfeigte ihn, und sie hätte ein zweites Mal zugeschlagen, wenn er ihre Handgelenke nicht festgehalten hätte. »Du bist widerwärtig, Lucas!«

»Ja, vielleicht«, seufzte er. »Aber jetzt laß uns über dich reden und darüber, wer du wirklich bist.«

Ihr Herz setzte einen Schlag lang aus. »Was... was meinst du damit?« fragte sie wachsam.

»Denk mal darüber nach. Wenn eine Frau behauptet, verwitwet zu sein, dann kann man davon ausgehen, daß sie keine Jungfrau mehr ist. Wie erklärst du den Umstand, daß du jungfräulich warst?«

»Du hast es gewußt?« fragte sie atemlos. »Warum hast du kein Wort gesagt?«

Lucas zuckte die Achseln. »Ich wollte dich nicht in Verlegenheit bringen.«

»Ach, aber jetzt bringst du mich seelenruhig in Verlegenheit, weil ich deine Frau bin?«

Sie war viel zu wütend, um zuzulassen, daß er den Spieß umdrehte – nicht nach dem, was er gerade selbst eingestanden hatte. Im Lichte dieses Geständnisses lösten sich ihre eigenen Schuldgefühle auf.

»Laß mich los, Lucas«, forderte sie mit eisiger Stimme.

»Wirst du deine Hände ruhighalten?«

»Die Ohrfeige hast du dir verdient.«

»Das, was ich verdient habe, deckt sich nicht immer mit dem, was ich bereit bin hinzunehmen, Sharisse«, erklärte er ihr barsch. »Außerdem haben wir gerade über dich gesprochen.«

Er ließ sie los, und sie rieb sich die Handgelenke, während sie ihn wütend anfunkelte. Sie suchte rasend nach Vorwänden, mit denen sie seine Neugier beschwichtigen konnte, ohne irgend etwas einzugestehen.

»Lucas«, setzte sie mit leiser Arroganz an, »wenn ein Mann selbst nicht aufrichtig ist, neigt er dazu, anderen skeptisch gegenüberzustehen.«

»Natürlich, wenn er guten Grund dazu hat. Deine angebliche frühere Ehe ist stark anzuzweifeln.«

»Bist du je auf den Gedanken gekommen, mein Mann könnte ein Problem gehabt haben? Er könnte die Ehe vielleicht einfach nicht vollzogen haben? Es ist ein Jammer, aber nicht alle Männer sind so gesund und kräftig wie du. Deshalb habe ich mich aber nicht weniger mit ihm verheiratet gefühlt.«

Lucas schnitt eine Grimasse. Himmel, sie war wirklich bei all dem das unschuldige Opfer gewesen. Er würde die Meinung, die er sich von ihr gemacht hatte, noch einmal gründlich überdenken müssen. Und, verdammt noch mal, er konnte schon jetzt sehen, wie sich seine Schuld anhäufte und er etwas dämlich Edles tun würde, um alles wiedergutzumachen.

»Wenn du eine Nichtigkeitserklärung dieser Ehe wünschst«, bot Lucas ihr ruhig an, »dann ist das unter den gegebenen Umständen machbar.«

»Natürlich will ich das«, sagte Sharisse steif. »Du glaubst doch nicht etwa, ich würde bei einem Mann bleiben, der mich nicht haben will.«

Er sah auf den Fußboden. »So sei es denn. Aber bis dahin wirst du hierbleiben. Und wenn es sich so leicht regeln läßt – mit einer Ungültigkeitserklärung anstelle einer Scheidung –, dann halte dich um Himmels willen besser fern von mir. Denn daß ich dich begehre, stand immer außer Frage.«

Es entstand ein Schweigen, ehe sie sagte: »Warum kann ich nicht gleich fortgehen?«

»Ich bin pleite, Sharisse. Ich kann es mir nicht leisten, dich fortzuschicken, von New York ganz zu schweigen. Du willst doch nach New York gehen, oder?«

»Ja. Wie lange kann es dauern, Lucas?«

»Wozu so eilig? Du bist doch hergekommen, um zu heiraten, oder hast du das etwa vergessen?« schleuderte er ihr an den Kopf. »Betrachte dich für den Moment als verheiratet, ja?«

»Ich finde diese Situation untragbar«, sagte sie mit flacher Stimme.

»Glaubst du etwa, daß es mir behagt? Am liebsten würde ich dich mit Küssen zum Schweigen bringen, aber ich habe nicht vor, dem Übel, das ich dir bereits zugefügt habe, noch mehr hinzuzufügen.« Er stand auf und ging zur Tür. »Aber der Grund, aus dem ich dich gebraucht habe, ist noch da, und da wir jetzt verheiratet sind, würden zu viele Fragen aufgeworfen, wenn du weggingst. Du wirst mit mir gemeinsam abwarten müssen, bis es vorüber ist, Sharisse.«

»Und du bist nicht bereit, mir den Grund zu sagen?«
»Nein.«

»Dann geh jetzt, Lucas. Und sei bitte so anständig, keinen Fuß mehr in dieses Zimmer zu setzen.«

Er verließ sie. Es tat ihm leid, daß er sie verletzt hatte, er sehnte sich schmerzlich danach, sie zu lieben, und er war voller Reue und Sorgen.

31

Der Wunsch zu gehen war etwas ganz anderes, als tatsächlich den Mut aufzubringen, fortzugehen. Das mußte Sharisse bald feststellen. Sie wäre nicht ganz so verzweifelt gewesen, wenn er ihr wenigstens gesagt hätte, wie lange sie noch hier bleiben mußte; schließlich konnte es sich um Jahre handeln. Ein weiteres Problem bestand darin, daß sie nicht so ohne weiteres in die Stadt gehen und Samuel Newcomb um Hilfe bitten konnte, da Lucas das Recht hatte, sie zurückzuhalten. Sie war rechtsgültig mit ihm verheiratet. Und sie wußte, daß es nur eine Frage der Zeit war, wann sie Lucas all das verzeihen würde. Sie hätte diesem Mann alles verziehen. Wenn sie wieder ein Liebespaar würden, hätte sie nicht mehr die Kraft, die Ehe für ungültig erklären zu lassen. Sie mußte auf der Stelle fortgehen.

Sie bat Mack, ihr ein Pferd zu satteln, und als sie Charley schließlich im Stall fand, reagierte er nicht im mindesten auf ihre Stimme.

Zu ihrem Erstaunen sah Sharisse eine zweite Katze. Lucas mußte sie mitgebracht haben. Wie reizend von ihm! Aber sie durfte nicht zulassen, daß ein so simpler Umstand sie in ihrem Vorhaben beirrte. Sie mußte sich alles andere wieder ins Gedächtnis rufen, was er getan hatte.

Charley wollte seine neue Freundin offensichtlich nicht verlassen, doch Sharisse hatte nicht vor, ihn hierzulassen. Sie sperrte ihn in sein Körbchen und eilte weiter. Mack war ihr nicht gefolgt und hatte daher auch nicht sehen können, daß sie ihre Habe auf das Pferd band. Das einzige, was sie jetzt noch zu tun hatte, war, sich von Willow und deren Baby zu verabschieden.

Es war ein tränenreicher Abschied. Willow versuchte nicht, sie aufzuhalten. Sie stellte keine Fragen und schien sich vorstellen zu können, was Sharisse empfand.

Sharisse erreichte ohne jeden Zwischenfall die Stadt. Sie ließ das Pferd im Stall stehen, damit Lucas es dort finden konnte, und dann machte sie sich auf den Weg zum Hotel. Wilber, der vor dem Postamt saß, rief ihr zu, er habe einen Brief für sie.

Dieser Umstand an sich war schon eine Überraschung, doch das, was in dem Umschlag steckte, ließ sie einen Freudenschrei ausstoßen. Geld! Mehr als genug für ihre Heimreise. Sie konnte ihr Glück kaum fassen, daß das Geld ausgerechnet dann kam, wenn sie es am dringendsten brauchte. Jetzt brauchte sie niemandem mehr zur Last zu fallen und auch nicht das Risiko eingehen, Samuel Newcomb um Hilfe zu bitten. Sie konnte Newcomb verlassen, ehe Lucas auch nur etwas von ihrem Verschwinden ahnte.

Sharisse ging direkt zur Postkutsche, ohne sich auch nur die Zeit zu nehmen, Stephanies Brief zu lesen. Ihre einzige Sorge war, wann die nächste Kutsche fuhr. Ihre Glückssträhne hielt an, denn die Kutsche hatte Verspätung und wurde jeden Moment erwartet.

Das Warten war nervenaufreibend. Selbst, als die große, behäbige Kutsche in die Stadt rollte, mußte Sharisse noch eine weitere Stunde warten, weil die Pferde gewechselt wurden und der Kutscher eine Mahlzeit zu sich nahm.

Sie wartete in der Kutsche. Es war der reinste Backofen. Die Ledergardinen waren vorgezogen, doch hier konnte sie sich verbergen.

Sie fing gerade an, sich zu entspannen, als die Tür sich öffnete, Slade in die Kutsche stieg und sich neben sie setzte. Sie war absolut versteinert.

»Wie...?«

»Hab' dich in die Stadt kommen sehen«, sagte er. »Seit dem Moment an beobachte ich dich.«

»Aber was tust *du* in Newcomb?«

»Ich treibe mich nach Lust und Laune rum.« Seine Augen durchbohrten sie. »Und wohin fährst du, meine Schöne?«

Sie preßte die Lippen zusammen, denn ihm brauchte sie überhaupt nichts zu sagen.

»Keine Antwort?« fragte er forschend.

»Das geht dich nichts an«, sagte sie verbissen.

»So, da wäre ich mir nicht so sicher.« Er lehnte sich auf dem Sitz zurück und sagte in einem allzu beiläufigen Tonfall: »Ich habe Luke vor ein paar Tagen in Tucson gesehen. Ich habe ihm wohl nicht so recht geglaubt, als er gesagt hat, daß er die Schlinge zugezogen hat. Ich bin hergekommen, um die Wahrheit herauszufinden. Allerdings habe ich von etlichen Leuten gehört, daß ein Geistlicher eine ehrbare Frau aus dir gemacht hat.« Er seufzte. »Ehrbare Frauen habe ich noch nie gemocht.«

»Ist es nicht vielleicht umgekehrt?« fragte sie. »Daß die ehrbaren Frauen dich nicht mögen?«

Er lächelte. »So, meinst du? Aber wir haben gerade von deinem neuen Status gesprochen, Mrs. Holt, und darüber, ob das, was du tust, mich etwas angeht oder nicht. Mir scheint, solange du mit meinem Bruder verheiratet bist, geht es mich etwas an.«

»Unsinn«, fauchte Sharisse. »Du hast dir nie etwas aus deinem Bruder gemacht. Seine Gefühle haben dich nicht interessiert. Warum also willst du plötzlich seine Interessen wahren?«

»Wer spricht denn von seinen Interessen? Der Name, den du jetzt trägst, ist auch mein Name, meine Schöne. Glaubst du, ich will, daß es heißt, ein Holt könnte seine Frau nicht halten?«

Ehe sie auch nur ein Wort sagen konnte, fuhr er fort. »Du bist allein hier. Das sagt mir, daß Luke nichts davon weiß, daß du fortgehst. Und ich dachte wirklich schon, du wolltest nur ihn. Das hast du mir doch selbst gesagt, oder etwa nicht?« fragte er höhnisch.

»Laß mich in Ruhe, Slade.«

Sie wandte sich ab, doch er packte ihr Kinn und zwang sie, ihn anzusehen. »Antworte mir.«

»Ja!« Und dann: »Ja, er war das einzige, was ich wollte. Aber das spielt jetzt keine Rolle mehr, weil er gar keine Frau haben will. Mit diesem Wissen kann ich nicht hierbleiben!«

»Vielleicht weiß er selbst nicht, was er will«, bemerkte Slade auf seine unergründliche Weise. »Hast du dich in ihn verliebt?«

»Aber gewiß nicht«, erwiderte sie zu überstürzt. »Und du brauchst dir auch keine Sorgen zu machen, Slade. Lucas läßt mich mit Freuden gehen. Er erwartet von mir, daß ich die Ehe für ungültig erklären lasse. Ich werde ihn nicht enttäuschen. Ich werde sobald wie möglich dafür sorgen.«

Er sah sie nachdenklich an und sagte dann: »Wenn das so ist, dann möchte ich doch, solange du noch seine Braut bist, auf eine alte Sitte zurückgreifen.«

Sie streckte ihm die Hände entgegen, um ihn zurückzuhalten. »Nein, Slade!«

Sein Mund schloß sich über ihren Lippen, und er küßte sie roh und prüfend. Wogen der Erregung durchfluteten sie. O nein, nicht schon wieder, dachte sie verzweifelt.

Doch sie preßte sich dichter an seinen kräftigen Körper, selbst dann noch, als sie versuchte, sich von ihm zu lösen.

Als er sie losließ, war sie benommen und atemlos.

Und dann war er verschwunden, so plötzlich, wie er aufgetaucht war.

32

Billy blieb abrupt stehen, als er in den Stall kam und sah, daß Lucas sein Pferd mit mehr bepackte, als er für eine lange Reise gebrauchen konnte. »Willow hat mir gesagt, daß deine Frau abgehauen ist. Holst du sie zurück?«

Lucas machte sich nicht die Mühe, zu ihm aufzublicken. »Nein.«

»Was soll das dann alles heißen? Du warst doch gerade eine Woche weg. Wo hast du überhaupt gesteckt?«

»Ich habe mich rumgetrieben.«

»Ach«, sagte Billy zynisch.

Lucas kicherte in sich hinein. »Seit wann bist du so neugierig, wenn es um mich geht?«

»Seit du an dem Tag verschwunden bist, an dem du geheiratet hast«, erwiderte Billy. »Ich habe mir überlegt, daß du die Ehe vielleicht nicht allzu gut verträgst.«

»Tu' ich auch nicht.«

»So was, Luke, und dabei dachte ich, daß du sie gern hast.«

Lucas zuckte abwehrend die Achseln. »Das hat nichts damit zu tun. Ich bin nicht so wie du, Billy. Ich wollte einfach keine Frau haben, das war alles.«

»Warum hast du dich dann von mir dazu überreden lassen, eine Anzeige aufzugeben?« Billys Stimme wurde schrill vor Empörung. »Du impfst mir ganz scheußliche Schuldgefühle ein, Luke. Willow hat gesagt, ich würde es noch bereuen, daß ich mich in dein Leben eingemischt habe.«

»Vergiß es. Ich habe mitgespielt, weil es mir als eine gute Idee erschienen ist. Es war nicht deine Schuld. Ich hatte nie wirklich vor, das Mädchen zu heiraten.«

»Hat sie das gewußt?«

»Jetzt weiß sie es.«

Billy stieß einen leisen Pfiff aus. »Somit bist du jetzt verheiratet und hast doch keine Frau, die du vorzeigen kannst. Willst du es dabei belassen?«

Lucas seufzte.

»Deshalb ist sie also weggegangen?« fragte Billy.

Lucas nickte. Er zog in Erwägung, Billy zu erklären, daß diese Eheschließung nicht unbedingt rechtskräftig war, doch dann entschied er sich dagegen. »Ich brauche nichts zu unternehmen, Billy. Sharisse wird sich darum kümmern, diese Ehe zu beenden, sobald sie wieder in New York ist.«

»Bist du sicher?«

»Ich bin ganz sicher.«

Billy runzelte die Stirn. »Hast du vor, den Friedhof in Tucson wieder aufzusuchen?« fragte er vorsichtig. »Packst du deshalb soviel Zeug zusammen?«

»Das habe ich vor ein paar Tagen schon getan.« Endlich sah Lucas ihm ins Gesicht. »Ich gehe fort von hier.«

»Nein!«

Lucas mußte lachen. Billy sah mit seinen ungläubigen Kulleraugen gar nicht mehr wie Billy aus.

»Warum überrascht dich das so sehr?« fragte Lucas. »Du wußtest doch, daß ich bald fortgehe.«

»Ja, aber doch jetzt noch nicht. Es ist noch nicht vorbei. Wie kannst du fortgehen, solange es noch nicht erledigt ist?«

Lucas zuckte die Achseln. »Die letzte Phase ist angebrochen. Ich werde hier nicht mehr gebraucht.«

»Ich kann es einfach nicht glauben. Nach all der Zeit, die du hineingesteckt hast, damit deine Pläne sich verwirklichen lassen?«

»Genau das war es, Billy. Ich war lange genug hier.«

»Du gehst, weil sie fort ist, stimmt's?«

»Vielleicht«, räumte Lucas unwillig ein. »Aber was macht das für einen Unterschied? Den Rest kannst du abwickeln. Die vielen Dankesschreiben von den verschiedenen Wohltätigkeitsorganisationen, denen sie Sams Geld nachgeworfen haben, liegen in meinem Zimmer. Du brauchst nur noch dafür zu sorgen, daß er sie bekommt, sobald Buskett Bescheid gibt, daß Sams Ranch verkauft ist und daß Sams letztes Geld für gute Zwecke ausgegeben worden ist. Er ist nicht dumm. Er wird augenblicklich erkennen, daß er seinen gesamten Besitz los ist. Die Bank habe ich selbst gekauft, damit ich diese gesamten Hypotheken löschen kann. Ich schicke dir jemanden, der das übernimmt.«

»Findest du, das ist die Ausgaben wert?«

»Ja. Ich will, daß die Leute hier die Freiheit haben, in Städte weiterzuziehen, die aufblühen, wenn sie sich dazu durchringen können.«

»Du weißt selbst, daß alle fortgehen werden. Diese Stadt wird innerhalb von einem Jahr ausgestorben sein. Mensch, Luke, ich dachte, du wolltest Newcomb diesen letzten Schlag selbst verpassen«, murrte Billy. »Was soll denn das für eine Rache sein – einfach abzuhauen, ohne auch nur sein Gesicht zu sehen, wenn er diese Briefe liest? Ich kann dich einfach nicht verstehen.«

»Es ging nie um Rache, Billy. Es ging um Gerechtigkeit. Und der Gerechtigkeit ist Genüge getan. Außerdem kann ich mir sein Gesicht vorstellen«, sagte Lucas grimmig. »Ich brauche nicht hier zu sein, um es selbst zu sehen. Ich habe ihn fertiggemacht. Er ist erledigt. Der nächste Schritt wird sein, daß seine Frau und dieses kleine Heer, das ihm das Gefühl gibt, ein König zu sein, ihn verlassen. Dann hat er nichts mehr außer dieser Suite in einem Hotel, das ohnehin nie Einnahmen abgeworfen hat, und bald wird dieses Hotel von einer Geisterstadt umgeben sein.«

»Was wird aus der Ranch hier?«

»Verkauf sie, wenn du einen Dummen findest. Oder behalte sie, wenn du Lust hast. Für mich macht es keinen Unterschied, was du damit anfängst. Du kannst sie gerne haben.«

»Wahrscheinlich gehe ich wieder ins Reservat. Willow gefällt es dort besser.«

»Das dachte ich mir.«

»Und du?«

»Henri Andrevie hat mir geschrieben, daß er sich eine Weile in New Orleans aufhalten wird, ehe er wieder nach Frankreich segelt, um dort die Casinos aufzusuchen. Ich glaube, ich schließe mich ihm an.«

»Ist das nicht der Halunke, der dir soviel beigebracht hat?«

»Genau der. Er hat nie verstanden, warum ich das Gesellschaftsleben aufgeben und Rancher werden wollte. Vielleicht erkläre ich es ihm jetzt, damit er etwas zum Lachen hat.«

»Vielleicht solltest du das besser bleiben lassen. Er könnte sich ausrechnen, wie sehr du ihn früher ausgenutzt hast.«

»Ich vermute, du hast recht«, räumte Lucas ein.

Er sah Billy ein letztes Mal an. Wie gut sie einander doch verstanden. Diesen Freund würde er vermissen.

»Glaubst du, du kommst mal wieder?« fragte Billy mit traurigem Gesicht.

»Das kann man nie wissen«, sagte Lucas. Seine einzige Sorge war, daß Sam Newcomb sich nicht an Jake Holt erinnern würde. Es war wichtig, daß er wußte, wem er sein Verderben zu verdanken hatte. Doch wenn er lange genug darüber nachdachte, würde er schon darauf kommen.

33

»Ist das deine erste Reise in die Großstadt, mein Kind?«
fragte die elegant gekleidete Dame, die neben Sharisse
saß, herablassend.

»Ich bin in New York zu Hause«, erwiderte Sharisse automatisch.

»Oh.«

Die Dame wandte sich ab. Sie hatte das Interesse verloren, da sich ihr keine Gelegenheit bot, das Mädchen vom
Lande mit Geschichten aus der Großstadt zu verwirren.
Sharisse zuckte die Achseln und sah wieder aus dem Fenster.

Sie sah wirklich aus wie vom Lande, doch auf dieser
Reise hatte sie ganz andere Sorgen gehabt, als auf ihr Äußeres zu achten.

In weniger als einer Stunde würde sie zu Hause sein.
Was erwartete sie dort? Aus dem Brief, der in ihrer Handtasche steckte, konnte sie sich beim besten Willen nichts
zusammenreimen. Sharisse hatte ihn seit ihrer Abreise
aus Newcomb schon so oft gelesen, daß sie ihn auswendig
konnte, doch sie war immer noch nicht dahintergekommen, was das alles heißen sollte.

Sie zog Stephanies zerknitterten Brief wieder heraus
und versuchte ein letztes Mal, etwas daraus zu entnehmen.

Meine liebe, liebe Rissy,
meine Träume sind endlich wahr geworden. Joel und ich haben
gestern abend heimlich geheiratet. Das muß Dir schrecklich

235

plötzlich vorkommen, vor allem nach meinem letzten Brief. So war es auch. Oh, ich wünschte, ich hätte gewartet, ehe ich Dir diesen Brief geschrieben habe, aber ich hätte nicht geglaubt, daß Joel die Dinge so schnell regeln könnte. Aber er hat es getan. Und jetzt muß ich Dir gestehen, daß ich Dich belogen habe.

Oh, Rissy, Du mußt es einfach verstehen. Als Du geschrieben hast, daß Du augenblicklich wieder nach Hause kommen willst, wußte ich einfach nicht, was ich sonst hätte tun sollen. Ich konnte nur versuchen, Dich davon zu überzeugen, daß das nicht geht. Es war einfach noch zu früh. Vater war ganz krank vor Sorge um Dich, aber es war nie die Rede davon, die Hochzeit ausfallen zu lassen. Er war nicht bereit, auch nur ein Wort mit mir darüber zu reden, und ich dachte, wenn Du zurückkommst, zwingt er Dich, Joel zu heiraten.

Verstehst Du, er wollte Edward Parrington gegenüber einfach nicht zugeben, daß Du fortgelaufen bist. In dem Punkt habe ich Dich belogen, Rissy. Er hat mit niemandem gesprochen, weil er viel zu sehr um Dich besorgt war, als daß er noch wütend hätte sein können. Am zweiten Tag nach Deiner Abreise ist es dazu gekommen. Ich war diejenige, die Deine Abwesenheit jedem gegenüber mit Ausflüchten vertuscht hat. Natürlich wären Sheila und andere Freundinnen von Dir gern gekommen, um Dich zu besuchen, solange Du krank bist, und daher habe ich ihnen gesagt, daß Du nicht krank bist, sondern Tante Sophie, und daß Du zu ihr gefahren bist, um Dich um sie zu kümmern.

Es glauben immer noch alle, daß Du vorhast, Joel zu heiraten, aber wir können immer noch behaupten, Du hättest es Dir anders überlegt, während Du fort warst. Später, wenn eine gewisse Zeit vergangen ist, können wir dann öffentlich bekanntgeben, daß Joel und ich gemeinsam durchgebrannt sind. Auf die Weise erfährt niemand, daß Du ausgerissen bist.

Das klingt sicher alles recht verzwickt, aber in Wirklichkeit ist es das gar nicht. Ich hätte Dich nie belogen, wenn ich nicht

derart verzweifelt gewesen wäre, Rissy. Und glaube nicht, ich
sei völlig herzlos gewesen, was Vater angeht. Ich habe ihm
nicht gesagt, wo Du bist, aber ich habe ihn wissen lassen, daß
Du geschrieben hast und daß es Dir gutgeht. Ich habe ihm
auch gesagt, Du würdest bald wieder nach Hause kommen.
Komm bitte wirklich bald, Rissy, ehe er vor Kummer krank
wird.
Sei bitte nicht böse auf mich, Rissy. Ich habe wirklich versucht,
Dir zu verstehen zu geben, daß alles gut ausgeht, als ich Dir
gesagt habe, Du solltest nicht verzweifeln. Erinnerst Du
Dich? Du hast es doch sicher verstanden?

Sharisse steckte den Brief wieder ein. Es half nichts. Sie
konnte sich immer noch kein Urteil darüber bilden, ob Stephanie ihr diesmal die Wahrheit schrieb oder ob ihr Vater
herausgefunden hatte, daß Stephanie wußte, wo sie war,
und ob er sie gezwungen hatte, diesen Brief zu schreiben,
damit Sharisse wieder nach Hause kam. Würde sie Marcus Hammond von seiner schlimmsten Seite erleben, oder
hatte er sich wirklich so große Sorgen um sie gemacht, daß
er sie mit Freuden wieder aufnehmen würde?

Der Gedanke, Stephanie könnte ihr in diesem Brief etwas vorgemacht haben, war ihr verhaßt. Aber noch weit
schlimmer war es zu akzeptieren, daß dieser erste Brief
eine Lüge gewesen sein sollte. Einen Fremden mit Lügen
hinters Licht zu führen, wie sie es getan hatte, war eine Sache. Aber die eigene Schwester bewußt hinters Licht zu
führen! Schließlich war dieser erste Brief indirekt schuld
daran, daß sie jetzt verheiratet war! Wenn er nicht zu dem
Zeitpunkt gekommen wäre, zu dem er gekommen war,
hätte sie an diesem Tag vielleicht eher ihre Sinne beisam-
men gehabt. Es war einfach unfaßbar, daß die süße kleine
Stephanie so gewissenlos sein konnte, selbst, wenn es dabei um Liebe ging.

Sharisse wünschte, das sei auf der Heimreise ihre einzige Sorge gewesen. Aber nein. Sie mußte feststellen, daß sie Lucas vermißte. Sie hätte es selbst nicht für möglich gehalten, und doch war sie noch keinen Tag aus Newcomb verschwunden, als sich deutlich herausstellte, daß das, was sie empfand, reine Melancholie war.

Es war ihm immer gelungen, ihr nahezukommen, ob sie es nun gewollt hatte oder nicht. Er konnte sie belustigen, sie aus der Fassung bringen, ihr sogar Angst einjagen und natürlich konnte er Schauer der Wonne in ihr wecken. Ganz gleich, was es auch war – als sie mit ihm zusammen war, hatte sie immer irgend etwas empfunden.

Und jetzt, da sie ihn vermißte, hatte sie ihre Gefühle nicht mehr unter Kontrolle. Sie war wütend auf ihre Schwester, besorgt um ihren Vater, und die Gefühle, die Lucas in ihr wachgerufen hatte, setzten sie einem ständigen Auf und Ab aus, das sie nicht gewohnt war und mit dem sie nicht umgehen konnte. Diese Anspannung laugte sie aus, und sie war mit den Nerven ziemlich am Ende.

34

Eine intensive Herbstsonne brannte auf die ruhige Allee herunter, doch Sharisse, die inzwischen eine heißere Sonne gewohnt war, nahm sie gar nicht zur Kenntnis. Sie stand auf dem Randstein und blickte zu dem Haus der Hammonds auf, als der Fahrer, den sie gemietet hatte, schon längst verschwunden war. Irgendwie kam ihr all das fremd vor. Sie war keine drei Monate von zu Hause fort gewesen, aber ihr erschien es, als seien Jahre vergangen. Störender als alles andere war das Gefühl, daß sie gar nicht hierher gehörte.

Sharisse, die die Stufen sehr langsam hinaufstieg und tief durchatmete, fühlte sich versucht anzuklopfen, doch das hätte feige gewirkt, und diesen Eindruck wollte sie ganz bestimmt nicht vermitteln. Sie schritt mit der Selbstverständlichkeit, als gehöre sie hierher, durch die Tür und blieb dann überwältigt in der riesigen Eingangshalle stehen. Über lange Jahre hatte sie all das als selbstverständlich hingenommen, die marmornen Fußböden, die dicken Tapeten, die Kristalleuchter, diese gesamte unaufdringliche Eleganz.

Sie stand da und wurde sich darüber klar, mit welcher Leichtigkeit sie all das dafür aufgegeben hätte, wieder in Lucas' Edelsteinaugen zu sehen. Dann schalt sie sich selbst aus. Lucas wollte sie nicht haben. Daran mußte sie immer denken, damit sie endlich aufhörte, so oft an ihn zu denken.

»Miß Hammond!«

Sharisse zuckte zusammen, als ihr Name durch den gewaltigen Saal hallte. Mrs. Etherton stand auf dem oberen Treppenabsatz, so steif wie eh und je, wenn sie auch im Moment recht erschüttert war.

»Was ist, Mrs. Etherton?« rief Marcus Hammond durch die Tür seines Arbeitszimmers.

Es folgte absolute Stille. Sharisse rührte sich nicht, kein Muskel in ihrem ganzen Körper bewegte sich, und sie hielt sogar den Atem an. Es dauerte nur einen Moment, bis Marcus Hammond in der Tür auftauchte. Er blieb stehen und starrte sie an, und seine blauen Augen musterten sie flink von Kopf bis Fuß, ehe sie auf ihrem Gesicht haften blieben. Wenn sie damit gerechnet hatte, einen Mann vorzufinden, der krank vor Sorge war, so entsprach das nicht dem Bild, das sich ihr bot. Er wirkte ein wenig müde um die Augen herum, aber ansonsten war kein Unterschied zu erkennen.

Sharisse bemühte sich, keine Regung auf ihr Gesicht treten zu lassen. War das, was sie einen Moment lang auf dem Gesicht ihres Vaters sah, ehe auch er jede Regung aus seinen Zügen verbannte, Erleichterung? Sie konnte es nicht beurteilen, denn eilige Schritte, die hinzuliefen, ließen ihn finster die Stirn runzeln.

Stephanie hatte Mrs. Ethertons Ausruf gehört und rannte hinzu. Auf der Treppe prallte sie fast mit der Haushälterin zusammen. Doch Sharisse bedachte ihre Schwester mit keinem Blick, denn sie konnte ihre Augen nicht von ihrem Vater lösen. Er funkelte sie beide böse an. Dann sagte er zu Sharisse: »Stell diese Sachen ab und komm rein.«

Wie leicht es doch war, sich wieder darauf umzustellen, die Anweisungen dieses Mannes zu befolgen, ohne weitere Fragen zu stellen. Sharisse stellte ihren Koffer und Charleys Körbchen auf dem Fußboden ab und ging durch die Halle, um das Arbeitszimmer ihres Vaters zu betreten. Ein flüchtiger Blick auf ihre Schwester zeigte ihr, wie besorgt diese war, und das trug nur noch zu ihrer eigenen Nervosität bei.

Die Tür schloß sich hinter ihr, und Sharisse wappnete sich für das Bevorstehende. Sie konnte die Stille nicht ertragen. »Du bist immer noch wütend auf mich?«

»Natürlich bin ich noch wütend«, sagte er mit rauher Stimme, doch während er diese Worte aussprach, kam er auf sie zu und zog sie in seine Arme. Er drückte sie so fest an sich, daß sie keine Luft mehr bekam. Dann ließ er sie ebenso plötzlich wieder los. Sie konnte ihn nur noch erstaunt anstarren. Er hatte eine finstere Miene aufgesetzt, doch das konnte sie jetzt nicht mehr ängstigen.

Es war also die Wahrheit. Er hatte sich wirklich Sorgen um sie gemacht. Ihre Erleichterung war so groß, daß sie vor Freude strahlte.

»Ich glaube fast, du hast mich vermißt, Vater.«

»Werd mir bloß nicht frech, Mädchen«, sagte er streng. »Ich sollte dich wahrhaft verprügeln. Was du getan hast, war das Verantwortungsloseste...«

»Das ist mir klar.« Sie schnitt ihm das Wort ab, ehe er sich in seine Wut hineinsteigern konnte. »Und es tut mir auch wirklich leid, Vater. Niemand bereut diese Dummheit mehr als ich selbst.«

Jetzt brach seine Sorge durch. »Du bist doch in Ordnung, Rissy, oder fehlt dir etwas? Ich meine, es ist doch nichts... dir ist doch nichts zugestoßen?«

Sie zögerte. »Tja...« Sie wollte ihm nichts über Lucas erzählen, wenn es nicht ungedingt sein mußte. »Nein. Ich sehe doch gut aus, oder etwa nicht?«

»Hast du dich in letzter Zeit einmal im Spiegel gesehen?« fragte er barsch.

Sharisse errötete. »Ich war länger als zwei Wochen unterwegs, Vater. Wenn ich mich erst gebadet und umgezogen habe...«

»Zwei Wochen?« rief er aus. »Wo, um Himmels willen, bist du gewesen? Die Männer, die ich engagiert habe, konnten dich nirgends finden. Zwei Wochen!«

»Ich... ich war in Arizona.«

»Das ist ja am anderen Ende des Landes! Bist du verrückt? Die Gebiete außerhalb der Staaten sind noch nicht zivilisiert. Wie bist du bloß...«

»Spielt das jetzt wirklich eine Rolle?« unterbrach sie ihn. »Ich bin wieder zu Hause.«

Marcus preßte die Lippen zusammen. Er wußte nicht mehr, wie er mit dieser Tochter umgehen sollte. So hatte er sie nie erlebt, und er hatte nicht gewußt, daß sie so war – genauso wie ihre Mutter.

Außerdem wollte Marcus es nicht auf eine neuerliche Demonstration ihrer neuentdeckten Unabhängigkeit ankommen lassen. Wie erklärte man seinem Kind, welche Qualen man durchlitten hatte, weil man nicht gewußt hatte, wo die Tochter war oder ob sie überhaupt noch am Leben war? Sie würde es nicht verstehen, nicht, ehe sie selbst Kinder hatte. Marcus wußte, daß er es nicht darauf ankommen lassen durfte, daß sie ein zweites Mal verschwand. Er hätte es einfach nicht durchgestanden, und das wußte er genau.

»Setz dich, Sharisse.« Er ging um seinen Schreibtisch herum, auf die andere Seite, auf der er sich mehr als Herr der Lage fühlte. »Ich will ein feierliches Versprechen darauf, daß du nie mehr ohne meinen Segen das Haus verlassen wirst. Du bist jetzt in einem Alter, in dem ein gewisses Maß an Freiheit denkbar ist, aber das macht dich nicht unangreifbar. Außerdem erfordert deine Herkunft ein angemessenes Verhalten, Sharisse. Alles, was sich nicht ziemt, ist eine Schande für unseren guten Namen. Habe ich dein Wort darauf?«

»Ja.«

Ihre knappe und präzise Antwort ließ Marcus nachdenklich werden. Bereute sie ihr Verhalten wirklich? Wenn ja, dann war dies ein günstiger Zeitpunkt, um festzustellen, wie weit ihre Reue ging.

»Es freut mich, daß du verständig bist, mein liebes Kind. Sicher ist es dir eine Erleichterung, wenn du hörst, daß dein Mißgeschick nichts geändert hat. Deine Hochzeit wird wie geplant stattfinden, wenn auch mit einer leichten Verzögerung.«

»Vater...«

»Ich möchte kein Wort des Widerspruchs hören«, sagte er hitzig.

»Du wirst mehr als nur ein Wort hören«, sagte sie ebenso hitzig. »Ich kann Joel nicht heiraten. Stephanie ist mit ihm verheiratet.«

Er starrte sie wortlos an.

»Frag sie doch selbst, Vater.«

Wenn es etwas gab, was Marcus absolut nicht ausstehen konnte, dann, daß er überrumpelt wurde. Seine Brauen zogen sich finster zusammen, als er mit forschen Schritten zur Tür ging, um seine jüngere Tochter herbeizuzitieren. Doch sowie er die Tür aufgerissen hatte, taumelte Stephanie ins Zimmer. Ihr war entgangen, daß ihr Vater auf die Tür zukam, an der sie gelauscht hatte. Jetzt stand sie beschämt da, weil er sie dabei ertappt hatte.

»Ist das wahr?« fragte Marcus wütend. »Bist du mit Joel verheiratet?«

Stephanie zitterte. Sie hatte es noch nie mit ihrem Vater aufnehmen können, wenn er wütend war. Sie war nicht in der Lage, ihm in die Augen zu sehen, doch sie brachte ein Flüstern heraus. »Ja.«

»Und wie das?«

Stephanie sammelte ihren Mut zusammen. »Joel hat es arrangiert. Wir... wir sind in den Norden gefahren. Wir haben in einer kleinen Kirche geheiratet... und er hat mich wieder nach Hause gebracht, ehe du vom Büro zurückgekommen bist.«

»Und das bezeichnest du als verheiratet?« schrie Marcus heraus. »Das ist ja lachhaft! Ich werde diese Ehe für ungültig erklären lassen.«

»Nein!« schrie Stephanie.

»Ich dulde keinen Trotz mehr in diesem Haus! Geh in dein Zimmer!«

Stephanie drehte sich um und wandte ihrer Schwester ihr betroffenes Gesicht zu. »Tu etwas, Rissy.«

Plötzlich fühlte sich Sharisse entsetzlich matt. Tonlos antwortete sie auf das Flehen ihrer Schwester: »Ich glaube, ich habe schon genug für dich getan, meinst du nicht auch?«

Stephanie brach in ein lautes Schluchzen aus, während sie aus dem Zimmer lief und zur Treppe stürzte. Marcus schloß die Tür hinter ihr und kehrte an seinen Schreibtisch zurück. Wie sehr es ihm verhaßt war, wenn jemand sich in seine wohldurchdachten Pläne einmischte.

»Du siehst, wie leicht sich das regeln ließ«, äußerte er selbstgefällig.

Sharisse seufzte. Ihr Vater war nach wie vor das herrschende Oberhaupt, das die Gefühle anderer nicht in Betracht zog.

Sie sah ihm fest in die Augen. »Warum ist es dir eigentlich so wichtig, daß ich Joel heirate? Es kann nicht daran liegen, daß du unsere Familie mit seiner verbinden willst, denn das hat Stephanie ohnehin schon erreicht. Und er zieht offensichtlich sie vor. Was paßt dir daran nicht?«

»Du bist diejenige, die den größten Teil meines Vermögens erben wird, Sharisse. Und da dein Mann die geschäftlichen Dinge für dich regeln wird, muß es jemand sein, bei dem ich das Gefühl habe, daß er dieser Aufgabe gewachsen ist. Ich dachte, du seist so vernünftig, dir darüber im klaren zu sein.«

»Dann überlaß doch alles Stephanie«, argumentierte sie.

»Nein.«

»Warum nicht? Warum sollte ich mehr bekommen, bloß weil ich älter bin? Das erscheint mir nicht gerade gerecht.«

»Du mißverstehst mich, Rissy. Es ist nicht so, daß ich deine Schwester mittellos hinterlasse. Ich werde ihr lediglich den Besitz hinterlassen, um den man sich nicht ständig zu kümmern braucht, das ist alles.«

»Du hast also Pläne für Stephanie? Ich nehme an, du hast bereits einen Ehemann für sie ausgesucht.«

Marcus runzelte die Stirn. »Das hat keine Eile. Sie ist noch jung.«

»Und verliebt und verheiratet. Ich kann nicht einsehen, warum du es nicht einfach umgekehrt machst. Meine Güte, Pläne kann man doch ändern. Laß ihr doch die Geschäfte, um die du dir so viele Sorgen machst, und hinterlaß mir das, was du andernfalls ihr hinterlassen hättest. Dann hast du trotz allem Joel, der sich um diese Geschäfte kümmern kann, und alle sind glücklich. Warum bist du damit nicht einverstanden? Es wäre so einfach.«

»Edward will dich als Schwiegertochter und nicht deine Schwester.«

Plötzliches Verstehen trat in ihre Augen. Bruchstücke von Auseinandersetzungen, die sie als Kind mitangehört hatte, fielen ihr schlagartig wieder ein. »Es liegt daran, daß Edward meine Mutter geliebt hat, und ich erinnere ihn an sie, stimmt das?«

Als sie sein schockiertes Gesicht sah, wurde Sharisse wütend. Jetzt kannte sie endlich die Gründe für seine Hartnäckigkeit. »Ja, ich weiß es schon lange.«

»Woher?«

»Mutter und du, ihr habt Unstimmigkeiten nie leise ausgetragen, Vater, und ich kann mich erinnern, daß es in vielen eurer Auseinandersetzungen um Edward Parrington ging. Ich dachte, du seist eifersüchtig, weil er Mutter vor dir gekannt hat. Aber jetzt frage ich mich, wie viele dieser Auseinandersetzungen durch deine eigenen Schuldgefühle ausgelöst wurden, Vater.«

»Es reicht, Sharisse.«

»Nein, das glaube ich nicht«, fuhr sie fort. »Daran liegt es, das stimmt doch? Du fühlst dich immer noch schuldig, weil du sie deinem besten Freund ausgespannt hast. Und du warst bereit, deine beiden Töchter zu opfern, um diese Schuld wiedergutzumachen.«

»Das ist absoluter Unsinn!«

»Warum«, fragte sie erbittert, »hältst du dann so hartnäckig an einem Plan fest, der für Stephanie und für mich längst nicht mehr zur Diskussion steht?«

»Weil du durchaus bereit warst, Joel zu nehmen, bis deine Schwester gesagt hat, daß sie ihn haben will. Ein solcher Unsinn. Bist du nie auf den Gedanken gekommen, daß sie ihn nur haben will, weil sie dir etwas wegnehmen wollte?«

»Wills du damit sagen, daß sie ihn vielleicht gar nicht wirklich liebt?« Sharisse sah ihn finster an. Ihrem Vater war nicht bewußt, was Stephanie alles getan hatte, um Joel zu bekommen. »Nein, das kann ich einfach nicht glauben. Sie liebt ihn.«

»Sie ist noch ein Kind, Sharisse. Es mag sein, daß sie im Moment glaubt, verliebt zu sein, aber dasselbe wird sie für ein Dutzend Männer empfinden, ehe sie reif für eine Heirat ist, und das wird noch etliche Jahre dauern. Nein, ihre überstürzte Eheschließung wird rückgängig gemacht. Ich lasse mir doch von der Laune eines Kindes nicht wohldurchdachte Pläne zerstören.«

»Und du wirst es dir nicht noch einmal überlegen?«

»Nein.«

Sharisse sackte auf ihrem Stuhl zusammen. Sie hatte sich bemüht, Lucas geheimzuhalten; aber so sollte es wohl nicht kommen.

»Das ist wirklich ein Jammer, Vater.«

»Was soll denn das jetzt heißen?«

»Selbst wenn es dir gelingen sollte, Stephanies Ehe für ungültig zu erklären, kann ich Joel trotzdem nicht heiraten. Ich wollte es dir eigentlich nicht sagen, aber du läßt mir keine andere Wahl. Ich habe bereits einen Mann.«

»Du lügst«, sagte er mit gepreßter Stimme.

Sharisse öffnete ihre Handtasche und legte ihren Trauschein auf den Tisch.

Er nahm ihn sorgsam in die Hand und las ihn. Dann ließ er ihn wieder auf seinen Schreibtisch fallen. »Ich werde auch diese Ehe für ungültig erklären lassen.«

Sharisse schüttelte langsam den Kopf. »Du kannst nicht das Geringste dagegen unternehmen, Vater. Ich weiß nichts über Joel und Steph, aber Lucas und ich hatten unsere Hochzeitsnacht, wenn du verstehst, was ich meine.« Sie brauchte wirklich nicht zuzugeben, daß es vor der Hochzeit dazu gekommen war. »Ich glaube nicht, daß du die Ehe für ungültig erklären kannst, wenn ich nicht abstreite, daß die Ehe vollzogen worden ist.«

Ihr Vater kochte vor Wut. »Dann wird es eben eine Scheidung geben!« schrie er.

»Und den Skandal wirst du über dich hereinbrechen lassen?« Sie hob ihre Stimme im selben Maß wie er.

Ihr Mund war fest zusammengepreßt, und ihre Augen sprühten trotzige Funken. Marcus wußte, daß er sich geschlagen geben mußte. Er konnte wirklich nicht das Geringste unternehmen, nicht, wenn die Ehe vollzogen worden war. Dabei fiel ihm ein, daß er Stephanie gar nicht gefragt hatte, ob sie und Joel... Gütiger Himmel, wie hatten sich die Dinge, die ohnehin schon schlecht standen, so katastrophal entwickeln können?

Sharisse ließ sich ein wenig erweichen, als sie sah, wie niedergeschlagen er war. »Wenn du vernünftig bist und zuläßt, daß Stephanie und Joel miteinander verheiratet bleiben, dann bin ich einverstanden, meine Ehe für ungültig erklären zu lassen. Ich werde einen anderen Mann finden, gegen den du nichts einzuwenden hast. Du kannst das tun, was ich dir vorhin schon vorgeschlagen habe. Du änderst einfach deine Pläne, was das Erbe angeht. Um ehrlich zu sein, ich habe es gar nicht eilig, wieder zu heiraten. Laß Joel und Steph erben, was du mir zugedacht hast, Vater.«

»Du hast gesagt, du seist mit deinem Mann intim gewesen. Wie kannst du die Ehe dann für ungültig erklären?«

Das Thema war ohnehin schon peinlich genug, auch, wenn sie nicht im Detail darauf eingingen. »Er wird nichts dagegen haben. Ich brauche ja nicht allzu genau bei der Wahrheit zu bleiben, wenn es darum geht, was zwischen uns gewesen ist, wenn er ohnehin einverstanden ist. Kannst du das über einen Anwalt regeln?«

»Es läßt sich alles regeln«, sagte er hastig. »Aber jetzt noch mal klar und deutlich: Du sagst also, daß dieser Lucas Holt sich nicht darum kümmert, was du tust?«

»Das war jetzt eine recht plumpe Formulierung, aber im

Prinzip stimmt das. Verstehst du, eigentlich wollte keiner von uns beiden heiraten. Es war eine Frage der Umstände. Ich habe unter seiner Obhut gelebt, die Leute haben angenommen, daß wir heiraten wollen, der Geistliche kam – o Vater, das ist eine lange Geschichte. Darauf möchte ich im Moment lieber nicht eingehen«, beendete sie seufzend ihre Ausführungen.

Davon wollte Marcus nichts hören. »Glaub bloß nicht, daß du mir nichts über diesen Mann zu erzählen brauchst.«

»Eigentlich gibt es da gar nichts zu erzählen«, sagte sie. »Er ist Rancher.«

»In Arizona?«

»Ja.«

»Wie steht er da?«

Sharisse wußte, wie ihr Vater die Dinge betrachtete. »Er ist nicht reich. Er besitzt eine kleine Ranch mit Pferdezucht außerhalb der Stadt Newcomb. Sie kann ihn und die wenigen Männer, die dort arbeiten, nur mit Mühe ernähren. Er fängt Wildpferde ein, zähmt sie und verkauft sie dann an die Armee und an andere Rancher. Die Zucht, die er begonnen hat, ist noch nicht soweit, daß er die Pferde verkaufen kann, wenn ich das richtig verstanden habe.«

»Was für ein Mensch ist er?«

Sharisse, die nicht an Lucas denken wollte, erwiderte beiläufig: »Ich vermute, man könnte sagen, daß er gut aussieht, wenn man diesen Typ Mann mag.«

»Diesen Typ?«

Er wollte sie einfach nicht in Ruhe lassen. Sie seufzte. »Dunkel, hager, außerordentlich männlich. Groß ist er auch, und entsetzlich stark, und er hat einen Körper...« Sie errötete bis an den Haaransatz. Was tat sie hier? »Sagen wir doch einfach, daß manche Männer ihn um seinen Körperbau beneiden würden. Was seinen Charakter angeht, nun, er ist wie du. Hartnäckig und arrogant.« Ihr Vater hatte nichts dazu zu sagen. »Lucas kann auch auf eine ganz lausbubenhafte Weise charmant sein. Er ist ganz anders als alle anderen Männer, die ich kenne.«

»Woher kennst du ihn eigentlich?«

Sie versuchte, sich gelangweilt zu geben. »Das ist auch eine eher komplizierte Geschichte.«

Marcus gefielen ihre Ausflüchte überhaupt nicht, doch er hatte alles gehört, was er wissen mußte, zumindest für den Moment. »Und du bist sicher, daß er nichts für dich ist?«

Sie senkte die Lider und fühlte sich ganz plötzlich mutlos und deprimiert. »Das ist nicht von Bedeutung.«

»Warum nicht?«

»Wenn du es unbedingt wissen mußt – er wollte mich nicht. Er war wütend, als wir gezwungen waren zu heiraten.«

Marcus wurde blaß, doch dann strömte die Röte in sein Gesicht. »Dieser Mann hat es gewagt, *meine* Tochter zu verschmähen?«

»Um Himmels willen, Vater, der Umstand, daß ich deine Tochter bin, hatte überhaupt nichts damit zu tun. Ich habe Lucas nie etwas über meine Herkunft erzählt. Er hat sogar geglaubt, ich sei völlig mittellos.«

»Du warst ihm also nicht gut genug«, schloß Marcus daraus. »Ein Mädchen ohne Geld.«

»Nein. Ich glaube nicht, daß meine finanziellen Hintergründe irgend etwas damit zu tun hatten. Er wollte ganz einfach nicht heiraten. Er wollte keine Frau.«

»Dann hätte er den Anstand besitzen sollen, nicht mit dir zu schlafen, ehe er dich wieder nach Hause schickt.«

Sharisse zuckte zusammen. Lucas stand jetzt so herzlos da; aber wie konnte sie die Dinge erklären?

»Er hat mich nicht nach Hause geschickt, Vater. Ich bin aus eigenem Antrieb gegangen, sobald ich das Geld hatte und fortgehen konnte. Lucas wird die Ehe von sich aus nicht beenden. Er überläßt es ganz mir. Ich bezweifle nicht, daß er mein Mann bleiben würde, wenn ich darauf bestünde.«

»Weshalb bist du dir so sicher?«

»Wir haben uns in verschiedener Hinsicht gut vertragen.«

Wieder wich sie ihm aus, und Marcus fragte argwöhnisch: »Bist du mir gegenüber im Moment wirklich ehrlich, Rissy?«

»Wie meinst du das?«

»Hat dieser Mann dich wirklich fortgehen lassen, oder bist du einfach auf und davon, wie du es hier auch getan hast?«

»Ich habe nicht darüber mit ihm gesprochen, wenn es das ist, was du meinst«, erwiderte sie gereizt. »Aus irgendwelchen Gründen, die er mir nicht nannte, wollte er, daß ich noch eine Weile bei ihm bleibe. Aber wie hätte ich denn bleiben können, nachdem er zugegeben hatte, daß er gar keine Frau wollte?«

Marcus dachte einen Moment lang nach, ehe er fragte: »Hältst du es für möglich, daß er dir nachreist?«

»Nein«, sagte sie entschieden. »Selbst, wenn er das wollte, hätte er nicht das Geld für eine weite Reise. Und außerdem gibt es keinen Grund, aus dem er mir nachreisen würde. Ich bin wirklich erschöpft, Vater.«

»Natürlich«, räumte Marcus ein. »Nur noch eins.«

Sie seufzte. »Ja?«

»Bist du schwanger?«

Sie riß ungläubig die Augen auf. Auf diesen Gedanken war sie gar nicht gekommen. Keinen Moment lang hatte sie an so etwas gedacht.

»Nein!« rief sie aus.

»Dann sollte es keine Probleme geben.« Er sah sie fest an, denn sie wirkte beunruhigt. »Dein ›nein‹ kam vielleicht etwas zu hastig heraus?«

»Vielleicht«, gestand sie jämmerlich ein. »Es ist noch zu früh, um das sagen zu können.«

»Es wäre also möglich?«

»Ja!« fauchte sie. »Es ist möglich.«

Marcus ließ sich ihre Reaktion durch den Kopf gehen und sagte dann widerstrebend: »Ich vermute, wir sollten alle Schritte, die unternommen werden können, hinauszögern, bis du ganz sicher bist.«

»Muß das sein?«

Er zuckte die Achseln. »Wir könnten immer noch einen Ehemann an deiner Seite erfinden, wenn es nötig wird. Aber da du bereits einen hast und auch ziemlich sicher bist, daß du ihn ohnehin nie wiedersehen wirst, wüßte ich nicht, warum wir eine Lüge in die Welt setzen sollten. Was meinst du?«

»Stimmt, das könnte sich erübrigen. Dann muß ich wohl jetzt einfach abwarten.«

Nachdem Sharisse gegangen war, lehnte sich Marcus zurück. Er trommelte mit seinen Fingerspitzen auf den Schreibtisch. Seine beiden Töchter waren verheiratet. Er hatte keine von beiden vergeben. Seine gesamten, sorgsam ausgearbeiteten Pläne hatten sich zerschlagen. War alles nur ein Traum? Er schüttelte den Kopf.

Die eine Tochter war glücklich. Edward konnte überredet werden. Und die andere Tochter? Sie hatte ausweichend geantwortet, was ihre Gefühle für diesen Mann betraf, für diesen Holt, aber es war ihm keineswegs entgangen, wie schnell sie für ihn eingesprungen war und ihn verteidigt hatte. Und sie war ins Schwärmen geraten, als sie ihn beschrieben hatte. Liebte sie vielleicht diesen Kerl, ohne es zu wissen? Hatte er sie nur durch seine Zurückweisung verletzt?

Diese Ablehnung seiner Tochter wurmte Marcus. Für wen, zum Teufel, hielt sich dieser Lucas Holt? Er hatte wahrhaft Lust – nein, es war wirklich das Beste, wenn er es dabei beließ. Dennoch faszinierte ihn etwas, was Sharisse über diesen Mann gesagt hatte. Holt sei wie er. Das war das einzige, was ihm an dem jungen Joel nicht paßte. Er stellte sich recht geschickt an, aber es fehlte ihm an Rückgrat.

Als hartnäckig und arrogant – so hatte sie Holt bezeichnet. Ein Mann, der aus demselben Holz geschnitzt war wie er selbst. Marcus lächelte zum erstenmal an diesem Tag. Er wußte, daß er die Dinge auf sich beruhen lassen sollte. Aber andererseits…

35

Sharisse legte sich auf ihr Bett zurück und schloß die Augen. Sie hatte gerade zwei Stunden lang Jennys Anstrengungen über sich ergehen lassen, und ihre Haut prickelte von Kopf bis Fuß. Jenny hatte sie geschrubbt, um ihre neue Hautfarbe zu entfernen, die so gar nicht in Mode war. Sharisse streichelte geistesabwesend Charley, der vor Behagen schnurrte, weil er wieder zu Hause war.

Ein Baby. Was das denn möglich? Ja, natürlich. Ihre Regel setzte immer in so großen Abständen ein, daß sie daraus nicht viel entnehmen konnte. Sie war mit einem Mann zusammen gewesen, mit einem vollblütigen, leidenschaftlichen Mann. Sie hatte sich von ihm lieben lassen, und mehr brauchte es nicht.

Wollte sie ein Kind von Lucas haben? Einen Jungen, der zu einem Abbild seines Vaters heranwachsen würde – stark, schön und arrogant. Oder ein Mädchen. Wie eine Tochter von ihm wohl aussehen würde? Sie wußte, daß sie sich darüber jetzt noch gar keine Gedanken hätte machen dürfen. Es war noch zu früh. Dennoch war sie machtlos. Jetzt, nachdem sich der Schock gelegt hatte, erfüllte sie eine seltsame Verwunderung. Es kam ihr wie Magie vor, wie ein Wunder, daß aus dieser fantastischen Leidenschaft etwas entstanden sein sollte, daß sie möglicherweise etwas geschaffen hatten. Sie wollte sein Kind haben. Sie wollte dieses Kind ebensosehr wie ihn selbst. Diesen abscheulichen Mann. Sie verzehrte sich immer noch vor Sehnsucht nach ihm. Und dabei hatte er sie wahrscheinlich längst vergessen.

»O Rissy!« Stephanie stürzte ohne jede Vorankündigung in ihr Zimmer und riß Sharisse aus ihren Gedanken. »Vater hat mir gerade Bescheid gegeben, daß er Joel für heute abend zum Essen eingeladen hat. Das Essen ist dazu gedacht, ihn offiziell in die Familie aufzunehmen. Ich weiß nicht, wie du das gemacht hast. Ich bin dir ja so dankbar. Ich wußte gleich, daß du mich nicht im Stich läßt.«

Sharisse setzte sich langsam auf und sah ihre Schwester an. »Ich habe es nicht für dich getan, Stephanie. Ich habe es für mich getan.«

»Aber...«

»Vater wollte nach wie vor, daß ich Joel heirate. Das kam natürlich nicht in Frage.«

»Ja, natürlich. Das wäre nicht richtig, nachdem Joel und ich... na ja, du weißt schon«, flüsterte Stephanie.

»Nein, ich weiß gar nichts.«

Stephanie errötete. »Wir sind nach der Hochzeit nicht direkt nach Hause gefahren. Wir sind in ein kleines Gasthaus gegangen und...«

»Um Himmels willen, Stephanie, warum hast du das Vater nicht gesagt?« fauchte Sharisse.

»So etwas könnte ich ihm doch nicht sagen«, hauchte Stephanie. »Du hast doch selbst gesehen, wie wütend er war. Das hätte doch auch nichts geändert.«

Sharisse rief fassungslos aus: »Natürlich hätte es etwas geändert. Wenn du mit Joel zusammenwarst, dann kann die Ehe nicht für ungültig erklärt werden. Weißt du denn gar nichts?«

»Ach, du meine Güte. Ich glaube, Joel hat so etwas gesagt. Aber ich war heute so außer mir, daß ich nicht mehr denken konnte.«

»Du denkst an gar nichts«, erwiderte Sharisse zornig. »Du machst dir keine Gedanken über mögliche Konsequenzen, und du denkst nicht an...«

»Ich kann gar nicht verstehen, warum du so mißmutig bist, Rissy. Es hat doch alles geklappt und ist gut ausgegangen, oder etwa nicht?«

»Ja, für dich. Aber ich mußte Vater einen Grund nennen, aus dem ich Joel nicht heiraten kann, und das war etwas, was ich für mich behalten wollte. Ach, ich weiß selbst nicht, warum ich überhaupt noch mit dir rede – nach allem, was du mir angetan hast.«

»Ach, Rissy, sei doch nicht so«, bettelte Stephanie. »Ich kann dir alles erklären.«

»Kannst du das wirklich?« fragte Sharisse erbost. »Dann fang doch mal damit an, daß du mir sagst, wo mein Schmuck ist. Ich war nämlich nur deshalb, weil ich ihn nicht hatte, gezwungen, bis nach Arizona zu reisen. Warum hast du mir den Schmuck weggenommen?«

»Ich weiß, wie impulsiv du bist, Rissy. Ich hatte Angst, du könntest es dir anders überlegen und gleich wieder zurückkommen. Und ich hatte doch recht, oder? Du hast sofort nach deiner Ankunft geschrieben, daß du nicht in Arizona bleiben willst.«

»Ja. Aber es gibt einen gewaltigen Unterschied. Nämlich den, ob man allein ist. In einem ruhigen, kleinen Städtchen. Oder ob man da ist, *wo ich war*.« Sharisse stieß die Worte durch zusammengepreßte Zähne heraus. »Kannst du dir überhaupt eine Vorstellung davon machen, wie es dort war? Dort kommt es noch zu Indianerüberfällen. Die Männer tragen Waffen an den Hüften und denken sich nichts dabei, einander zu erschießen. Und was die Sonne deiner Haut antut, kannst du an mir sehen, Stephanie.« Sie deutete auf ihr Gesicht. »Es handelt sich hierbei keineswegs um Theaterschminke, die ich aufgetragen habe. Es wird Monate dauern, ehe das wieder ausgebleicht ist.«

»Meine Güte, Rissy, warum hast du kein Wort von alledem in deinem Brief geschrieben?«

»Weil ich auf deine Gefühle Rücksicht genommen habe! Ich dachte, wenn du wüßtest, in welcher Lage ich wirklich war, hättest du dir solche Sorgen um mich gemacht, daß du nicht mehr sachlich gehandelt hättest, um unserer Situation ein Ende zu machen. Aber jetzt sehe ich selbst, daß es nichts geändert hätte. Du bedauerst nichts.«

»Das ist nicht wahr. Wenn es eine andere Möglichkeit gegeben hätte...«

»Ach, sei doch ruhig, Stephanie! Ich habe mir schon genug angehört.«

Sharisse stand auf und wandte sich von ihrer Schwester ab, doch Stephanie wollte nicht gehen. Sie sah auf Sharisse' steifen Rücken und sagte mürrisch: »Du hast Vater einen Grund dafür genannt, daß du Joel nicht heiraten kannst. Warum hast du diese Ausrede nicht schon früher benutzt? Dann hättest du gar nicht erst weggehen müssen.«

Sharisse, die vor ihrer Frisierkommode saß, funkelte Stephanies Spiegelbild wütend an. »Offensichtlich ist meine Begründung neueren Datums, denn sonst hätte ich das getan. Ich kann Joel nicht heiraten, weil ich schon einen Mann habe – und das habe ich meinem Aufenthalt in Arizona zu verdanken.«

»Was?« Stephanie fühlte sich plötzlich ganz elend. »Du hast ihn geheiratet? Aber das geht doch nicht!«

Sharisse drehte sich langsam auf ihrem Stuhl um. »So, das geht also nicht?«

»So war es doch nicht gedacht. Warum hast du das getan?«

»Man lebt nun einmal nicht mit einem Mann im selben Haus und weigert sich, ihn zu heiraten, wenn der Priester ins Haus kommt«, sagte Sharisse trocken. »Ich hatte keine Wahl.«

»Aber das ist ja entsetzlich, Rissy. Ich wollte nicht, daß dir so etwas zustößt.«

»Ich weiß«, sagte Sharisse seufzend.

»Was hat Vater dazu gesagt?«

»Begeistert war er nicht gerade.«

»Aber du bleibst doch nicht Mr. Holts Frau, oder?«

»Nein.«

»Kommst du wieder aus der Geschichte raus?«

Sharisse nickte. »Er wollte keine Frau haben.«

Stephanie schnappte nach Luft. »Doch. Er...«

»Er hat mir genausoviel vorgemacht wie ich ihm. Er hatte von Anfang an nie die Absicht, mich oder irgend jemanden zu heiraten.«

Stephanie war empört, aber schon dämmerte ihr wieder etwas. »O Gott! Wenn du ihn geheiratet hast, dann heißt das, daß du... mit ihm schlafen mußtest. Ohne ihn zu lieben. Wie gräßlich, Rissy. Mit Joel war es zwar nicht das, was ich mir davon erwartet habe, aber ich liebe ihn wenigstens. Du mußt ja so unglücklich gewesen sein.«

Sharisse lächelte gegen ihren Willen. »In der Hinsicht habe ich nicht zu klagen, Stephanie.«

»Soll das heißen, daß du ihn mochtest?« Das jüngere Mädchen war entgeistert.

»Lucas ist ein Mistkerl, sieht fantastisch aus, und es ist einem in seiner Gegenwart keine Sekunde langweilig. Er hat mehr schlechte als gute Eigenschaften, aber als Liebhaber war er superb, Steph. Ich war sehr glücklich.«

Stephanie wußte überhaupt nicht mehr, was sie sagen sollte. Die Offenheit ihrer Schwester schockierte sie. Und außerdem beneidetete sie sie nach ihrer enttäuschenden Erfahrung mit Joel.

Schließlich sagte sie mürrisch: »Ich weiß nicht, warum du so böse auf mich bist. Schießlich hast du doch eine wunderbare Zeit mit Lucas Holt verbracht.«

Sharisse hatte darauf keine Antwort parat.

36

Lucas glaubte allmählich, wenn man einen Spielsalon gesehen hatte, hatte man alle Spielsalons gesehen. Der, den Henri in Südfrankreich gefunden hatte, war prächtiger als die meisten anderen, und er war so geräumig, daß die Tische weit auseinander standen. Das Aprilwetter ließ zu, daß die hohen Fenster offenstanden, und in der Luft mischten sich die Gerüche der Blumen mit dem Parfüm der Frauen. Und es waren viele Frauen in diesem Raum.

»Die ist verheiratet«, sagte Henri, als er bemerkte, daß Lucas eine Brünette ansah. »Aber es freut mich zu sehen, daß dein Interesse überhaupt wieder geweckt ist, mon ami.«

Lucas brummte mürrisch. »Ich habe den Eindruck, daß du mir, wie sonst auch, über jeden der Anwesenden etwas erzählen kannst.«

»Natürlich. Im Gegensatz zu dir habe ich meine Zeit heute nicht damit vergeudet, am Strand spazierenzugehen. Ich habe einen Kellner aufgetrieben, der sehr gesprächig ist. Es war außerordentlich informativ.«

Zu den speziellen Begabungen von Henri Andrevie gehörte es, vorher zu wissen, mit wem er spielte. Es gelang ihm stets, über jeden einzelnen etwas in Erfahrung zu bringen, ehe er sich hinsetzte, um ihnen das Geld abzunehmen. Informationen persönlicher Natur brachten ihm einen Vorteil gegenüber den anderen ein, und Henri konnte sehr gut von seinen Spielgewinnen leben.

Er war sehr zierlich, und er und der große Lucas waren ein beachtliches Paar. Er war blond und hatte taubengraue Augen, die schelmisch zwinkerten, und er sah jünger als neununddreißig aus. Er war leichtsinnig und leichtlebig und konnte sich mit Ausreden aus jeder Lage winden und die Damen mit nicht mehr als einem Lächeln bezaubern. In den Monaten, in denen sie wieder einmal gemeinsam gereist waren, hatte Lucas gesehen, daß Henri seine Anziehungskraft nicht eingebüßt hatte.

»Die Engländer spielen gegeneinander und halten sich von den anderen Nationen fern. Dieser Herzog dort drüben spielt sehr ernst und gewissenhaft, aber er gewinnt nie. Diese beiden Messieurs dort drüben, Varnoux und Montour, sind Brüder, aber sie haben sich andere Namen zugelegt, damit es niemand erfährt. Sie geben einander Zeichen und verständigen sich mit Signalen. Halte dich ihrem Tisch um Himmels willen fern. Mit dem dort wirst du mit Vergnügen spielen.« Henri deutete auf einen gutgekleideten Mann, der auf eine Weise hübsch war, die seine Züge fast feminin erscheinen ließ. »Er hat keine Ahnung von Karten, aber er ist aus tiefstem Inneren eine Spielernatur, und er schließt jede Wette ab. Übrigens ist es seine Frau, die du angestarrt hast. Sieht gut aus, findest du nicht?«

»Doch, sehr.«

Henri seufzte. »Wenn ich mich auch noch so sehr bemüht habe, dich dazu zu bringen, daß du dich deines Lebens freust – ich muß dich warnen, dich nicht an ihr zu versuchen. Es sei denn, du hättest nichts dagegen, daß ihr Mann zuschaut.«

»Das ist wohl doch nicht mein Fall.«

»Ja, die beiden sind ein dekadentes Paar. Ich habe gehört, seine Spezialität bestünde darin, Jungfrauen zu verführen, und er schließt Wetten darauf ab, wie schnell er es schafft. Seine Frau ist bestens über all das informiert. Ist das nicht reizend?«

»Aber bekommt er denn nie Ärger mit einem aufgebrachten Vater oder mit Brüdern?«

»Gelegentlich. Das ist auch der Grund, aus dem er und seine Frau nie allzu lange an einem Ort bleiben.«

Lucas lachte. »Du darfst nicht alles glauben, was man dir erzählt, Henri.«

»Oh, aber in jeder Lüge steckt ein Körnchen Wahrheit.«

Eine Erinnerung nagte an Lucas. »Er heißt doch nicht zufällig Antoine, oder doch?«

Henri zuckte die Achseln. »Die beiden heißen Gautier. Die Vornamen weiß ich nicht. Warum? Weißt du etwas über ihn?«

»Es wäre ein zu großer Zufall. Ich weiß selbst nicht, wie ich auf den Gedanken gekommen bin.«

Er wußte es nur allzu gut. Er war an diesem Tag zu lange allein gewesen, und wie immer, wenn er allein war, hatte er ununterbrochen an Sharisse gedacht. Jedes Wort, das sie miteinander geredet hatten, war in seinem Gedächtnis aufgezeichnet, als hätten diese Gespräche erst gestern stattgefunden und nicht im letzten Sommer. Und heute hatte er an Antoine gedacht. Antoine hatte nur eins von ihr gewollt, so wie auch dieser Gautier nur eins von seinen Opfern wollte.

Es konnte nicht derselbe Mann sein, aber Lucas wollte verflucht sein, wenn er sich nicht wünschte, er wäre es. Er fühlte sich so elend, weil er selbst Sharisse so schlecht behandelt hatte, daß er gar nichts dagegen gehabt hätte, um ihretwillen ein wenig Rache zu üben. Das Ärgerliche war nur, daß sie nie etwas davon erfahren würde. So unmöglich es ihm gewesen war, sie zu vergessen, so katastrophal würde es andererseits sein, sie jemals wiederzusehen. Er hoffte immer noch, daß sich die Erinnerung mit der Zeit abschwächen würde und daß sein Leid nachlassen würde, daß seine lächerliche Sehnsucht nach ihr ein Ende finden würde.

Ihr hatte es zweifellos keine Schwierigkeiten bereitet, ihn zu vergessen. Die Ehe dürfte schon längst für ungültig erklärt worden sein. Vielleicht hatte sie sogar inzwischen wieder geheiratet. Selbst, wenn er den Wunsch verspürt hätte, sie wiederzusehen, hätte er gar nicht gewußt, wo er sie finden konnte. Das Geld, das er bei einer Bank in New York für sie hinterlegt hatte, war noch da, völlig unberührt. Die Nachforschungen, die er über vier Monate angestellt hatte, hatten zu keinem Ergebnis geführt. Der einzige John Richards, der sich auffinden ließ, war ein immigrierter Hutmacher, der keine Töchter hatte. Es gab keine Mrs. Hammond, auf die ihre Beschreibung paßte, und eine Miß Richards gab es auch nicht.

Henri erzählte Lucas immer noch Dinge über die übrigen Anwesenden, doch Lucas hörte ihm nur sporadisch zu. Schließlich gingen sie auseinander, und Henri begab sich an den Tisch des Herzogs.

Lucas beobachtete weiterhin den schnöselhaften Gautier. Nach einer Weile stand dieser auf und gesellte sich zu zwei Herren, mit denen er offensichtlich bekannt war. Aus ihrer Unterhaltung, die schon bald recht angeregt war, sowie aus den heimlichen Seitenblicken, die sie auf ein hübsches dunkelhaariges Mädchen warfen, das sich am anderen Ende des Raumes aufhielt, konnte Lucas schließen, daß hier eine Wette abgeschlossen wurde.

Seine Neugier lockte ihn an die Bar, an der die drei Männer ihre Unterhaltung gerade beendeten. Er war wirklich dankbar, daß er recht gut Französisch gelernt hatte, weitgehend durch Henri.

»Zwei Wochen?«

»Eineinhalb, Antoine, und keinen Tag mehr.«

»Einverstanden.«

Antoine. War das derselbe Mann? Der Name war in Frankreich keineswegs ungewöhnlich, und zweifellos gab es viele Männer, die es amüsant fanden, junge Mädchen zu verführen, weil ein anderer sie provoziert hatte. Oder weil Wetten abgeschlossen worden waren.

Gautier wirkte sehr selbstzufrieden, als seine beiden Begleiter ihn verließen. Er bestellte sich einen Drink und drehte sich dann um, um das dunkelhaarige Mädchen am anderen Ende des Raumes anzustarren.

»Wenn Sie gestatten.« Lucas bezahlte den Drink und reichte ihn dem kleineren Mann.

Gautier nahm die Einladung an und musterte Lucas prüfend. »Kenne ich Sie, Monsieur?«

»Nein, aber ich glaube, ich habe schon von Ihnen gehört. Antoine Gautier, das sind Sie doch?«

»Ja.«

»Das dachte ich mir nach der interessanten Wette, die ich gerade mit angehört habe.«

Gautier kicherte, und die besorgte Anspannung fiel von ihm ab. »Vielleicht möchten Sie sich meinen Freunden gern anschließen und auch ein bißchen Geld verlieren.«

»Nicht, wenn Sie das Mädchen schon kennen.« Lucas ging ganz auf ihn ein und spielte mit.

»Nein, das Vergnügen, ihre Bekanntschaft zu machen, hatte ich noch nicht«, versicherte ihm der Geck. »Sie hat Claude abblitzen lassen, und das ist der Grund, weshalb er die Wette abschließen wollte.«

»Claude ist einer der beiden Männer, die gerade gegangen sind?«

»Ja. Er hofft, daß er sich damit trösten kann, daß ich es auch nicht schaffe. Aber wenn Sie an meinen Fähigkeiten zweifeln, Monsieur, dann suchen Sie sich irgendein Mädchen in diesem Raum aus. Eine doppelte Herausforderung wäre mir ein Vergnügen.«

Lucas konnte seinen Abscheu kaum verbergen. Die Augen des Mannes strahlten vor Vorfreude. Mit seinen Grübchen und dem Eifer, der auf seinem Gesicht stand, war er regelrecht hübsch. Fühlten sich Frauen denn wirklich von diesem Pfau angezogen?

»Sie scheinen sich Ihres Sieges sicher zu sein«, hob Lucas hervor. »Ich frage mich, wie das kommt.«

»Weil es mir nie mißlingt.«

»Nie? Nicht ein einziges Mal?«

Antoine errötete. »Ja, stimmt, Sie sagten, Sie hätten schon von mir gehört. Ich vermute, Sie haben Jean-Paul kennengelernt, und er hat es Ihnen erzählt? Es ist drei Jahre her, und dennoch brüstet er sich bis heute jedem gegenüber damit, daß er der einzige ist, der bei einer solchen Wette Geld von mir kassiert hat.«

»Das Mädchen ist Ihnen entgangen?«

»Ja, wahrhaftig. Sie war von einer reizenden Unschuld. Achtzehn. Wie naiv sie doch in diesem Alter sind. Und fast hätte ich sie gehabt. Nur noch ein paar Minuten, und mein Rekord wäre bis heute ungebrochen.«

Vor drei Jahren achtzehn? Das war nicht Sharisse. Lucas wäre schrecklich enttäuscht gewesen, wenn er keinen Anlaß fand, diesem Schurken das Gesicht einzuschlagen.

»Was ist dazwischengekommen?« fragte Lucas.

Antoine kicherte hämisch. »Meine Frau konnte es nicht erwarten, mich wieder an ihrer Seite zu haben. Sie mußte ins Zimmer kommen und alles kaputtmachen, weil rausgekommen ist, daß sie meine Frau ist.«

»Ihre Frau hat nichts gegen Ihre Eroberungen einzuwenden?«

»Ganz und gar nicht, und daher kann ich auch nicht verstehen, warum sie meine Chancen bei der Amerikanerin bewußt zunichte gemacht hat. Und es war Absicht, obwohl sie es bis heute nicht zugibt.«

»Eifersucht?«

»Vielleicht«, sagte Antoine seufzend. »Wenn das Mädchen nichts weiter als eine gewöhnliche Schönheit gewesen wäre, hätte Marie sich nicht eingemischt. Aber diese kleine Hammond war etwas ganz anderes, überschäumend...«

»Hammond?« warf Lucas ein. »Ich kenne eine Mrs. Hammond. Ebenfalls Amerikanerin.«

Antoine wich einen Schritt zurück. »Sie ... Sie brauchen nicht zu fürchten, ich hätte mit ... mit einer Bekannten von Ihnen angebändelt. Ich belästige keine verheirateten Frauen.«

»Sharisse.« Lucas stieß den Namen heftig aus und sah den Franzosen erbleichen. »Du Lump!« knurrte Lucas, der bisher Französisch gesprochen hatte und jetzt auf seine Sprache zurückgriff.

Antoine war schockiert. »Sie sind auch Amerikaner?«

»Ja, und ich glaube, Sie und ich sollten lieber ins Freie gehen. Machen Sie einen Spaziergang mit mir.«

»Ich verstehe Sie nicht.«

»Raus mit Ihnen, Gautier, und zwar auf der Stelle.«

Antoine wußte ganz genau, was los war. Sein Magen drehte sich um. Die unglaubliche Körpergröße des Amerikaners war ihm keineswegs entgangen.

»Monsieur, ich bin gegen jede Gewalttätigkeit. Seien Sie doch vernünftig. Ich habe dem Mädchen nichts getan.«

»Ich bezweifle, daß sie das so sieht.« Lucas gab Gautier einen Stoß in Richtung Tür. »Und geben Sie keinen Laut von sich, mon ami, oder ich breche Ihnen den Arm«, fügte er bedrohlich flüsternd hinzu.

»Was ... was bedeutet sie Ihnen?«

Er zerrte den Franzosen in den Garten. Was bedeutete sie ihm? Seine Wut sagte alles.

»Sie gehört mir!«

»Aber Sie wissen doch, daß ich bei ihr versagt habe!«

»Nur, weil sich Ihre Frau eingemischt hat. Ihr Motiv,

Gautier, ist das, was mich krank macht. Einer Frau nachzulaufen, weil man sie will, ist etwas ganz anderes, als sie auf Grund einer Wette zu verführen! Hat sie es herausgefunden?«

»Was?«

»Reizen sie mich nicht, Gautier«, knurrte Lucas. »Hat sie herausgefunden, daß Sie ihr wegen einer Wette nachgelaufen sind?«

Antoine war zu ängstlich, um zu lügen. »Meine Frau hat es in ihrer Gegenwart erwähnt, ja.«

»Dann ist sie also nicht nur in ihren Gefühlen verletzt, sondern auch noch gedemütigt worden.«

Lucas sagte das so leise, daß Antoine überrascht und fassungslos war, als er spürte, daß ihm die Nase gebrochen wurde. Er taumelte rückwärts, fiel ins Gebüsch und hielt sich die Hände in sein schmerzendes Gesicht.

»Bitte...«, stöhnte er.

Lucas riß ihn auf die Füße, ehe er weiterreden konnte. Er schlug ihn erbarmungslos zusammen, und jeder Schlag war gezielt und dazu gedacht, ihm den größtmöglichen Schaden zuzufügen, insbesondere diesem hübschen Gesicht.

Es dauerte nur wenige Minuten, bis der Franzose kaum noch bei Bewußtsein war. Lucas stand da und wickelte sich ein Taschentuch um seine blutenden Knöchel. Er kochte immer noch vor Zorn.

»Sie können sich bei Ihrer Frau dafür bedanken, daß ich Ihnen nur das Gesicht umgestaltet habe«, sagte Lucas. »Wenn Sie bei Sharisse Erfolg gehabt hätten, hätte ich Sie vielleicht umgebracht. Aber ich glaube, jetzt gewinnen Sie Ihre Wette nicht mehr so ohne weiteres, Monsieur Gautier. Wenn Sie das nächste Mal in einen Spiegel sehen, werden Sie sich an mich erinnern.«

Lucas ging, und seine Schritte beschleunigten sich von selbst, weil ihn ein neuerlicher Zorn gepackt hatte. Sie hatte ihn belogen, hatte gelogen, was ihr Alter anging, ihren Namen, ihre angebliche Ehe. Er erinnerte sich an ihre Reaktion an dem Tag, an dem sie ihn geheiratet hatte. Das hieß also auch, daß sie nie die Absicht gehabt hatte, ihn zu heiraten. Es hieß außerdem, daß er sich in all diesen Monaten mit Schuldgefühlen herumgeschlagen hatte, die völlig überflüssig waren. Zweifellos war sie begeistert gewesen, als sie gehört hatte, daß er gar keine Frau wollte, und noch begeisterter mußte sie gewesen sein, als er ihr gesagt hatte, es sei möglich, die Ehe für ungültig erklären zu lassen. War sie etwa nicht augenblicklich verschwunden? Und woher, zum Teufel, hatte sie das Geld gehabt, das ihr die Heimreise ermöglicht hatte? War auch ihre Behauptung, mittellos zu sein, eine Lüge gewesen? War auch nur irgend etwas, was er aus Sharisse' Mund gehört hatte, keine Lüge gewesen?

Sein Zorn hatte ein gefährliches Ausmaß angenommen, als Lucas das Hotel erreichte, doch wie immer verbarg er seine Gefühle meisterlich. Der Mann an der Rezeption schöpfte keinen Verdacht, als er ihm einen Brief aushändigte. Er kam von Emery Buskett und war fünf Monate unterwegs gewesen, ehe er Lucas erreicht hatte.

Lucas ging in sein Zimmer und öffnete erst dort den Brief, der von der weiten Reise sehr mitgenommen war. Ihm war alles willkommen, was ihn von Sharisse ablenkte, und sei es auch nur für Minuten. Auch die Flasche, die vor ihm stand, war ihm sehr willkommen.

Lucas,

gut, daß Du Dich endlich dazu durchgerungen hast, mir Bescheid zu geben, wo ich Dich finden kann. Ich wußte gar nicht, was ich davon halten soll, als Billy Wolf mir telegrafiert hat, du hättest Arizona verlassen. Ich wußte auch nicht, ob Du die Informationen von meinem Freund Jim noch haben willst oder nicht. Jim war wieder in New York und mit einem anderen

Fall beauftragt, und da ich nicht wußte, wohin man ihn diesmal beordert hatte, konnte ich ihn nicht finden. Aber vor einem Monat hat er mich ausfindig gemacht, und Du wirst nie
darauf kommen, warum.

Jim ist von demselben Marcus Hammond engagiert worden... um Dich zu finden. Er war bereits in Newcomb gewesen und hatte mit Billy gesprochen, der ihm vage Auskünfte
gegeben hatte, die darauf schließen ließen, daß Du Dich irgendwo in Europa aufhalten könntest. Aber Billy hat ihm meinen Namen genannt. Ich vermute, er hat sich gedacht, daß Du
eventuell Kontakt zu mir aufnimmst und gern von dieser Geschichte wüßtest. Zu dem Zeitpunkt, zu dem Jim mich in Chi-
cago aufgespürt hat, denn dorthin bin ich jetzt gezogen, hatte
er die Nase ziemlich voll von dieser Herumfahrerei. Und natürlich konnte ich ihm auch nichts über Dich erzählen, und das
hat auch nicht gerade die üble Lage dieses armen Kerls verbes-
sert.

Was die Informationen angeht, die Du von mir haben wolltest,
empfinde ich es als äußerst seltsam, daß Du mich gebraucht
hast, um Dir bestätigen zu lassen, daß Deine Verlobte Marcus
Hammonds Tochter ist. Du mußt es schon die ganze Zeit gewußt haben – der Name stimmt, und die Personenbeschrei-
bung stimmt auch. Es konnte doch kein Zufall sein. Jim hat
mir erzählt, daß Miß Hammond – ganz so, wie er es vermutet
hatte – aus eigenem Antrieb wieder nach Hause gekommen ist.
Und jetzt sucht ihr Vater Dich. War sie wirklich Deine Verlobte, oder hast Du ihr nur dabei geholfen, sich vor ihrem Vater zu verstecken? Schon gut, ich nehme an, daß mich das
wahrhaft nichts angeht.

Von Jim habe ich gehört, daß Newcomb rasend schnell zu einer
Geisterstadt herunterkommt. Es waren nur noch wenige
Menschen da, die er nach Dir fragen konnte, abgesehen von ei-
nem gewissen Samuel Newcomb, der getobt und die Behaup-
tung aufgestellt hat, Du seist für seinen Ruin verantwortlich.
Jim konnte mit dem, was dieser Mann zu sagen hatte, nichts

anfangen, weil er ihn nie nüchtern genug vorgefunden hat,
um auch nur irgendwelche brauchbaren Antworten von ihm
zu bekommen.
Falls Du mich je wieder brauchen solltest, dann weißt Du, wo
Du mich findest.

Untertänigst Dein
Emery Buskett

Lucas las den Brief ein zweites Mal, ehe er ihn zusammen-
knüllte und ihn quer durch das Zimmer warf. Sharisse
war also wieder zu Hause bei ihrem Vater. Eine Ausreiße-
rin, nicht der Familie entfremdet, nicht mittellos. Fanden
diese Lügen, mit denen sie ihn getäuscht hatte, denn nie
ein Ende?

Die Schlußfolgerung, zu der er kam, ließ sie absolut ver-
dammenswert dastehen. Das verzogene reiche Mädchen,
das wütend auf seinen Vater war, Lucas' Anzeige als eine
Möglichkeit ansah, eine Zeitlang zu verschwinden, und
sich keinerlei Gedanken darüber machte, was sie mit ihrem Verhalten anrichten konnte. Sie hatte unter keinen
Umständen ahnen können, daß er gar nicht ernstlich eine
Frau suchte. Schließlich hätte er ein einsamer Narr sein
können, der sich Hals über Kopf in sie verliebte und dem
das Herz brach, als sie verschwand. Hatte sie das überhaupt in Betracht gezogen? Machte es ihr etwas aus? Natürlich nicht. Diese Sorte Frau dachte nie an den anderen,
immer nur an sich selbst.

Kein Wunder, daß es ihm nicht gelungen war, sie zu finden. Zweifellos besaßen diese inkompetenten Bankiers,
denen er die Angelegenheit übertragen hatte, nicht den
Verstand, sämtliche Hammond-Haushalte zu überprü-
fen. Entweder das, oder Marcus Hammond hatte sie dafür
bezahlt, daß sie keine Informationen weitergaben.

War das der Grund, aus dem Hammond ihn suchte?
Wußte er etwas von dem Geld, das Lucas für Sharisse hin-

terlegt hatte? Ein Mann seiner Größenordnung konnte darin eine Beleidigung sehen. Aber andererseits konnte es auch sein, daß Sharisse, um ihre eigene Haut zu retten, gebeichtet hatte, wie er sie behandelt hatte. Es war gut möglich, daß Hammond ein erzürnter Vater war, der Vergeltung suchte. Zweifellos hatte sie die Rolle, die sie selbst gespielt hatte, in den unschuldigsten Farben ausgemalt.

Lucas lehnte sich zurück, und seine Mundwinkel zogen sich zur Karikatur eines Lächelns nach oben. Ihn den Wölfen vorzuwerfen, war ihr das zuzutrauen? Er schüttelte den Kopf und griff nach der Flasche. Sie hätte die Dinge lieber so belassen sollen, wie sie waren.

37

Sharisse begleitete ihre Freundin Carol Peterson nach Hause, zu einem Haus am Lafayette Place. Dort lag eins der älteren Wohngebiete, das nach wie vor von der Oberschicht besetzt war und dem Fortschreiten des Handels immer noch standhielt. Sheila hätte eigentlich auch kommen sollen, doch da sie nicht erschienen war, hatten Sharisse und Carol gemeinsam einen netten Nachmittag verbracht. Sie waren zwischen dem Union und dem Madison Square spazierengegangen, und Sharisse' Fahrer war ihnen im Schrittempo gefolgt. Natürlich hatten die Mädchen es nicht lassen können, vor den besten Geschäften stehenzubleiben und sich die Auslagen anzusehen.

Sharisse war müde, aber sie hatte es keineswegs eilig, gleich nach Hause zu kommen, obwohl sie für den Abend ein Rendezvous hatte. Sie sagte dem Fahrer, er solle sich Zeit lassen, denn sie wollte den Anblick der Stadt auskosten, die sie so sehr liebte.

Sie erfreute sich an dem Treiben, das auf den Straßen

herrschte, doch als sie nach Hause kam und ihren Hut und ihre Handschuhe ablegte, erschien ihr Vater in der Tür seines Arbeitszimmers.

»Ich möchte mit dir reden, Rissy.«

»Hat das nicht Zeit, Vater? Robert führt mich heute abend ins Theater aus, und ich habe nicht mehr viel Zeit, um mich fertigzumachen.«

»Dann hättest du eher von deinen Einkäufen zurückkommen sollen«, sagte er unwillig. »Und gerade deine Einkäufe der letzten Zeit sind es, worüber ich mit dir reden will.«

Sharisse seufzte und folgte ihm in sein Allerheiligstes. »Du wirst mich doch nicht etwa maßregeln, weil ich zuviel Geld ausgebe, oder? Ich habe mir doch nur ein paar neue Kleider gekauft, Vater.«

»Ein paar? Ich glaube, letzte Woche wurde mindestens ein Dutzend Schachteln ins Haus geliefert, und täglich kommt mehr.«

»Nun ja, die Tournüre wird wieder modern. Du kannst doch nicht von mir erwarten, daß ich die Mode des Vorjahrs trage, wenn derart drastische Veränderungen vorgenommen wurden. Und außerdem hast du mir noch nie eine gute Garderobe mißgönnt.«

»Das ist nicht der Grund, aus dem ich dich zu mir gerufen habe, Rissy. Von mir aus kannst du dir hundert neue Kleider kaufen. Ich will lediglich wissen, wer sie bezahlt.«

»Bezahlt? Was soll das? Du natürlich.«

»So, wirklich?«

Sharisse legte die Stirn in Falten. »Ich verstehe kein Wort.«

»Ich war heute morgen zufällig auf dem Broadway und wollte deine Rechnungen begleichen. Aber die Kleider waren schon bezahlt.«

»Joel muß Stephs Kleider bezahlt haben. Sicher ist das nur eine Verwechslung.«

Ihr Vater schüttelte den Kopf. »Dein Vorname war ausdrücklich genannt worden, und in drei anderen Geschäften, in denen du Einkäufe tätigst, stand ich vor derselben Situation.«

Sharisse setzte sich an seinen Schreibtisch. Sie war reichlich verwirrt. »Ich weiß nicht, was ich sagen soll. Ich habe keine Ahnung.«

»Was ist mit Robert?«

»Ich kenne ihn kaum.«

»Und gibt es andere Männer, mit denen du ausgehst?«

»Vater, willst du etwa andeuten, ich sei die Mätresse eines Mannes?«

Er räusperte sich. »Nein, natürlich nicht, aber du mußt einen reichen Gönner haben.«

»Ich muß jetzt wirklich gehen, Vater. Gehst du heute abend in den Club? Ich finde, es ist eine schreckliche Vorstellung, daß du alleine zu Hause sitzt.«

»Mach dir um mich keine Sorgen. Ich denke, ich bleibe auf und warte auf dich. Vielleicht kannst du heute abend etwas in Erfahrung bringen.«

38

Der erste Akt des Stückes hatte bereits angefangen, als sie und Robert ins Theater kamen. Der Platz, an dem das Theater stand, war bewachsen und voller Bänke in kleinen Nischen oder zwischen Bäumen. Nachts war es ein Platz für Liebende.

Sharisse wußte nicht, warum sie mit solcher Sehnsucht auf die Bänke sah, als sie an Roberts Arm die Akademie betrat. Robert konnte sie wahrhaftig nicht reizen, obwohl er nicht schlecht aussah und aufmerksam und zuvorkommend war. Er hatte ihr auch deutlich zu verstehen gegeben, daß er weit mehr als nur ihr Kavalier sein wollte, mit dem sie ausging. Aber wenn sie sich einen Liebhaber nahm, dann mußte er größer und ein dunklerer Typ mit breiteren Schultern sein, eher wie...

Sie versuchte, abzuschalten und der Handlung des Theaterstücks zu folgen. Doch bald fiel ihr Blick auf ihren Ring. Wieder hatte sie, wie bei jedem formellen Anlaß, Schmucksteine in der Farbe seiner Augen gewählt. Warum konnte sie ihn nicht vergessen?

Ein Jahr war jetzt vergangen, ein ganzes Jahr, seit sie Lucas Holt gesehen hatte, und doch stand sein Bild so klar vor ihren Augen, als hätte sie ihn erst gestern gesehen.

»Sharisse! Dachte ich mir doch, daß du das bist!«

Sie blickte auf und sah Sheila Harris, die sich durch die Menge einen Weg zu ihr bahnte. Die Pausenlichter waren eingeschaltet, und der größte Teil des Publikums drängte sich ins Foyer. Robert entschuldigte sich, um ebenfalls ins Foyer zu gehen, und Sheila setzte sich auf seinen Platz. Sheila, die sich nie nach der Mode richtete, sah in allem, was sie trug, fantastisch aus. Sie war eine wirkliche Schönheit.

Im Moment hatte sie ihre blauen Augen weit aufgerissen und wirkte sehr neugierig, als sie sich zu Sharisse vorbeugte, sowie Robert aus ihrer Hörweite verschwunden war. »Was tust du denn mit dem?«

»Hallo, Sheila.« Sharisse strahlte sie an. »Schön, dich zu sehen.«

»Ach so, ja, guten Abend«, sagte Sheila unwillig.

»Wir haben dich heute vermißt.«

»Heute? O nein! War das heute? Hätte ich mich vielleicht mit dir oder Carol treffen sollen? Das habe ich ganz vergessen. Du verzeihst es mir doch sicher noch einmal, oder?«

»Natürlich.« Sharisse amüsierte sich immer wieder über Sheila.

»Und? Beantwortest du jetzt meine Frage nach Robert?«

Sharisse zuckte die Achseln. »Robert ist schon seit einer Weile mein Begleiter. Das weißt du doch. Du siehst mich doch ständig mit ihm zusammen.«

»Ich weiß. So habe ich es auch gar nicht gemeint. Ich dachte nur . . . ja, also . . . warum gehst du mit Robert aus, wenn er wieder da ist?«

»Er? Drück dich verständlicher aus, Sheila.«

»Mach mir doch nichts vor, Sharisse.« Sheila kniff die Augen zusammen. »Ich habe mich wie ein absoluter Dummkopf benommen, als ich ihn kennengelernt habe, und das ist alles deine Schuld. Ich war vor Staunen einfach sprachlos – und du weißt selbst, daß ich in meinem ganzen Leben noch nicht sprachlos war.«

»Sheila, würdest du mir jetzt bitte augenblicklich erklären, wovon du eigentlich sprichst!« Sharisse war gereizt.

»Es war absolut unfair von dir, mich überhaupt nicht vorzuwarnen. Ich habe dich angefleht, mir Einzelheiten zu erzählen, und du hast mir nicht mehr gesagt als ›er ist anders‹. Das war ja wohl eine gewaltige Untertreibung! ›Anders‹. Er ist einfach fantastisch. Warum hast du mir das nie gesagt?«

Sharisse lehnte sich kopfschüttelnd zurück. Es war unmöglich.

»Du sagst, daß du . . . ihn kennengelernt hast. Wann?«

»Gestern abend, bei der Soiree der Stewarts. Donald hat ihn mir vorgestellt. Du kennst doch Donald.«

»Ja, ja, der Mann, mit dem du manchmal ausgehst. Natürlich kenne ich Donald. Aber jetzt erzähl weiter, Sheila.«

Sheila sprach weiter und Sharisse betete, sie würde sie nicht fragen, warum sie keinen Kontakt zu Lucas hatte. »Also, Donald hat keinen Bezug zwischen ihm und dir hergestellt und ihn nur als Mr. Holt vorgestellt. Klar, wie viele Holts kennen wir denn? Ich mußte ihn einfach ganz direkt fragen, ob er dein Mann ist. Ich habe nicht damit gerechnet, nicht nach der lieblosen Beschreibung, die du von ihm abgegeben hast. Du kannst dir gar nicht vorstellen, wie überrascht ich war, als er ja gesagt hat.«

»Was... was hat Lucas sonst noch gesagt?«

»Nicht allzuviel. Er redet wohl nie besonders viel, oder? Ich habe ihn nach seinem Schiff gefragt.« Sharisse wirkte verärgert, und Sheila fragte besorgt: »Was ist denn los mit dir?«

»Nichts. Erzähl weiter.«

»Ich habe ihn nach seinem Schiff gefragt und ob seine Reise in den Orient erfolgreich verlaufen ist, aber er hat furchtbar ausweichend geantwortet. Und natürlich habe ich ihn gefragt, warum du nicht bei ihm bist, und er hat gesagt, daß du dich nicht besonders wohl fühlst. Aber es muß dir ja schon wieder wesentlich besser gehen, denn sonst wärst du ja heute nicht hier mit... oh, du meine Güte. Er hat eine ganze Menge Fragen gestellt, vorwiegend zu Robert.«

»Was? Du hast ihm etwas von Robert erzählt?«

»Ich habe es ihm nicht erzählt«, sagte Sheila mit verletzter Stimme. »Ich mußte annehmen, daß du es ihm bereits erzählt hast, denn er wußte, daß Robert in letzter Zeit dein Begleiter ist. Er wollte wissen, was für ein Mensch Robert ist, aber ich konnte ihm nicht viel erzählen, weil ich erst vor zwei Monaten wieder in die Stadt gekommen bin, und als ich weggegangen bin, warst du noch mit deiner Tante im Norden des Landes. Aber dein Mann war äußerst neugierig, was Robert angeht. Aber wahrscheinlich liegt das auf der Hand, wenn er so lange geschäftlich unterwegs war. Eine derart lange Trennung ist ja nicht unbedingt der ideale Anfang für eine Ehe, aber es ließ sich doch nichts dagegen machen, oder?«

»Was?« Sharisse konnte kaum noch einen klaren Gedanken fassen.

»Bleibt er jetzt wenigstens eine Weile hier, ehe er wieder eine Reise antreten muß? Ich habe mich ja gefragt, wie du einen Kapitän heiraten konntest, selbst wenn er ein eigenes Schiff besitzt, aber jetzt verstehe ich allerdings, warum du ihn geheiratet hast! Es mag zwar sein, daß er über längere Zeiträume fort ist, aber wenn er zu Hause ist, oh, dann kann ich dich nur noch beneiden!«

Sharisse hörte sich selbst sagen: »Ich... ich weiß nicht, wann er wieder abreist, Sheila. Wir... äh... wir sind noch nicht dazu gekommen, diese Dinge zu besprechen.«

»Aber wo ist er jetzt?«

»Beschäftigt«, fauchte Sharisse, doch dann lächelte sie eilig und sagte beiläufig: »Wenn er jetzt zu Hause ist, dann heißt das doch noch lange nicht, daß ich ein Monopol auf seine freie Zeit anmelde. Er muß sich um vieles Geschäftliche kümmern. Um Dinge, die während seiner Abwesenheit vernachlässigt worden sind.«

»Bist du deshalb mit Robert hier?«

»Ja. Und jetzt muß ich wirklich gehen und nachsehen, was ihn aufhält«, sagte sie mit fester Stimme.

Sie stand auf, um zu gehen, doch ihre Freundin hielt sie am Ellbogen fest.

»Was ist mit der Party, die deine Schwester am kommenden Samstag gibt? Du kannst deinen Mann doch bestimmt dazu bringen, daß er diese Party mit dir zusammen besucht. Wer von unseren Freunden hat ihn eigentlich außer mir schon kennengelernt?«

Nicht auch das noch! »Ich weiß es nicht, Sheila. Wir werden es abwarten müssen. Das stellt sich dann schon von selbst heraus«, murmelte Sharisse, die es eilig hatte, sie loszuwerden.

Sie suchte Robert und bat ihn, sie augenblicklich nach Hause zu bringen. Sie nannte den bohrenden Kopfschmerz, der sich ihrer bemächtigt hatte, als legitimen Vorwand. Auf dem Heimweg wechselte sie so gut wie kein Wort mit ihm, und dann verabschiedete sie sich hastig und zerstreut von ihm. Mrs. Etherton kam ihr in der Eingangshalle entgegen, nahm ihr den Umgang und die Handschuhe ab und nahm besorgt Sharisses angespanntes Gesicht zur Kenntnis.

»Bitte, wo ist mein Vater?«

Die Haushälterin verzog keine Miene und sagte mißbilligend: »In der Küche, Miß.«

»Fällt er mal wieder über den Kühlschrank her?« fragte Sharisse mit einem breiten Grinsen.

»Ich glaube, ja, Miß.«

Sharisse grinste immer noch über das ganze Gesicht, als sie sich auf den Weg zu ihm machte. Ihr gefiel die Vorstellung, daß er die Dienstboten verärgerte, indem er in ihren Herrschaftsbereich eindrang. Das war so typisch für ihn. Sie fand ihn allein in der Küche vor, und vor ihm auf dem Küchentisch sah sie ein kaltes Huhn und einen Laib Brot. Ganz allein war er doch nicht. In der Ecke lag Clarissa, die crèmefarbene Katze, die Sharisse nach ihrer Heimkehr nach einer wochenlangen Suche gefunden hatte. Clarissa säugte ihre drei Kätzchen. Und Charley, der sich nie allzuweit von seiner kleinen Familie entfernte, strich um Marcus' Füße. Sharisse hörte erstaunt, wie ihr Vater sagte: »Verfluchter Kater. Ich vermute, du willst mitessen?«

»Also so was, läßt du dich doch wirklich erweichen!«

Marcus zuckte zusammen, drehte sich um und funkelte sie böse an. »Ich bin zu alt, um mich derart erschrecken zu lassen.«

»Es tut mir leid.« Sie setzte sich an den Tisch und nahm ein Stück Huhn.

Er sah sie neugierig an. »Du bist früh zurückgekommen. Bist du dahintergekommen, wer dein heimlicher Bewunderer ist?«

»Nein – vielleicht doch. Am besten erzähle ich es dir gleich genauso, wie es sich abgespielt hat, und dann sehen wir mal, welchen Reim *du* dir darauf machst. Sheila war im Theater, und sie hat mir erzählt, daß sie Lucas gestern abend bei den Stewarts kennengelernt hat.«

»Lucas? Du meinst... *Lucas*?«

»Ja.«

»Also, wenn das nicht hochinteressant ist.«

»Ich finde es eher erschreckend. Könnte es nicht sein, daß jemand anderes sich als Lucas ausgibt?« fragte Sharisse hoffnungsvoll. Aber sie wußte selbst, daß es nicht so sein konnte, nicht nach der glühenden Bewunderung, mit der Sheila ihn geschildert hatte.

»Was hast du ihr gesagt?« fragte ihr Vater.

»Ich konnte ihr ja nicht gut sagen, ich wüßte nicht, daß er hier ist. Wie hätte das denn ausgesehen? Sie fand ihn einfach fantastisch«, fügte sie gehässig hinzu.

»Beschreibt man so einen Mann?« fragte Marcus.

»Ja, Sheila schon. Sie fand ihn äußerst attraktiv«, sagte sie hämisch.

»Wenn ich mich recht erinnere, hast du das genauso gesehen. Aber gut. Gehen wir davon aus, daß dieser Mann dein Ehemann ist. Er ist hier. Und was tust du jetzt?«

»Ich tue gar nichts. Ich werde Lucas jedenfalls ganz bestimmt nicht treffen.«

»Vielleicht mußt du ihn sehen. Ich kann ihm nicht gut den Zutritt zu meinem Haus verweigern, wenn er dich sehen will. Er ist immer noch dein Mann. Vielleicht war er sich über diesen Umstand nicht im klaren, als er hier angekommen ist, aber offensichtlich weiß er es inzwischen. Und er hat sich abgesichert, damit du dir über seine Rechte als Ehemann im klaren bist.«

»Wie meinst du das?«

»Er hat deine Einkäufe bezahlt. Ich behaupte, daß er dir damit etwas zu verstehen geben wollte.«

»Mit anderen Worten heißt das, er will mir zu verstehen geben, daß er die Möglichkeit hat, die Rolle meines Mannes zu spielen, wenn er es so wünscht?«

»Genau.«

»Ich weiß nicht recht, Vater. Lucas neigt mehr zur Direktheit. Er würde eher hier ins Haus platzen und...«

»Warum hat er es dann nicht getan?«

»Woher soll ich denn wissen, was er sich denkt?«

»Ich bin sicher, daß du es selbst weißt. Er wird herausfinden wollen, warum du noch mit ihm verheiratet bist, Rissy. Wirst du es ihm sagen?«

»Nein«, erwiderte sie heftig. »Ganz bestimmt nicht.«

»Dann solltest du dir auf der Stelle etwas einfallen lassen; denn ich glaube nicht, daß es noch lange dauert, bis du Lucas Holt wiedersiehst.«

39

Sharisse hatte gerade zu Mittag gegessen, als ihre Schwester mit schnelleren Schritten in das Eßzimmer kam, als sie es seit langem an ihr beobachtet hatte. Dennoch bewegte sie sich, an normalen Maßstäben gemessen, langsam. Bei Stephanie, die im fünften Monat schwanger war, war zwar noch so gut wie nichts zu sehen, doch von dem Moment an, in dem sie erfahren hatte, daß sie in anderen Umständen war, hatte sie sich in demselben Maß geschont, wie sie es schon bei ihrer Mutter beobachtet hatte. Ganz gleich, wie oft Sharisse ihr auch zu erklären versucht hatte, daß es gesünder war, wenn sie sich selbst nicht wie einen Invaliden behandelte – ihre jüngere Schwester wollte einfach nicht auf sie hören.

Heute war Stephanie geradezu lebhaft. Sie sah sich flüchtig im Zimmer um, um sich zu vergewissern, daß sie auch wirklich mit Sharisse allein war.

Stephanie setzte sich äußerst umständlich hin. »Vater ist doch nicht zu Hause, oder?«

»An einem Samstag? Du weißt doch, daß er samstags immer mit deinem Schwiegervater zu Mittag ißt.«

»Ich wollte nur ganz sicher sein. Ich will nicht, daß er uns hören kann.«

»Ich habe keine Geheimnisse mehr vor Vater, Steph.«

»Du hast ihm doch nicht erzählt, welche Rolle ich gespielt habe, als du ...«

Sharisse beruhigte sie schnell. »Nein, nein. Sei ganz unbesorgt. Aber ich habe nichts vor ihm zu verbergen, wenn es nur mich betrifft.«

»Nicht einmal, daß Lucas Holt in New York ist?«

Stephanie glaubte, ihr monumentale Neuigkeiten zu überbringen, und sie machte ein langes Gesicht, als Sharisse sagte: »Wir wissen es beide.«

»Ihr wißt es? Gütiger Himmel, und warum hat mir niemand ein Wort davon erzählt? Ich mußte es heute von Trudi hören. Sie hat es von Barbara Stewart gehört, und du weißt ja, wie Barbara ...«

»Mir ist klar, was hier los ist, Steph«, schnitt ihr Sharisse trocken das Wort ab. »Ich nehme an, daß Sheila diejenige ist, die dafür sorgt, daß es jeder erfährt. Sie hat ihn nämlich kennengelernt. Bei den Stewarts.«

»Und?«

»Was ist?«

Stephanie fuchtelte ungeduldig mit den Händen in der Luft herum. »Was tut er hier?«

»Ich weiß es nicht.«

Stephanie stand kurz vor dem Siedepunkt. »Du willst es mir wohl nicht sagen. Oder was ist hier los?«

»Ich habe keine Geheimnisse vor dir, Steph. Ich weiß wirklich nicht, warum Lucas hier ist. Ich habe ihn nicht gesehen.«

Sharisse wollte nicht zugeben, wie sehr es an ihr nagte,

daß Lucas sie nicht aufgesucht hatte. Was wollte er mit diesem Versteckspiel erreichen, das er mit ihr trieb?

»Ich dachte mir doch, daß ich meine Töchter höre«, rief Marcus aus, als er das Zimmer betrat.

Sharisse war überrascht, ihn zu sehen. »Hast du denn nicht mit Edward gegessen?«

»Mir ist etwas dazwischengekommen. Und was führt dich hierher, meine Liebe?« fragte er Stephanie. Er gab ihr einen Kuß.

»Ich mußte Luft schnappen. Diese ganze Putzerei in unserem Haus, du weißt schon. Ich mußte einfach mal raus. Kommst du heute Abend zu meiner Party, Vater?«

»Um Himmels willen, nein. Das ist etwas für euch junge Leute. Ich werde den Abend im Club verbringen.«

»Ich sollte jetzt wirklich wieder nach Hause gehen und nachsehen, wie die Dinge vorankommen«, sagte Stephanie, die nur ungern wieder gehen wollte.

»Wenn du dich beeilst, erwischst du meine Kutsche noch vor dem Haus. Der Kutscher kann dich nach Hause bringen, Stephanie.«

Sharisse stöhnte. »Du bist genauso schlimm wie sie, Vater. Sie wohnt nur eine Kreuzung von hier. Sie braucht die Bewegung.«

»Unsinn, Rissy«, sagte Stephanie fröhlich, als sie sich mühsam hochzog, um zu gehen. »Es schadet nie, wenn man sich vorsieht.«

Als sie wieder allein waren, schalt Sharisse ihren Vater aus. »Du solltest sie nicht auch noch darin bestärken.«

»Ich weiß. Aber gerade im Moment erinnert sie mich so sehr an eure Mutter. Das kann man von dir beim besten Willen nicht behaupten. Du hast dich bis zum Schluß benommen, als sei nichts Besonderes.«

»Ich hatte Glück. Jemand hat es mir gezeigt... ach, schon gut. Was ist dir bei deinem Mittagessen dazwischengekommen?«

»Das hier wurde im Restaurant abgegeben.« Er ließ einen Aktenordner auf den Tisch fallen. »Darauf warte ich schon seit zwei Tagen. Es ist ein Bericht über deinen Mann.«

»Das ist doch wohl nicht dein Ernst!«

»Doch, natürlich. Er wohnt im Fifth Avenue Hotel und ist schon seit gut einem Monat dort.«

»So lange? Aber das ist ein Luxushotel! Woher hat er das Geld? Ich frage mich, ob er seine Ranch verkauft hat?«

»Seine Ranch ist verkauft worden, das schon, aber nicht durch ihn. Ein Billy Wolf hat sie im letzten Jahr verkauft. Lucas Holt hat die Gegend schon lange vor diesem Verkauf verlassen.«

Sharisse starrte ihren Vater mit weit aufgerissenen Augen an. »Woher weißt du all das?«

»Ich habe letztes Jahr jemanden nach Arizona geschickt. Es war doch naheliegend, daß ich Nachforschungen über ihn anstelle.«

»Du hast diese Dinge während der gesamten Zeit gewußt und mir nie ein Wort davon erzählt?«

»Es wäre sinnlos gewesen, darüber zu sprechen, und außerdem wollte ich dich nicht unnötig aus der Fassung bringen. Ganz abgesehen davon: Holt war spurlos verschwunden, und ich habe mich gezwungen gesehen, die Suche abzubrechen.«

»Verschwunden?«

»Ein alter Mann, der für ihn gearbeitet hat, hat gesagt, daß er seine Ranch noch an demselben Tag verlassen hat, an dem du von dort fortgegangen bist«, erwiderte Marcus. »Danach hat ihn kein Mensch mehr gesehen.«

Sie dachte eine Zeitlang darüber nach. »Glaubst du, daß er versucht hat, mir zu folgen?«

»Nein, Er hätte dich mit Leichtigkeit einholen können.«

»Natürlich.« Sie konnte die Enttäuschung nicht ganz aus ihrer Stimme verbannen. »Warum hätte er es auch versuchen sollen?«

Marcus musterte sie versonnen. »Es kamen Berichte, die besagt haben, daß er für den Ruin des Begründers der Stadt Newcomb verantwortlich war. Wenn das so ist, dann *mußte* er Newcomb vielleicht verlassen. Der ganze Ort ist völlig heruntergekommen. Weißt du etwas darüber?«

»Samuel Newcomb? Aber die beiden sind befreundet... oder so ähnlich. Nein, ich kann nicht glauben, daß Lucas etwas Derartiges tut. Lucas nicht.«

Er räusperte sich. »Wie ich schon sagte, waren das nur Meldungen.«

»Was hast du sonst noch herausgefunden?«

»Mr. Wolf – mein Detektiv hat ihn aufgespürt – hat angedeutet, dein Mann könnte auf dem Weg nach Europa sein.«

»Nach Europa! Aber er hatte kein Geld.«

»Jetzt hat er jedenfalls Geld«, sagte ihr Vater. »Er wohnt in einem der teuersten Hotels der ganzen Stadt, und er hat das alte Tindel-Haus gekauft.«

»Er hat was?«

»Etwas gibt mir Rätsel auf«, sagte Marcus. »Ich dachte, diesen einen Punkt könntest du mir vielleicht erklären.«

»Nur einen?« fragte sie sarkastisch. »Gütiger Himmel, ich kann gar nicht glauben, daß wir wirklich über den Mann sprechen, den ich einmal gekannt habe!«

»Vielleicht tun wir das auch gar nicht.«

»Vater«, setzte sie matt an, doch er unterbrach sie.

»Dieser Mann hat sich im Hotel als Slade Holt und nicht als Lucas Holt eingetragen.«

»Slade! O nein, nicht auch das noch!«

Marcus war gewarnt, weil jede Farbe aus ihrem Gesicht gewichen war. »Was hat es damit auf sich, Rissy?«

»Slade ist Lucas' Bruder!«

»Aber weshalb sollte Lucas den Namen seines Bruders benutzen?«

»Vielleicht ist es gar nicht Lucas«, hauchte sie atemlos. »Vielleicht ist es wirklich Slade.«

»Unsinn. Dieser Mann behauptet, dein Ehemann zu sein. Du könntest ihn jederzeit bloßstellen, wenn er es nicht ist.«

»So, könnte ich das?« Sie lachte bitter. »Sie sind Zwillinge. Ich kann sie nur auseinanderhalten, weil Slade sich wie ein Indianer kleidet. Wenn er sich hier unauffällig kleidet, was wohl der Fall sein dürfte, kann ich den Unterschied nicht erkennen. Ich schwöre es dir.«

»Dann ist das vielleicht gar nicht dein Mann?«

Sie biß sich auf die Lippe und rief dann aus: »Oh, ich weiß einfach nicht mehr, was ich denken soll!«

»Ich werde in das Hotel gehen und diesen Mann zur Rede stellen müssen«, sagte ihr Vater resolut.

»Nein!« Sharisse sprang abrupt von ihrem Stuhl auf. »Das kannst du nicht tun!«

»Warum nicht?«

»Wenn es Slade ist, dann ist er ... schwierig. Er ist ganz anders als Lucas. Slade ist allein in der Wildnis aufgewachsen. Er ist ein Revolverheld. Er ist direkt und grob. Er ist kein zivilisierter Mensch. Mit Slade kann man nicht reden, Vater. So leicht geht das nicht.«

»Har er irgendein Interesse an dir?« fragte ihr Vater.

»Ja, das hatte er«, gestand sie widerwillig. »Er ist nicht die Sorte Mann, mit der eine Gegenüberstellung möglich wäre, Vater. Tu daher bitte gar nichts.«

»Irgend etwas muß geschehen, Rissy. Wir können nicht einfach abwarten und uns Fragen stellen.«

»Doch, das können wir«, beharrte sie. »Du hast selbst gesagt, daß es wahrscheinlich nicht allzu lange dauert, bis er mich aufsucht. Wenn es wirklich Slade ist, würde ich ein Treffen gerne bis in alle Ewigkeit hinauszögern.« Sie schlug ihre Augen nieder. »Ich weiß zumindest, wie ich mit Lucas umgehen kann«, erklärte sie schließlich. »Aber mit Slade? Mein Gott, wenn er es sich in den Kopf gesetzt hat, sich als Lucas auszugeben, um mich zu zwingen...«

»Das würde er nicht wagen«, knurrte Marcus.

»O doch, Vater. Er ist völlig skrupellos. Er fände es lustig, eine Zeitlang die Rolle meines Mannes zu spielen, mich dort zu haben, wo... aber ich sagte ja schon, daß er damals versucht hat, mir nachzustellen.«

»Vielleicht solltest du wieder für eine Weile zu deiner Tante gehen.«

»Nein, damit ist nichts gelöst. Wie sollte ich dann jemals aus dieser Situation herauskommen? Nein, ich sollte so weiterleben, wie ich sonst auch lebe. Ich weigere mich, mich vor ihm zu verstecken. Was ich tun sollte, ist, am Montag einen Anwalt aufzusuchen, damit es mit dieser Ehe ein für allemal vorbei ist. Dann spielt es auch keine Rolle mehr, ob es sich um Lucas oder um Slade handelt.«

»Es ist zu spät, um diese Ehe so leicht zu beenden, Sharisse. Du brauchst jetzt die Einwilligung deines Mannes. Das weißt du selbst«, rief er ihr sachte ins Gedächtnis zurück.

»Ein Gutes hat es für sich«, sagte sie kläglich. »Seine Einstellung zu einer Scheidung wird mir Aufschluß darüber geben, wer er ist. Wenn er keine Scheidung haben will, dann weiß ich, daß es Slade ist.«

Ihr Vater stand da und sah sie betrübt an. Dann wandte er sich ab und verließ das Eßzimmer. Er brauchte dringend die Gelegenheit, über all das nachzudenken. Allein, in seinem Arbeitszimmer.

40

»Du wolltest früher kommen, und statt dessen kommst du zu spät, Rissy«, klagte Stephanie, als sie ihre Schwester am Arm nahm und sie zum Salon führte.

»Schimpf nicht mit mir. Denn fast wäre ich gar nicht ge-kommen. Robert hat schriftlich abgesagt, und wenn ich nicht schon angezogen gewesen wäre, als ich seine Nach-richt bekommen habe, wäre ich gar nicht hier erschie-nen.«

»Aber es macht doch nichts, daß du nicht in Begleitung bist. Du kennst ohnehin alle, die hier sind.«

»Deshalb habe ich mich ja auch entschlossen, trotzdem zu kommen.« In Wirklichkeit hatte sie das Bedürfnis nach dieser Ablenkung verspürt, die sie allzu dringend nötig hatte. »Und allzu sehr habe ich mich gar nicht verspätet. Sheila ist wohl auch noch nicht da, soweit ich das sehe?«

»Sie ist die einzige außer dir, die noch nicht da ist. Und auf sie kann man sich nie verlassen.«

»Jetzt sei nicht so mürrisch, Stephanie. Es steht dir nicht.«

Es klingelte. »Geh jetzt lieber an die Tür, um deine letz-ten Gäste zu begrüßen«, sagte Sharisse. Sie ließ Stephanie stehen. »Ich kann allein reingehen. Ich werde…«

»Was ist, Rissy?« Stephanie sah in die Richtung, in die ihre Schwester blickte, und hielt den Atem an. »Ist er das? Er ist es doch, oder? Oh, was soll ich bloß tun? Soll ich Joel holen, damit er ihn auffordert, wieder zu gehen? Rissy?«

»Stephanie, sei nicht so dumm!« fauchte Sharisse. »Ei-nen Mann wie ihn kann man nicht dazu bringen, wieder wegzugehen, wenn er nicht gehen will. Wenn du Joel in die Sache hineinziehst, gibt es nur Ärger. Tu einfach so, als sei alles in Ordnung.«

»Wie soll ich das denn machen?« Stephanie hielt Sharisse am Arm fest. »O Gott, jetzt hat er dich gesehen! Er kommt auf dich zu, Rissy! Ich gehe jetzt lieber.«

»Wage es nicht, mich mit ihm allein zu lassen!« zischte Sharisse ihr zu.

Sie drehte sich um. Ihre Blicke trafen sich. Und plötzlich wurde ihr ganz anders. Es waren diese Augen, das klare Grün mit dem goldenen Schimmer, strahlend und entwaffnend.

Sie reagierte immer noch auf seinen Blick, und er war auch in seiner eleganten Kleidung und mit kürzerem Haar immer noch der Mann, den sie niemals vergessen konnte.

»Hallo, meine Schöne.«

Die rauhe Stimme ließ sachte Schauer durch sie rieseln.

»Ich glaube, du kennst bereits einige meiner Freunde, aber meine Schwester hast du bisher noch nicht kennengelernt«, sagte sie so ruhig wie möglich. Er warf einen flüchtigen Blick auf die fassungslose Blondine und nickte ihr kurz zu. Dann sah er Sharisse wieder an. Sein Gesicht hätte aus Granit gemeißelt sein können. Die beiden blieben stehen, sahen einander unerbittlich in die Augen und rührten sich nicht.

»Endlich sehen wir das junge Paar zusammen«, rief Sheila aus, die mit schnellen Schritten auf sie zukam. Donald war an ihrer Seite. »Du kommst nie darauf, wo wir ihn gefunden haben, Sharisse. Am entgegengesetzten Ende der Stadt. Ich wußte, daß er niemals rechtzeitig kommt, wenn wir ihn nicht mitnehmen.«

»Wie aufmerksam von dir, Sheila«, erwiderte Sharisse mit gepreßter Stimme.

»Wir unterhalten uns später noch, mein Liebling«, sagte Sheila fröhlich. »Ich muß erst alle begrüßen. Ich will ja nicht zu unhöflich sein.«

Sheila betrat den Salon, und Stephanie folgte ihr. Sharisse blieb mit ihm allein.

»Können wir uns hier irgendwo ungestört unterhalten?«

»Nein!« Sie errötete, als sie hörte, mit welchem Nachdruck es herauskam.

»Fürchtest du dich davor, mit mir allein zu sein, meine Schöne?«

»Nein, ich... ich sehe nur keinen Grund, aus dem wir nicht bleiben sollten, wo wir sind.«

»Wie du willst«, knurrte er. »Aber warten kann ich nicht mehr.«

Er zog sie abrupt an sich, und sein Mund senkte sich heftig auf ihre Lippen. Sein Körper, der sich an sie preßte, wirkte wie ein Blitz, der einschlug, und seine Lippen waren gierig und fordernd. Sie war machtlos und konnte sich nicht wehren. Ihre Hände wanderten über seine Schultern, legten sich um seinen Nacken und in sein Haar.

Er hob seinen Kopf und fragte sich, ob sie sich sofort von ihm losreißen würde, doch sie tat es nicht. Ihre Augen glühten dunkel wie Amethyst.

»Ich fürchte, ich habe die Beherrschung verloren«, sagte er mit zarter Stimme.

»Was?«

Er mußte über ihren verwirrten Zustand lachen. »Sieh dich doch um, meine Schöne.«

Sie tat es, und dann lief sie bis zu den Haarwurzeln rot an. Stephanie starrte sie verwundert an. Sheila grinste über das ganze Gesicht. Trudi Baker und ein paar andere Mädchen kicherten. Die Männer im Raum gaben sich große Mühe, so zu tun, als hätten sie nichts gesehen. Sie wäre am liebsten gestorben.

Sie drehte sich wieder zu ihm um, sah, daß ihre Hände noch um seinen Hals geschlungen waren, zog sie zurück und trat einige Schritte nach hinten. »Wie konntest du das tun?« zischte sie ihn wütend an.

»Ganz einfach, und mit großem Vergnügen«, erwiderte

er. Er nahm ihren Arm und führte sie ein Stück weiter von ihrem Publikum fort. »Warum stellst du nicht dir selbst diese Frage? Du hast mich soeben vor allen Anwesenden als deinen Ehemann anerkannt.«

»So, und bist du es etwa nicht?« fauchte sie.

»Nein.«

Sie riß die Augen weit auf. »*Du* bist es also! Wie abscheulich du doch bist, Slade. Es wundert mich nur, daß du es zugegeben hast.«

»Slade?« Er zog eine dieser dunklen Augenbrauen hoch, und sie geriet noch mehr in Wut. »Wie kommst du darauf, daß ich Slade bin?«

Sharisse schüttelte den Kopf. »Versuch jetzt nicht, mich zu verwirren. In deinem Hotel bist du als Slade Holt eingetragen.«

»Dein Vater hat also Nachforschungen über mich angestellt – wieder einmal.« Seine Stimme wurde kalt.

»Wieder?« fragte sie zögernd. »Du weißt etwas von dem Mann, den er nach Newcomb geschickt hat?«

»Deshalb bin ich hier. Ich will Näheres darüber wissen. Und auch ansonsten gibt es noch einiges, was ich wissen will.«

»Aber er hat Lucas gesucht, nicht dich. Oh, ich könnte laut schreien.«

Er kicherte in sich hinein. »Wenn das so ist, dann sollten wir uns wohl doch ein ungestörtes Plätzchen suchen. Wie wäre es mit dem Schlafzimmer deiner Schwester?«

»Als ob ich mich dir in einem Schlafzimmer anvertrauen würde«, sagte sie. »Der Garten muß genügen.«

Sie führte ihn in den ummauerten Garten hinter dem Haus. Dort standen Bänke, und zwischen den Rosen versteckt war ein Springbrunnen. Der Garten war vom Haus her in einen schwachen Lichtschein getaucht, und im Freien war es angenehm kühl. Nachdem sie die Türen geschlossen hatte, drehte sie sich zu ihm um.

»Wenn du nicht augenblicklich mit deinen Erklärungen beginnst, haben wir nichts miteinander zu bereden«, teilte sie ihm in aller Deutlichkeit mit.

»Ich? Nein, meine Süße, du bist diejenige, die hier einiges zu erklären hat.«

»Nicht, ehe du mir sagst, wer du bist.«

Er zog seine Augen zusammen. »Ich bin der Mann, den du in Arizona geheiratet hast.«

»Warum hast du dann bestritten, daß du mein Mann bist?«

»Weil die Urkunde in deinem Besitz, auf der steht, daß wir verheiratet sind, ungültig ist.«

Sie starrte ihn mit offenem Mund an. »Soll das heißen, daß der Geistliche gar kein...«

»O, der Geistliche war echt. Du und ich, wir wissen, daß ich dich geheiratet habe. Aber kannst du es beweisen? Bin ich dein Ehemann, wenn ich unter einem anderen Namen lebe?«

»Ich verstehe überhaupt nichts mehr. Du kannst eine Ehe doch nicht dadurch lösen, daß du deinen Namen änderst.«

»O doch, das kann ich. Und du weißt, daß ich es kann... wenn der andere Name, den ich mir zulege, ›Slade‹ ist. Es bringt gewisse Vorteile mit sich, einen Zwillingsbruder zu haben.«

»Eine solche Abscheulichkeit habe ich noch nie gehört. Das kann doch nicht wahr sein!«

»Ich werde dir nicht näher erklären, warum es durchaus möglich ist, aber du kannst mir glauben, daß es geht. Dieses Papier, auf dem steht, daß wir verheiratet sind, ist nur dann gültig, wenn ich zugebe, daß ich Lucas Holt bin.«

»Aber du hast doch zugegeben, daß du Lucas bist.«

»Dir gegenüber.« Er grinste. »Sonst niemandem gegenüber.«

»Das ist nicht wahr. Sheila hält dich für meinen Mann.

Du hast es weder ihr noch sonst jemandem gegenüber bestritten.«

Er zuckte die Achseln. »Viele Paare geben vor, miteinander verheiratet zu sein, damit niemand ihn vorwerfen kann, sie seien unmoralisch. Ich frage mich, was deine Freunde wohl sagen würden, wenn sie auf die Idee kämen, du könntest ihnen von Anfang an etwas vorgemacht haben?«

Sharisse atmete tief ein. Es wäre ein Skandal, und das wußte er.

»Aber die Zeremonie hat stattgefunden, und...«

»...und du hast keine Zeugen. Deine Freunde würden lediglich glauben, daß du dich bemühst, deinen Ruf zu retten. Es liegt in der menschlichen Natur, jedem anderen nur das Schlechteste zuzutrauen, wenn Gerüchte im Umlauf sind. Und erst recht, wenn sich die Gerüchte häufen. Das weißt du selbst.«

»Das kannst du mir nicht antun«, sagte sie entschieden. »Wir müssen verheiratet sein.«

»Warum?« Seine Stimme wurde lauter. Was steckte dahinter?

»Lucas, ich weiß, daß du überrascht gewesen sein mußt, als du festgestellt hast, daß ich immer noch mit dir verheiratet bin.«

»Überrascht ist wohl das falsche Wort.«

»Laß es dir doch erklären. Ich hatte wirklich die Absicht, die Ehe für ungültig erklären zu lassen, aber als ich wieder zu Hause war, hat mein Vater immer noch darauf beharrt, daß ich Joel heirate.«

»Den Mann deiner Schwester?«

»Ja. Sieh mal, Stephanie hat ihn geliebt. Habe ich dir das nicht schon einmal erzählt? Aber mein Vater wollte nichts davon hören, und er hätte mich gezwungen, Joel zu heiraten. Hätte ich ihm nicht gesagt, daß ich schon verheiratet bin, dann wäre ich jetzt Mrs. Parrington. Natürlich hat es ihm nicht gepaßt. Ich vermute, daß er dich gesucht hat, um sich ein Bild davon zu machen, was für ein Mensch du bist.«

»Hast du ihm nicht ohnehin gesagt, daß ich ein Schuft bin?«

Sie war getroffen. »Ich habe ihm nicht gesagt, was für ein betrügerischer Lump du warst, wenn es das ist, was du meinst.«

»Ich?« explodierte er, und in einem Wutanfall packte er ihre Schultern. Doch ein Blick in ihre weit aufgerissenen, furchtsamen Augen reichte aus. Er rüttelte sie nicht, sondern stieß sie nur von sich.

»Reden wir doch über Lug und Trug – nämlich über die Täuschungsmanöver von deiner Seite«, sagte er kalt. »*Mrs.* Hammond, war es nicht so? Die Tochter eines John Richards? Achtzehn Jahre alt, das hast du behauptet. Mittellos – eine Witwe – abgebrochene Kontakte zu deinem Vater. Habe ich vielleicht noch einige deiner Lügen vergessen?«

Sie wand sich. »Lucas, ich kann es dir erklären.«

»So, kannst du das?« Er schrie inzwischen. »Was wäre gewesen, wenn ich wirklich ein armer Trottel gewesen wäre, der eine Frau haben wollte? Hast du dir das auch nur einen Moment lang überlegt, als du auf meine Anzeige geantwortet hast? Hast du einen Gedanken daran verschwendet?«

»Ich habe nicht auf die Anzeige geantwortet!« schrie Sharisse ihn an. »Das war nicht ich. Das war meine Schwester!«

Sie starrten einander erstaunt an. Dann sagte er: »Setz dich, Sharisse, und fang ganz von vorne an.«

Sie tat es, erklärte ihm noch einmal die Sache mit Joel und Stephanie. »Sie war so todunglücklich darüber, daß ich Joel heiraten sollte, daß sie nicht mehr wußte, was sie tat. Du kannst es ihr nicht vorwerfen, Lucas. Ich hatte die

Absicht, dir die Fahrkarten gemeinsam mit einem Brief von Stephanie zurückzuschicken. Aber als ich New York verlassen hatte, mußte ich feststellen, daß mein Schmuck fort war.« Sie erklärte es ihm nicht näher, sondern sprach eilig weiter. »Ich hatte keine andere Wahl mehr. Ich mußte die Fahrkarte benutzen, weil ich kein Geld hatte.«

»Warum hast du mir all das nicht gleich bei deiner Ankunft gesagt? Verdammt noch mal, ich hätte ein Abkommen mit dir getroffen. Wir hätten einander ohne alle diese Lügen helfen können.«

»Ich hätte es getan, aber du warst so furchteinflößend. Ich hatte Angst. Ich hatte gehofft, du würdest mich nicht wollen und mich wieder in den Osten schicken.« Er lachte, doch das ignorierte sie. »Was für ein Abkommen hättest du mit mir getroffen? Warum hast du mich dort gebraucht, Lucas? Hatte es etwas mit Samuel Newcomb zu tun?«

»Dein Vater hat auch das herausgefunden, oder?!«

»Nur Gerüchte. Hast du Sam wirklich ruiniert? Absichtlich?«

»Nur deshalb war ich dort«, sagte er ohne jede Verlegenheit. »Sam war so streng bewacht und so gut abgesichert, daß es nicht möglich war, ihn umzubringen, aber mir hat es gereicht, ihn absolut zu ruinieren. Und nach einer Weile hat Fiona mir Steine in den Weg gelegt, indem sie Newcomb eifersüchtig gemacht hat. Ich konnte es zu diesem Zeitpunkt nicht gebrauchen, daß er mir feindselig gegenübersteht, und daher habe ich mir ausgerechnet, daß er sich wohl beruhigt, wenn ich eine Verlobte habe. Und so war es auch.«

Während er das sagte, dämmerte es ihr. »Er ist der Mann, der den Mörder deines Vaters für diesen Mord bezahlt hat, oder?«

Lucas nickte. »Ich konnte es nicht beweisen, aber er ist es.«

Sie schüttelte erstaunt den Kopf. »Slade hat den einen erledigt, und du hast dich um den anderen gekümmert. Ihr Holts wartet nicht ab und verlaßt euch nicht auf die Gesetze, wenn es darum geht, ein Unrecht wiedergutzumachen.«

Er hätte ihr die ganze Geschichte erzählen können, aber im Moment sah er darin keinen Sinn. Er wußte immer noch nicht, was er mit ihr anfangen sollte. Er hatte nicht damit gerechnet, daß schon allein ihr Anblick nach dieser langen Zeit Qualen in ihm auslösen würde, die ihn verzehrten. Sie war genauso schön, wie er sie in Erinnerung gehabt hatte, wenn nicht noch schöner, und, verdammt nochmal, er begehrte sie grenzenlos. Selbst die Vorstellung, daß sie ein herzloses Luder war, konnte ihn nicht von ihr abbringen.

Er hatte sich zu lange seiner Versonnenheit überlassen, und Sharisse wurde unruhig. Was mochte er bloß denken? »Lucas, sieh mal, ich weiß, daß du gar keine Frau haben willst, und es tut mir leid, daß ich nicht schon eher etwas unternommen habe. Aber ich werde es tun. Ich werde so bald wie möglich für eine Scheidung sorgen.«

»Du kannst dich nicht von einem Mann scheiden lassen, mit dem du nicht verheiratet bist«, erwiderte er geistesabwesend.

»Lucas! Du bist doch nicht etwa immer noch wütend auf mich, weil ich dich belogen habe? Dazu hast du kein Recht.« Sie verlor schon wieder ihre Fassung. »Du hast mich im selben Maß belogen. Was wäre gewesen, wenn *ich* wirklich einen Mann zum Heiraten gesucht hätte?«

»Ich hätte dich reichlich für deine Enttäuschung entschädigt. Ich habe auch tatsächlich ein kleines Vermögen auf einer Bank hier in New York für dich hinterlegt. Aber natürlich ließ sich nirgends eine Mrs. Hammond finden, der das Geld zukommen sollte.« Er zuckte die Achseln.

»Da ich jetzt weiß, daß du es nicht brauchst, habe ich es für etwas anderes ausgegeben.«

Sharisses Augen sprühten Funken. »Du hattest schon immer Geld, stimmt's? Du hättest mich nach Hause schicken können, als ich dich darum gebeten habe. Du ... oh!«

»Ich bin recht froh, daß ich das nicht getan habe.«

»Warum hast du dieses Leben geführt, obwohl du Geld hattest?«

»Die Goldmine meines Vaters hat mich reich gemacht, aber ich habe in Arizona eine Rolle gespielt, die nur für Sam gedacht war, und es ließ sich nicht mit dieser Rolle vereinbaren, mit Geld um sich zu werfen.«

»Aber du hast mir doch erzählt, die Mine sei nie gefunden worden.«

»Ich habe gesagt, daß Newcomb sie nicht gefunden hat. Mein Bruder und ich wußten, wo sie lag.«

»Dann bist du also wirklich reich?«

»Bist du jetzt enttäuscht?«

Das Glitzern in seinen Augen brachte sie in Wut. »Ich bin sicher, daß sich dadurch nichts ändert.«

»So, wirklich nicht?«

»Nein. Ob reich oder nicht – du bist ein Ekel!«

Er lachte lauthals. »Und ich dachte schon, du würdest dich freuen, wenn du erfährst, daß ich dir die vielen kleinen Luxusgüter kaufen kann, die du gewohnt bist. Andererseits könntest du es gebrauchen, daß jemand deinen Einkäufen einen Riegel vorschiebt. Du gibst wirklich zuviel Geld aus.«

Ihr blieb die Luft weg, als sie verstand, was er damit sagen wollte. »Niemand hat dich aufgefordert, meine Rechnungen zu bezahlen, Lucas! Warum hast du das getan?«

»Du trägst meinen Namen. Das berechtigt mich, zu tun, was ich will, wenn es dich betrifft.«

Sie sprang mit einem Satz auf. »Aber du hast gesagt, daß du nicht mein Mann bist!«

»Ich habe es nicht öffentlich bestritten – noch nicht. Oder?«

»Aber du hast es vor, stimmt's?« fauchte sie. Er gab ihr keine Antwort, und ihr ging die Luft aus. Sie setzte sich langsam wieder hin »O Lucas, warum willst du mir das antun? Ich kann mit dem Skandal fertigwerden, den eine Scheidung auslöst, aber nicht damit, daß ich überhaupt nie verheiratet gewesen sein soll.«

»Du hast dieses Durcheinander selbst zustande gebracht, Sharisse.«

»Ich habe dir doch erklärt, warum!« schrie sie.

»Wegen deiner Schwester«, erwiderte er, »aber jetzt ist sie schon lange verheiratet. Welche Entschuldigung hast du dafür, daß du diese Situation nicht schon eher richtiggestellt hast?«

Sharisse wandte ihre Augen ab. Wenn sie ihm die Wahrheit sagte, dann war das gleichbedeutend damit, ihn zu etwas zu zwingen, was er nicht wollte. Das würde sie nicht tun. Sie konnte es nicht tun.

»Ich... ich dachte, es schadet niemandem, wenn die Dinge so bleiben, wie sie sind, Lucas. Mein Vater hätte auf die Idee kommen können, mir einen anderen Mann zu suchen, und ich wollte keinen anderen Mann heiraten.« Wie wahr das in Wirklichkeit war, ging ihr in dem Moment auf.

»Und wenn ich eines Tages die Absicht hätte zu heiraten?«

»Aber du hast doch gesagt, wir seien nicht verheiratet.«

»Das konntest du nicht wissen.«

»Irgendwann hätte ich schon etwas unternommen. Ich habe nur einfach nicht geglaubt, daß es eilig ist. Welchen Unterschied macht das für dich, Lucas? Warum kann ich nicht einfach eine Scheidung vortäuschen? Damit wären alle Probleme gelöst. Ich schwöre dir, daß ich dir nie mehr zur Last falle und daß du mich nie mehr zu sehen brauchst.«

Seine Augen verengten sich zu Schlitzen. Sie niemals wiedersehen?

»Wenn du eine Scheidung willst, Sharisse, dann mußt du mich vorher noch einmal heiraten.«

»Aber das ist doch lächerlich!«

»Tu es, oder laß es bleiben«, erwiderte er barsch.

»Weshalb?«

»Weil ich die Scheinheiligkeit satt habe.«

»Gut, Lucas, wenn es sein muß. Aber ich schwöre dir, daß du verrückt bist.«

»Vielleicht bin ich das.« Er lächelte so bezaubernd, daß sie in Wut geriet. »Ich hole dich morgen gegen zehn ab. Sei dann bitte schon soweit. Und mach dir keine Sorgen. Niemand braucht zu erfahren, daß du mich wieder heiratest, damit du dich von mir scheiden lassen kannst. Nur die Scheidung wird an die Öffentlichkeit kommen müssen.«

»Du bist äußerst unvernünftig«, sagte sie verdrossen, »aber ein vernünftiger Mensch warst du noch nie, Lucas.«

»Ich schaffe nur Ordnung, meine Schöne. Dagegen kannst du nichts einwenden.«

Sie wußte nicht, wie er das meinte, und sie stellte keine Fragen. Sie war plötzlich sehr erschöpft.

»Entschuldige mich bitte, weil ich nicht mehr reingehe«, sagte er. »Ich mache mir nichts aus diesem nichtssagenden Plaudern. Wir Seeleute machen uns nichts daraus, das verstehst du doch.« Sie errötete, als er sie wieder daran erinnerte, und er fragte: »War es wirklich nötig, mich ausgerechnet zum Kapitän zu machen?«

»Es schien angemessen für einen Mann, den man nie zu sehen kriegt«, sagte sie gereizt.

»Ich nehme an, wir können immer noch behaupten, ich hätte die Seefahrt aufgegeben.«

Sein breites Grinsen erzürnte sie. »Sag doch von mir aus, was du willst – und ich bin sicher, daß du das ohnehin tust. Wie immer.«

Sie wandte sich schmollend ab und ging. Er blieb stehen und grinste, während er ihr nachblickte.

41

Sharisse zog sich ein dezentes Kaschmirkleid in einem Kobaltblau mit einem dazu passenden Umhang an. Nichts Schickes für diesen lachhaften Ausflug.

Lucas kam pünktlich, und sie gab ihm gar nicht erst die Gelegenheit, aus seiner Kutsche auszusteigen, sondern eilte ihm entgegen. Das belustigte ihn.

»Man könnte glauben, du kannst es kaum erwarten, mich zu sehen«, äußerte er, während er sie neben sich in die Kutsche zog.

»Ich wollte nur nicht, daß du meinen Vater siehst«, sagte sie übellaunig.

»Gerade darauf habe ich mich schon gefreut. Du hast gesagt, daß dein Vater und ich uns ähnlich sind. Hast du ihm denn nicht gesagt, daß wir wieder heiraten?«

»Aber gewiß nicht. Du hast selbst gesagt, niemand bräuchte etwas davon zu erfahren«, rief sie ihm ins Gedächtnis zurück.

»Ja, das habe ich gesagt«, sagte er seufzend.

»Hast du es dir anders überlegt?« fragte sie voller Hoffnung.

»Ach, meine Schöne«, sagte er schelmenhaft, »was ändert es, wenn du mich zweimal heiratest, so lange das Endergebnis genau das ist, was du willst?«

»Du meinst, was *du* willst!«

Er lachte, und Sharisse lehnte sich steif zurück. Sie war

entschlossen, ihn zu ignorieren. Die weitere Fahrt verlief schweigend. Sharisse kochte vor Wut, und Lucas war ganz davon in Anspruch genommen, sie zu beobachten. Er fuhr mit ihr aus der Stadt hinaus, in eine kleine Kirche. Er hatte alles im voraus arrangiert, und der Pfarrer erwartete ihn mit zwei Gemeindemitgliedern, die die Rolle der Trauzeugen übernehmen würden.

Sharisse ließ alles in versteinertem Schweigen über sich ergehen, bis der Pfarrer sich nach Ablauf der Hälfte der Zeremonie namentlich an Lucas wandte und dabei einen Namen gebrauchte, mit dessen Nennung sie nicht gerechnet hatte.

Ehe sie laut protestieren konnte, flüsterte er ihr ins Ohr: »Mach dir keine Sorgen. Ein kleiner Irrtum, aber dadurch ändert sich nichts.«

»Aber...«

»Wenn du nicht mitspielst, gibt es nur eine Alternative, und du weißt, was ich meine.«

Sharisse kniff die Lippen zusammen.

Lucas rechnete mit weiteren Einwänden, als sie unterschreiben mußten, und er freute sich schon darauf, doch Sharisse überraschte ihn. Er konnte nicht wissen, daß sie sich nicht daran erinnerte, ihre erste Heiratsurkunde unterschrieben zu haben, und daher irritierte sie auch der Umstand nicht, daß der Pfarrer ihre Namen noch nicht eingetragen hatte. Sie sagte auch nichts, als er darauf bestand, daß sie mit ihrem Mädchennamen unterschrieb. Sie tat es einfach und stolzierte dann aus der Kirche, um in der Kutsche auf ihn zu warten.

Als er zu ihr kam, ließ er das vollständige Dokument auf ihren Schoß fallen, lehnte sich zurück und wartete. Er brauchte nicht lange zu warten.

Sharisse las nur bis zu der Stelle, an der Slades Name stand und dann funkelte sie Lucas wütend an. »Du hast gesagt, es sei nur ein Irrtum gewesen, als er den falschen

Namen gesagt hat. Aber du hast auch mit ›Slade‹ unterschrieben!« Sie warf ihm die Urkunde hin.

Er sah sie an, aber er sagte kein Wort.

»Wie konntest du mir das antun, Lucas? Du hast mich mit deinem Bruder verheiratet!«

»Nein. Ich habe dich mit mir verheiratet, und zwar diesmal rechtsgültig. Ist es dir immer noch nicht klar?«

Sie ließ alle ihre Fragen durch ihren Kopf schießen und fand dabei einige Antworten. »Du bist wirklich Slade? Du hast nur so getan, als seist du Lucas, um mich reinzulegen! Und was zum Teufel meinst du mit *diesmal*?« Er lächelte, und sie schrie: »*Du* warst also derjenige, der mich damals geheiratet hat. Du bist an dem Tag noch einmal zurückgekommen und hast mir weisgemacht, du seist Lucas, damit du... Wenn der Pfarrer nicht ausgerechnet in dem Moment gekommen wäre, dann hättest du – kein Wunder, daß Lucas so wütend war. Du hast mich ohne sein Wissen mit ihm verheiratet!«

»Ein Teil davon stimmt, meine Schöne, aber nur ein Teil. Willst du den Rest der Geschichte hören, oder willst du weiterhin überkochen?«

»Was kannst du mir denn sagen, um das zu entschuldigen, was du getan hast?« sagte sie erbost. Wie konnte er es wagen, so herablassend zu sein? »Ich bin doch nicht etwa mit euch beiden verheiratet, oder?«

»Nein. Deine erste Eheschließung war nicht legal.«

Zumindest war sie keine Bigamistin, wenn ihr auch dieser Gedanke nur wenig Erleichterung verschaffte.

»Ich weiß nicht, was du mit allen diesen Tricks erreichen wolltest, Slade. Von *dir* werde ich mich scheiden lassen – mit dem größten Vergnügen. Du hast nichts erreicht.«

»Wirst du dich von mir scheiden lassen, meine Schöne?«

»Auf der Stelle«, versicherte sie ihm.

Sharisse wandte sich ab. Die Angelegenheit war geregelt.

Die Rückfahrt verlief so schweigsam wie die Hinfahrt, doch dann überraschte er sie damit, daß er sagte: »Geh und pack ein paar Sachen zusammen, Sharisse. Du ziehst jetzt zu mir.«

»Sei nicht albern, Slade.« Sie wollte aus der Kutsche steigen.

»Ich habe dich nicht zum Spaß geheiratet. Ich hatte bisher keine Rechte, aber jetzt habe ich sie, und ich habe auch vor, es dabei zu belassen. Tu, was ich dir sage.«

Sie war entsetzt. »Aber ich bleibe nicht deine Frau! Niemals!«

Sie lief ins Haus und schlug die Tür hinter sich zu, doch einen Moment später riß er die Tür auf.

»Du hast doch nicht etwa geglaubt, daß es so einfach ist, oder?«

Wutentbrannt sah sie ihn an. »Raus!«

»Was zum Teufel geht hier vor?« Marcus trat in die Eingangshalle und starrte den großen, dunkelhaarigen Fremden an.

Sharisse drehte sich zu ihrem Vater um und sagte mit derselben wutentbrannten Stimme: »Er glaubt, bloß weil ich ihn geheiratet habe, kann er mir Vorschriften machen. Aber er hat mich reingelegt, Vater. Er ist nicht Lucas. Er ist Slade! Sag *du* ihm, daß er damit nicht durchkommt, weil *ich* ihn nämlich nie wiedersehen will.«

Mit diesen Worten rannte sie die Treppe hinauf und ließ die beiden Männer stehen, die einander anstarrten. Marcus war bestürzt. War das etwa sein Schwiegersohn, dieser junge Mann, der so furchteinflößend wirkte und dessen Augen, die ihn ansahen, ohne auch nur mit der Wimper zu zucken, auf die kalte Entschlossenheit hinwiesen?

»Ich hatte gehofft, wir würden uns unter weniger komplizierten Umständen kennenlernen, Mr. Hammond,

aber jetzt muß ich Sie warnen, sich nicht einzumischen.«
Marcus wollte Einwände erheben, doch sein Schwiegersohn sagte: »Es mag zwar sein, daß sie Ihre Tochter ist, aber ein Ehemann hat unbestrittene Rechte. Das wissen Sie selbst. Ich verlasse das Haus nicht ohne sie.«

»Dann sind Sie wirklich mit ihr verheiratet?«

»Sie haben selbst gehört, daß sie es zugegeben hat.«

»Aber sie war mit Ihrem Bruder verheiratet. Sie sind nicht Lucas Holt.«

»Mr. Hammond, das ist eine lange Geschichte. Um der Gerechtigkeit willen sollte Sharisse die erste sein, die sie hört. Sie brauchen im Moment nicht mehr zu wissen, als daß ich sie liebe und glaube, daß sie mich auch liebt.«

Marcus lächelte gegen seinen Willen. »Oh, ich bezweifle nicht, daß sie verliebt ist, wenn sie es auch nie eingestanden hat. Ich wußte, daß sie verliebt war, als sie aus Arizona zurückgekommen ist. Aber der, den sie liebt, ist Lucas Holt. Sie dagegen kann sie nicht ausstehen, das können Sie mir glauben.«

»Es mag sein, daß sie Ihnen gegenüber diesen Eindruck erweckt hat, aber ich kann Ihnen versichern, daß ihre Gefühle sich noch im Lauf des heutigen Tages ändern werden. Und jetzt hole ich meine Frau – ob mit oder ohne Ihre Genehmigung. Es wäre für uns beide leichter, wenn Sie es mir gestatten. Ein schlechter Anfang kann uns beiden nicht lieb sein. Aber nichts wird mich davon abhalten, sie aus diesem Haus zu holen, weder der Wirbel, den sie machen wird, noch irgendwelche Einwände von Ihrer Seite. Sie verstehen?«

»Bei Gott, sie hat recht gehabt«, platzte Marcus heraus. »Der Umgang mit Ihnen ist wirklich nicht einfach. Erwarten Sie von mir, daß mir Ihr Wort darauf reicht, daß Sharisse nicht unglücklich sein wird, weil sie mit Ihnen verheiratet ist?«

»Ja, so ist es.«

Marcus schüttelte den Kopf. Was für eine unsägliche Situation. Aber Sharisse hatte nicht abstreiten können, daß sie mit diesem Mann verheiratet war. Welche Wahl hatte Marcus in dem Fall?

»Wenn das so ist«, sagte Marcus seufzend. »Ihr Zimmer ist die zweite Tür links. Aber Sie sollen verdammt sein, wenn ich diese Entscheidung jemals bereue, Holt. Merken Sie sich das. Behandeln Sie sie gut, haben Sie verstanden?«

Eine schwarze Augenbraue wurde hochgezogen. »Ist das eine Drohung, Mr. Hammond?«

»Nein. Ja, doch, bei Gott, und wie.«

»Alles klar.« Der junge Mann lachte und stieg die Treppe hinauf.

42

Sharisse hatte ihre Tür natürlich abgeschlossen, doch das Schloß gab nach, als er sich mit der Schulter gegen die Tür stemmte.

Sie stand mitten im Zimmer und weigerte sich, sich einschüchtern zu lassen. »Was hast du mit meinem Vater gemacht?« klagte sie ihn an. »Warum hat er dich nicht davon abgehalten, in mein Zimmer zu kommen, obwohl du hier nicht erwünscht bist?«

»Er war so klug zu erkennen, daß du zu mir gehörst. Du akzeptierst diesen Umstand am besten jetzt gleich.« Mit zwei großen Schritten stand er vor ihr und hielt sie an den Schultern fest. »Wirst du dieses Zimmer jetzt auf würdevolle Art verlassen, oder muß ich dich raustragen?«

»Das tätest du nicht!« Er warf sie über seine Schulter. »Laß mich runter, Slade! Das mache ich nicht mit!« Davon ließ er sich nicht abhalten. »Vielleicht gelingt es dir, mich zu zwingen, mit dir zusammenzuleben, aber ich werde niemals zulassen, daß du mich auch nur anrührst. Ich liebe Lucas! Hast du gehörst?« Er lief weiter. »Ich hasse dich!«

Er packte sie in seine Kutsche, und sie rückte soweit wie möglich von ihm ab.

»Was ist mit meinen Sachen?« fragte sie.

»Wir werden sie holen lassen.«

»Ich hoffe, du weißt, wie widerlich du bist.«

»Doch, ja, ich glaube, ich weiß es.« Er besaß die Dreistigkeit, sie anzugrinsen. »Wir sind in wenigen Minuten in meinem Hotel, und daher schlage ich vor, daß du dich jetzt beruhigst und dir überlegst, wie du das Hotel betreten möchtest. Mir macht es nichts aus, dich hineinzutragen.«

Seine Finger hielten ihren Ellenbogen mit festem Griff, als sie das Hotel betraten. Sie machte keine Szene, als sie an den luxuriösen Gesellschaftsräumen vorbeikamen und zum Fahrstuhl gingen.

Slades Zimmer lag im fünften Stock. Die prächtige Ausstattung fiel ihr auf, als sie sich von ihm losriß und sich setzte. Sie hatte vor, wie festgewachsen auf diesem Stuhl sitzen zu bleiben. Er baute sich mit verschränkten Armen und gespreizten Beinen vor ihr auf.

Sie musterte ihn zornig. »Glaube nicht, daß du mich einschüchtern kannst, Slade Holt. Das kannst du nämlich nicht!«

Er sah sich im Zimmer um. »Diese Zimmer sind komfortabel genug, um hierzubleiben, bis das Haus fertig ist. Noch eine Woche, bis dahin sollte es geschafft sein.«

»Hast du nicht den Eindruck, daß du eine Menge Dinge als selbstverständlich voraussetzt?«

Er lächelte. »Stellst du unsere Eheschließung etwa immer noch in Frage? Dein Freund Robert hat mich verstanden, als ich ihm gesagt habe, daß er nicht mehr gebraucht wird. Und doch mußt du noch überzeugt werden, oder?«

»Deshalb hat Robert also... oh! Weshalb bist du wirklich in New York, Slade? Du paßt nicht in diese Stadt. Du bist ein Revolverheld, ein Produkt des unzivilisierten Westens. Du kannst unmöglich vorhaben, hier zu leben.«

»Ich glaube, ich habe bereits bewiesen, daß ich mich so ziemlich überall einfügen kann.«

»Aber du wirst dich doch nicht wirklich hier niederlassen, oder?«

»Warum nicht? Ich wollte schon immer mehr von der Welt sehen, aber ich bin genug gereist. Ich fürchte, es war nicht so spannend wie ich es mir vorgestellt habe, aber vielleicht liegt das auch daran, daß ich dich nicht abschütteln konnte. Eines Tages müssen wir uns Europa gemeinsam ansehen.«

»Europa? Dann warst du also mit Lucas in Europa?«

»So könnte man es auch sagen.« Er grinste. »Lucas hat übrigens in Frankreich einen Bekannten von dir getroffen, einen widerlichen kleinen Pfau, der Wetten abschließt, in denen es um naive Jungfrauen geht.«

»Antoine?« sagte sie atemlos.

»Ich fürchte, Lucas hat an dem, was dieser Mann als einen Sport betreibt, Anstoß genommen. Er hat mit Gautiers Gesicht den Boden aufgewischt, und jetzt ist sein Gesicht nicht mehr so hübsch wie vorher.«

In ihren Augen blitzte Erstaunen auf, aber auch ein unverkennbares Vergnügen. »Das hat Lucas für mich getan?«

»Ich habe es getan«, antwortete Slade mit zarter Stimme.

»Du? Aber du hast doch gesagt...«

»Wann wirst du endlich die Wahrheit begreifen, Sharisse? Weißt du es denn immer noch nicht? Es gibt nur einen von uns beiden.«

Die Farbe wich aus ihrem Gesicht. »Das... das ist unmöglich«, sagte sie zitternd.

Er kniete neben ihr nieder, und als ihre Augen auf einer Höhe mit seinen Augen waren, sagte er so zart, wie er es nur irgend sagen konnte: »Du fürchtest dich nicht vor mir. Früher hast du dich vor mir gefürchtet, aber jetzt nicht mehr. Hast du dich nie gefragt, woran das liegt?«

Ihre Augen sahen forschend in sein Gesicht. Es stimmte. Er war nicht mehr gefährlich. Wenn sie nicht so wütend gewesen wäre, hätte sie es schon eher erkannt.

»Dann mußt du also Lucas sein«, schloß sie daraus.

Er seufzte und stand auf. Sein Gesicht wurde hart. Jede Zartheit war verschwunden – einfach so. Die Veränderung war abrupt und verblüffend, und ihr blieb kein Raum mehr für irgendwelche Zweifel. Es war Slade.

»Sharisse, Lucas ist tot.« Seine Stimme war von Erbitterung durchwoben. »Feral Sloan hat Lucas am selben Tag getötet, an dem er meinen Vater getötet hat. Das habe ich selbst bis zu dem Tag, an dem ich Sloan erschossen habe, nicht gewußt. Fast zehn Jahre lang habe ich geglaubt Lucas sei davongekommen, sei noch am Leben, und irgendwo würde ich ihn eines Tages finden. Ich hatte seinen Tod aus meinem Bewußtsein ausgesperrt, verstehst du, aber ich habe es selbst erlebt, ich war dabei, und das war kurz vor dem Moment, an dem ich das Bewußtsein verloren habe.«

Slade wandte sich von ihr ab, um seinen Kummer zu verbergen. »Lucas ist nicht weitergeritten, als ich vom Pferd gefallen und in die Felsspalte gestürzt bin. Der dumme Junge hat sein Pferd angehalten, weil er versuchen wollte, mir zu helfen. Ich nehme an, ich hätte dasselbe getan. Wir standen einander zu nahe als Zwillinge, waren jeder zu sehr ein Teil des anderen. Diese Nähe hat Sloan die Möglichkeit gegeben, uns einzuholen und Lucas eine Kugel in den Rücken zu jagen.

Ich war blutüberströmt, weil ich eine Platzwunde am Kopf hatte; daher vermute ich, daß Sloan annahm, ich sei tot. Er hat sich gedacht, daß eine Leiche, die er zurückbringt, als Beweis ausreicht – zusammen mit meinem Pferd, das er auch mitgenommen hat –, daß kein Holt mehr am Leben ist.«

Er verstummte eine Zeitlang. »Niemand, der diese Goldmine für sich beanspruchen kann«, sagte er dann. »Ich war neunzehn, als ich das Grab meines Bruders neben dem meines Vaters in Tucson gefunden habe.«

Sharisse starrte auf seinen Rücken, und der Schmerz schnürte ihre Brust zusammen.

»Du hast Sloan getötet. Warum hast du nicht auch Newcomb umgebracht? Ich hätte es getan.«

Er drehte sich zu ihr um, sah sie an und war von dem Zorn, der in ihrer Stimme mitschwang, überrascht. »Ich habe es dir doch gesagt. Er hatte sich abgesichert, und zwar zu gut. Ich wäre für den Rest meines Lebens ein Gehetzter gewesen, ein Mann auf der Flucht, und wie das ist, wußte ich bereits. Es gab nur eine Möglichkeit, auf die Newcomb bekommen konnte, was er verdient hatte. Ich habe ihm das weggenommen, worauf er den meisten Wert gelegt hat, seinen Reichtum. Seine unrechtmäßig erworbenen Gelder.«

»Aber du hast lange Zeit gewartet, ehe du es getan hast.«

»Es hat eben so lange gedauert, Sharisse. Es hat sorgsame Planung vorausgesetzt. Und außerdem wäre ich als ich selbst niemals damit durchgekommen. Du hast gesehen, wie die Leute in Newcomb über mich gedacht haben. Du hast dich selbst vor mir gefürchtet.«

»Dein Verhalten war brutal, Slade.«

Er grinste sie an. »Schätzchen, im Vergleich dazu, wie ich vor acht Jahren war, war ich ein Heiliger. Nachdem ich mein halbes Leben mit Furcht und Haß als ständige Begleiter verbracht hatte, konnte ich mich nicht anders benehmen. Ich kannte nichts anderes mehr. In mir war keine Spur von Freundlichkeit übrig. Wie hätte ich Newcomb dazu bringen können, mir zu vertrauen, wenn er mich als einen Killer ansah? Ich mußte mich grundlegend ändern, einen ganz anderen Mann erschaffen.

Ich bin in den Osten gegangen, um das zu erreichen, um zivilisierter zu werden. Ich bin von Natur aus zurückhaltend, aber ich mußte mich dazu erziehen, meine Reserviertheit abzulegen und aufgeschlossener und freundlicher zu werden. Das Zusammentreffen mit einem französischen Spieler hat mir dabei geholfen. Henri Andrevie hat alles verkörpert, was ich nicht war, ein rücksichtsloser, leichtsinniger Kerl, ein charmanter Draufgänger mit einem unerschöpflichen Sinn für Humor, genau die Sorte von Mann, in die du dich verliebt hast.«

Sharisse errötete, als er sie vielsagend anlächelte.

»Warum hast du alle diese Mühen, dich zu verändern, auf dich genommen, statt einfach jemanden zu engagieren, der sich um Samuel Newcomb kümmert? Das Geld hattest du. Wäre das nicht viel leichter gewesen?«

»Ja, aber das hätte mich nicht zufriedengestellt. Ich glaube nicht daran, daß es hilft, wenn ich jemand anderen meine Arbeit erledigen lasse. Es war etwas, was ich persönlich tun mußte. Es hat fünf Jahre gedauert, bis ich das Gefühl hatte, ich sei jetzt soweit.

Aber als ich als völlig anderer Mensch nach Newcomb zurückgekommen bin, hat all das doch nicht ausgereicht. Jeder in dieser Stadt hat sich an mich erinnert. Und der Versuch, Samuel Newcomb davon zu überzeugen, ich hätte mich gebessert, hätte zu nichts geführt. Daher wurde ich zu meinem eigenen Zwillingsbruder, und ich habe mich als Lucas ausgegeben, um Newcomb reinzulegen.« Er setzte sich ihr gegenüber, und seine Anspannung ließ ein wenig nach. »Niemand hat Verdacht geschöpft, daß es in Wirklichkeit keine zwei von uns gibt. Der Umstand, daß ich gelegentlich als ich selbst in der Stadt aufgetaucht bin, hat dazu beigetragen, weil wir so verschieden voneinander waren.«

»Und niemand hat etwas davon gewußt? Kein Mensch?«

»Nur Billy.«

»Natürlich.« Sie nickte. »Er hat sich ein Vergnügen daraus gemacht, mir Geschichten zu erzählen, als ich gerade erst auf die Ranch gekommen war, Geschichten über dich und Lucas und sich und wie ihr gemeinsam Pferde gefangen habt.«

Er lachte in sich hinein, und sie sagte: »Es erstaunt mich, daß er nie einen Schnitzer gemacht und dich versehentlich Slade genannt hat.«

»Um jeden derartigen Ausrutscher auszuschließen, mußte ich darauf bestehen, daß er Lucas und mich selbst dann strikt voneinander trennt, wenn wir allein waren.«

»Dann war diese ganze Geschichte über dich, oder besser gesagt Lucas, der bei einer Tante in St. Louis gelebt hat, erlogen?«

»Ach, diese Tante gab es, aber sie war eine schreckliche Frau. Luke und ich haben sie genauso sehr gehaßt wie unser Vater. Es wäre nie in Betracht gekommen, zu ihr zurückzugehen.«

»Du hättest mir all das eher erzählen können«, sagte sie, während sie sich bemühte, alles Gesagte wirklich zu erfassen.

»Nein, das hätte ich nicht tun können. In deiner eigenen Geschichte kamen zu viele Widersprüche vor, als daß ich dir hätte trauen können.«

»Aber du hast es zugelassen, daß ich Newcomb in dem Glauben verlasse, ich sei verheiratet, obwohl mein Ehemann von Anfang an nie existiert hat. Wie konntest du bloß derart rücksichtslos sein?«

»Es bestand keine Notwendigkeit, dir das zu erzählen. Du wolltest die Ehe ohnehin für ungültig erklären lassen, erinnerst du dich?«

»Warum war es notwendig, daß ich dich je als Slade kennenlernen mußte?« fragte sie. »Du weißt selbst, wieviel Angst er mir eingejagt hat.«

»Ich fürchte, das war reiner Egoismus von meiner Seite. Ich wollte dich so sehr, aber du hast es mir schwer gemacht. Ich konnte an nichts anderes als an dich mehr denken. Ich dachte, als Slade könnte ich bewirken, daß du auf der Suche nach Schutz in Lucas' Arme fliegst. Es hat geklappt.«

»Ja, natürlich hat es geklappt«, fauchte sie. »Lucas war nicht mehr annähernd so angsteinflößend nach Slade. Das war ja kaum zu überbieten.«

»Genauso hatte ich es mir gedacht«, gab er zu. »Ich konnte nicht verstehen, warum du dich so vor Lucas gefürchtet hast. Einmal hast du dich als Witwe ausgegeben, und deine Reaktion auf seine Küsse stand im Widerspruch zu den Einwänden, die du erhoben hast. Du hast ihn zurückgewiesen, doch wußte ich, daß du ihn haben wolltest.«

Sie errötete und schlug die Augen nieder. Mußte er denn so offen sein? »Erst im nachhinein ist mir klar geworden, daß deine Reaktionen bei jedem Mann extrem gewesen wären, der deine Jungfräulichkeit bedroht hätte. Du hättest mir wirklich sagen sollen, daß du noch eine Jungfrau bist.«

»Dann bist du in dieser Nacht im Gebirge abwechselnd an beiden Orten gewesen? Billy hat natürlich mitgespielt und mich glauben lassen, daß ihr zwei seid.« Jetzt brach alles auf einmal über sie herein. »Kein Wunder, daß Slade mich so problemlos in Ruhe gelassen hat, als wir im Gebirge angekommen waren. Du bist ganz einfach davon ausgegangen, daß du mich später in deinem Bett liegen hast, als Lucas.«

»Das stimmt. Du kannst nicht bestreiten, daß ich es Lucas erleichtert habe. Du wolltest uns beide. Du hast dich für ihn entschieden, aber der rohe Slade, vor dem du dich gefürchtet hast, hätte auch mit dir schlafen können, und du wußtest, daß diese Möglichkeit denkbar war.«

Oh, wie gern sie es abgestritten hätte. Aber das ging nicht. Und er wußte, daß sie es nicht leugnen konnte. Wieder wurde sie wütend.

»Reiner Egoismus reicht als Bezeichnung für deine Vorgehensweise noch nicht aus,« sagte sie erbittert.

»Du kannst mir nach so langer Zeit keine Schuldgefühle mehr dafür aufzwingen, daß ich mit dir geschlafen habe! Ich hätte in die Stadt fahren, zu Rosa gehen und mir eins der Mädchen aussuchen können, aber ich wollte nur dich. Zum Teufel, ich wollte dich schon haben, ehe du angekommen bist, nur von diesem verdammten Bild her. Kannst du dir überhaupt vorstellen, wie lachhaft begeistert ich war, als du anstelle deiner Schwester aufgetaucht bist?«

Es bereitete ihr eine absurde Freude, das aus seinem Mund zu hören. Und sie bereute, um bei der Wahrheit zu bleiben, nicht eine Minute lang, daß sie sich ihm hingegeben hatte. Aber er war es nicht gewesen – es war Lucas. Sie hatte nur mit Lucas geschlafen, und er war nicht Lucas.

»Oh, du bringst mich völlig durcheinander!«

Er schwieg und ließ sie ihre eigenen Gedanken durchforsten. »Warum bist du dieses zweite Mal auf der Ranch aufgetaucht? Es war doch schon schlimm genug, daß ich den Verdacht hatte, du hättest dieselbe Macht über mich wie Lucas. Mußtest du es unter Beweis stellen, damit ich mich noch elender fühle?«

Seine Lippen wurden schmal. »Ich hatte gehofft, ich könnte es widerlegen, nicht beweisen. Es hat mir nicht allzu sehr behagt, daß du uns beide begehrt hast. Ich dachte, du würdest mich endgültig vergessen, nachdem Lucas dich geliebt hat, aber so war es nicht, stimmt's?«

Sein Tonfall war so beißend, daß sie die Augen weit aufriß.»Du kannst nicht auf dich selbst eifersüchtig sein, Slade.«

»Du wußtest nicht, daß wir ein und derselbe Mann sind, Sharisse. In deiner Vorstellung waren wir zwei absolut voneinander getrennte Personen.«

»In meiner Vorstellung warst du ein Aspekt von ihm, seine gefährliche und unberechenbare Seite . . .« Sie unterbrach sich, als sich dieses Grinsen, das sie derart in Wut versetzte, wieder auf seinem Gesicht breitmachte. »Was ist hier so komisch, bitte?«

»Du hast gerade eben zugegeben, daß du mich liebst, mein Schatz!«

»Das habe ich absolut und überhaupt nicht getan«, sagte sie empört. »Ich habe mich in Lucas verliebt, nicht in dich.« Sein kalter Blick brachte sie aus der Fassung. »Ach, du weißt doch, was ich meine!«

»Und wie kommst du auf den Gedanken, ich sei nicht der Mann, in den du dich verliebt hast?«

»Du benimmst dich ganz anders. Du bist nicht annähernd so nett.«

»Es gibt nur einen Mann, Sharisse – mich. Jetzt kann ich ich selbst sein. Keine Rollenspiele mehr, und ich brauche auch nicht mehr bei allem, was ich tue, vorsichtig zu sein.«

»Aber als Slade hast du mir immer Angst eingejagt.«

»Das war Absicht, Liebling. Du glaubst doch nicht etwa, ich hätte gewollt, daß du dich uns beiden hingibst, oder?«

Sie erinnerte sich an die beiden ersten Male, bei denen sie sich ihm beinah hingegeben hätte, einmal auf der Ranch und dann im Gebirge. Nicht nur fast – sie hatte sich ihm hingegeben. Und ihr fiel auch ihre Verwirrung wieder ein, als er sie beide Male von sich gestoßen hatte. Sie erinnerte sich an seinen triumphierenden Blick, als sie gesagt hatte, sie sei bereit, ihn anzuflehen, wenn er sie nur in Ruhe ließe. Zu dem Zeitpunkt hatte sie geglaubt, es sei dazu gedacht, sie zu demütigen, aber jetzt wurde ihr klar, daß sein Triumph daher kam, daß sie eine klare Entscheidung getroffen hatte – daß sie nicht alle beide haben wollte.

»Aber warum bist du dann wieder auf der Ranch aufgetaucht?« fragte sie ihn. »Du hattest bereits erreicht, was du erreichen wolltest. Lucas und ich . . .«

»Diesmal war es unfreiwillig, Sharisse. Die Dinge liegen so, daß ich an diesem Tag früher nach Hause kommen wollte, denn so, wie wir uns voneinander getrennt hatten, konnte ich nicht den ganzen Tag darauf warten, wieder bei dir zu sein. Aber dann bin ich diesen Apatschen über den Weg gelaufen, und ich wußte, daß ich nicht als Lucas mit ihnen auftauchen konnte. Du hättest dich fragen können, weshalb ich mich gar so problemlos mit ihnen verständigen kann.«

»Aber du hättest nicht wieder Annäherungsversuche machen müssen.«

»Nein, aber als ich dann da war, ist mir wieder eingefallen, worüber wir – oder du und Lucas – gestritten haben, und aus einem Impuls heraus wollte ich dieses Thema endgültig und für alle Zeiten aus der Welt schaffen. Und du hast dich entschieden. Aber du hast es reichlich ausgekostet, es mir unter die Nase zu reiben, stimmt's?«

Sie konnte nicht in seine wissenden Augen sehen, als ihr wieder einfiel, wie nachtragend sie gewesen war, sowie er ihr versprochen hatte, sie in Ruhe zu lassen. »Was wäre gewesen, wenn ich nicht angefangen hätte zu weinen? Hättest du dann mit mir geschlafen?«

Er schüttelte den Kopf. »Ich hätte mir etwas anderes ausgedacht, damit du dich mir verweigerst. Du warst nie wirklich in Gefahr, von mir gewaltsam genommen zu werden, meine Schöne.«

»Ich wünschte, das hätte ich während dieser ganzen Zeit gewußt«, sagte sie mürrisch.

»Du weißt, daß ich dir immer wieder die Entscheidung überlassen habe. Leicht war das nicht,« sagte er. »Jedesmal, wenn ich in deiner Nähe war, habe ich mich mitreißen lassen, ganz gleich, in welcher Rolle ich aufgetreten bin. Und es waren beides Rollen, Sharisse. Ich bin nicht wie der Slade, den du in Arizona kennengelernt hast, und ich bin auch nicht Lucas.«

Sie runzelte die Stirn. Er war eine Mischung aus ihnen beiden, und gleichzeitig war er keiner von beiden. Hatte sie sich nicht damals selbst gewünscht, beide seien ein und derselbe Mann? Was er auch sonst sein mochte – eins wußte sie. Das war der Mann, in den sie sich verliebt hatte, und das trotz ihrer festen Entschlossenheit, niemals ihr Herz zu verlieren.

Aber was empfand er? Sie fühlte sich in der Lage, sich an ihn zu gewöhnen, an ihn als denjenigen, der er wirklich war. Aber welche Gefühle brachte er ihr entgegen?

Sie sah ihn lange an, ehe sie fragte: »Warum bist du mir an diesem Tag zur Kutsche gefolgt?«

»Ich habe beobachtet, wie du von der Ranch fortgeritten bist, und ich dachte mir, daß du versuchen wirst, die Stadt zu verlassen.«

»Aber warum bist du als Slade gekommen?«

»Du warst so aufgebracht, weil du Lucas verlassen wolltest, und daher dachte ich mir, daß du in der Stadt eine Szene gemacht hättest, wenn ich als Lucas erschienen wäre.«

»Aber du hättest mich schon einholen können, ehe ich Newcomb erreicht habe. Warum hast du zugelassen, daß ich die Kutsche bestieg?«

»Ich hatte das Gefühl, ich hätte dir genug angetan, Sharisse. Wenn du entschlossen warst zu gehen, wollte ich dich nicht zurückhalten. Es wäre einfach nicht anständig gewesen. Aber ich mußte dich noch einmal sehen – und irgend etwas zu dir sagen. Das war mir nur als Slade möglich, ohne dich in Panik geraten zu lassen. Ich konnte dich doch nicht einfach fortgehen lassen, ohne etwas zu unternehmen.«

»Warum nicht?« fragte sie.

»Um Himmels willen, Frau, ist dir denn immer noch nicht klar, daß ich die liebe? Warum zum Teufel sollte ich sonst hier sein? Und warum sollte ich sonst dastehen und diese dummen Fragen beantworten, wenn ich in Wirklichkeit nichts anderes will, als dich in meine Arme zu nehmen und dir zu zeigen, wie sehr ich dich liebe?«

»Wenn das so ist«, sagte sie leise, »was hält dich dann noch davon ab?«

Slade starrte sie verblüfft an und brach in Gelächter aus. »Sie sind wirklich erstaunlich, Mrs. Holt. War das alles, was nötig war, um dich für mich zu gewinnen?«

Lächelnd kam sie in seine Arme.

»Ich liebe dich, meine Schöne«, murmelte er. »Ich will dich, und ich brauche dich. Und jetzt laß es mich dir zeigen.«

43

Die Kutsche fuhr flott durch die Fifth Avenue, aber Sharisse konnte es gar nicht schnell genug gehen. Sie war sehr aufgeregt, und an allem war ihr Vater schuld. Slade dagegen saß ganz lässig da, sah sie vom Nebensitz aus an und wirkte ganz so, als spielte es eigentlich keine Rolle, daß sie in dem Moment gestört worden waren, in dem er sie auf seine Arme gehoben hatte, um sie zum Bett zu tragen.

Das war mehr, als man einem Mädchen zumuten konnte. Ein Jahr lang hatte sie darauf gewartet, daß dieser Mann wieder in ihr Leben treten würde, ein ganzes Jahr lang, in dem sie von ihm geträumt hatte, sich nach ihm gesehnt hatte, und genau in dem Moment, in dem sie entdeckt hatte, daß er sie genausosehr liebte wie sie ihn, hatte ihr Vater alles kaputtgemacht, indem er zwei Schläger zu ihnen geschickt hatte, die darauf beharrten, daß sie in das Haus der Hammonds zurückkehrten.

Sharisse funkelte Slade böse an. »Wie kannst du ganz selbstverständlich dasitzen? Bist du denn überhaupt nicht wütend?«

Slade lächelte über diesen Ausbruch von Temperament. »Der Zeitpunkt kam mir nicht gelegen, aber ich habe diese Männer erwartet. Ich wußte, daß dein Vater irgend etwas unternehmen würde. Er war zu leicht davon zu überzeugen, daß ich dich einfach mitnehme. Ich bin sicher, daß er sich Sorgen um dich gemacht hat.«

»Aber...«

»Sowie dein Vater sich vergewissert hat, daß es dir gutgeht, werden wir einen Ort finden, an dem wir allein sind.«

»Versprichst du mir das?« Er lachte, und ihre Offenheit entzückte ihn. »Komm her, komm näher zu mir.« Er zog sie quer durch die Kutsche auf seinen Schoß. »Ich kann dich im Moment nicht lieben«, flüsterte er ihr zu, »aber ich kann dich wenigstens im Arm halten. Wäre es dir peinlich, in einer offenen Kutsche zu schmusen?«

»Das läßt sich herausfinden.« Sie grinste und schlang ihre Arme um seinen Nacken, als er ihre Lippen mit einem glühenden Kuß eroberte.

Slade beendete den Kuß zu einem Zeitpunkt, zu dem es ihm gerade noch möglich war, und er atmete tief ein. Dann setzte er sie auf den Sitz, der seinem gegenüberlag. »Eine allzu gute Idee war das nicht, Sharisse.«

Sie lächelte über sein Unbehagen. Er saß nicht mehr ganz so ruhig da. Und in seinen Augen stand eine schwache Glut, die ganz ihr gehörte. Sie seufzte und trieb mit stummen Bitten die Pferde an.

Sie versuchte, sich eine Ablenkung einfallen zu lassen, irgend etwas, was das rasende Pochen ihres Herzens hätte mildern können. »Ich weiß nicht, ob ich mir wirklich wünsche, daß du in New York lebst, Slade. Hier gibt es so viele schöne Frauen...«

Er schüttelte den Kopf. »Wann wirst du endlich die Tatsache begreifen, daß sich keine andere Frau mit dir messen kann?«

Sie strahlte. »Was meinst du, sollen wir uns hier niederlassen?«

»Für den Moment ja, obwohl ich vom Westen eingenommen bin. Ich dachte daran, wieder eine Ranch mit Pferdezucht zu gründen, diesmal ernsthaft. Was hältst du davon, die Hälfte des Jahres hier und das restliche halbe Jahr im Westen zu verbringen? Diesmal bräuchtest du das Kochen und den Haushalt natürlich nicht zu übernehmen.«

»Ich glaube, das könnte mir gefallen – wenn du dich erweichen läßt und mir eine Kutsche kaufst.«

»Ich nehme an, daß ich eine einzige Kutsche durchaus tolerieren könnte. Wie geht es übrigens Charley?«

Sie lachte. »Er bewacht mich nicht mehr eifersüchtig, wenn es das ist, woran du denkst. Er hat inzwischen seine eigene kleine Familie.«

»Vielleicht bewacht er dich nicht mehr eifersüchtig, aber ich kann dir versichern, daß ich eifersüchtig war, als ich ihn zusammengerollt auf deinem Schoß gesehen habe, wenn du ihn gestreichelt und mit ihm geschmust hast. Du ahnst nicht, wie oft ich mir damals gewünscht habe, ich könnte mit diesem Kater tauschen.«

Sie erreichten das Haus der Hammonds, und die beiden

stämmigen Männer, die die Pferde gelenkt hatten, sprangen eilig ab, um sie ins Haus zu geleiten. Aber sie standen noch nicht in der Eingangshalle, als Slade einem der Männer einen Kinnhaken verpaßte und dann einen Hieb in die Eingeweide des anderen folgen ließ. Zwei weitere schnell ausgegebene Schläge streckten die beiden Männer auf den Marmorfußboden.

»Was zum Teufel...?«

Sharisse drehte sich zu ihrem Vater um, der Slade beobachtet hatte. Slade strich sich ganz lässig die Kleidung glatt und sagte: »Nur, damit Sie sehen, daß ich nicht hier bin, weil Sie es so verfügt haben, Mr. Hammond.«

Sharisse kicherte nervös. »Ich wünschte, das hättest du im Hotel schon getan.«

Sie schmiegte sich an Slade und umarmte ihn. Ihre Augen sahen fest in seine Augen, und sie spürte eine so flammende Begierde, daß sie sich gezwungen sah, sich von ihm loszureißen, ehe sie völlig vergaß, wo sie war.

»Es war ziemlich anmaßend, uns so in unseren Flitterwochen aufzuschrecken, Vater, aber ich weiß es zu schätzen, daß du dich um mich sorgst. Du kannst sehen, daß es mir jetzt gutgeht.« Slade flüsterte sie zu: »Ich erwarte dich in meinem Zimmer. Diesmal brauchst du die Tür nicht aufzubrechen.«

Sie lief die Stufen hinauf, und die beiden Männer blieben allein zurück und musterten einander. Slade stellte überrascht fest, daß der ältere Mann nicht unzufrieden wirkte. Er hätte gestaunt, wenn er gewußt hätte, wie begeistert Marcus in Wirklichkeit war. Endlich hatte er doch noch einen Schwiegersohn bekommen, der in der Lage war, seine Geschäfte zu übernehmen, in der Lage, mit Sharisse umzugehen. Wenn nicht Slade, dann einer der wunderbaren Söhne, die er haben würde. Einer von ihnen würde sich schon um die Geschäfte kümmern und Marcus' Imperium vorstehen. Er hatte kaum Zweifel daran, daß sie Söhne haben würden, viele Söhne. Und Marcus war hartnäckig genug, noch lange genug zu leben, um seine Enkel selbst dazu zu erziehen.

»Haben Sie immer noch Zweifel, Mr. Hammond?« fragte Slade ganz schlicht.

Marcus lachte. »Nicht die geringsten, mein Junge, aber auch gar keine. Und da deine Frau dich oben erwartet, finde ich, wir sollten unsere Unterredung auf einen späteren Zeitpunkt verschieben. Meinst du nicht auch?«

Slade spürte jede Anspannung von sich abfallen, und seine gelbgrünen Augen strahlten. »O doch.«

Sharisse ließ sich auf das Bett zurückfallen, und ihre Augen strahlten eine dunkle Leidenschaft aus. Ihre Lippen waren wund von Slades glühenden Küssen, doch diese Schmerzen waren angenehm, und sie war begierig auf mehr. Er stand da und blickte auf sie herab, als sie anfing, sich auszuziehen, und sie spürte das vertraute Zusammenschnüren ihrer Brust, als diese grünen Augen über sie glitten. Das war nicht der charmante Lausejunge Lucas. Slades Ernst erfüllte sie mit einer betäubenden Erregung, die an Furcht grenzte.

Sie wollte gerade ihr Kleid ausziehen, als Slade ihr Einhalt gebot, sich zu ihr auf das Bett setzte, ihre Hände festhielt und mit einschmeichelnder und überzeugender Stimme auf sie einredete.

»Laß mich das tun, Shari. Ich habe so oft von diesem Moment geträumt, daß es mir wie eine Ewigkeit erscheint.«

Sie überließ sich ganz seinen Händen und bewegte sich nur auf seine Anweisung hin, bis sie nackt war. Sie konnte ihre Hände einfach nicht stillhalten. Sie mußte ihn berühren, die männliche Kraft spüren, die er darstellte. Es war zu lange her.

»Du hast ein Kind bekommen.«

Verblüfft folgte sie seinem Blick auf ihre entblößten Brüste. Die verräterischen Streifen waren enthüllt. Sie wandte ihren Blick von ihm ab und ließ sich seufzend zurückfallen. Jetzt war der Zeitpunkt gekommen, oder etwa nicht? Sie konnte nichts anderes mehr tun, als es ihm zu erzählen.

»Ja«, sagte sie mit ruhiger Stimme.

»Hast du mit dem Gedanken gespielt, es mir mitzuteilen – irgendwann jedenfalls?« fragte er eisig. »Oder ist es deiner Aufmerksamkeit vielleicht entgangen, daß ich nichts davon wußte?«

Sie sah ihm in die Augen und sagte ganz ruhig: »Slade, du hast mir deutlich zu verstehen gegeben, daß du keine Frau wolltest. Wie hätte ich dich zwingen können, verheiratet zu bleiben, wenn du diese Ehe überhaupt nicht wolltest? Wenn du etwas von den Mädchen gewußt hättest, hättest du dich verpflichtet gefühlt, mit mir verheiratet zu bleiben, und wie du weißt, habe ich auch meinen Stolz.« Ihre Stimme wurde lauter, als sie spürte, daß die gesamte Müdigkeit und die Heimlichtuerei des letzten Jahres über ihr zusammenbrachen. Sie brauchte eine Weile, bis sie bemerkte, daß er sie absolut ungläubig anstarrte.

»Mädchen?« wiederholte er. »Mehr als eins?«

»Zwillinge«, sagte sie. »Und danke für die Warnung, daß Zwillinge durchaus eine Möglichkeit sind. Es war mir hilfreich, daß ich ein wenig vorgewarnt war.«

»Zwillinge? Töchter?« fragte er wie betäubt, und sie schlang ihre Arme um seinen Hals und zog ihn zu sich herunter, um ihn zu küssen.

»Es wird mich mehr als glücklich machen, dir mit jeder Einzelheit über deine Töchter in den Ohren zu liegen, aber *nicht jetzt!*«

»Schon gut, meine Schöne.« Er sah lächelnd auf sie herunter. »Aber erinnere mich daran, daß ich dir später noch sage, wie wunderbar du bist.«

Er küßte sie ausgiebig, ehe sie auch nur ein weiteres Wort sagen konnte, und sehr kurz darauf konnten sie an nichts anderes mehr denken, als an die Schauer und das Feuer, das wieder entfacht wurde. Es würde alles gut werden, sagte sie sich, während die Glut in ihr aufstieg. Nein, es würde noch viel besser werden. Es würde ganz wunderbar werden, einfach wunderbar. Und es würde in alle Ewigkeit so weitergehen, immer anhalten. Sie würden gemeinsam weitermachen und immer weitermachen, so glühend von ihrer Liebe verzehrt, wie sie in diesem Moment von ihrer Leidenschaft verzehrt wurde.

Sie schlang ihre Arme inbrünstig um ihn, hielt ihre Liebe mit aller Kraft fest, und er beantwortete das mit einer Leidenschaft, die der ihren gewachsen war und sie von einem Gipfel zum nächsten führte, bis sie gemeinsam in einer grandiosen, niemals erlöschenden weißglühenden Flamme loderten.